鐵鼠之檻 下

てっそのおり

京極夏彥

Kyogoku Natsuhiko

王華懋 譯

下冊目次

上冊目次

見跡

尋牛

見牛

牧牛

得牛

騎牛歸家

忘牛存人

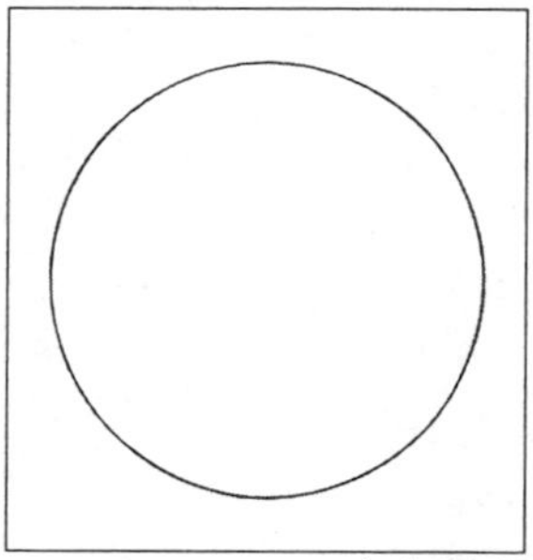

人牛俱忘

返本還源

入鄽垂手

6

老實說，我想都沒想過看到京極堂那張臭臉，竟會讓我感到如此安心。

我很清楚他驅逐附身妖怪的手法。

我好幾次差點去了**另一邊**，都被這個人給拖了回來。若是有人在交界處搖擺不定，這個朋友就會一臉不悅、無聲無息地靠過來，有時候推，有時候拉，把人給擺回他原本應該在的地方。

不過這一次，我自認我並不是那種狀態。

因為這次我只是一個既沒有主體性也沒有目的意識、隨波逐流地與案件發生關係的單純的第三者。

但是這麼說的話，鳥口和敦子也是一樣，他們與案件的關係，說起來就像是遭遇到他人不幸事故的旅行者。在自我的深層有機地與這次的案件發生關聯的，頂多只有飯窪小姐一人而已，而且有關聯的根據也極為薄弱。看似大有文章的狀況雖然已經整頓好了，卻不知道這與殺人案件本身是否有關。我想今川也是一樣的。

儘管如此，我們全都鬆了一口氣。

敦子及鳥口、還有初次見到京極堂的今川和飯窪都是。

朋友皺起眉頭，宛如芥川龍之介的肖像畫一般，擺出把手抵在下巴的招牌姿勢坐在仙石樓大廳。他一看到我們，表情變得更加惱怒，只說了一句。

「你們這些冒失鬼。」

這遠比什麼都沒說要來得好。

接著，桑田常信和尚在益田等刑警簇擁下，進入大廳。

害怕的禪僧竭力維持威嚴，不期然地與黑衣陰陽師相對峙了。

數小時前……

不，那僅僅是六小時前的事。

我們硬把睡著的鳥口喚醒，移動到禪堂，當時應該是黃昏五點左右。

看到禪堂內部的瞬間，那種無以名狀的感動——雖然說法誇張了一些，但我一生可能都無法忘懷吧。

沒有聲音，也沒有氣息。然而裡頭坐著眾多的人。

入口處站著一名警官監視著。當然，衛兵既沒有說閒話，也沒有解除立正不動的姿勢，卻怎麼樣都格格不入。平常看起來規規矩矩的制服公僕，在禪堂裡卻顯得俗不可耐——變得只是一個古怪的異類分子。就連警官看起來都如此了，我們簡直是糟糕透頂的闖入者。緊張的空氣裡，根本就沒有我們這些無禮之徒的容身之處。我們連聲音都發不出來，也不敢坐下，只能歉疚萬分地縮在房間一隅。

半晌後，一名僧侶回來，接著另一名僧侶出去了。看樣子僧侶正一個一個依序被叫去偵訊。

進來的僧侶無言地站到自己的座位——「單」前面，深深行禮後右轉，再次行禮，背向單腳順序踏上單，然後坐下。右腳放在左腿上、左腳放在右腿上，前後左右輕晃身體，調整坐姿。他眼睛半瞇，調勻呼吸之後，再也沒有一絲動彈。

他是在集中嗎？

還是在擴散？

兩者都不是。

有人說，禪能夠培養集中力。

我也曾聽說，禪是一種冥想法。

但我覺得**完全不對**。

有人說坐禪是賭命的修行。

也曾聽說禪並非如此熱切的行為。

我覺得這兩方說的都對。

毫不熱切地，賭上整個人生打坐。

果決。不，太果決了。若非懷抱著巨大的熱情行動，連瑣事都無法完成，然而別說是賭上人生，連一點風險都不願背負的我，實在是做不來這種事。我的人生不僅總是缺乏緊張感，還總是被莫名的不安包覆。完全兩相矛盾。我光是置身於昏暗禪堂的寂靜中，就幾乎要把持不住自己了。

胸前拿著警策的祐賢和尚靜靜地在僧侶之間來來去去。活動的就只有他一個人，我的視線無意識地盯著祐賢的動作。光線微弱的堂內很難識別出每一個僧侶。不過我也只認識慈行和祐賢，以及為我們帶路的英生與托雄，還有巨漢哲童而已，即使光線明亮，或許也不會有什麼差別。

受到昏沉——即睡魔襲擊時，或者被看出心思紊亂時，坐禪中的僧侶會被警策敲打。

看不下去。

早晨採訪時也是這樣。

早課和行鉢都沒有問題，但是到了採訪坐禪的時候，我再也無法忍耐，一個人離開了禪堂。

就算敦子問我何謂坐禪，我也不可能回答得出來。

充斥整座禪堂的緊張感與令人受不了的壓力再次化為無法形容的排斥力，把我向外推擠。

而且堂內相當寒冷，氣溫和外頭沒什麼兩樣。鳥口揉著依然赤紅的眼睛，我們在路上向他說明狀況，但是他好像還沒清醒過來。

敦子冷得抱著自己的肩膀，飯窪則一臉憔悴地一一掃視僧侶。

一名僧侶回來了。我望向入口，看守的警官的腳微微顫抖著。他很冷。此時，我終於明白了那種顫動正是把他和僧侶區分開來、把他貶至俗界的原因。

好想趕快出去外面。

這種狀態持續了一個半小時之久。

飯窪差點倒下，敦子扶住她，結果蹲了下去。鳥口早就在裝機材的箱子上坐下，站著的只有我和今川而已。

今川似乎陷入恍惚——在我看來是這樣。

突然，一陣粗暴的風捲起，野蠻人發出的粗魯聲音從入口侵入進來。是數名刑警和警官，支援的調查員抵達了。

我們被帶出外面，移到旁邊的小型建築物。

但是還是一樣不舒服。

只是稍微暖和了一點而已。

只是視覺上受到遮蔽罷了。大批僧侶在隔壁建築物持續打坐的現實，就算想要割捨也割捨不下。例如說有個盒子裡裝了某種莫名其妙的東西，就算明白只要不打開蓋子就不會有事，卻反而更不願意把它拿在手裡吧。因為明白裡面裝了什麼，卻不能看見的狀態，會引發更大的不安。

我覺得就像這樣。

雖然隔壁的大盒子裡裝的不是什麼不明所以的可厭東西，而是清淨的修行僧眾。

一名年輕警官為了監視我們而留在室內，但我懷疑他是否真的了解狀況。外面好像還有一個人。也不能歸咎於有人監視，但我們沒有一個人開口，就連坐姿都不敢改變，只聽得見衣服與榻榻米磨擦的聲音。

耳中聽見的，淨是樹木在遠處喧鬧的聲音。

是冬季的夜風吹過了山間吧。

不，那是……

「有沒有……」

敦子發現了。

「聽見什麼聲音？」

「嗯？」

坐在門框上的警官對她的話有了反應，稍微轉動臉的角度。他在豎耳傾聽。

「是不是風啊？」

鳥口說，警官放下心似地恢復原本的姿勢。但是……

那並不是風。

呻吟——是木頭傾軋般的聲音。是啜泣嗎？那是……

是老鼠嗎……？

「不，我聽見了，那是人的聲音。」

今川說。

「嗯……？」

警官站起來，打開門扉。

「喂，外面有沒有異狀？」

「沒有啊。」

外面的警官冷淡地回答。

「有沒有聽見什麼？」

「沒有，很安靜。」

警官偷瞄了我們一眼。

「也是吧。」

「正好，外面冷死了，跟我交換吧。」

「裡面也差不多啊。」

「至少要好一點吧。」

外面的警官進來了。

一道白影晃過他背後的黑暗。

是——阿鈴。

除了我以外，似乎沒有任何人注意到。

又經過一小時左右，益田過來了。

「哦，各位，把你們丟不下管到這麼晚，真是對不起。不好意思，接下來要麻煩各位回到仙石樓去。」

「現在嗎？」

「待遇會比待在這裡要來得好。而且平安抵達那邊的話，你們就被釋放了，山下先生說可以不必再把你們當成嫌疑犯了。準備好的話，馬上就出發。盡可能快一點比較好吧。」

「唔，能夠被釋放是很高興，可是也有可能無法平安抵達，是嗎？」

「鳥口，那條道路路況很險惡嘛。」

「沒錯，夜晚的山路很危險。不過除了我以外，還有三名刑……」

這次清楚地聽到聲音了。

而且聲音——來自禪堂。

不可能。

「怎麼了？喂，那是什麼聲音？」

「我不知道。」

「你當然不知道啦，我的意思是叫你過去看。」

「喔。」

警官跑了出去。我慌忙穿上鞋子，從門口往外窺看。恰好那個時候，禪堂的門打開了。

「常信師父！你適可而止一點！」

是慈行歇斯底里的聲音，接著是硬質的聲音。

「放手，我不逃也不躲！」

華麗的袈裟，桑田常信……

三名警官出來，阻止常信。

「不勞費心！」

常信甩開警官似地，大步往知客寮的方向走去。察覺異變，知客寮的門口探出一張男人的臉——是菅原刑警嗎？我走到外面，與益田並肩而立。到處都看得到陌生男子佇立著，應該是前來支援的刑警。

「怎麼了？」

鳥口出來了，敦子也跟著探出頭來。

常信率領警官似地抵達了知客寮。

「如果事態急轉而下，一口氣解決的話，就太令人高興了。」

益田瞇起眼睛望著眼前的景象說道。鳥口看著他的側臉說：

「如果那麼順利的話，就不需要警察了。」

不出所料，山下的叫聲響起。

「益田！益田！」

然後……

雖然完全不了解究竟是怎麼回事——或者說完全沒有接受說明的餘裕——我們與數名刑警，不知道為什麼還有桑田常信，一同走下山道了。

儘管是下坡，卻比上山時更加寸步難行。

刑警手裡都拿著特大號的手電筒，但是被幾條光束片斷地照射出來的風景間隙，卻完全是莫名所以的異樣光景。地面與景象翻轉過來，失去了平衡感，根本分不清是在上山還是下山，甚至連上下的感覺都迷失了。

我只能像個滑落濕冷隧道的小動物般，隨波逐流。

不久後，樹與雪與黑暗渾然化為一體，我宛如降生在夜晚山間的嬰孩般，抵達了仙石樓。

晚上十一點十七分。

掌櫃大為吃驚，把我們領到大廳去。

那裡就坐著朋友——京極堂。

「你們這些冒失鬼。」

「京、京極堂，你怎麼會在這裡？」

「我就不能在這裡嗎？我有我的事要辦。托你們的福，給我添了大麻煩。」

「這位是……？」

益田用狐疑的眼神打量京極堂。

京極堂的臉色就像肺病病人般難看，面相和心情都糟糕透頂。再加上他身穿和裝，初次見面的人會覺得怪異也是當然的。

「這位是家兄。」

敦子歉疚地說，益田瞬間便停止了懷疑——看起來如此。

「這、這樣啊。我知道了，我想起來了，這位就是那個操縱怪物的大師吧！」

「操縱怪物的大師？那是落語吧，益田先生。」

「別跟我裝傻了，關口先生。我從石川警部那裡聽說嘍，他使用不可思議的力量，像魔法一樣解決了案件，對吧？原來他就是敦子小姐的兄長啊。怎麼不早點告訴我呢？」

在寺院時，益田還把敦子稱做中禪寺小姐，不知不覺間竟改口為敦子小姐了。不管怎麼樣，益田的發言一定讓轄區的刑警更加起疑了。

話說回來，這誤會還真是錯得離譜。若是把榎木津評為「以不可思議的力量像魔法般攪亂案件的偵探」還能夠理解，但京極堂卻是完全相反。從旁人的角度來看，會是那個樣子嗎？

鳥口悄悄地對敦子說：

「唔，敦子小姐，師傅是魔法師嗎？」

「不曉得，操縱怪物這一點倒是真的。」

敦子這麼回答。

不管別人怎麼說，京極堂都彷彿事不關己。

幾名女傭起來，帶我們到原本住宿的房間裡，接著好像要幫我們準備膳食。

警察分別睡在大廳以及常信被分配的別館。榎木津和久遠寺老人似乎都已經睡了。榎木津的房間在我的右鄰，京極堂的房間似乎是在更右邊的一間。

因為累了，我睏得不得了，但是在膳食準備好之前，我決定先稍稍泡個湯。

澡堂寬廣極了，脫衣場——這房間以脫衣場而言大得過頭——似乎位在我們的房間正下方。走廊底下一帶就是浴槽吧。

豪華的檜木浴槽裡，鳥口已經在泡了。

與虛弱無力的我相比，鳥口看起來健壯極了。

鳥口一看到我，就用放在頭上的手巾抹了一把臉說：

「啊，老師，這裡真是有如天堂，雖然肚子餓扁了。」

「你真是悠哉。」

「哦，我這個人的優點就只有體力過人嘛。要是肚子也填飽，就完全復活嘍。」

「你一直在睡，這是當然的吧。你這人真是無憂無慮。」

水很燙。我說「今後將會如何呢」，鳥口便「嘿嘿嘿」地笑。

「既然師傅都來了，就不必擔心啦。」

「你說京極堂嗎？他是為了其他工作而來的，一定不想被牽扯進去的。」

我看到京極堂，明明大大地鬆了一口氣，另一方面卻也有著如此接近確信的看法。

身體一熱，就更想睡了。

回到房間一看，床已經鋪好，女傭算準時間似地，端來了飯糰和熱茶。

明明應該餓得要命，我卻沒有半點食欲，只吃了一個飯糰就睡著了。

我像頭野獸般蜷起身體睡了。

※

這是我睡著的時候發生的事——當然是傳聞。

泡完澡的鳥口無法排遣那難以釋然的情緒。

不知疲倦為何物的健壯年輕人，就像本人說的，吃了滿肚子的飯糰後，完全充電完畢，變得生龍活虎了。不管怎麼說，他都酣睡了一段非常長的時間，因此日夜完全顛倒，神智是越來越清醒了。

——接下來要怎麼辦呢？

他這麼想。

自己呼呼大睡時，似乎發生了大事。被叫起來的時候，雖然聽到一些說明，但是小說家那冗長的說話方式還是一樣不得要領，話說回來，當時的氣氛也讓他無法向敦子或今川詢問來龍去脈，所以鳥口不太明白狀況。接著就在他還處在莫名其妙的情況下，事情飛快進行，待他定神時，人已經在仙石樓了。

——那麼就去京極師傅那兒晃晃吧。

據說他這麼想。

因為鳥口聽說京極堂經常熬夜，不是一兩點就會就寢的人。

走廊上一片漆黑，刑警也都睡了吧。

昨天早晨在榎木津指揮下引發的鬧劇，感覺已經是遙遠的過去了。

天花板發出吱嘎聲。鳥口覺得屋頂上有和尚，加快了腳步。記得京極堂的房間是在隔壁隔壁的隔壁。門扉的縫隙間透出微弱的燈光。不出所料，習慣熬夜的舊書商似乎還醒著。鳥口在門上輕敲兩下，將之打開。

「請問……」

紙門靜靜地打開，回過頭來的是穿著浴衣的敦子。

「唔，對不起！」

「咦？啊，沒關係，這裡是我哥哥的房間。」

「啥？噢，嚇死我了，我還以為我搞錯房間了。要是被胡亂猜疑，我可是性命難保。」

「性命難保？什麼意思？」

敦子詫異地說，裡面傳來京極堂的聲音。

「當然是不小心誤闖妳這匹野馬的房間，有幾條命都不夠的意思。鳥口，外頭很冷，能不能把門關上？」

「呃，我不是那個意思啦……」

要是在夜裡溜進敦子的房間，會被京極堂詛咒而死——鳥口是這麼想的，卻又說不出口，只能笑著打馬虎眼。禍從口出這句格言，鳥口似乎怎麼樣就是記不住。

「那是什麼意思嘛？」

頭髮還濕漉漉的敦子說道，噘起嘴來。她看起來和平常判若兩人，讓鳥口不知道眼睛該往哪兒看才好。

聽完敦子的說明，鳥口失去的環節總算連繫起來了。這的確是一樁大事。

但是京極堂似乎遠比鳥口更清楚地掌握了事態。聽說在半山腰碰到益田，十萬火急地折回來的警官，高聲撥打電話請求支援時，京極堂正好抵達了這家仙石樓。

之後可想而之，京極堂將得自妻子們的情報，與得自久遠寺老人和榎木津的情報兩相對照，似乎看出了梗概。

「真是的，來到這種地方都要給人添麻煩。雖然我早已經有了不好的預感……我明天一早就回去了。」

這麼說完，厭惡肉體勞動的書齋派舊書店東喝了一口茶。

「回去？哥，你是來這裡做什麼的？你不是為了案件而來的嗎？」

「喂，為什麼我非得跑來這種殺人案件的現場自討苦吃不可？這裡不是有那麼多警察嗎？連榎木津都來了，不是嗎？」

「那你到底是來做什麼的？」

「工作啊，工作。我有事想要請教明慧寺的貫首，但看現在這樣子……聽說第一個被害人是和尚的時候，我還心存一線希望，但是又有一個在寺裡被殺了，根本不可能去請教什麼了。真是的，只會給人壞事。」

敦子的哥哥露出心情惡劣到極點的表情。剛認識京極堂的時候，鳥口總是惶恐得要命，但這似乎就是京極堂平素的樣子。他要是真的動怒或不高興，會更加恐怖。比起恐怖，面相更接近凶惡。經過半年，鳥口終於了解這件事，現在已經不甚在意了。

「那，師傅，您的意思是不打算涉入案件嘍？」

「我不記得我收過像你這麼會睡的徒弟，鳥口。但是你說得沒錯，我可沒閒到去蹚這種渾水的地步。這種可疑的事，交給關口就行了吧。他一定會做出令人愉快的推理。」

「師傅真是冷淡。可是之前您一開始也是這麼說呢，結果最後還不是出面解決了？而且師傅竟然會等我們回來，我不認為你完全沒有興趣哦。」

「我不是在等你們。我根本就不知道你們今天要回來，叫我從何等起？我只是和久遠寺先生聊得久了，又陪了榎木津一下，結果時間就晚了。因為累了，所以在這裡借宿一晚罷了。我在和監視的警官閒聊時，你們就回來了。」

「這麼說來，榎木津大將怎麼了？」

「倒了。」

「倒了？」

「晚飯之後，他挺身而出說要驅除老鼠，意氣風發地爬上天花板裡面，結果那裡有灶馬（註）的屍體。鳥口可能不知道，榎木津最討厭乾燥的糕點和灶馬了。結果他當場覺得不舒服，昏倒了。什麼偵探

註：學名為*Atachycines apicalis apicalis*，蟋蟀的一種。外形雖似蟋蟀，但沒有翅膀，以後腿跳躍移動。喜陰濕，夜間多聚於灶旁，加上外形修長似馬，故稱灶馬，亦稱「灰駱駝」。

也不必幹了。」

「全宇宙所向無敵的大將竟然怕蟲嗎？哎……」

「可是說到這裡的老鼠啊……」

京極堂仰望天花板。

「我留宿的湯本旅館裡也出現了老鼠。究竟是怎麼了？」

「那種事無關緊要啦，哥。我剛才說的，你怎麼想？」

「什麼都沒想，沒有感想。」

「不是感想，我想聽聽你的想法嘛。」

「就算想了也無從說起啊。既沒有人擁有不在場證明，也沒有人有殺人動機。而有機會行凶的關係人多達四十人以上。只能從鎖定凶器及遺留物品等物理證據來找出兇手了吧？只要交給警察就能夠解決了，就算解決不了，也不會造成妳跟鳥口的困擾吧。」

「我們是嫌疑犯耶。可愛的妹妹被冠上殺人罪嫌，你這個做哥哥的竟然能夠毫不在乎。」

「可是你們又不是兇手吧？那就不要緊了。如果你們遭到逮捕並起訴，身陷冤獄，我會抗戰到底，但是不會那樣的。還是妳是兇手？如果妳是真兇，是來跟我商量怎麼樣才不會被逮捕的，那可不行。我去通報警察。」

「多可惡的哥哥啊！對不對？」

敦子理好浴衣的衣襟，轉向鳥口說。

鳥口一樣不知該往哪兒看才好，視線移到掛軸上。

那張掛軸的圖案跟鳥口房間掛的不相上下地可笑。一個男子坐在牛背上，感覺像是悠閒散步。

「啊，這叫什麼來著？牛乳圖……？」

「那個嗎？是《十牛圖》。」

「對對對。欸，師傅，那是怎麼樣的圖啊？昨天泰全老師……啊，老師已經過世了呢……啊，不是說這個，我們從第二名被害人那裡聽到了說明，卻完全不懂。」

「我不是你師傅。那個是禪門裡說的《禪宗四部錄》裡的其中一部。也算是基本的古典吧，《信心銘》、《證道歌》、《坐禪儀》，加上這個《十牛圖》，總共四部。作為文獻雖然有價值，唔，但其實是多餘的吧。而且似乎容易招來誤會。」

「誤會？」

「嗯。由通曉事理的所謂師家來看的話，應該會有諸多領悟，但是只稍微接觸了一點禪的小角色來看它，就像橫生頭角與慈遠和尚的小序中寫的，會陷入不應該的地方。」

「哦，跟昨天聽到的一樣，很難呢。」

「鳥口，這若是不講得深奧一點就太白了。一休也說過，要**裝模作樣**。如果刻意說得白一點，這就像十張一組的漫畫。」

「就像《黑野狗伍長》（註一）一樣嗎？」

「對，就像《蠑螺太太》（註二）一樣。首先是這個房間的掛軸裡騎著牛的男子，這是主角。在第一張，這個男子突然發現牛不見了。」

「他之前在養牛，是嗎？」

「不，這個世界從這裡開始，沒有之前。這名男子發現牛不見了，前往尋找。這就是『尋牛』，是

註一：田河水泡於一九三一年開始連載的漫畫，敘述主角野狗黑吉進入猛犬聯隊這支由狗組成的軍隊，活躍其中的故事，是日本漫畫萌芽期的重要作品，主角黑野狗黑吉也是日本代表性的漫畫角色之一。

註二：長谷川町子於一九四六至一九七四年間，於報紙連載的四格漫畫。作品敘述蠑螺太太一家人的生活，反映了當時的社會世局。曾改編為動畫，一直播送至今，為日本有名的國民動畫節目，是世界最長壽的動畫節目。

那位飯窪小姐一開始住的房間的名稱。接下來，第二張是敦子房間的畫。男子發現了物理證據：牛的腳印，這是重要的線索。」

「哦，原來那是發現腳印的時候啊，所以我的房間才叫做『見跡』呢。」

「沒錯。第三張是鳥口房間的畫。」

「哦，是『見牛』。」

「是啊，發現牛的場面。」

「那是發現牛的場面啊，所以只畫了頭。害我一直覺得很奇怪呢。」

「對，他只目擊到牛的一部分，還沒有看到全部，也沒有得到牛。接著他就要把牛安上轡繩，抓住牠。這就是第四張的『得牛』。它應該掛在現在已經呼呼大睡的鬮口的枕頭上。然後男子終於成功地抓到了牛。第五張是牽著牛的畫——『牧牛』，掛在隔壁榎木津的房間裡。接下來是這張……」

善辯的舊書商轉動眼睛看向壁龕。

「這是第六張『騎牛歸家』，這個房間略其名叫做騎牛之間。男子已經完全馴服了牛，甚至騎在背上吹著笛子，他要回家了。那麼，鳥口，你房間的牛是黑牛還是白牛？」

「黑的，是黑牛。」

「這個男子騎的牛是……？」

「咦？白的！忘了塗顏色嗎？」

「沒那回事。」

「那就是別的牛……不可能吧？要不然就是牛在逃跑時髒掉變黑了。」

「哈哈哈，這想法不錯。一捉到牛，將牠馴養的**瞬間**，牛就從黑的變成了白的。嗯，這一點暫且不管，你認為下一張是怎麼樣的畫？」

京極堂盯著鳥口。

「不曉得。唔，逮住了逃跑的牛回家，皆大歡喜……所以是在家裡與牛和樂融融地生活的畫面吧。」

鳥口連畫面都能夠想像出來。

主角滿足地望著津津有味地吃著草的牛隻——若非劇情急轉直下，除了這種發展之外不會有別的了。

但是京極堂卻說不對。

「一般會這麼想，但是不對，回到家悠哉過活的只有男子。不僅如此，男子還完全**忘了**有牛這一回事。應該掛在那個房間的第七張就是『忘牛存人』。雖然沒看到，不過隔壁的房間就叫忘牛之間，錯不了的。」

「我不太懂呢。費盡千辛萬苦找到牛，總算把牠帶回家，卻把牛給忘了嗎？毫無意義嘛。牛又逃跑了嗎？」

「不，牛**沒有了**，之後再也沒有牛登場了。接下來，是最角落的今川先生——我還沒正式和他打過招呼——他房間裡的畫應該什麼也沒有畫。這是相當於第八張的『人牛俱忘』。」

「什麼？什麼也沒畫，是白紙嗎？還是偷懶？」

「不是偷懶，」

京極堂笑道：

「如果這是四格漫畫，這便相當於第三格。」

「起承轉合的轉嗎？那麼後面就是結局嘍？」

「就算有結局，這座仙石樓也欠缺了那最重要的結局部分。之後，第九張是水邊開著花朵的『返本還源』；最後第十張『入鄽垂手』，是完全變了個模樣，有如布袋和尚之姿的男子——或者完全就是別人——背著袋子站著。這樣就結束了。」

「哦……梗概是了解了，但意義完全不明。敦子小姐明白嗎？」

敦子用雙手捧著似地拿著茶杯，看著掛軸。

「我聽說《十牛圖》是描繪悟道之前過程的圖畫……」

「悟道？今川先生說的那個嗎？那樣的話……哦，我明白了。這個**牛**就是悟，對吧？求悟，找到悟、**獲得**悟……」

「一般是這麼說的，而這個看法說正確也是正確。但是悟這種東西不是**獲得**的。所以**去尋找**悟的畫本身就很奇怪。無論在什麼樣的狀態，悟總是具備在自己當中。它不會逃也不會躲。」

「那，這個說法不對嗎？」

「並沒有不對。只是如果把它看成悟**逃跑**了，所以去追尋，哦，**找到**悟了，**得到**悟了，就跟一開始說得一樣，這是很大的誤會。而且若是這樣的話，這畫也不會畫成這樣了。如果我是漫畫家……是啊，如果要畫這種故事的話，第一格應該會畫男子與牛生活在一起的場面吧，然後牛逃走的場面也畫出來。而且這若是**獲得**悟的故事，這個房間的第六張『騎牛歸家』就是最後一格了。不需要接下來的四張。這幅畫的男子是從空無一物的地方開始，結束在空無一物的狀態。第一格和最後一格不同的地方，只有男子背著袋子這一點而已。」

「那，**悟**不是**牛**，而是那個**袋子**嗎？」

「不對，《十牛圖》裡，悟還是以牛來**比擬**。與其說是悟，毋寧說是原本的自己——或者借用臨濟的話來說，就是『無位真人』——不過這是表現上的問題，並不重要，就暫且說是悟吧。剛才我也說過，悟不是存在於外側，不可能掉落在別處。每個人與生俱來就擁有它。不，擁有這種說法也不恰當——『存在』也就是悟吧。凡百皆有佛性，這是基本。」

「那就是——山川草木悉有佛性？」

敦子說。

「對。所以若把牛視同於悟，在外部四處尋找它，是件很奇怪的事。所以這完全只能視為**比擬**。若不把它想成比擬的話，就會誤會。」

「怎麼誤會？」

「所以說，若是把牛視為本來的自己，**牛**跟**男子**就是同一個人了，不是嗎？男子不知道自己本來是牛，以為牛——真正的自己——在別處，於是尋找，然後找到了。但光是看著牛也沒有用，他想把牛據為己有，於是千辛萬苦地修行。然後馴養了牛，得到了本來的自己。而回歸原點的時候——**牛必須不見才行**。」

「啊，一人兩角嗎？」

「對，牛和男子原本是同一個人。分裂為二並同時存在這種狀況，本來是不可能的，更別說在同一個地點同時存在著兩者，更是絕對不可能。」

「所以牛就不見了？與其說是不見，倒不如說是**本來就沒有**？」

「對。關於這一點，有許多解釋，例如也有這樣的解釋，將悟這個目的譬喻為牛這樣的做法，其實是為了捕捉悟這個獵物的陷阱——很難懂嗎？只要捉到了獵物，就不需要陷阱了——嗯，這種**比喻的比喻**只會招來更多混亂。果然還是同一個人物不能夠同時複數存在於同一個時空這樣的說法比較容易懂吧？」

「嗯，我懂。對於我這種犯罪案件記者來說，這種說法比較容易懂。」

「這樣啊。」

「那就當作這樣吧。」

京極堂說：

「就這樣，男子成了孤身一人。或者說，他打從一開始就是一個人。但是牛——本來的自己消失了，也等於是自己不見了。到了這個階段，**一切都消失了**，是『無』。這就是第八張的『人牛俱忘』。」

「這是佛教裡常說的，一切皆無……或者怎麼說，是在表現所謂的『絕對無』嗎？哥？」

「妳說得沒錯。當然，解釋要多少都有。這便是空其空——絕對空的『圓相』，就是如此。」

「我不懂。」

「嗯，那我再說得簡單易懂一些。懷有目的，意識到它的時候，都還不是真的——或許該這麼說吧。生病的人會意識到健康，但是真正健康的人不會去意識到健康，對吧？失去健康這種概念的狀態，就是真正的健康。不管是對自我或是對世界也一樣，還在懷疑自我是什麼、世界是什麼的時候，都還不是真的。完全沒有了自我和世界的時候，才第一次有了自我、有了世界……」

「覺得好像有一點懂了。」

「這樣就行了，鳥口。」

「哦，可是我只是覺得懂了。」

鳥口覺得這話似乎在哪裡聽說過。

「這樣就行了。解釋和說明多如繁星，而且這也不是聽別人說明就能夠領會的事。不過姑且不論這個，我認為『人牛俱忘』是一種高度技巧的訊息。在這之前的七張畫，以俗人簡單明瞭的說法來說的話，就是比擬漫畫。讀漫畫的時候，雖然有客觀享受情節與精湛作畫的讀法，但是例如看小說的時候，讀者會把感情移入主角當中……不，有**化身為主角**來讀的讀法。這《十牛圖》就強烈地主張這樣的讀法。也就是將找牛的這個人當做是在看的人本身，把他當成自己，主角就是你自己……」

「哦，就像在看電影的時候，演員突然從銀幕裡對觀眾開口——是這種令人印象深刻的手法吧。」

敦子好像了解了，但鳥口依然不明白。

「對，讀者——觀眾在此時突然自覺到自己其實就是主角。這是相當劃時代的手法。而它本來可以在此結束，但是《十牛圖》卻還有後面兩張後續。」

「也就是剛才說的兩張結局呢。」

「對，就是結局，這兩張是《十牛圖》裡最重要的部分。禪門的古典當中，有早於《十牛圖》、與它相當類似的文本存在，名稱就叫做《牧牛圖》。這是馴養黑牛的過程當中，黑牛**漸漸變白**，完全馴養之後，牛又變黑的內容，是八張到十二張的連環圖畫。而《牧牛圖》結束在這個圓相，也就是空。」

「哦，這裡的牛會突然變色，就是以它為範本啊。可是為什麼牛一下子變白，一下子又變黑呢？」

「這當然也是比擬。若要說明，得引用許多佛典禪籍，還是算了。這《十牛圖》的作者，依據《牧牛圖》的內容並加以壓縮，再加上兩張，做出了全新的作品。就是這一點了不起。」

「怎麼個了不起？」

「它了不起的就是領悟並非最終目的這個主張。悟，或者說最終解脫，**不可能是目的——修行的終點**。」

「是這樣啊？」

「是啊。悟總是在此處，悟與修行是不可分的，也就是生涯不斷領悟，不斷修行，才是原本的姿態——這就是禪的真髓。」

「不是為了領悟才修行的嗎？」

「活著即是修行，活著就是領悟。只要知足，這樣即可。」

「也就是，禪的修行者並非有什麼至高無上的目的，朝著這個目標日夜精進努力，往大悟邁進嗎？」

敦子也很困惑。

但是昨晚泰全老師也這麼說。

——領悟並非只有一次。

——悟後的修行才是問題。

「說得沒錯，領悟是必要的。不知道自己天生具備的佛性而活，與沒有佛性是相同的。所以要看清佛性，獲得佛性——換言之，《十牛圖》前半的主張依然是很重要的。但是即使因此大悟，也絕非就此結束。只是回歸原本的姿態而已，之後也必須繼續活下去——修行下去，否則就是假的、錯誤的。《十牛圖》這麼教誨，悟後的修行是很重要的。」

明明不是禪僧，乖僻的舊書商卻以和老禪師相同的話作結。

「那麼，師傅，這家仙石樓裡——或者說明慧寺發現的《十牛圖》，缺少了最重要的部分呢。」

「是啊。」

「哦……不愧是中禪寺秋彥，精通**那方面**的事呢。嗯，真是活字典。」

「字典？**那方面**是指哪方面？」

「感覺就是**那方面**嘛。若論簡單明瞭，師傅說得比任何一個和尚都容易懂。師傅可以成為了不起的和尚。」

「不可胡說八道。以他們來看，我頂多是個只知道照本宣科的傢伙，根本不知道何謂佛法。佛法既非概念也非思想、更非邏輯或哲學。想知道禪，只有打坐一途。連修行也沒有，就在那裡大放厥辭，只會被說是在賣弄小聰明。搞不好還會被拿警策敲打。至少我還知道一點謙虛，比那自以為是的野狐禪（註）和尚好上一些罷了。」

「哦……」

天花板「喀噠喀噠」作響。

「好像有老鼠，而且很大。」

京極堂仰望天花板，接著看壁龕。

「話說回來，這幅《十牛圖》的掛軸相當古老。這要是明慧寺裡找到的——不，如果敦子說的明慧寺那**扭曲的**歷史是真實的話——還是得去上一趟才行。案件什麼時候會解決？」

「這我才想問你，哥，所以才拜託你用你那顆淨知道一些無聊閒事的腦袋想一想啊。」

「這不是用想的就能明白的事吧？辦案是警方的職責。而且榎木津說明天要去，那樣的話，總會……」

「總會有辦法嗎？哥真的這麼想？」

「不這麼想。」

京極堂乾脆地說：

「就算明白真相，警察無法接受的話，那也是一樣的。真傷腦筋。」

「師傅，有什麼好傷腦筋的呢？那個……師傅的工作是什麼呢？」

「我說啊，鳥口，我又不是落語家，別師傅師傅地叫個不停。我是開書店的，我的工作當然是買書賣書啊。我可不像關口一樣，過著不知道是小說家還是案件記者般曖昧不明的生活。」

「買書賣書的話，為什麼非得去見明慧寺的貫首不可呢？」

「嗯，泰全和尚的師父發現明慧寺，是明治二十八年的事吧。唔，真是微妙。泰全和尚實際上以住持的身分進入明慧寺，是大正十五年——也就是昭和元年吧？在那之前，不知他是否曾頻繁進出明慧寺？」

「泰全老師說，他的師父一開始非常熱中，但不久後也沒辦法再去得那麼勤了。泰全老師也一起入山過兩次左右。」

「哦？」

京極堂說，雙手抱胸。

「這樣啊。知道當時的事的，應該只有泰全和尚而已吧。而那位泰全和尚也過世的話，就無法打聽了。第二資深的是……」

「過世的了稔和尚和貫首覺丹禪師。」

「這樣啊，又死了啊。」

註：野狐禪指的是似是而非的禪。典故出於《五燈會元卷第三》，唐代禪僧百丈懷海開導野狐的故事。

來。

「死了。」

「我想也見不到貫首吧，而且現在要進入明慧寺可能也很困難。」

應該很困難吧。警方一整個陷入慌亂，和尚的神經也過度緊繃。不管出於何種理由，在這種狀況下前往明慧寺，都難說是上策。山下應該也想避免更多的可疑人物闖入，而慈行也不曉得會說出什麼話來。

「要向寺院的人打聽事情，目前應該相當困難吧。」

京極堂說，板起了臉。

「對了，師傅，用不著去寺院，常信和尚也來到仙石樓了啊。去見見他如何？」

鳥口說道，京極堂揚起單邊的眉毛。

「這樣啊，聽說他是典座的知事吧。」

「對對對，就像廚師，對吧？」

「典座是重要的職位。」

「咦？料理人的地位很重要嗎？」

「當然了，食是一切的基本。這樣啊，明慧寺的僧侶現在來到仙石樓了⋯⋯」

「雖然他很害怕。」

「嗯，剛才我稍微瞄到一眼，他的模樣似乎非常急迫。」

「那個和尚下山時，也沒有開口說半句話呢。腳步是很穩健啦，但那焦急的模樣，跟關口老師有得拚呢。」

「他在怕些什麼？」

敦子回答：

「根據益田先生的話，聽說他認為下一個就輪到自己了。」

「下一個輪到自己？他說他會被殺嗎？」
「嗯。」
「也就是桑田常信有了兇手的**眉目**呢，而且至少常信和尚認為兇手現在就在明慧寺。」
「是這樣嗎？」
「他想得應該不對。」
「咦？」
京極堂毫不猶豫地如此斷定。
「不對嗎？」
「我想常信和尚是誤會了吧。而且因為他的誤會，他遭到警方懷疑了吧？」
「哥怎麼會知道？」
「是魔法嗎？師傅？」
「什麼魔法？話說回來，那個常信和尚有可能是真兇嗎？例如說……對了，警察的動向呢？」
「我不知道警方怎麼看待常信和尚，但是我不覺得那個和尚是兇手呢。對吧，敦子小姐？」
「的確，山下先生或許在懷疑常信和尚，但至於有沒有根據就……」
「這樣，那就不是佯裝的了。那麼，是自我意識過剩所產生的被害妄想，也就是常信和尚內心有所愧疚吧。那種事警方馬上就會察覺了，所以他果然還是遭到了懷疑吧。」
京極堂的口吻頗為同情。
「可是他害怕的樣子不是裝的啊，簡直就像……對，就像被什麼給附身似的。」
「嗯，那他就是被附身了吧，被鐵鼠。」
舊書商滿不在乎地說。
「什麼是鐵鼠？」

「哦，沒什麼，沒事。」

「哪裡沒事呢？要是被附身的話，得幫他驅逐才行呀。那不是師傅的工作嗎？」

「就是啊，哥。雖然我不清楚是怎麼回事，可是這不是該輪到你出馬了嗎？」

「喂，你們兩個擅自在那裡胡說些什麼？驅逐附身妖怪可是生意。又沒有人委託，誰要做白工？而且那種東西就算放著不管，也自然會離開的。只要兇手被捕，就會消失得一乾二淨了。為什麼我非得去幫和尚驅逐鐵鼠不可？我可不是貓啊。」

喀噠喀噠——天花板發出聲音。

「老鼠……得抓住才行吶。」

舊書商陰陽師以極為苦澀的表情嘆了一口氣。

※

我還很睏，但不知為何，卻在一大清早就醒了過來。走廊上發生了一陣小騷動，可能是那些聲響吵醒我的。

騷動的根源似乎是榎木津，但其實我不曉得到底是不是。總而言之，傳進我耳中的噪音是榎木津的叫聲。

「哇哈哈哈，小鳥這個大笨蛋！這不是給逃了嗎，怎麼可能裝得進那種東西裡嘛！」

「唔，可是這是水桶耶。」

「裝不進去水桶裡的啦！」

「沒有那種老鼠啦。」

「有，就是有！」

似乎有人在走廊上東奔西跑，劇烈的振動甚至傳進被窩裡來了。我受不了，決定走出去走廊，但可能是更衣花了些時間，走廊上已經沒有人了。

無可奈何，我走下樓梯，前往大廳探看。

大廳裡有掌櫃和三名女傭，還有久遠寺老人、今川和鳥口以及榎木津。

「噢，是小關。你總算起來啦？我可是起了個大早在捉老鼠呢！很羨慕吧！」

「捉老鼠？」

「什麼都咬，實在沒辦法。」

「咬？」

「你還沒睡醒嗎？你這隻賴床猴。」

榎木津大步走過來。這種時候，我毫無疑問地一定會被戳。我假裝向久遠寺老人和今川打招呼，閃開身體，迅速地移動到鳥口身邊。

「早安。那個，老鼠是……」

——又是老鼠嗎？

「在說些什麼呢？」

榎木津揮了個空，就這樣跑掉了。今川目瞪口呆地半張著嘴。

「哦，關口，好像從兩三天前啊，是庭院發現屍體的那天嗎？是吧，今川？對，從那天開始，老鼠就冒了出來。」

久遠寺老人說道，轉向女傭。

「都過了好幾天了，破壞卻完全沒有減少。我是個老頭子，早上醒得早，所以今早在櫃檯和廚房監看，結果看到了。看到這——麼大的老鼠。」

老人張開雙手，約有貓或狗那麼大。

鳥口說：

「沒有那麼大的老鼠啦。要是有的話，一定相當老了。可是那些老鼠幾天前才開始出現，突然長那麼大的話，就是妖怪了。」

「可是我也看見了，雖然只有看到尾巴，可是有這麼長呢。」

女傭——我記得是叫阿鷺——以兩手的食指比劃長度。

約有一尺長吧。如果是真的，那真是非常大的老鼠。

「哼！所以我從昨天開始，就為了擊退這些老鼠而奮鬥啊！」

榎木津說著，再次走近過來。

我本能地靠向久遠寺老人。

老人收起下巴，斜著身子望著榎木津說：

「關口，你能不能幫我說他幾句？這個偵探一點都不肯工作。比起殺人案件，似乎覺得捉老鼠更有趣。對了……」

老人突然轉身看我。

「一問之下，你昨天似乎也遇到相當不得了的事呢。」

「哦，還好啦……」

我無從答起。

眼前死了一個人，當然是件不得了的大事。

「我從今川那兒聽說了，可是沒想到竟然又有人被殺了……」

久遠寺老人的表情一瞬間轉為嚴肅。我認為談論人的死亡——特別是殺人案件的時候，這是理所當然的表情。但是老人像要甩開這份肅穆似地接著說：

「所以我叫他快去，但他就是這副德性，完全不肯行動。關口，你能不能替我鞭策一下他？」

「哦……」

話雖如此……

要是這個格格不入的男子闖入那座充滿閉塞感的牢檻當中，究竟會變得如何？久遠寺老人似乎對他寄予全面的信賴，但是就算榎木津人早就在明慧寺裡，能否阻止第二宗殺人案件也很難說。因為動機及一切仍不明朗，為何第二名被害人會是泰全老師？這只有兇手……

——榎木津會知道嗎？

只有他才會知道——或許。不過事到如今，我不認為局外人——而且是這麼吵鬧的一個人——還進得了現場。雖然是事後諸葛，但我覺得能夠勉強完成採訪，已經是件超乎常識的事了。

問題人物的偵探高聲說道：

「我想要看那個老鼠妖怪，因為我從來沒見過那樣的老鼠呢。逃跑的老鼠大得要命吶！小關，你也很想看吧？」

榎木津從背後狠狠地捶了我一記。

「很痛耶。那種東西我才不想看哩。說起來，榎兄，你昨天不是已經接受久遠寺醫生的委託了嗎？那就得工作啊。昨天的話還好，但今天你已經進不去明慧寺嘍。」

「為什麼？」

「因為明慧寺變成命案現場了啊，才不會放榎兄這種不莊重的人進去呢。」

「我哪裡不莊重了？」

「明、明明就很不莊重啊，說是大不敬也行。這家仙石樓也算是發現屍體的現場耶，不管怎麼說，有人在這裡過世，你的態度應該再矜重一些才對吧？而且你還是個偵探哩。」

「哈！」

榎木津對我投以不屑的眼神。

「那是怎樣？只要一臉凝重，不苟言笑，死人就會復活，兇手就會悔改自首嗎？不談論沉重深遠的主題，就沒資格登上殺人案件的舞台劇嗎？噢！多麼大時代的想法啊！說起來，這裡頭有哪一個人是為死了的和尚感到悲傷的？要是有死掉的和尚的親兄弟還是戀人在附近，我也會吐個幾句悼文的！噢，請節哀順變……」

「就算只有一點關係，也算是一種緣分吧？今川先生也是……」

說到這裡，我偷瞄了一眼今川，古董商還是一樣的表情，完全看不出他在想些什麼。

「他與被害人大西和尚、那個……」

「真蠢啊，小關。要是你喜歡哭哭啼啼的，要我哭給你看也行。要生氣要哭泣是我們活人的自由，跟死掉的人毫無關係。而且未必笑就代表對往生者不敬。真正的敬意，才不是老掉牙的眼淚！而且我也知道和尚很偉大。光是剃光頭髮，每天念經，就已經夠偉大的了。我很尊敬。」

「你扯到哪裡去了？我們不是在談這個啦。我是在說像榎兄這樣的人，現在已經沒法子進入現場了。」

「不必擔心！我是偵探，所以沒問題！小關，你也知道我為什麼會在這個世界被選為偵探這個角色吧？」

「我才不知道那種事。」

「哈！因為所謂偵探就是神明啊！喏，走吧，左文字先生！喂，大骨，帶路。」

榎木津突然一臉嚴肅地指向今川。

被那張英氣凜然的臉毅然決然地吩咐，木訥的古董商似乎陷入狼狽。

「我……要帶路嗎？」

「當然啦，頂著那張怪臉說那什麼話。小關是個超級健忘的作家，小鳥又是個容易迷路的年輕人，剩下的不就只有你了嗎？大骨，喏，快走！」

榎木津「哇——哇——」地嚷嚷著，大步走了出去。

今川略微駝背，望向我這裡。

「到底會變得怎樣呢？」

他一臉悲慘地說完後，小跑步跟了上去。

「唔，不愧是關口，巧妙地說動了他。」

久遠寺老人說道，搖晃我的肩膀兩三次，尾隨上去。就在還搞不清楚狀況的時候，我似乎點燃了榎木津的幹勁。

怎麼樣都不關我的事了。

鳥口在一旁不懷好意地笑著說：

「老師，難道這就叫天落饅頭貓造化？」

「不是貓，是狗。不過就像你說的，天落饅頭狗造化。礙事者消失了，這不是很好嗎？話說回來，刑警怎麼了？」

昨晚應該有三名左右的刑警在這裡。

「哦，他們不到五點，就全部出發去明慧寺了。聽說鑑識人員一早就會過去。現在還在這裡的只有益田先生和兩三名警官而已。哦，來了。」

和榎木津交替似地，以益田為首，敦子和飯窪小姐也進來大廳。

我自以為醒得很早，但似乎是最後一個才起床的。

飯窪後面跟著京極堂。

益田說著什麼。

「那麼……不過中禪寺先生也有工作要辦呢。這也是沒辦法的事……啊，關口老師，早安。」

在我睡覺時發生了什麼事嗎？京極堂已經打算要插手干預案件了嗎？

「喂，京極堂，你要做什麼？迫於情勢，你打算干預案件了，是嗎？」
「別說得那麼難聽。我有我的事要辦，要說幾次你才會懂？我正拜託益田，等會兒讓我跟常信和尚稍微談一談，我有事想請教他。」
「跟常信和尚？益田，可以嗎？」
「當然了。說個話也不會怎麼樣，所以我許可了。而且你們又不是嫌疑犯。這話只能在這裡說，菅原兄好像在懷疑常信和尚呢。哈哈哈，沒有大人在，我可以暢所欲言了。」
「益田，隨便把那種事洩露給一般民眾，可是個大問題，是侵害人權。嚴守調查上的祕密是警官的原則吧？」
京極堂以他一貫的口吻說，但益田似乎覺得自己被狠狠地斥責了。
「對、對不起，我、我這人就是嘴巴太不牢靠。」
「我了解。」
鳥口用力點頭。

常信和尚僵直地坐在別館的坐墊上。
他背對著壁龕。
不是坐禪的姿勢，而是跪坐。
常信和尚穿著那身華麗的袈裟，緊抿雙唇，睜大眼睛，縮著脖子。
壁龕上擺著花瓶，裡面插著像是梅花的枝椏。
背後掛著水墨畫的掛軸。
在它的前方，明慧寺的典座全身僵硬地坐著。
益田坐在右側。

京極堂坐在正面，我和敦子並坐在他後面。

鳥口與飯窪待在紙門外面。

常信一語不發，也沒有打招呼。

我想常信可能搞不清楚狀況，益田究竟是怎麼對他說明的？

不，京極堂究竟是用什麼說詞說服益田的？老實說，我自己也不太明白我們為何會列席這種場面。

京極堂行禮之後說：

「敢問是明慧寺典座知事，桑田常信師父……？」

態度殷勤有禮。

「沒、沒錯，貧僧就是桑田。」

「初次見面，我叫中禪寺秋彥，在武藏野經營一家舊書店。後面的敦子是舍妹，聽聞她前日及昨日給貴寺添了許多麻煩，首先請容我代她致歉。」

「呃、不。」

「其實我昨天就想前往貴寺拜訪，但是抵達這家仙石樓後，獲知凶訊，進退不得。」

「雖然不知您有何貴幹，但現在……縱然去了也無法如願以償吧。」

「是的，因此才在這裡……」

房間並不是很溫暖，常信的臉上卻冒出汗珠。

「警方說常信師父的性命受到威脅，因為危險，所以我增加了同席人數。若只有我一個人的話，我擔心常信師父會感到不安。」

「不安？」

「即便是虛靜恬淡、則天去私的佛家師家，面臨攸關性命之大事，亦另當別論。像我這種來歷不明的初識之人，也不能隨便信任吧？」

「呃、這……」

「生死事大，請珍重性命。」

常信深深吸了一口氣，像要吞進去似地憋住，接著邊徐徐吐氣邊說：

「您想……知道什麼？」

「是的，其實不為其他，我想知道明慧寺**物主的所在**。」

「物主？這……」

京極堂伸手制止。

「貴寺的情況我已經聽說了。當然那是根據已故的大西泰全老師對我身後的兩位說的情報，而我並沒有足夠的材料判斷真實與否。因此我所知道的貴寺狀況，是以老師並未做出虛偽的申告為前提。」

「泰全老師……並沒有說謊。」

「我也這麼認為。」

「那麼，您的問題本身就令人費解。明慧寺——那座寺院是由來自各宗各派的……」

「我請教的並非貴寺之宗派宗門。禪原本是佛心宗（註一），質問宗派是毫無意義的吧。我所請教的，是常信師父是否知曉大正的大地震之後，連同寺院一同買下那塊土地的人是誰？雖然我已經有所獲悉，但還是想請教常信師父。」

「貧僧並不知道。」

「我明白了。那麼請容我換個問題，是啊……貴寺裡是否藏有進入昭和時代之後撰寫的禪籍？」

「這……也不是沒有，但是各人擁有多少就……像過世的泰全老師幾乎從不下山，我想他應該也無法隨意取得書籍。」

「那是指每一位僧侶各自的藏書嗎？那麼有沒有寺院共同的書庫呢？」

「沒有。雖然有經藏，但只收藏了平日使用的教典。」

「這樣啊……」

儘管回答一如預期，卻還是遺憾萬分——京極堂的口氣聽起來像這樣。

這個舊書商究竟想知道什麼？京極堂與明慧寺有關的工作——是那座埋沒的倉庫嗎？怎麼可能？難道說那座倉庫是明慧寺的倉庫嗎？不可能有這種事。太遠了。在箱根眾多的寺院當中，明慧寺的位置應該是最難利用那座倉庫的才對。

「我明白了。那麼果然還是只有直接會見物主一途了，換言之——必須儘快解決……」

京極堂在對談中轉為自言自語般的語氣，略低著頭，雙手交抱。接著他突然抬頭。

「話說回來，常信師父。」

京極堂說道，身體稍微往前探出。

相反地，常信略微後退。

「關於禪，我只略知一二，是個沒有信仰的人。只是現在因為生意上的關係，必須經手禪方面的書籍，因而感到相當棘手。所以我想趁機討教一下……常信師父是曹洞宗吧？」

「是的。」

「既然能夠成為典座知事，想必已有相當深厚的道行了。」

「沒那回事。」

「但是典座古來便是只有道心（註二）的師僧、發心（註三）的高士才能夠擔任的職務，絕非馬虎之人能夠勝任的職位。」

註一：佛心宗即為禪宗之別稱，典故出於楞伽經中的「佛語心為宗」。

註二：佛家語，指立志求佛道之心。

註三：即發菩提心。救濟眾生，求往生淨土、成佛之心。

「貧僧是不得已才接任典座的。說來丟臉，但貧僧在明慧寺當中，評價不甚優異。典座的位置恰好空缺，而在餘下的雲水當中，貧僧是最老資格的，只是這樣而已。不過是依照年功選派罷了。」

「你前天曾說，前任的典座生病了，是吧？」

益田這麼一補充，常信便極為不悅地微微點頭。

「唔……是的。貧僧前一任的典座知事，是比貧僧晚上六年才入山的。雖然較我年長，但也代表他所獲得的評價比貧僧更高吧。」

「評價啊……」

京極堂的口氣很微妙。

常信不知為何有些著了慌，說出辯解般的話來。

「唔，在大眾一如的僧堂裡，評價高低這種說法極為不恰當吶，也可以說是拔群無益。」

「什麼意思？」

益田問京極堂。

「所謂大眾，指的是眾多雲水。眾人齊心合一，行動一致，就叫做大眾一如。在這當中，即使只有一個人脫穎而出，也不會有任何益處，則稱為拔群無益。對吧？師父？」

「完全沒錯。」

「但是大家老是一樣的話，永遠都不能培養出優秀的和尚吧。有了突出的英傑，再追趕超越，才能夠有所進步，不是嗎？對不對？關口老師？」

益田向我徵求同意。

這名年輕的刑警似乎有動不動就離題的毛病，不過這也證明了這名青年腦筋動得快，而且個性認真。像我不管聽什麼，都只覺得「這樣啊」，囫圇吞棗。攝取的情報不會立刻就化為血肉，需要花上許多時間，才能夠發現情報與自身想法的差異。

也不能就這麼默默不語，我胡亂搪塞打馬虎眼。
「那是因為我們習慣了資本主義的競爭社會，才會這麼覺得啊，益田。」
聽起來很有這麼一回事，但其實這並非深思之後的發言。
然而常信點了兩下頭。
「所言甚是。修行並非競爭，並不是以悟道為最終目的，競爭誰第一個到達。所以打掃的人打掃，做飯的人做飯，一行三昧，心無旁騖地進行被吩咐的作務，這便是吾等雲水的修行。這並不僅限於寺院當中，在這個社會也是一樣的。不管是什麼職業，若是欠缺，社會就無法成立。盡十方界真實人體，凡百皆是真理，一個人的努力便是對全體的服務。貧僧被賦予典座這個大任之後，也一心努力修行，並無半分怨言。」
「哦，總覺得格局一下子就變得好大，似懂非懂的……這話是很符合道德啦。」
「這並非道德。」
「是嗎？可是你說沒有怨言，但是就不會對被指定的職務有所不滿嗎？或許桑田師父你對料理不以為苦，但是裡頭也有人不擅長料理吧？沒有選擇職業的自由嗎？」
「沒有。那種不叫自由，個性並非顯露在那種事情上的。」
「這樣嗎？不過我覺得尊重個人的性向和嗜好才是正確的呢。」
「益田，你把目的與手段分開來看，才會得到這樣的結果。對這些人而言，那是不可區分的。不過你要這麼想，也是你的自由。」
京極堂說，駁回益田的意見。
確實——像我，也認為勞動是為了完成目的的手段。所謂目的，也就是賺錢，或是過好日子這一類的事，而它有時候並非與勞動直接連結在一起。在這種情況下，勞動的報酬能夠實現目的，人是為了求回報才工作的。

但是也有人不計金錢、名譽，喜歡工作本身，或把工作當成人生價值。然而仔細分析，就知道那其實也沒有什麼不同。喜歡工作的人，說穿了是先有滿足自己的嗜好欲望這樣的目的，而勞動本身則純粹是為了滿足那種欲望的手段。勞動所帶來的快樂取代了報酬，如此罷了。

就算將其代換為社會貢獻、自我實現等高尚一些的說法，結果也是一樣的。目的還是目的，與手段乖離這一點並沒有改變。

但若是為了工作而工作，無論是擦地或洗米，都同樣是動手，以動作來說，也沒有太大的不同。

「這些暫且不論……」

京極堂修正大幅偏離的軌道。

不過他早就知道會有人這樣插嘴了吧。挑選同席者的絕對不是益田，而是京極堂。那麼這些人選全都是經過計算的。雖然我不知道他的用意是什麼，但這個人總是萬無一失，滴水不漏。

「臨濟與曹洞的修行是不一樣的吧。」

策士舊書商接著這麼說。

「無論哪一宗，修行就是修行。」

常信回答。

「若論不同，每一個人都不同，若說相同，每一個人都相同吧。方才你說禪原本是佛心宗，質問宗派是毫無意義的，就像你這番話所說的吧。」

「說得沒錯，」

京極堂佩服地點頭。

「我非常明白常信師父的意思。縱然是同一宗門，修行也是各自不同吧。只是在外行人看來，臨濟與曹洞看起來入口是不同的。雖然教義的確是非常相似，但同處一堂修行，不會產生許多障礙嗎？從文獻資料上來看，兩宗在歷史上也曾經有過相當激烈的對立，當中甚至有幾近痛罵的文章。我想知道究竟是什麼部分，使得兩宗如此誓不兩立。」

常信緩緩拱起右肩。

「歷史上並沒有那麼多嚴重的抗爭。當然，若是深信所信，秉持真摯的態度修行，有時候也會在無法妥協的部分彼此對立。因為凡是禪僧，參禪時皆是付出全心全力、賭上全部人生，所以也會發生謾罵對方之類的事吧。例如說，曹洞宗現在被稱為默照禪，或如此自稱，但那原本是一種唾罵。是南宋初期，中國臨濟宗的大慧宗杲，誹謗同樣是中國曹洞宗的宏智正覺所說的話。意思是說他不探討公案，只是坐著，毫無一點用處。但是聽了這番話的宏智和尚寫了《默照錄》，述說默照禪才是正道。亦即收下謗言，將之轉化為讚賞。而相反地，他把大慧的禪揶揄為看話禪。也就是只會絞盡腦汁思考公案，也不坐禪，是只會耍嘴皮子的禪的意思。但是現在看話禪被拿來形容臨濟的禪風，是一個正面的詞彙。換言之，這並非爭論哪一方正確的勝負，只是不同罷了。」

「所以說，禪風不同的雲水聚集在一起，有可能大眾一如嗎？」

「這……」

常信微微地咬住下唇。

「不能，只能這麼說吧。」

「我想也是，想必常信師父經歷了相當多的辛勞。如果是對方錯誤的話，還能夠予以糾正，但是對方也不是錯誤，所以無從糾正。根據益田的話，監院慈行和尚是臨濟宗。之前過世的是了稔和尚吧？了稔和尚也是臨濟宗的嗎？」

「是的，那一位是……」

「盡是破戒的破夏僧嗎……？」

「在貧僧眼中看來就是如此。曹洞、臨濟、黃檗全都不同，不同是好事。但是了稔師父那種做法，我無法容許。的確，不管是坐是起，修行就是修行。可是如果說因此就可以為所欲為的話，我無法接受。若說發財是修行的話，那賺錢也是修行、連犯邪淫戒都是修行，這簡直比市井無賴更糟糕。」

「但是泰全老師認為這樣就好？」

「老師是個心胸寬闊的人。不過以老師的禪風來看，原本應該會與了稔師父彼此對立的。而且了稔師父他貶低老師的禪，說那是沒用的分別禪。老師聽到他這麼說，卻也只說沒錯。」

「哦，是這樣嗎……？」

益田轉向我和敦子，傷腦筋似地把眉毛垂成八字形，眨了兩三次眼睛。

「但是我聽泰全老師的口氣，他似乎相當看重了稔和尚呢。」

「老師他……或許是因為了稔師父過世了，所以才這麼說吧。就算不是多了不起的僧侶，只要過世，老師都會贈予相當誇大的謚號，他就是這樣一個人。」

常信那張青黑色的臉略微歪曲了。

京極堂深感同情地說道：

「原來如此，了稔和尚的行止竟是如此荒唐……」

「不，我並不想說死人的壞話，只是，」

常信的臉頰有些潮紅地說：

「除了參加早課之外，他根本是我行我素，真正是拔群無益。如果隨心所欲就能夠修行的話，誰都不願意修行了。就連在家的禪師，也知道要遵守戒律。他那個樣子，根本就沒有出家的意義。的確不是只要遵守戒律就好，但也不表示可以不必遵守，遑論那不應遵守的態度算什麼？一面喝酒吃肉，一面揶揄認真修行之人，儘管如此，卻說他才是真正悟道之人，簡直就是外道。」

「原來如此、原來如此，我非常了解……」

以京極堂而言，這番應和極有同情心。

「嘴巴上愛怎麼說都行，是嗎？」

「是的。了稔師父瞧不起公案，說強詞奪理，會陷入道理的地獄。但他又斥責只管打坐的人說昏睡個什麼勁。他說得沒錯，只注重精巧細緻的公案解答，對修行或許完全沒有幫助，同時只是呆坐，或許也不能說是修行。但是仔細想想，了稔師父自己也是一樣。他只是恣意妄為地不斷破戒，然後強詞奪理地將之正當化罷了。了稔師父的行動以禪僧來說，確實是無法理解，但是將那些無法理解的行動冠以煞有介事的道理，和絞盡腦汁想出機智的公案解答沒有兩樣。而且說到他平日的行止，根本是比躺著睡覺更惡劣。」

「所以，常信師父覺得他因此才會被殺的嗎？」

「怎、怎麼可能？不，老實說，貧僧一開始也這麼認為。那個人問題重重，所以貧僧……」

常信說到這裡，顧慮到益田，暫時頓了一下。

「了稔師父將明慧寺裡發現的書畫古董全都賣掉了——這事警方也知道吧？」

益田以平常的態度輕鬆地回答：

「聽說了。可是聽說那也是因為……呃，禪與藝術無關，所以賣了也沒關係之類的理由。」

「這……修行與藝術確實無關。只是，禪師製作物品，也算是一種修行。同樣地，觀看也是一種修行。不，縱然與修行無關，但將其拋售換取金錢，是否能說是一件值得嘉許的事？只要讓原有的東西保持原狀就行了。因為把它換算成金錢，才會產生藝術、古董這些**多餘**的價值。東西還在寺院裡的時候，只是普通的香爐、普通的紙片，但是一旦交到業者手中，頓時就成了要價幾萬幾十萬、莫名其妙的東西了。所以藝術性這種頭銜，不是存在於東西本身，而是處理它的行為。因此……」

常信握緊拳頭。

「那個時候，這件事也引發了問題。」

「那個時候？」

「貧僧與祐賢師父進入明慧寺，是在十八年前，季節一樣約是此時。當時明慧寺裡只有老師、貫首以及了稔師父，雲水也只有十人左右。我們入山之後，人數也隨之增加，所以便著手修繕破損的建築物，加以打掃，總之便是進行兼具作務的調查。」

「哦……對了，你們原本是來調查的。」

「沒錯。一開始估計只要一年左右就能夠查出結果，然後就可以下山，所以我們鼓足了幹勁。」

「老師說，那時候發現了很多東西呢。」

「是發現了很多書畫古董之類的東西。」

「無法從那些東西查出寺院的來歷嗎？」

京極堂突然厲聲質問，口氣和剛才那種和善的樣子大相逕庭。

「讚之類的文字，應該會寫到一些東西吧？」

「當然，只是知道名字的作品很少。就算有認識的署名，也不曉得是不是真跡。那些東西全都看不出年代。修行僧裡沒有人能夠鑑定，所以這事便交給了了稔師父。結果……」

「他把東西給賣了？」

益田揚聲。京極堂沒有再繼續追問這個問題。

「對。賣了個好價錢，所以物品的年代久遠，本身也相當珍貴，因此這座寺院應該相當古老吧——了稔師父這麼說。還說就拿這些錢來更換榻榻米吧。那個時候，了稔師父喝得爛醉。」

「原來如此，他就是這種人啊。」

「沒錯。我們大失所望，然後……起了相當大的爭執。一開始泰全老師也憤慨不已。我不知道老師究竟是如何向各位說明，但老師似乎相當愛好書畫之類作品。」

從泰全老師的話所想像的了稔形像，與現在常信所述說的了稔像之間有著巨大的落差。但是並不能說有哪一方在說謊。兩邊說的都是同樣的一件事，其中的差異正是——彼此無法相容的部分嗎？我無法判斷。

「那個時候，針對究竟該如何處置了稔師父的問題，我們也談論了相當多次。為了了稔師父，貧僧與祐賢師父兩個曹洞組，和泰全老師及覺丹禪師彼此對峙。但是這並非談了就會有結果的事。那個時候，了稔師父把自己比喻成貓。」

「貓？這次是貓嗎？」

益田用沒出息的眼神看我。

「是『南泉斬貓』嗎？」

京極堂說。益田當然反問。

「什麼是南泉三貓？」

「益田，那是一則有名的公案。那麼，了稔和尚如何譬喻呢？」

「了稔師父這麼說了……」

——兩方為了貧僧僵持不下，恰如東西兩堂爭貓兒。道不得即斬乎？此處無南泉普願，亦無頭戴草鞋之趙州，如何？

「他這麼說。」

「聽不懂，完全不懂。」

益田一片混亂。京極堂勸慰似地說道：

「益田，了稔和尚的話是有來歷的。」

「是……公案嗎？姑且說給我聽聽吧。」

京極堂窺探了一下常信，說「由我來說明滿奇怪的」。但是益田再次請求，朋友便不甚情願地說明那則公案。

「有一次，一名叫南泉的高僧的弟子為了一隻貓而爭論。此時南泉和尚走過來說，『你們現在當場說出合乎佛法的話來，否則我就斬了這隻貓。』弟子答不出話來，於是南泉便斬殺了貓。」

「殺了貓？高僧嗎？」

「他殺了貓。然後黃昏時分，弟子趙州回來，南泉告訴他這件事問，『若是你會怎麼做？』結果趙州把草鞋擺到頭上，匆匆走出了房間。看到這一幕，南泉懊悔地說，『若是當時趙州人在現場，我就不必斬貓了。』」

「這反而更教人一頭霧水了，那種反應簡直是瘋了嘛。」

「不用懂沒關係。總之那個時候，了稔和尚將自己比喻成貓質問，這場審判，若是得不出合於佛法的意見，就要把我殺掉嗎？但是這裡既沒有負責殺人的南泉，也沒有頭戴草鞋的趙州喲？你們要怎麼做？」

「正是如此。別說是貧僧了，沒有任何人答得出來。結果泰全老師就原諒他了。祐賢師父自此之後，也停止繼續追究。而後，了稔師父依然繼續相同的行徑，但是再也沒有任何人說話了。之後直到監院更迭為止，了稔師父似乎都持續著那種買賣行為。」

益田問道：

「你前幾天說了稔和尚一開始就在**那個位置**，那是指從你入山時開始，了稔和尚就是監院的意思嗎？」

「有些不一樣。貧僧說的**那個位置**，指的是財務管理、與教團聯絡、修繕建築物等，一手負責由所謂四知事來處理的職務。我聽說了稔師父一開始就是為了這些工作才入山的。」

「換句話說，他是為了獨力承攬一般庶務而來到明慧寺的嗎？」

「是的，據說是泰全老師邀請他來的。調查需要人手，只要有人來，就需要負責這些事務的人。所以了稔師父一開始就是以知事、而覺丹禪師則是以貫首的身分進入明慧寺的。」

「哦，可是照道理講，由泰全老師來擔任貫首也可以吧？」

「關於這部分，我不太清楚。貧僧入山的時候，泰全老師才七十左右，不過……對，老師一開始是在庫院擔任類似典座的職務。」

「典座？做料理嗎？」

「是的。原本禪寺的組織，是以知事和頭首建立起來的。知事掌管會計和管理，而頭首負責修行實務。頭首分為首座、書記、藏主、知客、知殿、知浴六役。頭首稱西班，知事則稱東班。但是這個制度根據寺院的規模和宗派而異。明慧寺就如同各位所知道的，是宗派混合的寺院，因此一開始實行得並不順利。我記得是在昭和十四年的時候，才固定為現在這種形式。原本由了稔師父一手負責的庶務分派給其他人，直歲是祐賢師父、典座是泰全老師、貧僧擔任維那，了稔師父則成了監院。」

「那是因為雲水的人數增加，才整頓組織嗎？」

「也不是這樣，這……是啊，與其說是人數增加，我想明慧寺開始接受入門僧這一點應該是更重要的因素。在那之前，只有各自帶來的侍僧，所以不需要組織。第一次有暫到進入明慧寺，是昭和十三年，我記得那個時候來了五個人。」

「咦？呃……昭和十三年，不是慈行和尚入山的那一年嗎？」

益田翻著記事本。

「嗯，果然沒錯。」

「是的，慈行師父也是那一年入山的僧侶之一。他當時才十三歲左右——所以慈行師父和貧僧等人不同，不是其他寺院派來的僧侶，而是在明慧寺長大的僧侶。」

慈行等於是在這座山裡成為僧侶的嗎？

他在那座寺院學習佛法，在那棟建築物坐禪……

在那座——牢檻當中……

「看來貧僧做了太多不必要的說明……」

常信窺看益田的臉色，自行修正話題。

「之後歷經數次轉任，結果慈行師父當上了監院。那個時候，了稔師父的事再度引發了問題。慈行師父同樣地與了稔師父激烈地對立，所以貧僧與祐賢師父便將『南泉斬貓』的事告訴慈行師父。結果……」

「怎麼樣？」

常信青黑色的臉變得更加蒼白。

「慈行師父說，『那個時候為什麼**不殺了他？**』」

「這太偏激了吧？」

「慈行師父當時這麼說……」

——即使無法如趙州和尚那般高明而機智地解決，應當也能夠像南泉禪師般將其斬殺吧？應該殺了他的。

「那個時候，貧僧感到毛骨悚然。慈行師父不是在說笑，他是發自真心的。」

「可是，貓跟人怎麼能夠相提並論呢？」

「不管是殺人還是殺貓，只要犯了殺生戒，都同樣要下地獄。南泉禪師明知道這一點而殺了貓。換言之，他用賭上生死的覺悟來向弟子說法。只要是被尊為師家禪家之人，都應當要有這樣的覺悟吧——當時我以為慈行師父那番話是這個意思。」

常信說到這裡，把臉從正面轉向左側，垂頭喪氣似地看著榻榻米。只是這樣一點小動作，就讓禪僧獨特的威嚴蕩然無存了。

「聽到了稔師父遇害時，老實說，貧僧想起了那時的事。說我完全沒想過，是騙人的。」

「那麼，常信師父，你認為是慈行和尚殺了了稔和尚嗎？」

「不是，我不是在懷疑慈行師父個人……」

常信的語尾變得含糊不清。

京極堂質問：

「慈行和尚當上監院，是什麼時候的事？」

「戰爭的時候。年輕的僧侶接二連三出征，貧僧等人帶來的中堅僧侶全都戰死了。所以原本擔任首座的慈行師父被任命為監院，戰後也兼任知客。」

「所謂首座——是修行僧的首席呢。」

「唔，是的。他是個優秀的學僧。」

「但是戰爭的時候，慈行和尚應該才十九、二十歲左右。這算是相當了不起的拔擢呢。」

「其他的僧侶更年經，否則就是經驗不足。」

「原來如此。那麼常信師父，在明慧寺長大的慈行和尚，究竟算是何種法系呢？」

「法系？這是什麼意思……？」

「明慧寺是混合宗派，我只是好奇，在這當中**長大**的話，究竟會成為什麼宗派呢？聽說慈行和尚是臨濟僧吧？那麼他是泰全老師的弟子，或是了稔和尚的弟子嗎？」

「哦，原來是這個意思。現在每一位知事都被交付幾名雲水，指導他們修行。但是慈行師父入山時，暫到也是來自於各派，各有各的寺系法系。慈行師父在本山也有一位名叫慧行大師的師父。慈行師父是由那位人師剃度，也是大師引薦到明慧寺來的。慧行大師是泰全老師的師兄，當時一年會過來一兩次，但是在戰禍中亡故了。至於慧行大師究竟是何法系，貧僧也不太記得，不過……是啊，慈行師父似乎特別尊敬所謂應燈關中的一支，尤其是其中的白隱禪師。」

益田插嘴：

「不好意思一直打斷，什麼是應燈關？」

京極堂回答：

「益田，所謂應燈關，是從大應國師南浦紹明、大燈國師宗峰妙超、無相大師關山慧玄當中各取應、燈、關三字為名的臨濟宗法系。」

「那有什麼特殊嗎？」

「我不明白你說的特殊是什麼意思，不過……也不算特殊吧。」

益田以有些嚴肅的口吻說道：

「對於沒有學問的警官來說，禪的一切都是特殊的。這三、四天來一直接觸到禪，讓我陷入一種好像漸漸懂了的錯覺，但其實還是不了解。前天聽了泰全老師的話，我覺得好像懂了一些，但是現在聽了常信師父的話，又完全不懂了。明明是發生在同一座寺院的案件，卻沒辦法用一個統一的價值觀明快說明。這如果是發生在企業內的犯罪，就算關係人再多，也不會混亂成這樣。雖然個人的思想或志向各自不同，但例如說動機是利益的話，不管背後擁有什麼樣的思想，一樣都還是以利益為目的。但是這次的案件，不管聽到什麼都是一頭霧水。這簡直沒辦法辦案。」

「是啊。似乎亂成了一團，警方也該知道一下禪宗概略的歷史會比較好吧。」

京極堂說道，摸了摸下巴。

「是啊，請教教我吧。搜查動不動就陷入瓶頸，進退不得啊。只因為不懂基礎，不曉得白費了多少心血。泰全老師的話雖然簡單易懂，但其實有一半是我靠想像來填補的。」

這一點我也是相同。

「平常遇到這種狀況時，我們還是會學習……」

益田接著說：

「警官也不光只是會擺架子的。必須解決發生在特殊環境下的案件時，我們也會看看書，聽聽與犯罪沒有直接關係的話，努力去理解。但是在這裡卻連這也辦不到，該怎麼說……時間的流速有些不同啊。」

年輕刑警傷腦筋地說：

「和尚都很忙，案件迫切的發展又讓我們無法悠閒地去詢問傾聽。所以……呃，這種機會難得，怎麼樣呢？能不能教我一些禪的事呢？」

益田看著京極堂。

「你是在對我說嗎？我可是個門外漢。在常信師父這樣的禪師面前，由我來說明是找錯對象了，而且我也沒那麼狂妄……」

「不，這我明白。可是就算直接請教桑田先生，我也不認為我能夠理解。不是他講得太難，而是我太無知，就連提問也不知道要怎麼問。若是不請造詣深奧的民間人士來口譯的話……」

「口譯？」

「貧僧是修行僧，並非歷史學者。從目前為止的對話來看，貧僧認為您似乎善於說明。」

常信這麼說。

「事到如今也沒什麼好推托的，既然常信師父都這麼說了，就容我僭越吧。而且協助警察是一般民眾的義務呢。常信師父或許會感到無聊，不過我若是有說錯的地方，還請指正。」

京極堂說道，轉過身體，望向我和敦子。

看到那張臉，我立刻知道這種發展也是他所安排的。這個人很難對付。只是，我還不明白他究竟想要做什麼。

接著，講學唐突地開始了。

「接下來我要說的，是禪極為表面的歷史。更深的部分，不是能夠簡單說明清楚的。不，就算不簡單，也不能說明。禪是不能夠以語言說明的。所以我不是在說禪，只是在陳述關於禪的歷史，請各位理解。我想，也只能從用不著說明的地方開始說明了吧。禪最早是……」

益田立刻插嘴：

「是達摩吧？泰全老師也這麼說。」

這的確是事實，前天泰全曾這麼說過。

但是京極堂揚起了單邊眉毛。

「益田，不可以胡說八道。禪最早是由釋迦創始的。禪是佛教，這是當然的吧。」

「什麼？要追溯到那麼遠？」

「當然，這是釋迦晚年在靈鷲山上說法時的事。只有那一天，釋迦什麼也沒有說，他默默拈了一枝開在附近的一種叫做金波羅華的花朵示眾。弟子大多都不明所以，只有一個叫做摩訶迦葉的弟子破顏微笑。釋迦見狀說道，『吾有正法眼藏，涅槃妙心，實相無相，微妙法門。教外別傳，不立文字，付囑摩訶迦葉』——也就是把語言不能說，文字不能寫的教法，全部傳給摩訶迦葉之意。這叫做拈花微笑。這就是禪的起始，對吧？」

常信默默點頭。

「就這樣，摩訶迦葉繼承了釋迦的衣缽。從這位摩訶迦葉開始，無法以語言傳授的教法——衣缽傳給了弟子阿難，再傳給阿難的弟子，如此傳承了二十七代，經過千年，總算傳到了第二十八代弟子——達摩。達摩在印度的禪裡，是第二十八祖。之後達摩遠渡中國，傳播了禪。亦即在中國，達摩是傳禪者，是中國禪的開祖。」

「怎麼，原來最早還是釋迦……」

益田露出奇怪的表情。

「不是達摩想出來的啊？」

「但是菩提達摩在某種意義上，也的確是禪的始祖。延續到現在的禪的基礎，是達摩奠定的。據說從釋迦繼承的『不立文字』與『教外別傳』，再加上『直指人心』、『見性成佛』的所謂『禪的四聖句』，便是達摩提出的。不過這其實好像是唐代才創立的詞句，說是達摩提出的實在是難以置信……」

「詞句本身雖然可能是後世編纂出來的，但那的確是菩提達摩之心吧。以心傳心，是後世的人記下了傳承的心。」

常信說道，京極堂點頭。

「或許是呢。不管怎麼樣，在那個時代，禪是以衣缽相傳的形式繼承的。亦即一個師父與一個弟子，就像把杯中的水移到另一杯似地，衣缽——道法被繼承下來。從達摩之後傳承了六回，在那段期間，禪一直受到打壓。對吧？」

「在那個時代，佛教本身在中國似乎是受到彈壓的。」

常信簡短地回答。

「是的。但是在第六代，也就是六祖的時候發生了問題。禪在那時分裂為兩邊。」

「一子相傳發生了繼承人之爭嗎？」

「你的比喻有點怪，不過就是如此。五祖弘忍有許多弟子，當中最優秀的是一個叫大通神秀的人，他就像我們今天所說的菁英分子。這位神秀本來應該會成為六祖，然而這個位置卻被意料之外的伏兵給奪走了，那就是大鑑慧能。」

「發生了什麼抗爭嗎？」

「沒有。慧能是個樵夫，連大字都不識幾個，是個沒有學問的人。在弘忍多達七百名以上的弟子當中，也是階層最低的搗米小僧。然而不知為何，他卻一下子繼承了道法。然而主流派也不可能善罷干休，慧能繼承了衣缽以後，便逃向了南方。關於這一點，雖然實際上並不是逃亡，不過這樣說比較簡單明瞭，就當是這樣吧。」

「為什麼是南方？」

「或許因為慧能原本是廣東省新州人吧。廣東一帶在當時算是蠻荒之地，是文化沙漠，但是慧能卻在那裡扎根，以鄉下為中心開始傳教。另一方面，神秀以京城——長安及洛湯為中心活動，一時擁有絕大勢力，然而最後卻斷絕了。慧能的禪被稱為南宗禪，相對地神秀的禪被稱為北宗禪。」

「分為南北了嗎？」

「但是他們並未自稱北宗吧？」

常信說。

「是啊。稱之為北，是由慧能這邊來看是北邊，但神秀並沒有自己是北邊的認知，而且對於相信自己才是**正統**的人而言，既沒有南也沒有北吧。但是北宗斷絕了。這與其說是教義上的問題，更重要的原因應該是安史之亂等戰亂引起社會動盪，失去了支持者吧。與主張漸悟的北宗禪不同，南宗禪提倡頓悟。相對於以貴族為中心的北方，南方是以農民為中心——在這樣的架構下，最後南宗倖存下來，決定了勝負。結果促使中國佛教由教學佛教轉為實踐佛教。」

京極堂轉頭望向我。

我不由自主地縮起脖子。

總覺得京極堂的話讓我有點在意。

但是為何會在意那麼久遠的過去歷史，我還是不明白。

益田開口道：

「原來如此，北與南的支持基盤不同呢。貴族與上流階級中心，和農民與低層階級中心。該說是都市型與農村型呢，或是中央與地方……不過依附中央的類型確實禁不起政變，所以北方才會衰弱……但是在教義或修行等方面，南北也不一樣嗎？」

「是啊。北宗禪是持續修行，逐漸悟道；但南宗禪悟道時，是一下子就領悟。」

「就算不修行也是嗎？」

「沒那回事。南宗的悟——頓悟，與逐漸地、徐徐地到達領悟階段的北宗相比較，容易給人『馬上就領悟』的印象，但頓悟的『頓』字，並非指時間上的經過，反倒是指根基於徹底的現實肯定的**脫落的**

悟，是這樣的悟……」

「但是最初提倡頓悟的不是道生嗎？那麼……」

常信從我們不了解的次元提出異議。京極堂回答他的問題：

「是啊，是《二諦論》嗎？還是《佛性當有論》？——那麼立即悟道這樣的解釋也是妥當的。總之在宗教的立場上，頓悟比漸悟的次元要來得高這樣的看法普遍存在於社會……」

「哦，教義上也是南方大獲全勝呢。」

「對。但是若說禪宗的歷史就此收束為一，也並非如此。六祖慧能也有幾名弟子，要從當中選出一個人來繼承七祖的時候，又發生了問題。對吧？常信師父？」

應答的常信似乎冷靜了一些。

「在曹洞，七祖是青原行思。關於這個問題，以及六祖究竟是誰的論議，在若干文獻中亦有記載……」

「北宗的普寂禪師也自稱七祖，狀況似乎相當混亂。聽說南宗的神會提出異議，宣稱他才是七祖。在《中華傳心地禪門師資承襲圖》裡，普寂與神會兩邊都被列為七祖。」

「您知道得真清楚，這些事連貧僧都不曉得……」

「只是讀白紙黑字的話，只要是識字的人都辦得到。我是賣書的，這沒有什麼好驚訝。但是北宗禪衰退之後，南宗當中，反神會派裡頭也出現了認同青原為七祖的動向。其後更出現了一派，推舉另一名高徒南嶽懷讓為七祖。但是仔細想想，這些根本無所謂，因為最後慧能的弟子當中，對後世影響最深的只有青原與南嶽兩人而已。亦即視這兩名為七祖，或根本沒有七祖，其實都是一樣的。在這裡，南宗禪又分裂為兩派了。」

「分成那個……青原跟南嶽？」

益田的發音一副就是他不知道漢字怎麼寫的樣子。

「對，不期然地，南宗也分成了青原系與南嶽系。南嶽系裡，馬祖道一、百丈慧海等名僧輩出。而這些更分成兩支，其一是溈仰宗，另一支則因為臨濟義玄的出現，開花結果為臨濟宗。」

「哦，總算出現聽過的名字了。」

益田發出鬆了一口氣的聲音，我也是同樣的心情。但是仔細想想，就在短短數日前，連臨濟義玄也是我從未聽說過的名字。

「另一方面，青原系──以曹洞宗來看，應該也有人認為它才是本流──出現了雲門宗、法眼宗這兩宗，更有繼承洞山良价、曹山本寂的法系所誕生的，取曹山之曹、洞山之洞而成的曹洞宗。」

「原來如此！」

益田擊掌。

「所以這邊才會說青原是七祖吧？曹洞宗是青原系的嘛。」

「是啊。就這樣，中國禪──特別是南宗，在唐代甚至被稱為五家七宗，席捲了中國佛教界。」

沉默了一陣子的敦子發言：

「所謂五家，是溈仰、臨濟、雲門、法眼及曹洞，對吧？七宗指的又是什麼呢？」

「這五家之中，臨濟宗更分出黃龍派與楊岐派。加上這兩派，就成了七個。臨、雲、溈、曹、法為五緯，加楊岐黃龍之五派，猶成太陽太陰之七曜……」

後半可能是某些文獻的引用，但我還是不知道是什麼。

京極堂說到這裡，正襟危坐。

「接下來，總算要說到本朝的禪了。一般認為，最早將禪帶進日本的是天台僧榮西禪師。他兩度入宋，在天台山學習臨濟宗黃龍派的禪，並將之帶回。但是禪並非立刻就在日本扎根。禪受到天台宗排擠，遭遇到相當大的困難。不過禪宗徹底貫徹親近幕府的態度，以和其他宗派並存為目標，因此一直沒有斷絕。內容也是顧慮到真言與天台的兼修禪。話雖如此，禪就是禪。榮西禪師的評價之所以兩極化，也是起因於他對權勢妥協的態度，但若非如此，可能就沒有今日的禪了，所以應該給予正面評價才對。但是同一時期，有人以不同於榮西的形式進行禪的傳教活動，那就是**大日房能忍**。」

這個名字。

——我曾經在哪裡聽過。

「我不知道他在一般人當中的知名度是高是低。關於能忍，正確的記述不多。但是日蓮上人將淨土宗的法然與能忍放在一起詆毀，所以他應該具有相當的影響力才是。」

「我沒聽說過這個人呢。」

敦子說。確實比起榮西，這個名字要陌生多了，但是我曾經在**哪裡**聽過。而且還是**最近**……

「能忍傳播禪學，但是據說他是獨學，並未師事任何人。然而禪宗重視法嗣，必須隸屬某一個人的法系才行。因此能忍便派使者到宋國，請求讓他繼承法道。」

「這麼隨隨便便的……」

「的確有這種事的。能忍雖然人在日本，卻被允許繼承臨濟宗楊岐派的拙庵德光的嗣法，被授予了頂相、達摩像及禪籍。」

「啊！他就是得到了、還是出版了**那裡**的《溈山警策》的……」

我想起來了，是在那座**埋沒的倉庫**聽到的名字。京極堂果然不是只為了講述禪的歷史才安排這場會見的。那麼……

京極堂想要把誰怎麼樣呢？他現在想要捕縛的是桑田常信嗎？但是常信這個禪僧不是早就對這些事瞭若指掌了嗎？這種講學有什麼意義呢？

京極堂稍微瞄了一下我說：

「對，你記得真清楚了，關口。沒錯，就像你說的。」

接著他這麼作結。

「然後能忍建立了『日本達摩宗』一宗。」

「沒聽說過呢，雖然這名字很容易記。」

「那當然了，益田。就這樣，黃龍與楊岐兩派皆傳到本邦了。然而榮西姑且不論，能忍卻**被殺了**，對吧？」

常信什麼都沒有回答。

「被殺了？」

益田停了一拍後，發出奇怪的聲音。

「益田，用不著擔心，那是鎌倉時代的事了，早就過了時效。總而言之，榮西和能忍都遭到了打壓，而打壓的背後，一定有著既存教團的勢力。能忍的達摩宗受到禁止傳教的處分。能忍的弟子則進入山野，傳播禪學，不久後進入道元門下，在永平教團——曹洞宗的成立當中扮演了重要角色。對吧？」

「好像……是這樣吧。」

常信失去了霸氣。

「但是榮西就像我剛才說過的，與權勢保持著若即若離的關係，持續宣揚禪學。他將據點移至鎌倉，與幕府的關係也越加密切。這在後來發揮了功用。榮西在京都建立了建仁寺，在鎌倉興建壽福寺。然後，總算輪到道元登場了。」

總算講到道元了——我也這麼想。從釋迦開始說起的話，這也是當然的。雖然是增長了知識，卻派不上任何用場吧。

「道元以天台僧的身分，在延曆寺、園城寺兩方修習之後……」

延曆寺——山門，以及園城寺——寺門，前天我才剛聽說過。是聊到老鼠和尚的時候。

「又進入建仁寺，之後他與榮西的門人明全一同入宋，求道之後，邂逅了天童如淨，並嗣法歸朝。如淨是曹洞宗。就這樣，臨濟以外的禪可說是初次得以傳入日本。但是道元遭到了嚴重的打壓，當然是來自比叡山。而他也與建仁寺的僧侶分道揚鑣。這也是當然的。道元繼承的是曹洞宗，必須遠遠追溯到六祖慧能，才能夠與臨濟宗合流……」

「據說他對禪林的墮落感到失望。」

常信依然無力地說。

感覺上他雖然冷靜了，卻也喪失了生氣。

京極堂一副「原來如此」的模樣點點頭，卻也問道：

「但是例如說，光是一個經行，曹洞與臨濟的做法就不同吧？」

「這……是啊。」

「什麼是經行？」

「簡單地說，是一種行走方式。叉手當胸這一點是一樣的，但曹洞宗是一足半步，也就是在一次呼吸之間行走半步；臨濟則是氣宇軒昂地快步行走。這被稱為曹洞之牛步，臨濟之虎走。」

我想起法衣的袖子灌滿了風，驅馳而過的慈行之姿，確實氣宇軒昂。

「所以我不認為兩宗差異如此之大，卻能夠一起修行。總之，道元離開建仁寺，獲得白山系天台宗及達摩宗殘黨等勢力之助，不久後在越前（註一）創立了永平寺。另一方面，以鎌倉為中心依附權勢的臨濟宗，則不斷興建寺院，自中國請來無學祖元等僧人，勢力日益壯大。它的成果就是五山寺院以及五山派教團。最初是北条貞時（註二）將淨智寺列為五山，並一一給予建長寺、圓覺寺、壽福寺等五山的稱號，制定了鎌倉五山。其後也訂定了京都五山。這是模仿中國南宋的，中國的五山據傳是仿效印度的五

註一：日本古國名，為現今福井縣東部。

註二：北条貞時（一二七一～一三一一）為鎌倉幕府第九代執權。

精舍——天竺五山，不過這感覺是穿鑿附會。」

「是這樣嗎？」

常信偏頭問道。

「正確與否我不清楚，但依我個人的見解，中國南宋的五山是**風水**。就像是為了正統化、強化漢族文化而施下的魔法一般。若要在事後附加佛教的根據，就只能從佛典中尋求，而佛典是來自於印度，所以才會變成這樣，其實並不是模仿印度的。不過我國的五山是模仿中國的。」

「身為警官的我，也知道所謂的五山並不是真的五座山，可是……」

「哈哈哈，這不是數目，而是稱號。總之就是寺格，地位高的寺院的頭銜。五山第一，就是地位最高的寺院。就算是第五，也遠比一般寺院了不起。這可以用了不起來形容無妨吧？從南北朝時代轉移到室町時代期間，以這五山寺院為頂點的寺格統制逐步進行，經過幾次的排序與選定更迭之後，呼應夢窗疎石一門的嶄露頭角，京都的南禪寺成為『五山之上』這樣至高無上的寺院，京都的五山因而居於優勢，以這樣的局面穩定下來。」

「那個時候，階級組織幾乎都整頓完成了？」

「幾乎。可是，當然也有不參與這股風潮的宗派。相對於『五山』，那些宗派被稱為『林下』。像是曹洞宗，以及臨濟宗系中的大德寺派和妙心寺派——亦即方才提到的應燈關。」

「哦，總算出現了。」

益田好像鬆了一口氣，但這時敦子問道：

「哥說大德寺，可是它不是寺格相當高的寺院嗎？」

「很高。大德寺的宗峰——也就是應燈關的燈，是能夠與夢窗相提並論的大人物。相中了這一點的就是……喏，就是那個後醍醐帝。」

後醍醐帝……

去年，我**因為那個後醍醐帝**而吃了大苦頭。

「後醍醐帝對宗峰表示興趣，一如往例，在建武新政（註）的時候，賜給了大德寺和南禪寺相同的寺格。我想他其實應該沒有什麼太大興趣吧。然而後醍醐帝卻皈依了夢窗。」

「腳踏兩條船呢。」

益田說。

「是啊，夢窗逐漸擴大他在五山內的勢力。宗峰是夢窗的競爭敵手，所以難以融入夢窗的一大勢力。而且到了室町時代，幕府頒佈了所謂的十方住持制。亦即與法系無關，五山寺院的住持須由幕府派任的人選來擔任。由於大德寺遵守傳統的衣缽相傳制，所以最後也只有脫離五山一途。就這樣，林下系──應燈關及曹洞宗便離開中央，在地方扎根。」

「哦，曹洞宗也是以地方為基礎嗎？啊，他們原本是在越前嘛。永平寺是在哪裡？」

「福井縣。」

「是啊，離京都跟鎌倉都很遠。那個叫道元的人跟剛才的那個……誰來著？呃，中國的，第六個……」

益田現在就像個認真的聽講生。

「你說慧能嗎？」

「對，跟那個人不是很像嗎？」

「你是說不願意與中央掛勾，逃向地方的部分很相似嗎？原來如此，這麼一說倒也是如此。也有人說『臨濟將軍，曹洞土民』。邂逅師父，頓悟並嗣法的場面，兩者也很相似。益田，以一個刑警而言，

註：一三三三─一三三六年間，後醍醐天皇所施行的皇族統一政治。最後招致武士階級舉兵抗衡，以失敗告終。

你眼光倒是相當犀利呢。不過我自己是覺得道元和慧能兩者是大大不同——常信師父，您覺得如何？」

「的確，兩者也曾被拿來相比較。」

益田得意地說：

「換句話說，以地方為基礎的教團，遇到政變什麼的時候，比較容易存活下來吧？」

「可是日本沒有中國那種戲劇性的政變呢。」

「咦？是這樣嗎？那五山後來既沒有衰微，也沒有消失，就一直……」

「不，也不是這樣。這個五山，它擁有讓和尚從諸寺前往十剎，再前往五山這樣逐步攀升的構造，就跟企業一樣。只要能夠升上頂點，就能夠霸占不走。只要安定，就會墮落。一旦墮落，就難以恢復。」

「啊，我了解我了解。」

益田誇張地同意。

「有很多那種就算不幹社長了，也硬要當上會長還是顧問，占在上頭不走的老頭子呢。一旦通風不良，就會墮落。就算不談企業，警察也是一樣的。這種事是存在的。」

「警察怎麼樣我是不知道，不過五山寺院在權勢的庇護下，儘管發揮了國家文化學藝中心的機能，最後卻淪為文人流連的沙龍。反觀林下諸派，在那段期間歷盡艱辛，苦心竭力地持續著興禪活動。不過不管如何，五山的隆盛期無疑是禪宗與政權關係最密切的時期，當然也是禪宗最繁榮的時期。有一段時期，甚至有二十四支禪流。之後進入戰國時代，武將爭相結交禪僧，不過與林下相比，五山系的活躍略欠精采。因為五山的構造讓它只有在政權基礎安定時才能夠發揮權勢，這也是沒有辦法的事。林下的宗門經過鍛鍊，因此頑強地存活了下來。」

「果然很耐得住政變呢。曹洞宗趁著下鄉時代，擴大了勢力，對吧？大成功。」

「事情並沒有那麼單純，教團也不是越大越好，不過永平教團在戰國時代擴大了勢力也是事實。道元死後，為了擴大教團之是非，曹洞也分裂成兩派了，對吧？」

常信首次沉下臉來，表達異議。

「分裂這種說法貧僧不敢苟同。只是仰慕道元禪師孤高禪風之人，與想要將教法廣為傳播民間的人……」

「這不就是分裂了嗎？」

益田說：

「不再是團結一致了吧？就是保守與革新呢。」

「保守與……革新嗎？」

常信露出困窘的表情。

益田似乎總算在僧侶的語言與刑警的語言之間找到了妥協點。兩人的對話還算成立。

「益田所說的革新派，算是四世瑩山紹瑾嗎？瑩山禪師似乎擅長建立組織。將傳教對象鎖定為地方武士及農民的策略，絕大部分也是因為瑩山禪師的努力吧？」

「但是導入住持輪住制，防止教團門派分裂的，也是瑩山禪師。所以瑩山禪師是擴大教團的功臣，將其稱為相對於保守派的革新派，我還是無法苟同。」

常信一副無法信服的態度。之前的話題姑且不論，現在談到的是關於自己信仰的宗派，這也是當然的反應吧。

京極堂爽快地讓步了。

「我明白了，常信師父說得沒錯。確實，曹洞宗在表面上並未分裂為永平寺派與總持寺派。兩祖兩本山，而且以永平寺的寺格為上，確實是個很好的解決辦法，而且也沒有顯著的抗爭。」

常信點頭。

「希玄道元建立了曹洞宗——雖然本人並未這麼稱呼——宗派修行的基礎；瑩山紹瑾建立了教團門

徒組織的基礎。無論欠缺哪一方，吾等宗派都無法成立。如果救濟更多眾生是宗教的任務，無論教義如何高貴，只是關在山裡頭，也無濟於事。雖然也有人認為這違反了以『只管打坐』作為正道的道元禪師的教誨，但貧僧並不這麼認為。能夠獲得如此多的民眾支持，在全國各地建立如此多的道場寺院，皆是因為道元禪師的教法偉大，而且正確地繼承傳播之故。」

「原來如此，我非常明白了。我記得……明慧寺裡還有另一位曹洞宗的大師吧？是中島祐賢和尚嗎？」

「沒錯。」

「關於這方面，祐賢和尚的見解也與常信師父相同嗎？」

「什麼……？」

常信彷彿遭遇出其不意的攻擊，一瞬間陷入狼狽。

「為什麼這麼問？」

「不，我別無他意，只是難得有機會請教。」

「哦……祐賢師父他……在貧僧看來，也是個了不起的修行僧。只是……」

「只是？」

「祐賢師父對教團和組織漠不關心。」

「他不喜談論這事，是嗎？」

「不，他不願意去談論，他說這種話題是戲論。」

「什麼叫戲論？」

「無益於修行，毫無意義的言論之意，對吧？那麼祐賢和尚他……」

「不，**我不是那個意思**。」

「我明白，他和師父你**不同**。」

「這……和貧僧是不同吧，或許那個人是具足的。」

常信的視線落向榻榻米。

「我明白了。那麼益田，我們回到原來的話題吧。說到這裡，之後就簡單了。雖然還有林下的臨濟宗裡的幻住派的活動，以及地方強大寺院的抬頭等無法忽視的幾件事，不過大致上維持著臨濟五山系寺院逐漸衰弱、徒有權威，以及曹洞宗在地方擴大勢力這樣的情勢，進入了江戶時代。就在這個時候，隱元隆琦帶來了黃檗宗。這件事造成了刺激，促使禪活化。不管怎麼說，隱元都是當時有名的高僧，而且他還來到了日本。像《隱元語錄》，在當時似乎是流傳甚廣的一本著作。」

「似乎是的。」

「隱元會來到日本，好像是為了躲避內亂出逃，而接納他的日本方面似乎也發生了一場糾紛，但是在某種意義上來說，這是劃時代的大事。日本的禪是在久遠的時代埋下了種子，在日本的土壤成長並開花結果，但隱元的禪是中國的土壤所孕育出來的。縱然種子相同，成長的環境不同，結出來的果實也不會相同。特別是隱元的禪風是納入了淨土宗要素的嶄新宗派。曹洞宗也受到了影響吧？」

「我無法具體說明。」

「祐賢和尚應該很清楚吧？」

「咦？」

「例如說，祐賢和尚大力讚賞黃檗禪……」

「這……貧僧不知。」

「是嗎？無論是受到影響或感到排斥，應該都受到了相當大的刺激吧。這對於臨濟系來說也是一樣的，例如說，幾乎瀕臨衰頹的臨濟本流——應燈關一派反抗黃檗的念佛禪，逐漸恢復了生氣。到了江戶中期左右，繼承應燈關一派的日本臨濟宗中興功臣白隱慧鶴出現。白隱將盤珪等人對於既有禪宗教團的激烈批判，反而批判性地加以納入，將舊有的公案重新編纂，而這些也廣受庶民歡迎，至於公案的真意是否成功地傳達出去，就姑且不論了。公案禪在日本的發展，對於禪的滲透做出了巨大的貢獻。」

「關於這一點，貧僧沒有異議。」

常信說。

「就這樣，臨濟、曹洞、黃檗，現代日本的禪宗，在這個時代已經有了大致雛形……」

京極堂別具深意地看著常信。

「那麼，在常信師父正確的註釋下，我非常粗略、而且表面地講述了禪的歷史，稍微派上用場了嗎？益田？」

「哦，覺得知識增長了那麼一點。」

益田搔著額頭說道。預備知識增加，調查能夠順暢地進行——只有這點程度的感想吧。此時，京極堂靜靜地將身子退往斜後方。我和敦子的前方沒了障礙物，與常信直接面對面。這與在明慧寺內律殿會面時，情況大不相同。並非因為常信和尚在害怕，或是他失去了活力。

這裡不是山。

異物反而是常信。

就像在明慧寺裡，我們是**異物**一樣。

慈行和尚造訪這家仙石樓時，慈行和尚所在的房間變成了與寺內相同的異界。但是現在的常信和尚可能沒有那時慈行和尚那種在周邊設下結界的威力吧。現在在這個房間設下結界的，似乎——不是僧侶。

京極堂開口道：

「這綿延流傳千年本邦的禪的歷史，就這樣完完整整地放進了明慧寺裡面。明慧寺就宛如禪的箱庭（註）。儘管不是刻意這麼做，明慧寺卻成了凝聚日本禪史的壺中天地般的場所。」

益田露出不可思議的表情問：

「呃，那是什麼意思？」

「例如，常信師父說，慈行和尚是應燈關一流之末裔，傾倒於白隱禪師。過世的泰全老師的禪風似乎是古老淳美的五山臨濟僧。換言之，泰全老師與慈行和尚之間，有著**三百年的差距**。或許兩者並非無法彼此親近，卻不可能站在相同的立場。祐賢和尚是初期永平教團，而將常信師父你比擬為瑩山之後的曹洞宗，就更容易明瞭了。」

「多麼令人惶恐的發言……」

常信面帶陰霾。

「當然，這是**比擬**，現實不可能完全如同圖解。這就像是把道元比做慧能一樣，只是權宜罷了。而了稔和尚——他是一休，是正三，也是盤珪——亦即你們每一位的反抗者。」

益田雙手環胸說道：

「哦，這麼說來，警察怎麼樣都無法掌握明慧寺的僧侶間的相對關係，正陷入困境呢。為什麼宗派相同卻會彼此反目？又為何不同宗派的人會與相同的對象針鋒相對？原來雖說一樣，卻也不一樣呢。哦，我有一點——雖然只有一點點——覺得懂了。」

京極堂露出一副**益田已經沒用了**的表情。

「但是，我有件事怎麼樣都想不透……」

京極堂說道，這次牢牢地盯住常信。

「統率這些僧侶的**貫首**——究竟站在**什麼樣的位置**上？」

貫首的宗派……

註：在箱中模擬庭園山水、名勝等，鋪上沙土、種植小巧的草木，並放上小人、家、橋、船等，成一迷你世界。流行於日本江戶時代。

仔細想想，這個問題至今為止沒有任何人在乎過。

組織全體或許是拼湊混合的，但個人不同。只要身為禪僧，就不可能不隸屬於臨濟或曹洞等法系，也不可能不屬於任何宗派。警察如果想要掌握派閥之間的勢力關係，就應該先釐清居首位者是屬於哪個派閥吧。

常信瞬間露出意外的表情，接著說：

「覺丹禪師他——**不是**曹洞宗。」

京極堂聞言，微微瞇眼。

「原來如此，常信師父不曉得。是嗎？那麼……」

他說，「啪」地拍了一下跪坐的膝蓋。

常信肩膀一震。

「想要殺您的人是誰？」

「這……」

「不想死，怕死，這是天經地義之事。並非只要是禪僧，皆有所覺悟。就請您老實說吧。」

「但、但是……」

「活著只是吃飯工作睡覺起床，接著就等死——這種說法不過是自暴自棄罷了。生與死無異，那麼覺悟到死，也就是覺悟到生。無須顧慮，也不必虛張聲勢，也不可以逞強。我換個說法吧，您**認為**想要殺害您的人……」

「是……」

「是中島祐賢和尚吧？」

「沒、沒錯。」

「咦？這、這是真的嗎！嗚哇！這下不得了了！」

的確是個出人意表的結論。

益田想要站起來，京極堂阻止他。

「沒關係。益田，坐下。」

「可是中禪寺先生……」

「目前中島先生在警察的監視下，用不著慌。而且中島先生不是兇手，也不是想要加害常信師父的人。」

常信「吁──」地深深嘆了一口氣。

「中禪寺先生，您為何……知道這些事？」

沒錯。我完全不懂線索在哪裡，簡直就像讀心術或是胡猜一通──雖然這兩樣都與京極堂無緣。像我聽到「南泉斬貓」的軼事，還滿心以為最可疑的就是慈行。

但是京極堂說出意外的話來。

「常信師父，不必擔心，我只是胡亂猜測而已。因為我完全不知道明慧寺的情況，也沒有判斷的材料。」

「但是您似乎擁有遠比一般禪僧更豐富的知識。」

「您在說什麼，常信師父。這點常識，任誰都知道的。喏，這裡的這位益田是刑警，警察是為了保護國民而存在的。您有權利要求這位益田保護自己的人身安全，所以請說出內心的憂慮吧。現在，在這裡。」

京極堂有如誘惑釋迦的惡魔般，低聲呢喃。禪僧用力閉上眼睛，大大地吸了一口氣，結果卻敗給了誘惑。

「貧僧一開始聽到了稔師父遭到殺害的瞬間，曾經一度懷疑慈行師父。但是冷靜思考之後，就知道這是不可能的事。了稔師父並非總是待在寺院裡，而且他是在寺外被殺害的，我認為應該是外人所為。但是，泰全老師被殺害之後，我開始覺得這是警告……」

「警告下一個就是您，要您小心？」

「是的。」

「為什麼？為何了稔、泰全之後會是您？」

「與腦波調查有關係，是嗎？」

「妳說得……沒錯。」

敦子說道：

「這麼說來，泰全老師是不是說過，贊成這次調查的有了稔和尚，還有這位常信師父？老師自己也贊成，而慈行和尚反對。」

「是啊是啊。泰全老師說，是常信師父你強烈堅持接受委託的。咦？等一下，那個時候……我記得老師說祐賢和尚的態度是怎麼樣都無所謂。關口老師，對不對？」

「是啊。」

益田說得沒錯。從老師的口吻聽來，感覺上正面反對的只有慈行一個人。

常信有些激動地說：

「不對，祐賢師父是反對的。他只是和慈行師父不同，沒有說出口而已，其實是他是最為反對的！貧僧決定接受腦波調查以來，不知道有多麼煩惱。貧僧無法承受他那無言的壓力！」

「可是如果你那麼害怕祐賢和尚的話，罷手就好了。就寫封信還是怎麼樣，說之前雖然答應了，但結果還是不行就好了。」

「聯絡工作是由了稔師父負責的，他贊成調查。而且老師和貫首，最後連慈行師父都答應了。就連允諾的回信也是慈行師父撰寫的。只憑貧僧一己的意思，已經無法拒絕了。」

「可是祐賢和尚既然不願意，為何不說出口？默默不說，其實心裡反對，這樣根本不算數。都已經用多數決做出民主裁決了吧？在討論時也不表示意見，卻這個樣子……」

「他就是那種人。」

「剛才你不是說他是個了不起的修行僧嗎？」

「所以說，他只是個了不起的修行僧**罷了**。」

此時，京極堂制止益田似地說道：

「從您的口氣聽來——祐賢和尚只對完成自己的修行有興趣，是嗎？」

常信再一次渾身痙攣，微弱地回答：

「您這種說法，我覺得也有些不同……」

「這就暫時擱一旁吧。無論祐賢和尚是個怎麼樣的人，在您的眼中看來就是那樣吧？」

「是的。」

總覺得常信破綻百出。益田間不容髮地趁虛而入。

「就算退一百步，假設祐賢和尚反對腦波測定好了，但是慈行和尚不是反對得最為激烈嗎？如果反對腦波測定是這次的殺人動機，那麼先懷疑慈行和尚才合理吧？而且還有剛才殺貓的事，在我聽來，那個和尚更加可疑。」

敦子應話了：

「可是益田先生，如果腦波測定是動機的話——雖然我認為這種事不可能是動機——慈行和尚反而不太可能是兇手。」

「為什麼？」

「因為慈行和尚是知客兼監院，他擁有相當大的權力。如果他真心反對，怎麼樣都能夠阻止才對。

他根本沒有必要在決定實施調查後，才為了阻止而殺人。說起來，回覆我們的是慈行和尚本人。就算是以多數決決定，或這是貫首下的裁決，如果慈行和尚擁有甚至犯下殺生戒也要提出異議的信念，他會親自寫什麼應允的回信嗎？」

「妳說的是沒錯……是這樣的嗎？常信師父？」

聽到益田的問題，常信臉頰緊繃地生硬回答：

「慈行師父確實是激烈反對，但是這次的調查，最後變得與他沒有關係，所以……所以我認為他不是兇手。不……那絕對不可能。」

「你有什麼根據嗎？」

「我有根據。而且，至少慈行師父不可能是殺害了稔師父的兇手。首先，該怎麼說，他有那個時候他不在那裡的，叫什麼的證明……」

「哦，不在場證明。」

「沒錯。貧僧聽警方說，了稔師父遭到殺害是他失蹤當晚的事。但是當晚貧僧與慈行師父在一起。貧僧有些心事，這一個月以來，都主動夜坐。那天晚上貧僧也去了禪堂，而那個時候，慈行師父帶著侍僧過來了。」

「啊，這麼說來，第一次偵訊時聽說了呢。慈行和尚也說了相同的話……等一下，不對，他說因為沒看到臉，所以不知道那究竟是不是你，但你知道是他嗎？」

「知道。不，姑且不論貧僧，慈行師父是後來才來的，就算看不到臉，也應該知道貧僧是誰才對。」

「看不到臉，怎麼會知道是誰？」

「打坐的場所——單，是各人自己決定的。」

「哦，指定席嗎？那就應該知道。但是你呢？打坐的時候應該很集中吧？要是背對門口，就不知道有誰進來了吧？」

「坐禪的時候並不是在睡覺，眼睛也未閉上。神經會變得敏銳，比平常看得更清楚，也聽得更清楚。只要有針掉在禪堂，每一個打坐的僧人都會發現。哪裡坐了幾個人，就算不看也知道。那是慈行師父不會錯。」

「如果相信你說的話，那就是突然有不在場證明了。」

「不僅如此。其實，慈行師父答應調查的條件，是從貧僧與祐賢師父的弟子——也就是**從曹洞系的僧侶中**，選出作為腦波測定受試者的雲水。」

「呃……這實在……」

換言之，不管得到什麼樣的調查結果，都與臨濟系的僧侶無關。益田似乎也這麼想。

「這樣啊，可是竟然提出這麼不利的條件，那時你是認為祐賢和尚已經同意了嗎？」

「提出這個條件的是了稔師父。我主張就算接受測定也不會有任何問題，於是了稔師父便說，那麼就這麼辦，沒有怨言吧？貧僧覺得無所謂，當時也認為祐賢師父不會介意這種事。」

「結果他很介意。」

「很介意吧，但是慈行師父說，要做就去做。了稔師父和泰全老師為何贊成測定，貧僧並不明白他們真正的想法，但覺丹禪師也答應說好。因此不願意接受調查的只剩下曹洞系的人。不，只剩下祐賢師父。」

「原來如此啊。話說回來，常信師父，你為什麼如此熱心地想要實施腦波測定呢？與其說是想，感覺更像是執著。」

「關於這一點，我也願聞其詳。常信師父。」

暫時放任刑警問話的舊書商，只靠這麼一句話就奪回了主導權。

「泰全老師贊成調查的理由，他也親口對後面的這幾位說過了。了稔和尚的心情我大概能夠想像。但是您如此執著於科學調查的理由，雖然我不是不了解，卻無法完全信服。」

「那只是因為……」

「作為參考，請不吝賜教。」

「但是……」

「如果真的有人想要取您的性命，意思就等同於因為您心中的理由而有人想要取您的性命吧？」

京極堂從衣襟裡伸出手來撫摸下巴。

「致力於不染污（註）之修證的曹洞禪師，何以親近區區科學，我非常感興趣。」

常信垂下原本一直緊繃著的右肩。

「這……究竟該……從何說起……」

惡魔把手從下巴放開，無聲地上舉，撩起垂落在額頭上的髮絲。

「無論從何事、從哪裡說起皆可，常信師父。」

「啊……」

禪僧再次向甜言蜜語屈服了。

「貧僧是在昭和元年得度，當時我還是個大學生。我並非出生在寺院，而是自願出家的。當時我對禪一無所知，只知道口出狂言，而出家了。」

「口出狂言是指……？」

「像是世間無常又如何這一類的，我想是年輕人都會經歷過的逃避現實。但是貧僧的師父是一位嚴格的禪師，貧僧在第一年就挫敗得遍體鱗傷。鎮日忙於作務，受作法束縛的生活，太足以摧毀愚蠢年輕人的狂妄了。接下來十年之間，貧僧跟隨師父修行，卻修行無成。沒有得到任何成果，就被派遣到明慧寺來。然後必須在沒有師父指導的狀況下，獨力將一度被破壞到體無完膚的世界觀重新建構起來……」

我想像。

爬上被雪花掩蓋獸徑的年輕的祐賢與常信。踏雪的聲響。啁啁啼叫的山鳥。

這青黑臉龐的僧侶，從那個時候開始就成了明慧寺的……

這座山的俘虜。

為什麼呢？我這麼想。

「一同入山的祐賢師父比貧僧年長八歲，那個時候，他已經確立了他現在的禪風。貧僧受到他很大的影響。」

「但是，剛才您這麼形容祐賢和尚這個人：他只是個了不起的修行者**罷了**。這種說法不管怎麼聽，都不像是稱讚，難道是我的理解力不佳嗎？」

我覺得京極堂的口氣殷勤有禮，問題卻很惡毒。就像這樣，惡魔一片片地剝下對方的外皮。而與他對峙的人，將裸裎以對。

「這……沒錯。不，**原本**是這樣的。但是貧僧並沒有貶低祐賢師父的禪風之意，毋寧覺得那才是正確的。祐賢師父是正當的。就如同〈辨道話〉裡頭所說，單傳正直之佛法，為最上中之最上也。自參見知識始，毋須燒香、禮拜、念佛、修懺、看經，只管打坐，得身心脫落——祐賢師父雖然深深景仰只管打坐的道元禪師的禪風，卻不僅止於此，更努力向學。不，這不是貧僧在辯解，我是真心這麼認為。作為同一宗門的僧徒，貧僧尊敬他。」

「原來如此，那麼祐賢和尚並未擁有宗統復古的想法嘍？」

宗統復古，也就是回歸原點吧。

無論是結構再怎麼單純的教義，只要在漫長的歷史中流傳下來，必然會扭曲並複雜化。這種時候，到了某個時間點，就必定會出現回歸原點的動向。曹洞宗過去也曾經如此吧。

註：佛家語，指純潔無瑕之善。

常信很快就明白了京極堂問題中的意圖。

「哦，所以您剛才才會提到黃檗云云。不，復古運動最重要的似乎是一師印證，矯正師徒面授嗣法之紊亂，所以江戶時期才會受到重視戒律的黃檗禪刺激而復興，不過祐賢師父似乎並不太重視這些。」

「具體來說是如何？」

「祐賢師父的理想純粹是像道元禪師般修行，如道元禪師般悟道。他遵循《永平清規》，實行道環的行持，其他就只管打坐。祐賢師父的打坐完美無缺，完全符合坐禪。」

「那真是令人欽佩。」

「是的。祐賢師父與貧僧，兩人的師父不同，亦即法系相異，但曹洞宗並不像臨濟那樣，法系有太大的分別。因此貧僧接觸到祐賢師父的禪風，大為感佩。但是……」

常信的表情出現一種無法理解的崩壞。

「簡單明瞭地說——就**只有這樣**。」

京極堂露出「正合我意」的表情。

「他很具足？」

「是的，非常具足。貧僧實在遠遠不及那種境界。所以貧僧只是打坐，只是修行。但是……不行。」

「不行是什麼意思？」

益田表示興趣。

「打坐卻不行，意思是會湧出雜念，還是湧出食欲之類的嗎？」

「應該也是有那種事，但貧僧並非這個意思。例如說，坐禪坐久了，的確會開始睏倦。這叫昏沉。這種時候，必須用警策敲打。」

「哦，會被打啊。不能睡呢。」

「當然了。但是神智清醒著，卻思考著世俗之事，那也是不行的。像是肚子餓了，還是昨天發生了什麼不愉快的事……」

「這和注視自己的內面，也就是那個……和冥想不一樣嗎？」

敦子問。

這當然是敦子自發性的問題。但是她是為了發出這些問題，而被安排了位置的一個裝置。亦即這些發展，全都在惡魔——京極堂的掌握之中。

「在貧僧的認知裡，冥想與坐禪是完全不同的。不過，貧僧對冥想也認識不多……」

「所謂冥想，是閉上眼睛，遮蔽眼前的世界與自己，自由想像，以獲得安定。」

京極堂說出像字典說明般的一串話來。

「這樣嗎？那麼就不是了。坐禪並不會想像，也不安定，也不閉眼。坐禪使用一種稱為調息的方法調勻呼吸，藉此安定身體。但那完全是身體的安定，與精神上的安定或不安定無關。同時這也並非精神修養或自我鍛鍊。廣義來說，或許算是修養和鍛鍊，但只是還處在鍛鍊自我的狹隘境地的話，則未到達坐禪的境界。」

「聽不太懂呢。」

「不懂嗎？」

「這是沒辦法的，禪是無法以語言傳達的，常信師父。」

京極堂說道，常信露出寂寞的表情。

「所言甚是。這也難怪，貧僧打坐了二十多年，依然無法悟道。沒錯，無法悟道。」

「悟道這東西有那麼難嗎？可是剛才不是說，現在傳到日本的禪叫什麼頓悟，一下子就可以悟道了嗎？」

「沒錯，悟道本身應該並不難。不，一個勁地打坐，有的時候會忽然看見。」

「看見什麼？」

「該說是世界與自己合而為一嗎……？剛才也說過了，坐禪中，神經會越來越敏銳，看見平常看不見的東西，聽見不應該聽見的聲音，例如禪堂外頭有一片枯葉自樹枝凋零的聲音。」

「那是錯覺嗎？或者是……」

敦子說到這裡，介意起哥哥，沒有再繼續說下去。

敦子原本要說的可能是「超能力」。但是京極堂最痛恨這類詞彙，所以她才沒敢說出口。

「這就不曉得了。那種時候，並不會覺得那是錯覺。而且那種事情一再發生，就會開始覺得平常看見的景色變得新鮮極了。就像世界煥然一新，有種清淨的心情。感覺上那就是佛境界。」

「那就是所謂悟道的境地吧。像我不管去到什麼地方，從來都不會有那種新鮮的心情。雖然因為職業的關係，去的都是一些發生犯罪的地方啦。」

「不是的，那才是魔境。」

「魔境？你說的魔境，是指惡魔的境地？」

「對，真正是**惡魔的境地**。」

「那麼清淨的境地卻是魔境嗎？」

「對。那只是有了那種感覺罷了，即使不修行，也是常有的事。只是讓你感覺有如悟道了一般，是魔境。根據《楞嚴經》中所說，魔境有數十種類之多。那根本就不是悟道。」

「這樣嗎？我倒不覺得是什麼壞事呢。」

京極堂加以說明：

「益田，例如說一早起來，有時候會感覺今天是個好日子吧。還有就算是微不足道，但只要發生一些好事，就會覺得這天很不錯。那是與自己無關，例如天氣很好、身體狀況不錯、或運氣很好這類外在因素所帶來的心情。但是人卻把它視為自己內在的結果，認為非常美好。這雖然不是件壞事，但若是認為這是自己的德行所致，或自己平日行善有好報，便會使其增長。還有內外之分的時候，與禪是無關的。」

「跟天氣很好，心情就很棒是一樣的嗎？」

「是**一樣**的。不，更糟糕的是，修行者看見的不是這種偶然造訪的狀況，而是主動顯現的狀況，很容易誤以為是修行的成果。而且它會在某一天突然出現，讓人有一種完全是頓悟的心情。會想到不得了的大道理，眼前會出現佛祖說法，更糟糕的還會聽見宇宙的聲音，產生與超越者融為一體般的神祕陶醉感。這類事物全都是妄想。是幻覺。」

「是幻覺嗎？就算看見佛祖也一樣嗎？」

「那種東西是幻覺。一部分的新興宗教，大肆宣揚說修行中感應到佛祖或解脫之類的，但是看到那種東西而高興的人，全都是些無可救藥的大笨蛋，益田。」

「大笨蛋嗎……？」

「大笨蛋。那種東西全都能夠以物理學或生物學來解釋，只是所謂的生理現象罷了。既然能夠以科學的思考來解決，就不可能是神祕，而且所謂的悟道甚至不是神祕。所以在禪宗裡，指導僧人在陷入這種狀態的時候，要將其視為理所當然，無視於它。對吧，常信師父？」

「是的……可是……」

常信陷入動搖。

「誠如益田先生所說，在頓悟禪裡，真正的悟道是突然領悟的，也就是豁然大悟。老實說，貧僧是個還不識大悟的無能修行僧。不，請各位什麼都別說。如果修證一等，只管打坐即是悟道，那麼貧僧不應該口出此言。這點貧僧非常明白。因此接下來我要說的，不是以一個禪僧的身分所說的話。至今為止，我一直表現得像個了不起的禪師，但那依靠的也不過是知識，不是出自於親身體驗之詞。」

常信似乎向什麼屈服了。

益田用一副大感意外的口吻說：

「哦，是這樣的嗎？我這樣說雖然很怪，不過在我看來，中禪寺先生和常信師父兩人都像是禪的大師呢。」

京極堂露出厭惡的表情。

「益田，你這樣說對常信師父太失禮了。我出生至今，連一次也沒有坐過禪。不可以拿來和師父相提並論。」

「非也，中禪寺先生，您說得不對。您非常博學多聞。只是也如同您所說的，您並非一位禪客。但是那樣的話，貧僧也非禪客，只是打扮得像個雲水而已。貧僧只是在裝模作樣，但那似乎是相當重要的。例如說，益田先生，您看到貧僧，覺得我是什麼人？」

「當然是和尚。」

「是吧，您能夠了解我是個佛門弟子、佛教徒。但是您知道貧僧是個禪僧嗎？」

「什麼？呃，我連和尚還有種類之分這一點都不知道了。說到禪，我只知道落語裡面的《蒟蒻問答》(註)。直到前幾天，我還以為和尚全都是念南無阿彌陀佛的，只看過在葬禮上念佛誦經的僧侶。所以我以為在寺院裡，大家都在坐禪。不過托各位的福，現在我知道得相當清楚了，但是除了禪宗以外的和尚都是些什麼樣的人，我反而不曉得了。真的是可恥極了，丟臉到家……」

益田露出典型的難為情反應，搔著頭害羞起來。

「也是吧。不過沒什麼好難為情的，這很平常。像中禪寺先生對佛教的造詣如此深厚的人才是特殊，亦即……」

常信閉上眼睛。

「我們──是沒有意義的。」

「沒有意義？」

益田皺起眉頭。

「沒有意義是什麼意思？」

「我們與社會斷絕。」

常信說道，緩緩睜開眼睛。

接著他以無力的視線一一掃視我們。

但是他的視線沒有與任何一個人交會，只是徒然掃過膝頭、榻榻米或坐墊。

「高僧無論再怎麼樣嚴格修行，世上也不會有任何一個人知道禪是何物。不，就連知道何謂佛祖教誨的人都極為稀少。這是實情。不管貧僧是坐是站，都無濟於事。禪師就算關在深山裡，世上也不會有任何改善。這樣可以嗎？——我這麼想，強烈地這麼想。這個想法出現之後，貧僧就再也無法驅逐迷惘了。完全墮入了魔境。」

「魔境嗎……？」

「沒錯。那是戰時的事，就連世局危急的時候——貧僧還是打坐。暫到和年輕的雲水都去打仗了，只留下老年人和中堅分子。當時貧僧已經四十了，若再稍微年輕一些，也會受召到前線去了吧。然而我卻沒有受到徵召的跡象，戰爭與山中相隔遙遠，連槍聲都聽不到。於是貧僧……」

常信望著京極堂。

「怎麼樣呢？中禪寺先生。上一場戰爭時，佛教徒究竟做了些什麼？全日本究竟有幾個僧侶對國策提出異議，果敢地進行反戰運動？貧僧之前隸屬的寺院也是，雲水在後方打扮成僧兵模樣，頻繁地進行

註：《蒟蒻問答》的大致內容，為一名行腳僧拜訪一座禪寺，向住持請求問答。禪寺的住持其實是蒟蒻店老闆所假冒，偽裝正在做無言的修行，兩人默默地比手畫腳一番，最後行腳僧落荒而逃。一問之下，才知行腳僧擅自將蒟蒻店老闆的回應解釋成深奧之佛理，而蒟蒻店老闆亦錯以為行腳僧在與他殺價，根本是誤會一場。其後「蒟蒻問答」四字便有了「雞同鴨講」之意。

軍事教練。梵鐘被熔解，鑄成子彈，眾多僧侶出征，殺害外國人，最後魂斷異鄉。這是修習正法的僧侶應為的嗎？貧僧覺得不是。貧僧認為，下山才是現在吾等應做的事。不，我的意思並不是戰爭爆發所以要如何。我是真心認為捨棄山林，下野傳道，才是禪僧必要的修行。我強烈認為真正的領悟就在**那裡**。或許這不同於領悟，不過貧僧認為它也是一個真理。因此，貧僧把這個想法告訴了祐賢師父。」

「祐賢和尚說**那也是魔境**，對吧？」

京極堂冷酷地斷定。

「沒錯。」

常信回答。

「當然，這聽起來太道德，也太頭頭是道了。這種見解或許與悟道相差了十萬八千里吧。但是這是不對的嗎？即使與悟不同，貧僧也認為這是正確的。然而祐賢師父卻不屑一顧。」

「祐賢和尚有此反應是理所當然的吧。您方才不是說，祐賢和尚是具足的嗎？」

「沒錯，是具足的。只是打坐，只是身在那裡，就具足了。但是中禪寺先生，那不正是世間所說的自我滿足嗎？祐賢師父不願意下山，不願意將精妙的佛法在世間廣為傳播。那對他而言只是一種浪費。所謂的禪師，只要**那樣就好了**嗎？」

「不好吧，」

京極堂爽快地回答。

「用不著問。誓度眾生，不為一身，獨求解脫──《坐禪儀》中也這麼寫道。」

「說、說得沒錯，貧僧就是想這麼說。然而卻被祐賢師父一笑置之。」

「請問……」

益田戰戰兢兢地出聲。京極堂在他說完前就已察覺，立刻加以解說。

「也就是學禪之人應該發誓拯救更多迷惘之人，而不應只求自己個人的解脫──是這樣的意思，益田。」

「哦，我了解了。這位常信師父的意思是，祐賢和尚雖然是個偉大的修行者，卻沒有偉大的志向。換句話說，祐賢和尚是一個只顧自己悟道就好的、自私自利的人，對吧？」

「說自私自利也不太對……」

常信露出難以理解的表情，陷入困惑。在這裡述說的事，對他而言應該是長久以來的一個禁忌吧。

「例如有個優秀的智者。他優秀的道法僅由一名弟子繼承了，而道法又由一名弟子繼承。就這樣，優秀的道法綿延不斷地傳承下去。這真的是一件有意義的事嗎？世上有著數億數萬的人口，縱然只有當中的一個人悟道，又有何意義？將道法廣傳世間，救濟更多的世人，不正是智者的職責所在嗎？——貧僧這麼認為。這才是宗教，不對嗎？」

「這才是宗教吧。但是，禪是宗教嗎？」

「什麼？」

「的確，曹洞宗是宗教教團，但是禪本身是宗教嗎？拯救眾生是教團的任務。禪則是使人成為一個禪師、使其有資格成為拯救眾生的教團一員，不是嗎？若是懷著拯救眾生這樣的目的，為了實現這個目的而坐禪，修行就無法成立了吧。坐禪不是為了什麼目的而做的，而是為了知曉自己就是自己，世界就是世界而做的。一開始您不是說了嗎？盡十方世界是真實人體，既然世間萬物皆真理，一個人的努力便是對全體的貢獻。那麼，祐賢和尚的做法本身也不能說是錯的吧。」

「但是……中禪寺先生，您剛才……」

「我所說的不好，指的是別的意思。不好的是祐賢和尚……不，是你們離開教團這件事。既然離開了教團，也只能夠像祐賢和尚那樣自處了。」

「啊……」

常信嘴巴微張，就這麼僵住了。

「常信師父。」

京極堂挺直背脊，與禪僧面對面。

「我已經明白盤踞在您腹中巨鼠的真面目了。」

「巨……鼠？」

「對，是在您體內欲取您性命的那隻老鼠。」

「想、想要取貧僧性命的……」

「想要取您性命的並非中島祐賢和尚，而是**有著中島祐賢之姿的大鼠**。」

京極堂這麼說道。

常信露出苦惱的表情。

「我不懂……意思。」

真的不懂。

所謂有著祐賢之姿的老鼠……

是鐵鼠嗎？

「哥，什麼意思？」

敦子極為疑惑地問：

「哥說你已經知道了，可是常信師父還沒說到任何他贊成調查的原因，你們現在說的話，我沒辦法和腦波測定連結在一起。現在談的反倒是探究何謂宗教這種深奧的問題……」

「笨蛋，問題沒有深淺之分。」

京極堂斥退妹妹的意見。

「聽好了，敦子，這位常信師父不是一般的僧侶。我認為常信師父擁有比一般僧侶更深厚的科學素養。雖然我不知道常信師父在大學裡學的是什麼，不過他應該已經預測到腦波測定的結果了。所以他才答應接受腦波測定。不對嗎？」

「這……」

「預測……？那是未知的領域啊！就連主辦者這一方的我，還有實驗的學者都不能夠預測。正因為無法預測，才要調查測定。或者是，哥也已經知道結果了嗎？」

「當然了，這很簡單。這是腦波測定吧？也就是測定大腦皮質的微量電位差。既然都叫腦波了，當然是以波形來測定。也就是將電位差視為振幅，測量在固定的時間內重複了幾次多大的振幅，然後在時間軸上記錄振幅，所以會變成蚯蚓爬一般的曲線。換言之，所謂腦波測定，就是將腦所有的狀態都變換為這種周波數的形狀。人只要活著，就會產生腦波。所以不管是哭是生氣，無論理由為何，腦波全都會呈現波浪狀。對吧？敦子？」

「是這樣沒錯……」

「那麼，在開始坐禪的階段，是有些緊張的狀態，也就是與一般生活起居相同的波形。不管怎麼樣都會是這樣的。因為在坐禪之前，過的是日常生活。在這個狀態下，振幅的間隔很短。接著徐徐開始冷靜，緊張鬆弛下來。也就是振幅的間隔會逐漸變大。最後成為與睡眠時同樣的狀態。」

「睡眠狀態？坐禪不能睡吧？」

「沒睡，只是波形會變得無限接近而已。要是在清醒的狀態下出現那種波形，一般會被認為這個人有障礙，但這是沒辦法的，一定會變成那樣的。」

「為什麼？為什麼哥會知道？」

「因為波的形狀全都是一樣的啊，只有間隔長短或振幅大小的差異而已。」

「是這樣沒錯，但是……」

「那麼就**只會變成那樣**了，間隔不可能變得比清醒的時候更短。如果出現那樣的腦的狀態，那才是異常。如果有變化的話，一定是間隔逐漸變大。那種東西完全不能夠成為任何判斷基準。」

「哥，等一下。在放鬆的時候，腦波的周波數確實會變低。但那與其說是從清醒狀態轉移到睡眠時檢測出來的變化，倒不如說是眼睛是否睜開而造成的顯著差異吧？沒有人是睜著眼睛睡覺的，所以這或許是理所當然的事，但是就算醒著，只要閉上眼睛，周波數也會下降。睜開眼睛的瞬間，周波數就會變高。換句話說，接收器官的遮斷——特別是視覺的遮蔽，應該是造成腦波的周波數下降的重要條件才對。但是坐禪的時候並不會閉上眼睛吧？不閉上眼睛卻進入那種狀態，又不是昏倒……」

「閉上眼睛，並不等於視覺被遮蔽吧？」

「雖然是這樣沒錯——只要腦遮斷來自視神經的情報，就算張開眼皮，也一樣看不見東西吧。但是剛才常信師父說坐禪的時候，看得比平常更清楚，所以是看得見東西的，視覺是活動的吧？」

「看得一清二楚，卻看不見的狀態，或者是看不見，卻比看得見的時候看得更清楚的狀態，就是坐禪啊。所以只能說靠腦波測定是看不出什麼端倪的。科學家們一定會說，明明有意識，卻出現失去意識的腦波，真是令人費解呢……」

「可是……」

「就算連同心跳或發汗、體溫等一併計測，也是差不多的吧。從那麼貧乏的情報裡，是得不出什麼結果的，只能判斷出受試者極為平靜罷了。」

「那，調查是沒有意義的嗎？」

「是有確認這是無意義的意義。就連情報量豐富了數萬倍的**語言都無法傳達的東西**，怎麼可能憑一條波線就明白？」

敦子似乎無可反駁。

當然也輪不到益田上場。而我有如正中京極堂下懷似地發言了：

「可是京極堂，那樣的話，你的意思是這位常信師父早就預測到這些了？常信師父認定就算實施調查，也查不出什麼，所以無所謂？」

「不是的，關口。常信師父想要證明的，是醫學上不管是睡覺還是坐禪都是一樣的，遑論**魔境與大悟之間有任何差別**了。不對嗎？常信師父。」

「貧僧不懂這些。腦波是什麼樣的東西，貧僧這是第一次知道……」

「那麼您為何熱心地贊成調查？」

「那……那是……對，我想要將禪的思想廣為傳播到世上！」

常信有些激動地抬頭，但是他的視線微妙地避開了京極堂的注視。然而京極堂卻牢牢地將那張有如兩棲類的臉捕捉在視野當中。

「願聞其詳。」

聲音——變了。

開始驅逐附身妖怪了。

——是那隻大鼠嗎？

京極堂想要將鐵鼠從常信身上驅逐嗎？

常信開口了：

「將宗教傳播到世上的方法有兩種，其一是攀附權勢。迎合權力的話，其宗派將可獲得有力的庇護者，自然會安定下來。直到掌權者更迭，都能夠維持堅若磐石的體制。但這是件難事，而且，會墮落。只要翻開禪的歷史，便再明瞭不過。這是不可取的。」

常信微微搖頭。

「另一個方法，是使教義在民眾間廣為滲透，獲得支持。這種情況，必須努力淺顯易懂地講述教義。這也相當困難，但是貧僧認為這才是正途，因為拯救眾生正是宗教的職責。」

「師父所言極是。」

京極堂說。

「那麼，在這昭和之世進行興禪活動，需要的是什麼？貧僧不斷思考這個問題。此時明慧寺接到了腦波調查的委託。貧僧認為只能仰賴科學了。說起來，修禪並非只有打坐一途，行住坐臥皆是禪，然而大部分的人不這麼認為。只是關在山裡打坐的禪，完全沒有用處。為了讓世人明白這一點……」

「您想破壞坐禪的有效性。」

京極堂清晰的聲音打斷了常信的話。

「您……您說什麼？」

常信睜大了眼睛。

惡魔以完全就是惡魔的口吻繼續說下去：

「常信師父，我說錯了嗎？當然，坐禪是悟道的玄關。但那只不過是一個入口，入口不止一個。無論做什麼，都能夠進行禪的修行……」

「那、那樣簡直和了稔沒有兩樣！」

「沒錯。正因為沒有兩樣，所以你才會厭惡了稔和尚吧？因為窮究到最後，就會變得和了稔和尚一樣，所以您不願意承認。」

「貧僧和了稔不、不同。」

「說不同也是不同吧。您並不認為拋棄戒律、捨棄修行還能悟道。然而另一方面，您應該也認為或許遵守戒律，持續修行，同樣不能悟道。」

常信的臉剎時一片慘白。

原本青黑色的那張臉，真正變得血色全無。

「然而，您還是無法在放蕩不羈、自甘墮落的生活中找到領悟，也不想在那種地方找到吧。可是話說回來，您也喪失了繼續在山裡打坐的意義。不知是幸或不幸，您置身的環境——明慧寺這個封閉的空間裡，典型的禪僧齊聚一堂。而當中的任何一個人，都無法成為您師法的對象。換言之，您發現了一個可能性，您已經無法在既有的禪當中找到自己的容身之處了。於是，您對禪的新發展——禪與科學的共生，感覺到無可抗拒的魅力。」

科學與宗教的共生——這究竟……

「京極堂，禪真的能夠與科學融合嗎？」

這是——我的分內工作。

「關口，科學對於禪的探討，最近確實逐漸興盛起來了。例如說，眾所周知，森田正馬在確立森田療法的時候，受到了禪的思想很大的影響，此外也有人在道元所著的《赴粥飯法》、《典座教訓》等書當中，尋找食物療法及健康飲食的典範。前文部大臣橋田邦彥以前是帝大生理學研究室的醫師，他的愛書是《正法眼藏》。他的門下提出了『全機性醫學』這樣的理論。所謂全機，指的是一切皆發揮機能，部分與全體彼此呼應，發揮機能並恢復，是一種生命工學概念的醫學，不過全機這個詞彙也是出自於禪。」

簡直就像事先準備好的回答。

「確實，我聽說心理學和精神病理學也開始注意到禪了。說起來，這次的調查原本也是其中的一環吧？」

我說，但京極堂的臉頰痙攣說：

「哦……你知道的那些八成是行不通的。」

「行不通？行不通嗎？」

「禪又不是鍊金術，這太愚蠢了。」

「你說它愚蠢？」

「不得不說它愚蠢啊。學習禪的方法論是很好，應用禪籍上的記述也不錯。或者以禪的思想為背景，加上科學的思考也可以。換言之，森田療法和全機性醫學都是有效的。但是心理學不行，愚蠢。」

「但是榮格派的心理學者之類的，特別著重東洋的神祕思想，並有了成果，不是嗎？這和森田醫師的立場一樣吧？」

「真傷腦筋吶，關口。」

京極堂皺起眉頭看我。

「森田醫師在模仿西洋觀念論的精神分析當中感覺到界限，而開發自己獨特的臨床治療時，以禪的思想作為背景。但是你說的那個不一樣。我記得有些蠢蛋將唯識論和深層心理學彼此加以對應，是吧？例如說，將唯識中說的末那識比擬為下意識，將阿賴耶識比喻為集體下意識，我認為這是重大的誤會。唯識瑜伽行派（註）所說的唯識，是根基於般若經中所說的空的理論，認為只有心，圍繞著它的事象則不存在，所以抽象化的程度怎麼說都不一樣。」

「那是相對於唯物論的唯心論嗎？」

「不是的，關口，唯心論是只有心存在吧？唯識則連心都加以否定。唯一存在的不是心，而是『識』。」

「什麼是識？」

「瞧你問得這麼簡單。『識』說穿了就是認識的識，這就像認識的主體，與被認識的客體間的境界般的東西。一般認為事象存在於外部，去認識它的是內部，但是佛教中有一種想法，認為外在的事象全都存在於內裡，亦即都是心的活動之顯現。這就是唯心。此外，還有一種想法認為連心本身都是空。即使內外皆無，也只有識依然存在，不，應該存在。這就是『唯識論』。也就是認識的對象存在於認識的自識之中。這種情況，識本身內包了認識的主體與被認識的客體兩方的契機。耳鼻眼舌身意、末那、阿賴耶，這八識既非用來說明心理狀態，也非用來說明精神構造。」

「好難懂，京極堂。」

「這樣嗎？是啊，雖然你說你還沒看過，不過想像一下電視吧。你知道它的形狀吧？」

「電視？」

「對。電視上會出現畫面，畫面上的說書場或座談會，稱為節目。」

「這點事我還知道，跟收音機一樣。」

「沒錯。聽好了，關口，你被關進牢裡，看著電視。因為人在牢裡，所以沒辦法動彈，只能看到電視。除了電視之外，只有你一個人。想像一下這種狀況。」

「為什麼我非得坐牢不可？」

「你現在的狀況還不是半斤八兩？總之，對於身為囚犯的你而言，電視上的節目就是外界的一切事象。但是對於觀看的你而言，節目只是虛像，**沒有**實體。外界的事象，沒有你就無法被認識。把這當成唯心論吧。但是觀看的你，就像現在的你一樣，糊裡糊塗的，很不可靠，搞不懂到底是存在還是不存在。搞不好你已經睡著了，但是不管你有沒有在看，映像管都一樣會播出畫面。無論有沒有接收訊號，映像管還是存在。總之映像管就是在，這就是唯識論。」

「明白了，我明白了。也就是心理學應該是探討節目好壞的學問領域，卻拿出映像管來說嘴，是吧？」

「沒錯。說起來，科學家就像節目製作人一樣，應該只能夠討論節目的內容，唯獨心理學卻囂張地批評起觀眾來了。一開始態度就很差。思考觀眾的感受，製作節目是很好，但是我認為要批評觀眾，就得慎重行事才行。更遑論把映像管都拖出來攪和。如果要處理映像管的問題，得用別種形式才可以。」

京極堂說到這裡，停了下來。

「哦……我了解了。」

註：唯識瑜伽行派又稱瑜伽唯識行派、唯識派或唯識宗，印度大乘佛教派別之一，與中觀派並列，為大乘佛教兩大理論基礎之一。

就在這片刻，我隱約察覺了京極堂想說的是什麼。

「例如說，科學家擁有禪心是一件好事，但是拿科學來處理禪是無效的嗎？」

「是啊。禪啊，是特別困難的，關口。」

京極堂再度看我，忽然放鬆下來。

「禪雖然出生在印度，長於中國，但真正開花結果，卻是在日本。我認為這並非偶然。」

「為什麼？」

「因為語言。禪無法用語言說明，但是日文卻是比較適合用來說明難以表達事物的語言。而且日本文化在日常當中便進行著高度抽象化的活動，也很適合接納禪吧。所以，例如西洋人就算能夠理解禪，卻拙於表達。他們毫不在乎地把禪翻譯為冥想（meditation）。方才常信師父也說過，冥想與禪是不同的。古時候，支遁（註）的詩裡有將兩者混淆的記述存在，但傳統的佛教裡，是不使用冥想這種詞彙的。這種混同，是將禪英譯為meditation，又將其日譯為冥想引發的混亂。在生物學上，西洋人要悟道當然是沒有問題，但文化上的障礙卻極多。所以禪對他們而言，至多就像歌舞伎和能劇一樣，只是博物學上的好奇對象罷了。所以，常信師父……」

我配合京極堂的呼喚，將視線投向常信。

常信——在害怕。

但是現在威脅著他的不是祐賢，而是京極堂。

「把日語都難以表達的事物翻譯成英語，只會變得更加莫名其妙。更遑論要用數字和波形來說明禪。無法數值化的事物，一開始就不可能成為科學的研究對象。所謂的數值化，不外乎是一種抽象化，因此以科學來研究禪，就等於是拿油炸料理再油炸，根本就不能吃。」

「您的意思是——那才是無意義的？」

「是的。我非常明白您想要傳播禪學的心意。但是選擇科學作為手段，這就有待商榷了，肯定會招來誤會的。確實，白隱以公案為手段，成功地使禪爆發性地流傳開來，但是大部分人只把公案當成了和猜謎一樣的東西。而這次的對手是科學。若是重蹈覆轍還好，一個不小心，可是會變得不可收拾的。」

「不可收拾？」

「聽好了。例如說，魔境與悟道在生理學上是無法做出區別的。那麼大部分的人可能會認為魔境就是悟道。這麼一來，就會出現想要仰賴藥物來悟道的傻瓜。」

「藥物？你是說迷幻劑嗎？」

「關口，你說得沒錯，就是你知之甚詳的那個玩意兒。特別是思考單純的一部分西洋人，一定會選擇這條路。這遠比修行輕鬆，而且在醫學上，魔境與悟道也沒有區別。再說，修證一等這種詞彙也很難正確翻譯。」

ＬＳＤ等具有興奮作用的迷幻劑——麻藥，的確會讓五官變得敏銳，甚至帶來神祕體驗。

「這樣啊。京極堂，我明白了。坐禪這種行為，可以不靠藥物，就獲得與攝取藥物時相同的生理效果，對吧？在外來刺激極少的狀態下，五官變得敏銳的話，當然就會產生生理上的變化。有時候腦內也會自行生產出麻藥。也會出現精采的幻覺——神祕體驗，但必須**忽略**它，才是修行吧。不，**為了**能夠忽略這些幻覺而修行嗎……？不能說是**為了**嗎？」

「沒錯。所謂魔境，指的並非那美麗而清淨的幻覺本身，而是將那些幻覺妄想誤認為悟道的狀況。看見同樣的幻覺，修行不夠的人會深陷其中，而修行有成的人則對其視而不見。所以生理上並不會有所區別，悟道是無法以腦波測量的。常信師父，明白了嗎？科學與宗教，就算能夠相輔相成，也不能夠彼此融合。」

註：支遁（三一四—三六六），中國東晉時代的高僧。

這個理論——我曾在哪裡聽過。

「你是說不能太過盲信科學嗎？」

「不，科學是可以相信的。」

京極堂斷言。

「現今雖有許多人懷疑科學，而投身宗教的懷抱，但那是不合理的。正因為有邏輯上的整合性、正因為沒有錯誤，所以才叫做科學。沒有可以存疑的餘地。對於所謂的科學，我們應該寄予全面的信賴才對。當然，有科學性的疑問是一件好事，對科學技術的使用方法大加質疑也可以，但是對科學的思考本身存疑，只能夠說是基礎教育沒有做好。應該懷疑的是利用科學的人。與此相同，懷疑宗教而投身科學也是一種錯誤。聽好了，宗教絕對無法成為科學的替代品。不，是不可以。另一方面，也不可以拿科學來代替宗教。信仰科學，以及用科學來研究信仰，都是不對的。科學就是科學，宗教就是宗教，若是處置的方法不對，會使得國家滅亡的。」

常信冒出冷汗。

「貧僧……錯了嗎？」

「沒有錯。」

京極堂眼含深意望向常信。

「常信師父，您的確是以一個宗教家的身分，嚴肅思考宗教與社會的關係。但是即使在和尚的腦袋裝上電極，測定腦波，我也實在不認為這樣就能夠達成您宗教上的宿願，而您應該也清楚這一點。」

「這……貧僧也不認為立刻就能夠有所改變……」

「我不是說調查本身沒有意義。從精神醫學的角度來看，和尚也是人，只是受測者，以蒐集樣本的意義來看，是有意義的。但是若問這是否能夠宣揚禪學，應該是不能的。頂多是看了這傢伙寫的雜誌報導的一群廢物，擺出一張專家嘴臉，出於消遣的心態大加炒作一番罷了。您也明白這一點。」

「不……」

常信陷入驚恐。京極堂舌鋒凌厲地追擊道：

「換言之，雖然是下意識的，但您方才所說的不過是冠冕堂皇的藉口，您只是感到自卑罷了。」

「自卑……？」

「您無論再怎麼修行，都無法大悟，不僅如此，還得不到具足。所以您嫉妒只是打坐就能夠自我具足的祐賢和尚。」

「嫉妒……」

「對。但是您的嫉妒心並未指向祐賢和尚其人，而是表現在質疑僧人應有的樣貌。然而，認真的您卻也無法放棄長年持續至今的修行。因此極端排斥早早放棄了修行，一臉徹悟的了稔和尚。」

「了稔師父……」

高潔的禪師那高邁的思想，被惡魔一張張地撕下外皮，轉眼間便解體為鄙俗的感情。惡魔的話語不知歇止。

「所以常信師父，您對腦波測定感覺到強大魅力的最直接的理由，是因為您想要藉由第三者之手，來否定坐禪的有效性——不，您想要**拆解祐賢和尚的修行**。除此之外別無其他。」

常信已經啞然失聲了。

「所以您才會害怕祐賢和尚的反應。您在心底某處，玷污了您由衷尊敬的祐賢和尚——不，道元禪師。所以隨著可以說是這種心情顯現的腦波測定的日子接近，您逐漸心神不寧。『這樣就好』的信念，與『這樣就好了嗎』的疑念在心中糾纏不清，而為了鎮靜動盪不安的心情，只好連夜進行夜坐。」

「啊……沒錯。結果貧僧還是打坐了，這已經是習慣了。」

「但是祐賢和尚他卻和平常一樣對待您，對吧？」

「沒……沒錯。自己的修行或許會變得毫無意義，然而他卻無動於衷。不應該那樣的吧？長年深信不疑的事物或許即將崩潰，但那種態度……」

「那就是您所說的祐賢和尚無言的壓力呢。此時，凶案接連發生。您心中的罪惡感翻轉過來，將你塑造成下一個被害人。那就是我所說的鼠。」

「鼠？所謂的鼠是……？」

「京極堂，你是在說鐵鼠嗎？」

京極堂望向我，笑了。

「對，關口，你說得沒錯。常信師父，你知道賴豪嗎？」

「園城寺的高僧吧……？」

「是的。就是死後由於強烈的怨恨而變化轉生為老鼠，啃噬叡山經文的賴豪阿闍梨。」

「那並非史實，是民間傳說啊。」

「當然是民間傳說。那種荒唐事，現實上不可能發生。但是這件事被煞有其事地口耳相傳，記載在眾多文獻資料當中，滑稽可笑地綿延相傳不絕。您認為這是為什麼？」

「因為賴豪阿闍梨無法完成他的宿願……」

「死人什麼都辦不到的。懷恨而死的人，死了也就到此為止了，魂魄不可能殘留在這個世上。而且要是化為老鼠，老鼠也太可憐了。這是活人的所做所為。」

「他生前的遺恨受到世人流傳……」

「這也不對吧？他的確是很不甘心，但是高僧死前會留下，如果我死了，要墮入畜生道化為老鼠這種遺言嗎？要是相反地詛咒侮蔑了自己和園城寺的朝廷和叡山下地獄，那還可以理解。」

「那麼就是戲言——流言蜚語之類吧。」

「那種流言，是誰為了什麼而散播的？」

「寺門——園城寺不但無法設立戒壇，還失去了阿闍梨，對山門懷恨極深，所以……」

「怎麼可能？園城寺不可能放出那種流言的。以寺門的角度來看，他們才是正當的。就算遭遇再怎麼不幸，又或者山門做出多麼陰險毒辣的行徑，傳授正法的寺門高僧在極盡瞋恚的最後，墮入魔道轉世為畜生的話，就等於是捨棄了自己的正統。」

「那麼這是山門為了貶低寺門才……？」

我這麼說，敦子便應答：

「這也……仔細想想不太對呢。山門若是放出這種流言，不就等於是承認錯在自己了嗎？這等於是承認延曆寺蠻橫無理地阻止園城寺設立戒壇。而且貴重的經文遭到啃噬，這簡直是在宣傳自己的寺院沒有法力呀。」

京極堂注視著常信答道：

「是啊。所以，這最初應該是在揶揄不斷抗爭對立的寺門與山門兩方而產生的流言吧。然而兩門卻都不去制止這類流言，反而有加以竄改散布之嫌。」

「竄改？」

「例如說，寺門流傳賴豪在**死前**與呼吸一同吐出八萬四千隻老鼠。並非死後轉生，也非過於憤怒而變身，而是**以法力**懲治不守清規的山門這樣的架構。另一方面，山門則是流傳大德阿闍梨以法力變出大貓，迎擊老鼠。彼此都將其改編為法力大戰，基本上卻是承認的。再加上甚至傳說山門在坂本建了貓之宮，而寺門則蓋了鼠之宮。這根本就不是宗門抗爭，而是忍術大對決了。」

確實，這與教義宗派無關，是荒唐無稽之談。

「不過園城寺沒能成立戒壇是事實，山門寺門之間的對立抗爭也是事實，但實際上延曆寺是否真的對朝廷施壓，沒有人知情。即使延曆寺真的上呈請願書阻止，採納的也是白河院，山門只是陳述他們的主張，沒有理由遭到怨恨吧。這種風聞，延曆寺根本用不著封鎖，不去理會就行了。然而……這不管怎麼想都太過火了。」

「究竟是為什麼呢？」

「因為延曆寺對園城寺懷抱著**不當的罪惡感**啊，關口。」

常信失去了冷靜。

「不當的……罪惡感？」

「事實上，這是寺門與朝廷之間的糾紛，延曆寺根本沒做什麼。山門相信山門的正統，應該沒有什麼好內疚的。可是儘管如此，他們一定還是懷抱著無法公開的罪惡感。完全沒有理由道歉，也沒有必要道歉，卻有著說不出口的虧欠。所以延曆寺對於經文被老鼠啃咬這種不名譽的事，也甘於接受，反倒主動編造出這樣的流言來。這是藉由成為被害者，委婉地承認自己的罪，也是一種扭曲的自我正當化。我是**被害者這種感情，與罪惡感是有相互抵消的效果的**。」

「啊，原來貧僧懷抱著豈有此理的妄想嗎……？是這樣的嗎？中禪寺先生？」

「是的，常信師父。中島祐賢和尚不是什麼殺人犯。當然，他也不曾想要取您的性命。想要您的命的，是滋生出您心中不當罪惡感的妖怪。證據就是只要去除您心中那內疚的感情，就再也沒有任何理由必須去懷疑祐賢師父了。」

益田發出「哎呀呀」的怪聲，全身虛脫。

「常信師父，祐賢和尚他對於腦波調查應該是真的完全不在意。我想他根本漠不關心吧。若問為什麼，因為他非常明白那種調查毫無效力。包括我在內，在場的俗人就像現在這樣，必須花費如此多的唇舌才能夠明白，但是祐賢和尚他應該打從一開始就知道了。所以他才表現得一如平常。」

常信想說什麼，但京極堂制止他，以格外響亮的聲音說道：

「禪不是區區腦波測定的結果就能夠動搖的。」

常信的雙肩頹然垂下，上身略為前傾，雙手按在榻榻米上。

「貧僧……不，我究竟是……」

外衣和外皮全被剝下，那裡坐著的只是一名身披袈裟的頹喪男子。

至於惡魔——放柔了聲音說道：

「常信師父，不可以表現出那種不像禪僧的模樣，您必須保持毅然的態度。」

「但是……」

「您是位了不起的修行者。您秉持著真摯的信仰，全心全意修行至今，這一點您比任何人都要清楚。您並沒有犯下什麼不可挽回的過錯。」

「可是……我……究竟該怎麼做才好？」

「很簡單。」

「很簡單嗎……？」

「您應該依照您所想的，儘早離開這座山才對。」

「離開……？」

這座山？——常信沒有出聲地說。

「日本人就如同您說的，在數場戰爭中犯下了難以彌補的大錯。需要反省，也必須謝罪，但是不需要卑躬屈膝。改正須改正之處，補償須補償的地方就是了。不管是改過或療傷，都是你們的職責。」

「但是……我這種人……還能夠……」

「常信師父，您並不是孤單一人啊。」

「不是孤單一人？」

「下界有許多人擁有和您相同的志向與問題意識。您閉關明慧寺期間，下界已經產生了巨大變化。戰前的宗教團體法隨著敗戰而消失，波茨坦宣言簽訂後發布的宗教法人令，在前年正式作為宗教法人法頒布了。教團所處的環境也改變了。沒有了不當的打壓，信仰自由受到保障。相反地，政治勢力遵照政教分離的原則，遠離宗教。在這樣的狀況中，傳統宗教現在正摸索著該如何與現代社會共存。聽好了，今後才是重要的。科學逐漸有了充足成果，經濟發展，世局亦日漸安定。敗戰的洞穴，正逐漸給這些填補起來。再繼續拖拖拉拉下去，你們宗教家應該背負的部分，有可能會被其他恐怖的東西給奪走。」

「恐怖的……東西……？」

「常有人說日本人沒有信仰，但是絕無此事。日本人只是很聰明，什麼宗教都能夠接受罷了。所以日本也有許多宗教，其教義值得發揚於全世界，禪當然也是其中之一。現在不發揚傳統宗教的真正價值，更待何時？禪絕不能被擺在博物館的陳列台上。所以像您這樣的人，正是現今宗教界所需要的人才。您不也說了嗎？必須棄山下野，真正的領悟就在那裡。您說的是正確的。」

常信眉間一緊。

「常信師父，您為什麼沒有在發願的同時下山呢？您就算不耍這種小家子氣的奸計，應該也能夠早早離開明慧寺才是。為什麼您做不到？也不是沒有去處吧？」

「我……是出於反抗而出家的。這一點我剛才也說過了，是基於沒有明確對象的抵抗、不滿的厭世觀而出家的。但是那種心態很快就消失了。就在我想重新出發的時候，進入了這座山——便再也出不去了。沒錯，出不去了。我與本山已經好幾年……不，好幾十年沒有聯絡了，師父也過世了。我雖然是曹洞的和尚，卻像您說的，與教團斷絕了關係。曹洞的寺院和道場在日本確實多不勝數，僧侶都在那裡修行吧，但我卻把這件事忘得一乾二淨。他們全都與社會維持著連繫並修行啊，可是……」

「我被什麼給攫住了。」

常信說。

瞬間，京極堂露出一種毛骨悚然般、以他而言非常罕見的表情。

總覺得空氣變得清淨了。

只是，我覺得榻榻米上依然微微飄蕩著沉重的氣息。

京極堂開口道：

「我可以請教一件事嗎？常信師父。」

「請說。」

「這似乎是過世的了稔和尚說的，聽說常信師父認為明慧寺有可能被指定為文化財？」

常信第一次笑了。

「是的。雖然很可笑，但我認為若是成為觀光寺院，狀況或許會有所改變。不，就像中禪寺先生說的，我是想藉由那種卑俗的事，來打破些什麼吧。和了稔師父是一樣的。」

「你認為若是正式調查，就有那種可能性嗎？」

「應該……有吧。這是我個人的見解，但那座寺院不是江戶時期的建築。」

「這樣啊，感激不盡。」

京極堂恭敬地行禮。

常信也低頭說：

「不，該道謝的是貧僧，中禪寺先生。」

——啊，被驅逐了。

京極堂命名為鐵鼠的那個東西，完全從常信身上驅逐殆盡了。

但是……

——**我不覺得這樣就出得去**。

這種想法爬上我的背脊。

常信接著望向益田說：

「益田先生，請千萬不要對祐賢師父冠上任何莫須有的嫌疑。那只是我——貧僧的胡言亂語。請見諒。」

益田望著打開的記事本，露出好一陣子困窘的模樣，最後這麼說道：

「呃，不，可是常信師父，你……不，這怎麼說？老實說，被警方懷疑的人是你。雖然身為刑警的我不該洩露這種事……」

「貧僧嗎？但是貧僧並非兇手。」

「呃……你那天真的在夜坐嗎？」

「是的。」

「沒有跟托雄一起？」

「哦，因為貧僧當時充滿了膚淺的情緒，實在不想和其他宗派的人在一起。」

「其他宗派？托雄不是曹洞系嗎？」

「與其說是什麼系……托雄是貫首的弟子，他原本是前任典座的侍僧。」

「貫首？」

京極堂格外訝異地說。

「是的。托雄是終戰那一年入山的，我記得是因為覺丹禪師的關係。托雄在第二年跟隨貫首修行，第三年成為前任典座的行者，典座改由貧僧擔任後，就一直……」

「請等一下，前任典座指的是誰？從名簿上來看，也沒有年齡相符的人，難道是由知事輪流？不是吧？你說過是在你入山之後六年入山的吧？」

常信一開始應該是這麼說的。益田在看記事本，或許上頭抄寫了僧人的名單。

「啊。」

常信露出這才想起來的表情。

「事到如今隱瞞也沒用了。待在那座山的時候，周圍的氣氛教人撕破嘴也說不出口……貧僧前一任的典座是博行師父，他在開戰那一年春天上山，在明慧寺剃度。」

「在明慧寺剃度？他在那之前不是和尚嗎？」

「貧僧不知道他的經歷，不過似乎如此。我想他當時已經年近六十了，不過不知道確切年齡。博行師父也因為上了年紀，在貫首門下非常認真地修行，短短三四年就當上了典座。然而，他卻罹患了心病。」

「哦，所以下山了。」

「不，他還在山裡。」

「咦？」

「博行師父因為某起案件，失去了自我，墮入了煩惱的地獄。現在他住在土牢裡。」

「你們把他監禁起來？這可是個大問題喔。」

「貧僧也這麼想。不過大家都認為博行師父遲早……不久之後就會恢復正常。但是因為他會變得狂暴，動粗打人，不得已關進了土牢。」

「這……不行的。」

我忍不住插嘴：

「如果那個人患有精神分裂症還是精神障礙，只是把他軟禁，也不會好轉的。為了本人著想應該交給醫生。現在這樣，對周圍的人來說也不好。」

即使是輕微的精神障礙，我也不認為軟禁——而且是關進土牢——這種待遇會有什麼用處。特別是此一領域，日本的風俗依然落後，雖然其他國家似乎也先進不到哪裡去。

聽到我的話，常信點了兩三次頭。

「或許就像您說的。只是，我聽說博行師父後悔自己的愚行，最近每天都在坐禪，或許他已經恢復了。我了解了。關於博行師父的事，貧僧會想辦法的。總而言之，因為發生了那起案件，貧僧才會被交付典座這樣的重責大任。」

「那起案件指的是什麼？總覺得才剛解決了一個問題，新的問題又接著冒出來，讓我這個刑警覺得棘手極了。」

益田說道，歪著嘴露出奇怪的表情。

「唔……不過這事關個人名譽，在弄清楚它確實與這次的案件有關之前，貧僧實在是不好相告。」

「這樣啊……那我會報告山下先生，說有這樣一個人。可以嗎？」

常信說「無妨」。

益田似乎完全陷入沮喪。

這也難怪。

因為京極堂這番既囉嗦又拐彎抹角的排場，似乎與解決案件無關。益田只是被京極堂當成棋子任意擺弄而已。

「這樣啊……那，托雄的證詞也不是騙人了，再度墮入五里霧中了。」

常信露出奇怪的表情。

「益田先生，請問托雄的證詞是……？」

「托雄作證說，你在夜坐的時候，了稔和尚從你的草堂——覺證殿走出來。」

「這……貧僧不知情，沒聽說過。」

「什麼？托雄什麼都沒說嗎？是怕忘了經本這件事曝光，會被你責罵嗎？」

「忘了經本？這事貧僧也不知道。他對警方這麼說嗎？」

「是啊，所以你才會被懷疑。」

「不，托雄有可能把經本忘在覺證殿嗎？就算萬一真的忘了……不，可是為何了稔師父會到覺證殿……」

常信納悶不已。

「對了，那個人真的是托雄嗎……？」

「咦？」

「昨日僧食九拜之後，貧僧將粥交給淨人（註），拜會貫首之後，送粥到博行師父那裡去。平常是由庫院的僧侶送去的，但是慈行師父說還有警察和採訪的人在，小心為上，所以……關於博行師父，因為他無法隨意離開牢裡，所以我們判斷與案件無關，才沒有向警方說明。」

益田這次稍微噘起了嘴巴。

「然後呢？」

「我離開土牢時，看到一個僧侶。因為很遠，無法確認，不過貧僧以為是托雄。那名僧侶往食堂那裡走去了。不過仔細想想，托雄那個時候……應該是和各位在一起吧？」

常信突然問話，敦子一瞬間感到困惑，食指按在額頭上思考。

「咦？時間約是幾點左右？」

「貧僧在貫首那裡，大約五點二十分，待了約莫十分鐘。五點半開始行缽。貫首在同樣的時間用膳，貧僧也是。但是我想要先給博行師父送粥，所以……對，是在行缽的時候。」

「那麼我們人在食堂裡，托雄當時在嗎？我不記得呢。關口老師記得嗎？」

完全沒有記憶。在我的記憶當中，帶路的僧侶兩個人都長得一樣……不，臉是一片平坦的，連名字也記不太清楚。

註：禪寺裡負責給侍粥飯、或浴室之行者。

「不曉得。我被和尚用齋的景象震懾住，看得出神了。可是，當時益田先生也跟我們在一起呢。」
「我？我在看鳥口先生拍照。呃，那個時候各位還算是嫌疑犯。」
「那就不曉得了呢。」
「這樣嗎……」
不知是否我多心，常信的瞳眸掠過一陣陰霾。
總覺得不太暢快。
儘管如此，常信似乎完全變了個人，恢復了原本的自我。
他不再害怕，也不再驚惶了。無比沉穩，毋寧說是個風采堂堂的僧侶。
接著迷惘的禪僧說他會再回去明慧寺一趟，然後照著京極堂的忠告，在近期內下山。
益田說要派警官護衛，要求常信明早之後再回去明慧寺。不管本人怎麼說，他依然是重要關係人，而且再怎麼說，既然兇手尚未落網，單獨行動在許多方面來說都是很危險的。
沒錯，案件一點都沒有解決。
京極堂陷入長考。
我們一站起來，常信便再次深深行禮。

鳥口與飯窪在紙門外頭。
他們似乎一直在聆聽，但是很難說他們究竟對狀況理解了幾分。
我們留下益田，前往大廳。
大廳的情況幾乎絲毫未變。
京極堂雙手抱胸，一坐上坐墊便說：
「啊，又做白工了，而且還費了九牛二虎之力。鐵鼠這麼稀罕的玩意兒，我再也不碰了。」

說完，他摩擦額頭。

「很稀罕嗎？你之前不是說它很有名嗎？還說不知道鐵鼠的我蒙昧無知，甚至質疑我是不是日本人，事到如今還說什麼稀罕？」

「關口，你說這話真是蠢到家了。賴豪雖然有名，但那種狀態的和尚鎮上隨便都有嗎？就像老虎連小孩子都知道，但鎮上不可能隨隨便便就看得到野生老虎吧？說鎮裡沒有所以不知道老虎，這就叫無知。」

「是啦，我就是無知。可是啊，常信和尚那個樣子，算是相當棘手嗎？」

「如果**那**不是僧侶的話，就沒什麼大不了的，只是單純的妄念罷了。那種情況，名字叫什麼都好。但是他是和尚而且又**那樣**，所以還是鐵鼠。和尚——特別是禪僧——相當難纏。幸好那位常信師父是個理性又坦率的人，不過他還是迷失了自己現在的位置呢。托他的福，說了一堆有的沒的事。應該收個比平常貴三倍左右的價錢……啊，我忘了這次是免費的。」

京極堂不高興地搥打肩膀。鳥口偷偷摸摸地靠過來問道：

「好像很厲害呢。我只聽到聲音，可是太難了，雖然待在門前，但聽了也學不會念經。聽不懂漢字，而且好冷，又不敢睡。那麼，兇手是誰呢？」

「你還是老樣子，淨說些莫名奇妙的俗諺。而且什麼兇手，你是在說什麼啊？鳥口。」

「關口老師，你這人心眼真夠壞。就兇手啊。」

「才不知道兇手是誰呢。對吧？小敦？」

「嗯。」

「咦？可是師傅喋喋不休地說了一大堆他最擅長的……」

「鳥口，我只是做自己的工作罷了。要我說幾次你才會明白？這和案件無關。」

「唔，那附身妖怪……」

「妖怪當然驅逐啦，我可是專家。」

「那樣的話……」

「所以我驅逐的是附身妖怪，揪出兇手的是警察，讓原稿開天窗的是關口（註一）。說起來，我可是開書店的，對殺人才沒興趣。以這種形式結識禪和尚，本來我也是千百個不願意。但是為了讓觸礁的工作得以順暢進行，不得已才做的。」

「工作到底是指什麼？」

「就是書店的工作啊，鳥口。比起殺人犯，版型更重要，比起殺人，冊數才是問題（註二）。但是啊，總覺得事情會變得麻煩哪。」

京極堂把手放在下巴，望向庭院的大樹。

「啊……原來是這樣啊。」

鳥口皺起那雙有些太靠近的眼睛上頭的一對眉毛，露出小狗要飯吃一般的表情看著我。

「老師……」

「那張表情是在幹麼？肚子餓了嗎？」

「欸，肚子雖然也餓了，不過我剛才想到了一件事。」

「所以是什麼事啊？一外出就迷路還是一睡就爬不起來這種事，不用想大家也都知道了。」

「不是那樣啦，真是過分。老師，我啊，是雜誌《實錄犯罪》的記者。」

「是現在已經沒有的《實錄犯罪》吧。」

「現在也還有啦。而我現在帶著照相機，底片也還有剩。《稀譚月報》的攝影工作已經結束了。而且我現在身陷殺人案件當中。我是第一發現者，一度甚至成為嫌疑犯，而案件尚未解決。」

「所以呢？」

「老師真是遲鈍，所以才老是被榎木津大將戳來戳去。我要報導這起案件。這樣雜誌就能夠在停頓半年之後再度出刊。我要採訪到真相水落石出為止，所以我要再去一次明慧寺。」

「可是鳥口，依目前的狀況，感覺很難在短時間內獲得解決。而且你說要去明慧寺，那個山下警部補……」

「大將已經去了。」

這麼說來，榎木津去了明慧寺。

「現場一定會陷入混亂，這樣就可以趁機潛入了。」

「這的確是個確實的做法，可是會因為妨礙調查而被逮捕喔。」

「我已經有所覺悟了，不能再交給警察了。而且關口老師……」

鳥口的表情變得有些精悍。這個輕佻的青年只要一本正經起來，看起來也是頗為英俊。

「其實泰全老師被殺害，讓我受到相當大的打擊。也因為泰全老師是在我睡著時遭到殺害的，我一點真實感也沒有。他明明是那麼慈祥的一個老爺爺……」

鳥口**沒有看到**泰全那近乎滑稽地受到侮辱的屍體。所以在他的內心，泰全老師的死依然是特權的死。

「我是案件記者，所以習慣了這類案件，但是記者一般都是在案件發生後才去採訪的。就在採訪後，立刻有人死在眼前這種事，我是第一次碰到。雖然我的記者魂對此感到魅力，但也覺得心有不甘。我不打算裝做什麼正義之士，但也不完全是出於消遣心態。」

「啊，這樣啊……」

去年夏天，鳥口深陷其中的慘劇裡，也死了許多人。但是當時鳥口與被害人並沒有這樣的關係。

註一：驅逐妖怪、揪出犯人、開天窗三者在日文中所使用的皆是同一個動詞，京極堂在這裡說了段俏皮話。

註二：日文中「犯」與「版」同音，「殺」與「冊」同音，京極堂這裡又說了俏皮話。

我有點了解鳥口現在的心情。

「老師，那個……」

「嗯，我了解你的心情，但是我……」

已經想離開這座牢檻了。

「這樣嗎？敦子小姐和飯窪小姐呢……？」

「我……是啊，反正這次的企畫一定不會被採用……」

「不會被採用嗎？啊，妳覺得常信和尚回去寺院之後，會阻止腦波測定嗎？」

「哦，腦波測定也必須中止吧。得稍微冷靜下來，雖然帝大方面打從一開始就很冷靜，但還是得重新尋找能夠理解這是與宗教無關的純粹生理學探究的受測者，重新擬訂計畫才行。本來在了稔和尚過世的階段還很難說，但那裡現在已經成了殺人案件的現場了，所以……」

敦子向飯窪徵求同意。飯窪微微點頭，只應了一聲：

「嗯。」

「對了，和鳥口他們不同，妳們那種嚴肅的刊物，就算內容與案件毫無關係，也很難在這種狀況下刊登報導吧。」

出於雜誌的立場，是很難刊載違反公共善良秩序的報導的。

「是啊。我今早也打電話向中村總編輯說明了，顧及其他部門和大學方面，總編輯說無法立刻做出決定，要和上頭商量，我只得到了在這裡待命的曖昧指示……不過八成不行了吧。」

「不行了啊……」

鳥口說。

「我想是不行的。總不能隱瞞寺名刊載，我也不喜歡這麼做，但是總覺得這樣有點……幸好警方禁止我和飯窪姊離開，所以我決定和你一起行動，鳥口先生。」

「噢，這樣嗎？那真是如鼠添翼。只是敦子小姐，仙石樓的費用……」
「應該不要緊，公司一定會出錢的。」
「那太好了，那麼我們走吧。飯窪小姐妳呢？」
「我……」
飯窪難以抉擇似地，首先望向敦子，接著看向京極堂。
此時，我也在意起京極堂來。務實而乖僻的朋友這種時候通常都會澆年輕人冷水，加以勸阻。特別是個性彆扭的哥哥最討厭妹妹做出偵探般的行動來了。
然而與預期相反，京極堂什麼也沒說。
不，豈止是什麼也沒說，他一副什麼都沒聽見的態度。
然而不管面向哪裡，或正在做什麼，這個人總是一清二楚地掌握住周遭動靜。所以這只是佯裝不知、視而不見吧。京極堂露出一種彷彿在忍耐著什麼的表情……只是凝視著庭院的樹木。
此時……
傳來一陣「啪噠啪噠」的懶散腳步聲。
打開紙門進來的是戴眼鏡的巡查。
「請問，益田先生在不在這裡？」
「嗯？不，他不在，不過很快就會來了。他現在在別館。」
「哦。」
巡查輕聲跺腳似地轉身，就要前往別館。
益田出現在他面前。

「怎麼了？阿部兄，發生什麼事了嗎？」

「啊，是！發生什麼事了！湯本的轄區那裡剛才來了聯絡，我認為必須立刻稟告警部補大人，所以急忙趕來。那個，有消息說拘留了一名可疑的和尚。」

「可疑的和尚？」

敦子和飯窪同時轉過頭去。

「什麼樣的和尚？」

「是，根據剛才的聯絡內容，欸，在奧湯本的笹原武市先生的住宅，包住的女傭……啊，報告中說是女傭，就是幫忙打雜的大嬸。欸，女傭的……」

「女傭我知道。」

「笹原武市？喂，京極堂，那是……」

「先聽完再說。」

京極堂冷冷地說。

「那個女傭，欸，她叫橫山梢，在今日凌晨五點二十分……欸，老人家總是起得比起早吶。欸，五點二十分左右，在庭院發現一名行跡鬼祟的僧侶，她詢問來人有何貴幹，結果僧侶便逃了出去，被正巧在場的兩名工人追上去逮住，並通報警察。欸，那名僧侶對於警方的訊問，供述相當曖昧不明，而且箱根山連續僧侶殺害案件的本部發出消息，要求拘留行跡可疑的僧侶，於是便聯絡我，通知這裡。」

「咦？這……」

益田一副不知該如何是好的模樣，望向京極堂。

京極堂立起單膝問道：

「那麼名字呢？」

「啊？我名喚阿部宜次。」

「不是問阿部兄的名字，那名僧侶有沒有說出自己的名字？」

「噢！這真是失禮了。欸……唔……」

阿部巡查捏著眼鏡框翻閱筆記本。

「松、宮……呃……」

「咦？」

「啊，是松宮仁如啦，仁如。」

「松宮？他姓松宮嗎……？」

飯窪以迫切的聲音詢問。

她昨天沒有機會與慈行接觸。

正確地來說，雖然慈行坐禪時飯窪就在附近，卻沒有機會和他攀談。換句話說，她無法確認從鎌倉造訪明慧寺的僧侶姓名是否叫做松宮仁。

「那名和尚說他叫松宮，是嗎？」

「啥？不，他叫**仁如**。」

「益田！」

京極堂以響亮的聲音呼叫刑警。

「能不能讓我見那名僧侶？」

益田睜圓了眼睛。

「咦？呃，如果那個人是兇手的話，當然不能會面，不過與案件無關的話，應該可以立刻見面，不過我現在沒辦法判斷，所以……」

「他現在人在哪裡？」

「湯本的派出所吧……？阿部兄？」

「是的。」

「京極堂，你要做什麼？」

「省了去找他的工夫，我要過去一趟。」

「找他的工夫？你說要去，是去見那個和尚嗎？」

「對，或許事情這下子就可以辦好了。」

「辦好事情？是指你的工作嗎？」

「我……我也去。」

飯窪說。益田慌了。

「那個，不能擅自……呃……」

「不好意思，益田，沒時間徵求你上司的同意了。用不著擔心，不會給你添麻煩的。你好好辦案吧。」

「呃，什麼？」

益田手足無措。

京極堂一起身，除了我以外，幾乎所有人都站了起來。

京極堂看也不看不知如何是好、說不出話來的益田，便走了出去。

飯窪立刻追了上去。

「我……我也去，請讓我同行。」

「喂，等一下，我也要去。」

我站了起來。

反正我也打算回富士見屋。

京極堂突然回頭。

然後他看著杵在原地的敦子及鳥口，說了：

「不要太過深入啊。」

事到如今還說這什麼話——我心想。

7

這是我聽說的。

今川懷著一種莫名心酸、不明所以的苦悶，仰望天空。

天空被名為天空的蒼穹給包覆著。宇宙終究是有限的，一定有盡頭的。離不開那裡。打破自我的殼，離開家庭，出走社會，逃出國家，打破規則，不管做什麼都是一樣的。離不開宇宙。

冬季蔚藍無比的青空不知為何一點也不清澈，只是無比嚴苛，讓今川有了這樣的心情。

久遠寺老人似乎很難受，氣喘吁吁。榎木津雖然停止了大聲喧嘩，看起來卻無意義地神采煥發。那種精力充沛在這種狀況下，總帶有一種破壞性。連他那精悍的眼神看在今川眼裡，都好像要把自己給射穿一般，令人坐立難安。

等間隔地排列的樹木另一頭出現了大門。

一片黝黑，是明慧寺。

「就是那裡。」

「啊，折騰死我了。這就是不知養生的醫生，運動不足啊。」

「那是因為你是老年人。喏，大骨，走吧，你帶頭。」

「至少叫我待古庵吧。聽到小時候的綽號，總教人難為情。」

「了解。好啦，走吧，**大骨湯**！那奇怪的門前竟然也有警官耶！用你那張除魔鬼瓦（註）般的臉去嚇跑他們吧！」

亂來。明明說會想辦法，但榎木津或許根本什麼都不打算做。都來到這種地方，卻被趕回去的話，今川姑且不論，久遠寺老人可能會在半途就撐不下去了吧。

一走近大門，不出所料，警官跑了過來。

「喂！除了關係人以外，禁止進入。」

「呃，那個，該怎麼說呢……」

「嗨，辛苦啦！我是偵探榎木津禮二郎。喏，讓我們過去吧！」

「啊？」

一名警官看到榎木津，詫異地偏過頭。其他警官看到那名警官的反應，也依樣歪著頭。

「怎麼了？」

「喂，他是那起『黃金骷髏案件』的……」

「哇哈哈哈，你是那個時候開車到教會接我的警察司機吧！竟然杵在這麼冷的地方站衛兵，你也真沒出息。要向我學習啊。下次要是遇到那個蒙古警部，我會幫你說兩句好話的。等一下再告訴我你的名字！」

「是！我是石井警部的……」

「就這樣！」

榎木津高聲說道，穿過大門後，說了一句：

「這我朋友！」

警官好像沒聽見。

今川冷汗直淌地跟在後面。

久遠寺老人得意忘形地激勵警官。

註：鬼瓦為日式建築的屋脊兩端等處所裝飾的瓦片，多為鬼面，作為驅邪保平安之用。

「好好幹啊！」

搞不懂這是誤打誤撞還是意料之中。說起來，只說是蒙古警部就知道是誰的那個警部也太可憐了。要是碰到什麼事都這樣的話，前途實在是一片慘淡。但是榎木津在戰時也都是用這種方法突破難關，立下無數功勳。今川好幾次都在內心埋怨，希望他也為跟隨在後面的部下著想一下。

寺內不見人影。榎木津就像走在自家後院似地，毫不猶豫地穿過三門，在那裡停住了。

「喂，大骨湯，從哪裡開始才是寺院？」

的確很難看出來。眼前的景觀像是山，也像寺院境內。但也不清楚榎木津所說的寺院指的是建築物，或者是否已經進入寺院範圍的意思。

「這裡是寺內。」

今川這麼回答。應該沒錯吧。

至少這裡——是明慧寺的結界之內。

榎木津興致索然地「哦？」了一聲。

「怎麼，已經進來了啊。那麼和尚呢？人在哪？」

「不知道……」

還在禪堂裡嗎？以時間來看，應該是執行作務的時間，不過今川不知道昨天離開後有了什麼發展，所以無法妄下判斷。要是隨便亂晃，遇到刑警，很有可能會被攆出去。不，就算碰到的是僧侶也沒有什麼不同吧。不管怎麼樣，異物應該會被排除。

「有何貴幹！」

如鞭打般凌厲的聲音響起。

好死不死，竟然是——慈行。

黑衣的美僧叉手當胸，威風凜凜地站著。

「本寺目前除了關係人以外，應該是禁止進入的。有何貴幹？今川先生，您在本寺的事情不是應該已經辦妥了嗎？何以再次來訪？」

「這……」

今川無法理解慈行這名僧侶，他與自己根本就是不同的人種。不是內容，而是外表。今川覺得慈行與自己不是同一種類的生物。他覺得讓自己吃盡了苦頭的部分，慈行卻完全沒有。對慈行這種生物而言，人體可能根本沒有多餘的部分吧。而今川則像是穿著一大堆多餘的外衣活著一樣。

「是為了調查。」

「調查是警方的工作，不是古董商該涉足的領域。請回吧。」

「可是……」

今川先偷瞄了一眼久遠寺老人。說起來，今川只是負責帶路，沒道理要在這種狀況首當其衝。然而久遠寺老人似乎也正在思考該怎麼說才好，所以今川接著看榎木津。

——這個人跟那個人也是同類嗎？

榎木津面對慈行的方向，像個金剛力士般巍然站立。玻璃珠般的眸子映出周圍的雪景，綻放出灰色的光芒，簡直就像假的。

「這傢伙……是誰？」

榎木津繃緊濃眉與嘴唇，盯著慈行說道。接著他忽地眼睛半瞇，越來越像假人了。今川不得已回答：

「這位是監院和田慈行師父。」

慈行絲毫不改叉手的姿勢，滑行似地接近，停在榎木津面前。

「您又是何人？」

「我是偵探。」

「偵探？」

慈行瞇起修長的眼睛。

榎木津直盯著慈行，更走近一步。

高個子的榎木津望進去似地凝眸直視慈行。

纖細而小個子的慈行高高揚起細眉，仰望似地反瞪回去。

榎木津說道：

「你是怎麼活過來的？」

「什麼？」

「我在問，你一直以來是怎麼活過來的？」

「什麼意思？」

「就是這個意思。」

「行佛道。」

「哼，這樣嗎？」

榎木津突然失去興趣似地鬆懈下來，別開視線。慈行也像解開了咒縛一般，視線移向一旁。

今川覺得好像看到了什麼不該看的東西，一樣別開視線。

視線的前方站著阿鈴。

這是……

市松人偶依然以一雙有如昏暗的無底洞穴般的漆黑瞳眸直盯著他們。

一陣令人毛骨悚然的惡寒竄過。

慈行發現了阿鈴。

榎木津也察覺，望向阿鈴。

瞬間，三尊人偶連同舞台裝置一同凍結了。

有如三者相互箝制一般。

阿鈴說道：

「你們來做什麼？」

「怎麼……妳……妳是什麼人？」

榎木津斷斷續續地說。

「回去。」

阿鈴說。

然而緊接著叫喊的是慈行。

「來人！來人啊！」

與其說是叫人，更接近慘叫。

幾名僧侶從迴廊如猛虎般衝出，由三門過來了。接著幾乎同時，幾名警官從知客寮飛奔而出。

「有何吩咐？」

「把、把仁秀叫來！立刻！」

僧侶機敏回身，穿過警官離去。警官無法掌握狀況，只是遠遠圍觀。看樣子警官還未整合，指揮系統仍然混亂嗎？和僧侶機敏的動作相比，警官看起來凌亂無章。

「怎麼了？咦？這不是偵探嗎？」

是菅原。

「奇怪了，你們是從哪裡進來的？巡邏的人在幹什麼？真是一點都不能大意。嗯？啊，原來是和田先生啊……」

菅原撥開聚集的警官，來到兩人面前，接著像在看什麼稀奇玩意兒似地把他們從頭打量到腳。

「哦，這的確是大事一樁。」

反應很悠哉，但今川能夠理解他的心情。

對菅原來說，榎木津和慈行根本是五十步笑百步。

阿鈴……

阿鈴不見了。

「喂，偵探，我不曉得你是從哪裡混進來的，不過這可不行。要是像這樣鬧事，是妨礙搜查。」

「鬧事的是這個人，不是我。要是你覺得我在騙人，四萬十川先生跟大骨湯都在旁邊看到了，你去問他們好了。」

「嗯？連、連你們也來了嗎？真是愛蹚渾水。不過這可不是在玩耍。喂，綁起來。」

「啥？」

「你們帶著捕繩吧？綁起來。這是妨礙公務執行。」

糟糕透頂。

警官跑了過來。

此時僧侶回來了。

警官的動作瞬間停止了。

僧侶帶來了一名未曾謀面的骯髒男子。

一顆禿頭，身上衣衫襤褸。與其說是穿，根本是纏裹在身上。身體和臉分不出是被曬的還是弄髒的，黝黑無比，與衣服邊緣也曖昧不明，看起來就像破爛衣裳長出了手腳。襤褸被拖到慈行面前，跪倒在雪地上。

慈行姿勢不變，反而更加僵硬，厲聲一喝。

「仁秀！」

這團襤褸似乎正是傳聞中的仁秀老人——阿鈴的監護人。

今川對於慈行粗魯地直呼年長者，而且是年齡相差懸殊老人的態度，與之前他所表現出來嚴守戒律的態度間感覺到巨大落差，陷入極端困惑。不過當眼前有人陷入激動時，大部分的人都會受到那種興奮影響，心跳加速，或許今川也只是這樣而已。

慈行俯視仁秀，聲色俱厲地開口：

「不是已經那麼嚴厲地吩咐過你，不許讓那個姑娘進入寺裡嗎？竟敢不聽我的命令！你這個混帳東西！」

慈行與其說是斥責，更接近咒罵。

他激動的眼角微微染上一片紅暈。

菅原和警官似乎也完全無法理解發生了什麼事。來到今川身旁的警官手裡拿著捕繩——不，維持著要套上捕繩的姿勢，卻因為另一邊發生的事分了神，停下手來。

仁秀一個勁兒地謝罪。

「和尚大人，真的對不起。阿鈴就像那樣，是個還不明事理的稚齡孩童，請您、請您高抬貴手，原諒小的。」

不是下跪，而是蜷伏在地上。簡直就像是一團破布攤在地上。

「囉嗦！我才不想聽你辯解！都交代過多少次不許攪亂寺內的秩序了……」

慈行使了個眼色，一旁的僧人立刻遞出警策。

慈行揮起警策。

「你還是不懂嗎！」

仁秀的左肩被狠狠地打中，向右倒去。

慈行毫不留情地再次舉起警策。

久遠寺老人推開警官，奔近仁秀。

「呃、喂！慈行師父！你對老人家做什麼？這是和尚做的事嗎？」

「讓開，這與你無關！」

「我不能坐視不管！我可是個醫生。喂，警官！有繩子拿來綁我們這些善良老百姓，更應該先綁住這個野蠻和尚吧？這是暴力行為啊！」

久遠寺老人覆住仁秀老人，瞪向警官。

「讓開！」

慈行再次舉起警策。今川強烈地想要上前阻止，但老實說，他嚇住了。

他想起了昨天下午的事，昨天慈行被打了。禪師說那不是暴力制裁，今川也接受了。但是現在的慈行與昨天的哲童顯然不同，他的視線裡有一種施虐的惡毒。然而……

「喂，和田先生……」

菅原踏出一步。

「這個人不是和尚吧？你們和尚要互打是你們的自由，但這樣不行。要是你打了這位醫生，你就犯了傷害罪。我們可是警察，你別以為不管在什麼場合，你們的歪理都能夠行得通。」

慈行用一種帶著輕蔑——看起來像輕蔑的視線望向壯碩的刑警。

「行使警察權力，合法拘束一般民眾，與貧僧的行為又有何差異？確實，這些人就算被拘束或遭監禁，也不會有半句怨言。但那也是因為有妨礙公務這條法令存在吧？就與這些人有遵循法律的默契一樣，**這裡**也有**這裡**的不成文律。若是這位仁秀向警方求救，要求保護，甚至說要控告貧僧，那麼貧僧也會老實聽從，但是……喏，他就像這樣甘於受打。這個人雖然不是本寺的僧侶，卻在寺內與僧侶共同生活，當然也明白這些戒律，才會待在此處。綁上繩索、奪去自由，與用警策擊打，給予肉體上的痛苦，形式雖然不同，卻終歸是同樣的行為。我們已經變更行持，全面協助警方的調查行動，那麼也請警方不要插手干涉寺裡的事。」

菅原張口結舌——他真的是嘴巴半開，撫摸著自己的耳後。仁秀仰望菅原，以沙啞的聲音說道：

「請、請不要阻止。小的做了活該受打的惡行，被打是無所謂的。請打小的吧，小的想被打。」

仁秀輕輕推開久遠寺老人，向在場所有人謝罪。久遠寺橫眉豎目，額頭幾乎要擠出皺紋地說：

「你這是卑躬屈膝！」

慈行露出一種有如注視穢物般的不屑表情，無言地侮蔑著仁秀，然後他瞪著菅原說道：

「說起來，博行師父會變成那樣，全都是這個仁秀……不，是**那個姑娘**害的。夠了，仁秀，退下吧。滾！」

仁秀幾乎要在雪裡壓出凹洞地低頭，然後緩緩地站起來，也不拍掉沾附在身上的雪片，無精打采地離開了。今川看著他的背影，感覺到一股無法排遣的空虛心情。

「和田先生，你說的那個姑娘，是指那個叫阿鈴的姑娘嗎？差不多可以告訴我們究竟發生了什麼事吧？山下警部補從早上開始，就淨顧著那個和尚，已經不知道幾個小時了。阿鈴和這事有關嗎？」

菅原不滿的發言立刻就被駁回了。

「博行師父與這次的案件無關，沒必要說明。」

「並非無關吧？事實上那座牢房昨晚就被打開了。就算他自己出不來，也是有人意圖要把那個叫菅野的放出來……」

「菅野？」

久遠寺老人出聲，站了起來，他的衣襬濕了。菅原看了他一眼，接著說：

「唔，誰都不能否定那個菅野博行有可能犯下殺人罪行。和田先生，你也一樣，所以菅野為何……」

「菅野……博行？喂，這個名字該不會是寫作博士的博和行走的行吧？怎麼樣，菅原？喂！」

久遠寺老人這下子完全打斷菅原的話了。

菅原無可奈何地回應醫生的問話：

「你說什麼？名字嗎？好像是吧。我記得是那樣寫吧，和田先生？」

慈行點頭，以困惑的眼神望向老醫師。

「那……慈行師父，那位叫菅野博行的人，該不會是個年近七十的老頭子吧？是嗎？」

久遠寺老人雙目暴睜。菅原問道：

「怎麼，你是久遠寺先生吧？久遠寺先生，你認識那個和尚嗎？」

「不，我只是知道一個同名同姓的人。喂，怎麼樣？是個老頭子嗎？還是個年輕人？告訴我啊，慈行師父！」

這意想不到的事態，讓慈行有些臉色蒼白，一雙細眉深鎖。菅原代替他回答：

「對，是個老頭子，年紀一大把的老頭子，像片枯葉般的老頭子。因為只會胡言亂語，也不知道他真正的年紀，這又怎麼了？」

「菅野……是菅野……榎木津！」

久遠寺老人那張原本就紅通通的臉漲得更加紫紅，視線轉向榎木津。今川就像個機械人偶還是企鵝一般，模仿他的動作望向偵探。

偵探搔著頭。

不，他……

依然追尋著阿鈴的行蹤。

榎木津好像什麼都沒有聽見。

因為偵探陷入恍惚，久遠寺老人放棄他似地，重新轉向菅原。

「這……真的……喂，那個菅野是從什麼時候來到這裡，來到這座寺院的？」

「博行師父是在昭和十六年入山的。」

慈行回答。

「十六年……喂，刑警先生，你叫菅原嗎？讓我見那個人。」

「就算你這麼說，也實在……」

「這是猶豫的時候嗎？我九成九認識那個老頭子，菅野博行。我跟他很熟。」

「你認識他？真的？」

「是真是假只要見了就知道了。話說回來，菅野竟然在這種地方……他在哪裡？他人在哪裡？」

久遠寺老人還沒問出目的地，人已經邁開步伐。他大步穿過警官之間，回過頭來大叫：

「快點！」

今川覺得他的眼中充滿了魄力。

慈行不知為何相當害怕。菅原追上去，警官尾隨在後。今川身旁的警官也為了不落人後，手裡拿著繩子跟了上去。慈行確認狀況後，最後注視了榎木津一眼，突然消失在三門之中。僧侶也立刻跟從。

被留下的今川走到依然杵在原地的榎木津身邊，困惑著不知該如何出聲，最後只說了聲：

「呃……」

有如西洋人偶般的偵探那色素淡薄的肌膚變得更加蒼白，注視著遠方說道：

「有那種的嗎……」

今川拖著榎木津，追上久遠寺老人和警官。

那裡位在昨天今川等人被監禁的房間——禪堂旁的建築物正後方。這是個怪異的情景。山坡前有個像戰壕般的雪堆，戰壕的溝裡開著一個漆黑的洞穴。由於雪堆隆起，若是不知情的人，是不會注意到這個洞穴的。感覺也很像防空壕。屈身才能夠勉強進入的洞穴裡嵌著鐵欄杆，鐵欄杆的門開著，門前站著警官與久遠寺老人。今川拉著榎木津的袖子下到溝裡，緊跟在他旁邊。他覺得兩個人不要分開比較好。

菅原屈著身體從鐵欄杆裡走了出來。

「噢，這種工作我受夠了。喏，你，可以進去了。喂，你們也要進去嗎？欸，隨便啦。」

根本沒人說要進去，但被這麼一說，不進去也不行了。

裡面是一片伸手不見五指的黑暗。

「底下是階梯，小心點。」

菅原從後面跟了上來，這是當然的吧。

入口雖然狹小，天花板卻很高，隧道逐漸往下降。或許因為地窖空間的關係，裡面並不怎麼冷。一股異臭隱約掠過鼻腔。

今川把手扶在前行的久遠寺老人背後，就這樣暫時閉上眼睛。其實睜著眼睛也沒有多大的差別。一閉上眼睛，他注意到自己的神經有些亢奮。緩緩睜開眼睛時，那種亢奮略微鎮靜下來了。眼睛也習慣了黑暗，裡面的景色朦朧地浮現出來。

看樣子，裡面似乎不是全然黑暗。

而且這裡與其說是隧道，更像是岩窟。裡面的空間意外地大，壁面和天花板是不平整的岩壁，地面卻很平滑。約有十張榻榻米大小。牆上有幾個洞，裡面安置著像是石像的物體，但是融入黑暗當中，事實上並無法確認那是否為石像。也無法判別是將天然洞窟加工而成的，還是像煤礦坑般挖掘出來的。

正面有個巨大的洞穴，有另一間房間，火光就是從那裡傳來的。

「進去那裡。」

菅原簡短地說，殘響迴繞。

隱約傳來水滴瀝瀝滴落的聲響。

另一間房間——是牢檻。

大小約略相同。

然而與入口處一樣的鐵欄杆在一半左右的地方截斷了整間房間。鐵欄杆前，兩名男子坐在箱子狀物體上，兩人手裡都拿著提燈般的東西。其中一個人把提燈放在臉附近轉過頭來，是山下。

牢檻裡鋪著一塊榻榻米。

有什麼東西坐在上面。

牢檻的另一頭——牢屋裡，火光全靠用金屬勾掛在牆上的一根蠟燭。

裡面繚繞著淡淡的一層煙霧。

看不太清楚。

「這有點意思。」

榎木津小聲地說，不過還是很響亮。

山下敏感地聽見，以接近無聲的聲音滔滔不絕地說：

「喂！偵、偵探也一起嗎？聲音會變得很大，不許大聲說話。我頭很痛。喏，快點過來指認。」

久遠寺老人被菅原往前推似地接近牢檻，今川跟在他的右斜後方，與山下並肩而立。

「哇哈哈哈哈哈哈！」

榎木津發出極為高亢的怪笑聲。

今川嚇得腰都快軟了，低吼般的殘響迴蕩不絕。

不曉得是否覺得有趣，榎木津「呵呵呵」地笑了。

「喂，吵死了！你是三歲小孩嗎？喂，菅原，誰叫你把**這東西**放進來的！」

「就不知不覺啊。喏，久遠寺先生。」

一片幽暗，看不見久遠寺老人的表情。但是今川原本就不可能了解這個老獪又灑脫的禿頭老人的心情。他只知道久遠寺老人不是個壞人，會與他共同行動，也幾乎是出於慣性。因為已經習慣，所以感到安心罷了。

久遠寺老人從內袋裡取出眼鏡戴上，似乎正在凝目細看。但是在這種狀況下，眼鏡是沒有用的吧。

「你……」

裡面的東西一動也不動。

「你是菅野嗎？」

還是不動。

老醫師回頭對山下說道：

「喂！為什麼把他幽閉在這種地方？他是罪犯嗎？這、這種待遇太過分了……」

「拜託，好嗎，不要大聲說話。這可不是警察關的，一開始就這樣的，你怪錯人了。」

「什麼一開始就這樣，那不是應該立刻釋放他才對嗎？不可以把人關在這種地方。這種待遇是人道不允許的，是人權問題。警察為什麼對這種狀況視而不見？」

「所以菅原，你應該事先好好說明啊。喂，這裡太窄了，你出去。久遠寺先生，這個男的昨天逃出這裡，大鬧了一場。一番纏鬥下來，和尚和警官共有三個人受傷了吶。」

被山下吩咐，原本坐著的刑警站起來，閃到入口去。

「大鬧？什麼跟什麼？」

「所以說他很凶暴啊，要說面目猙獰也可以。好像精神有問題吧。不，且慢。你不必說，我知道。我知道你想說應該加以保護，讓他接受醫師診療才是首要之務，可是暫時也只能把他關在這裡了。明天我們會找來專業人員，把他帶走。話說回來，你看得怎麼樣？這個男的雖然是會說話，至於說些什麼就……」

「太暗了，看不出來。不能帶出去外面嗎？」

「待在這裡的話，他就會乖乖的。他的年紀應該相當大了，但是只要出去一步，就像條瘋狗似的……」

「寺院裡的人沒有線索嗎？剛才慈行和尚說他是昭和十六年入山的……」

「是啊。好像是突然出現，然後就在這裡剃了頭出家。沒有任何人知道他以前的職業和經歷……喂，我幹麼要對你們一般民眾說明這些事啊？該配合搜查的是你們吧？」

「我知道。但是就算我想配合，也暗得什麼都看不見啊。」

「熊膽先生……」

「啊……？」

榎木津出聲了。雖然名字還是一樣完全不對，不過今川覺得他的聲音是一本正經。

「我想起了一件非常噁心的事。這裡很暗，所以噁心的東西看得特別清楚。那個……」

「榎木津，你看見了什麼？」

「就是噁心的東西……」

一道閃光劃過，扭曲的圓當中浮現一個有著條紋模樣的邋遢大個子。

——**大日如來**？

今川不明白究竟發生了什麼事，也不知道為何會這麼想。

若問為什麼，因為那是連確認時間都沒有的一瞬間、剎那間發生的事，扭曲的圓很快地伴隨著慢了一拍的條紋移動，化成了一幅異樣的**畫**。

那並不是畫。條紋是鐵欄杆的影子，異樣的畫是異樣的男子形姿。

換句話說，扭曲的圓是由於榎木津手中發射出來的光線——手電筒的光，而獲得了色彩與形體的現實情景。

「哈，就這樣好好地看個清楚吧。」

男子抬頭。

「菅、菅野，你是菅野！」

久遠寺老人撲上鐵欄杆。

浮現出來的那張臉，不是**人的臉**。

在鐵欄杆的條紋影子與老醫師渾圓的陰影間隙當中，那張異形的臉睜大了眼睛。削瘦的臉、摻雜白髮的蓬髮。不管是嘴巴或下巴，覆滿了鬍鬚。失去彈力的土色肌膚上，皺紋就像細微的裂痕般遍布其上。

但是，男子的形象之所以遠遠不似人類，並非是每個扭曲部分聚合在一起所引發的異化效果。是眼睛，他的眼睛是死的。儘管受到光線直射，那雙眸子卻是一片混濁。虹膜弛緩，微開的瞳孔將所有的光亮吸收進去了。

有如死魚般的眼睛……

久遠寺老人把臉貼上鐵欄杆。

「喂，是我，你不認得我了嗎？我是久遠寺，久遠寺嘉親，雜司谷的久遠寺醫院的院長。喂，菅野，你不可能忘了我吧！」

菅野痴呆似的，睜著那雙魚眼。

久遠寺老人搖晃鐵欄杆，發出生鏽的金屬吱嘎傾軋的聲響。

「是我！喂，想起來啊！可惡……」

老醫師從山下手中搶過提燈，從底下照亮自己的臉。

「你不記得我這皺巴巴的脖子了嗎？」

菅野張口。那與其說是靠意志的力量張開的，更接近肌肉鬆弛而使得下巴滑落。

「啊啊啊啊……」

令人極為生厭的聲音。

「院長……院長先生……」

「噢！說話了。確認完畢，這傢伙是你認識的人。好了，走吧，有話到外頭說。」

山下站了起來，一副已經受夠洞穴裡的態度。但是久遠寺老人不肯離開牢檻。

「喂，走了！喂！」

「菅野，你啊，你啊……」

「好了，久遠寺先生，這個人沒辦法正常說話，走吧。」

「不、不！我有話要跟這個人說！我、我、我有話要說！」

由於太過激動，久遠寺老人的發音變得不清楚。浮現在不安定的光亮裡的禿頭，太陽穴上的血管賁張。老醫師一副隨時都會爆炸的模樣。

「喂，久遠寺先生！喂，菅原，幫忙啊！」

刑警抓住久遠寺老人的肩膀，想要拉開緊攀住鐵欄杆的他，那一瞬間，黑影幽幽地猛然晃動起來。今川覺得就像黑暗在伸縮一般，但那是由於光源遠離所致。也就是拿著手電筒的榎木津因為某些理由移動了，或許他是**膩了**。

暗下來之後，菅野再度沉默，久遠寺老人也無計可施，離開了牢檻。

榎木津在入口處發出遠異於常人的怪聲。聽到聲音的瞬間，今川感覺到一股想要立刻衝出外面的強烈衝動。於是他朝向聲音的方向前進。

久遠寺老人被移到知客寮。今川伴隨著榎木津，像條金魚糞般跟在後面。因為他想不到其他妥當的行動，莫可奈何。

山下在今川第一次造訪這座知客寮時慈行坐的位置坐下，並請今川等人在坐墊上落坐。態度簡直就像在自家。

山下一安頓下來，立刻問道：

「那個叫菅野的以前是做什麼的？」

「他和我一樣是醫生，是我去德國留學時，照顧我的學長同窗。戰前，他在我的醫院擔任小兒科醫師。昭和十六年的春天，他失蹤了。」

菅原低喃道：

「聽說他來到這裡已經十六年了。如果和田的話可信的話，時間很吻合合。」

「是啊。我一直以為他到處流浪，要不然就是躲在哪裡，再不然就是死了，沒想到竟然出家，關在山裡頭。唉，他對我來說，是個眼不見為淨的存在。」

山下聽了他的話，看了天花板上的污漬一會兒，然後下定決心似地說道：

「久遠寺先生，老實說啊，我現在覺得有點後悔，後悔沒有在一開始就把仙石樓裡的你們全部逮捕起來。若是那麼做，或許可以避免現在這種狀況。因為就算那是胡來還是獨裁，至少也沒有偏離正確的做法太遠。住宿客全員共謀的說法即使不是事實，也是有效的。」

「你這是什麼意思？」

山下撫平垂落的一束劉海說道，

「聽好了，調查會議決定把你們從嫌疑犯降格為目擊者，只是出於旅行者沒有殺人動機這點理由罷了。但是從那之後過了三天——才短短三天，這段期間怎麼了？那個叫飯窪的女人其實是關係人，那裡的今川打一開始就是關係人，其他採訪的人也從好幾個月前就與這裡的人有聯絡，再加上這下子連你也是關係人了。結果沒關係的……喂，你在做什麼？」

唯一一名無關的榎木津站起來，伸長了身子看著雕花橫楣。

「給我坐下！不然真的逮捕你喔！……總之，現在無關的只剩下這個笨蛋偵探而已了。這是偶然嗎？我沒辦法這麼想。沒有這種巧合。」

「警部補，你說得完全沒錯。這不是偶然，是必然啊。順其自然，就變成這樣了。有關係的人——哪怕只有一丁點兒的關係——出於某些理由聚集在一起行動，結果才會引發案件，所以要是有完全沒關係的人混在裡頭，反倒不自然呢。」

「那是怎樣？這座寺院的和尚裡頭有你以前認識的人，也不是偶然嗎？」

「唔，不是偶然吧……」

久遠寺老人將往右傾斜的重心向左移，端正姿勢。

「我在昭和初期，直到大東亞戰爭爆發之前，每年都會去那家仙石樓，那裡是從上一代起就經常光顧的旅館。菅野是在昭和七年左右成為專任醫師，所以……對，我也帶菅野去過好幾次。」

「去仙石樓？帶那個男的？」

「是啊。」

老人眨著小小的眼睛，不知為何露出極為柔和的表情。

「那個時候啊，醫院的規模擴大，除了小女體弱多病之外，嗯，我算是幸福的。但仔細追究，從那個時候開始，我的人生就已經出現了崩壞的徵兆，但是那時我完全沒有注意到。我忘了那是哪一年，曾經在仙石樓碰上一行高貴的和尚……」

這件事今川也聽說過。

「那個時候，菅野看到和尚，不知道哪來的感觸，對我這麼說，『我們切割、縫合病患，將他們浸泡在藥裡，讓他們活命。即使如此，只要死了，就到此為止了，接下來什麼都無法為他們做了。因為還有下一個病患，這是沒辦法的，但我總是對此存疑。醫生只能照顧活人，所以無論如何都要患者活著，但是這樣真的好嗎？只能以這樣的形式治癒別人嗎？』——菅野曾這麼說。我記得很清楚。」

久遠寺老人閉上眼睛，細細回味似地把臉轉向一旁。

「那個時候，我是怎麼回答他的？」

「久遠寺先生、久遠寺先生……」

山下不解風情地叫道：

「就算這麼說，但醫生的工作就是讓客人盡可能多活一天，不是嗎？要是死了就血本無歸了。遺族會傷心，醫院也賺不了錢啊。那傢伙在說些什麼啊？那樣一點好處都沒有啊。要是有這種醫生，客人會被其他醫院搶走的。」

「不是客人，是病患。」

「病患就是客人吧？」

山下的反應，讓老醫師深深嘆了一口氣。

「或許你不會懂吧。」

「我懂的。刑警的工作就是抓壞人，醫生的工作就是治病，和尚的工作就是辦法事。要是對自己的工作抱有疑問，就沒辦法幹下去啦。」

「或許是這樣吧。只是，他的話在我心中留下了深刻的印象。」

「然後呢？」

「幾年之後，菅野失蹤了。」

「看吧，幹不下去了吧？」

「用不著說得那麼洋洋得意，我也曾經這麼以為。事實上，我並不知道菅野為何要躲藏起來。完全不了解。至於現在，我稍微明白為什麼了。不過這也是猜測而已。或許他是出於完全不同的理由，像是負債之類，我不可能得知的理由而躲藏。也有可能只是一時興起，根本沒什麼大不了的理由。可是那傢伙人在這裡的話……」

久遠寺老人閉上陷在肉裡的眼睛。

「表示菅野記得他當時說的話，或許因為這樣，才會來到這座山裡……」

「你沒有找他嗎？」

菅原問。

「那個……小兒科，是嗎？他等於是拋下了職務，你一定很困擾吧？你沒有想過要找菅野嗎？」

「我當然很困擾，結果小兒科也關起來了。」

「關起來了？」

「我撤掉了小兒科。本來我的醫院裡，小兒科的評價……不，菅野的評價就非常糟糕。就這個意義來說，就像山下你說的，患者敬而遠之，再加上時局險惡……」

「評價很糟？這麼說來，恕我失禮，你的醫院風評似乎很不好呢。」

「哦，你調查過了？不過那個時候，醫院本身的風評並不差。糟糕的是菅野個人的評價。」

「是他醫術差勁嗎？」

「一般的醫生是沒有醫術高下之分的。治療所需要的，是豐富的知識與正確的判斷力，其他就是品德了。需要高度專門技術的，只有一小部分的人。」

「這樣嗎？」

「是啊。大部分的庸醫不是沒有知識，就是判斷錯誤，再不然就是沒有品德。」

「那菅野缺少的是什麼？」

山下問。

「品德。不，他這個人也不壞，只是……該說是癖好有問題嗎？」

「癖好？」

「所以說……這麼說來，你確認過我的身分了嗎？不是叫你去問東京的警察嗎？」

「咦？」

山下看菅原，菅原不悅地回答：

「報告還沒有送到，前天才照會的。或許今天左右，報告書就會送到仙石樓的益田老弟那裡了。」
「對啊，才三天而已，還沒收到。」
山下強自辯解。久遠寺老人看到他那個樣子，微微突出下唇，不服且自嘲地說道：
「你們或許不曉得，但我對自己的事清楚得很。就像你們知道的，我就是去年夏天引發軒然大波的醫院院長。許多人陷入不幸，也死了好幾個人，還有人受傷，最後只留下我一個人。所以東京警視廳和檢察廳裡，有一大堆關於我的情報。我不知道那是調查紀錄還是口供筆錄，不過同樣的事，我鉅細靡遺地說了不下三十次，文件應該多到抬不動了才是。」
「這……前陣子也聽說了。」
「所以報告書裡應該也提到了菅野。你們自己去讀吧，我不想說。」
「那個人是那起案件的關係人嗎？」
「算關係人嗎……？唔，沒有直接關係。因為事情是發生在他失蹤的時候，是他**埋下**了案件的**種子**……不，他還是算關係人吧。」
「他是兇手嗎？」
「兇手是我。」
「什麼？」
「意思是，我等於就是兇手。兇手……那起案件裡根本沒有什麼兇手。」
「沒有兇手？你涉入的是『雜司谷嬰兒連續誘拐殺人案件』吧？兇手沒有被逮捕嗎？」
菅原答道：
「在我的記憶裡，兇手沒有被逮捕。而且關於嬰兒誘拐殺人，案件本身似乎甚至沒有報導。被報導的好像是意外還是自殺，我不清楚。喏，轄區的次田就記得。三流雜誌寫些卑俗的中傷報導大加炒作，鬧得人盡皆知，所以可能還沒有解決。」

——你沒聽說過我嗎？

今川想起久遠寺老人在初次見面時曾經這麼問。如果曾經經歷過這樣的事，也會忍不住想問吧，今川現在才想起。山下問道：

「沒有解決嗎？」

「已經解決了。對吧，榎木津？」

久遠寺老人徵求偵探的同意。今川雖然不知道來龍去脈，但久遠寺老人會如此信賴榎木津這人，似乎也是因為當時之事。

然而受到信賴的偵探似乎就快打起瞌睡，不僅是半瞇眼，根本只剩下三白眼地說：

「沒有我出馬還解決不了的案件。」

「胡說八道，沒有兇手哪叫做解決？」

山下不服氣地說。

「那是……哎，等報告到了你們就知道了。警察不會對自己人扯謊吧。」

「唔，就算東京和神奈川再怎麼交惡，同樣都是警察，送來的不可能會是作假的報告書……唔，這事就先算了。可是啊，做醫生的有可能會跑去當什麼和尚嗎？菅原？」

「這個嘛，有可能吧。老是把人體切切割割的，也會感到空虛吧。像我復員之後，也曾經想要剃髮出家呢。」

「你這個人很不科學，我可以了解那種心情。但是那是小兒科耶？怎麼說呢……久遠寺先生，你能夠了解菅野的心情嗎？他放棄了科學，投入了宗教，對吧？」

「沒有哪個蠢蛋會放棄科學的。要是有的話，一開始根本就沒有科學精神可言。信仰不可能拿來取代科學思考。菅野不是厭倦了當醫生，而是厭倦了勝任不了醫生的自己。別把這給搞混了，刑警。」

久遠寺老人飄飄然地激昂道。

山下也不反駁，有些喪氣。

「可能吧，我已經聽夠這種話了。和尚的歪理都快把我搞得消化不良了。對了，久遠寺先生，你是做哪一科的？」

「我到去年為止，一直都是婦產科醫生，不過本來是外科。」

「這樣啊，那菅野的症狀你也診斷不出來吧。」

久遠寺老人突出下唇，把身子往後挺。

「他是什麼樣的症狀？你們說他變得凶暴，非常嚴重嗎？」

「昨天大鬧了一場，反抗得比走投無路的強盜更凶狠。剛才我也說過了，他待在那座漆黑的洞穴裡頭似乎就很安靜，可是只要走出外面一步，就完全無法應付了。這樣是生病嗎？一開始我也覺得那種待遇太不人道，但是他那個樣子，和尚也不知該如何處置吧。昨天實在恐怖極了。對吧，菅原？」

「太恐怖了，不，真的很恐怖。對了，那個人到底幾歲了？」

「他比我年長七、八歲，今年應該七十左右吧。」

這樣說的話——今川想起多餘的事來——久遠寺老人才六十二、三歲而已。他看起來比實際年齡蒼老多了。今川原本還估計他應該已經七十歲了。

菅原發出驚訝的聲音。

「什麼！七十嗎？那種年紀，手臂又像枯枝一樣，哪來的那種蠻力？有個警官還被打成了腦震盪。」

「那種症狀是從什麼時候開始的？」

山下回答了這個問題。

「好像因某事造成了發病的契機，聽說從那之後就一直這樣。至於是什麼事，目前還沒有半個和尚願意吐實，現在也還在偵訊這方面的事。他們嘴巴牢靠得很，堅稱跟這次的案件無關。」

「應該是沒關係吧？他都被關起來了。」

「可是昨天他擅自跑出來，大鬧了一場，不能保證之前也沒有出來過。說起來，和尚對警察隱瞞事情的態度太可疑了。他們隱匿了菅野這個人的存在，教人不起疑心反倒奇怪吧？」

「因為沒關係所以才沒說吧，或許他們覺得這是寺院之恥。這當然不是什麼值得稱讚的行為，也教人提不起勁說吧。」

「你說這什麼話啊？在警察官面前，不做任何虛偽的證詞，才是善良國民的常識。」

「你胡說八道些什麼？與犯罪無關的事，一句話都不透露給警察，才是百姓的志氣。那你是在……懷疑菅野嗎？」

「當然懷疑啦，因為那個男的那個……精神異常，所以……」

「所以把屍體倒插在廁所裡、在暴風雪的夜裡爬上屋頂都沒什麼好奇怪的——你是這個意思嗎？把什麼事都當成是異常者幹的當然既省事又方便，但這不會太單純了嗎？這可不是那麼簡單的事。」

「不，事情應該很簡單。犯罪這種東西本來就是很單純的，只是很難找出頭緒罷了。這就像九連環一樣，只要抓到竅門就簡單了。我認為菅野就是這個關鍵。」

「哦？的確，我過去涉入的案件也很單純。我想聽聽你這麼說的理由。」

「這座寺院的和尚太過冷靜了，因為他們有菅野這個祕密武器。就算找到了指紋等決定性的證據，如果菅野是兇手，其他的和尚就可以置身事外。昨天夜裡那個叫桑田的和尚嚇得逃跑，但我覺得他的嫌疑也很重。感覺他像是知道會發生騷動，所以逃跑了……」

確實，昨晚下山途中，桑田常信非常害怕。但論害怕的話，看在今川眼裡，那個小個子的小說家看起來更要害怕得多。

「而且那個菅野越獄大鬧的時候，和尚慌亂得不成樣子。因為那完全事出突然，安全裝置鬆脫了，所以他們才會驚慌失措。之後，和尚變得比之前更加沉默了。」

「警部補先生，你這番話真是讓人搞不懂是有道理還是沒道理。如果菅野是兇手，就算他從牢裡跑出來，和尚也用不著慌亂或動搖啊。根本不必隱瞞他的存在吧？反倒是把他當成代罪羔羊送出去，才能夠保證其他和尚的安全啊。」

「這……所以菅野是聽從某人的命令行動的。」

「要遙控瘋狂的人是很困難的。」

「或許是佯狂。」

「佯狂？」

「假裝瘋癲，是吧？」

榎木津突然大叫。

「哈哈哈哈，這點事我也知道。可是那個人是真的喲，社長。」

「你怎麼會知道！」

「當然知道啊，你是睜眼瞎子嗎？」

「你、你太失禮了！」

「且慢且慢，別這麼生氣，大人物要穩重點。榎木津也是，就不能說得委婉一點嗎？可是山下，就像榎木津說的，如果菅野是佯狂，為什麼要做出那種擺置屍體的怪誕行為？」

「如、如果他是佯狂的話，就像這個人說的是裝做瘋癲的樣子，那麼一切都是裝出來的。那些手腳也是為了讓人這麼以為的……」

「為什麼非得讓人這麼以為不可？」

「那當然是因為……」

山下一瞬間閉上了嘴，久遠寺老人趁機說「哪有什麼因為不因為的」。

「如果菅野真的是精神異常，那可以理解。可是如果不是**這樣**的話，而儘管**不是**這樣，卻要**裝做**這樣的話，不就等於是宣稱那些有如異常者行徑般的屍體擺置是自己幹的嗎？如果要偽裝成是異常者的所做所為，就必須表現得不像是一個異常者才行吧？如果照這樣想，菅野果然是真正的異常者，是他逃獄之後獨自犯的案。」

「啊……呃……是啊。我明白了，這是其他的和尚為了嫁禍給菅野，而做出異常的擺置……」

「那也說不通。」

今川聽不下去，開口道：

「不管是菅野先生單獨犯案，或是真兇另有其人，想要嫁禍給菅野先生的說法，在這個情況下都說不通。若是那樣的話，那麼真兇的偽裝手法是失敗的。」

「失敗？為什麼？」

「因為菅野先生的外形不管**怎麼看都不像個和尚**。明治以後，和尚可以蓄髮，東京等地也有不少和尚髮型和一般人相同，但是那些和尚身上也都穿著袈裟。換句話說，判斷一個人是不是和尚的基準是服裝，再不然就是髮型，如此罷了。」

「那又怎麼樣了？」

「飯窪小姐看到的疑似兇嫌的男子**是個和尚**。」

「所以那又怎麼……」

山下露出厭倦無比的表情。今川接著說：

「在夜晚的暴風雪當中，就算有室內燈，依然非常陰暗，視覺辨識度非常低。然而飯窪小姐卻在一瞬間就看出那是個和尚，我認為這是因為那個人穿著像袈裟般的衣物——雖然穿著袈裟應該沒辦法爬屋頂——但至少不是穿著西服。而且最重要的是，對方是**剃髮**。除此之外別無他想了。若非如此，飯窪小姐不會認為對方是個和尚。但是服裝姑且不論，菅野先生留著頭髮，所以爬上屋頂的應該不是菅野先生。而如果這是有人想要栽贓給菅野先生而動的手腳……」

「只能說是失敗了，原來如此啊。」

「所以起碼菅野先生不是棄置了稔和尚屍體的兇手。至於其他，我雖然不了解，但我覺得不會只有樹上棄屍案件是別人所犯下的罪行，換言之，那並不是依照狂人的理論做出來的瘋狂行為。」

「這樣嗎？不，我覺得這有待商榷，而且飯窪的發言是否值得信賴也很可疑。」

久遠寺老人說道：

「山下先生，你又不是哲學家，不是事事都加以懷疑就是好的。像那樣懷疑所有證詞，會沒完沒了的。例如說，包括警察在內的我們全員都不認識生前的小坂了稔，連那具屍體是不是真的小坂都不曉得。只有這裡的和尚說是而已。如果從這裡開始懷疑，或許這座寺院裡還隱藏著呈報人數以外的和尚呢。和田慈行搞不好也不叫這個名字，什麼都不能相信嘍？」

「不會有那種事的啦……對吧？菅原？」

「對，除了撒謊能夠得利的人以外，是不會有人說謊的，久遠寺先生。看破對方的謊言，使其自白，就是刑警的工作，所以懷疑是理所當然的。」

「可是你們不就輕易相信了那些你們覺得應該不是謊言的部分？或許就是這些部分有利害關係啊。總之，那位小姐非常害怕。怕成那個樣子，是沒辦法扯謊的，相信她吧。」

「那樣說的話，桑田常信也很害怕啊。」

「哦，今早吵著抓老鼠的時候，我看了一下他的房間，他好像真的很害怕。也相信他吧。」

「這哪能當成基準？對吧，菅原？」

菅原稍微晃了晃那張粗獷的臉。

感覺上山下變得極度依賴菅原。

根據今川的記憶，一開始在仙石樓時，兩人應該是針鋒相對的。他們到底是以什麼樣的形式締結了信賴關係？今川很感興趣。

久遠寺老人問道：

「先不管這個，那個讓菅野變得瘋顛的事情，雖然還不知道詳情，不過是什麼時候發生的？他是從什麼時候變成那樣的？」

「聽說是去年，去年夏天。」

「去年夏天啊……」

久遠寺老人說道，沉默下來。

「聽說在那之前，他是個非常循規蹈矩的和尚。因為他還當上了……典座，是嗎？聽說那是個很了不起的職位。他短短三四年就出人頭地到那個地位了。」

山下的說明似乎傳不進老醫師的耳裡。

總覺得狀況變得有些奇妙。直到剛才為止，還吵著要逮捕還是被逮捕，但是現在這種狀況要說是妨礙公務也頗為奇怪。山下可能也這麼想，他只叮囑三人要儘快回去，不要在寺院裡亂晃，就打算離開了。

久遠寺老人開口道：

「山下先生啊。」

「怎麼了嗎？」

「能不能……給我一點時間和菅野兩個人單獨談談？只要短短三十分鐘……不，十五分鐘就行了。拜託你。」

「可是那傢伙不會說話啊，就算說了也聽不懂。」

「沒關係。」

「就算你說沒關係……你很可疑，那傢伙更可疑，我不能允許你們單獨會面。」

「為什麼我很可疑？」

「你有可能是共犯，或者是幕後黑手，這有十二分的可能性。」

「你竟然想得出這種事！今天可是我第一次來到這座寺院吶，你就不能相信我嗎？」

「嘴上要怎麼說都成。菅野或許就是你送進來的間諜……老鼠也說不定。不，這是有可能的事。」

嗯，原來如此。」

山下似乎想到了什麼。

「什麼跟什麼啊？我何必做這種事？菅野關在連電話跟信件都收不到的寺院土牢裡，我要怎麼跟他聯絡？」

「只要想就辦得到。年輕的雲水都會去鎮裡托缽，進行募款。聽說他們會去到湯本或元箱根一帶。其實那裡面還有一隻你放進來的老鼠，只要把雲水當做傳令兵使喚，就能夠通訊聯絡了。從仙石樓的話，外出砍柴的途中一下子就去得了……」

山下「啪」地拍了一下手。

「哦，所以你才要逗留在仙石樓，是吧？菅野發瘋被關果然是裝的，這是為了讓人認為他不可能下手。只要關在牢裡，就不會有任何人懷疑他了。然而實際上雲水卻依照你的指示打開門鎖讓他外出……」

山下可能是因為胡思亂想意外地說出個道理而感到高興，他人就這麼站著，開始演說起來了。久遠寺老人目瞪口呆，說不出話來，偷偷瞄了今川一眼，聳了聳肩。

「你是不是對小坂和大西有個人的恩怨？你的殺人計畫從戰前菅野入山的時候就已經想好了，卻因為某些理由而中止……是因為戰爭嗎？八成是戰爭吧。然後你要菅野殺人……哦，**出現**在仙石樓的和尚就是你自己吧，你那顆頭跟和尚沒兩樣嘛。」

「囉嗦啦，我的確是個禿子，卻是個爬不上屋頂的老頭子，我才沒那種體力。而且我何必等到這種時候才下手？戰後到今年都已經第八年了。」

「這我怎麼知道？不過你不是說你碰到了別的案件？你說過吧。就是因為那個。」

「你不該當警官，應該去當作家的。會寫出比關口更有趣的作品喲。唔，聽起來似乎是碰巧說得通，不過那我問你，為什麼菅野會在昨天大鬧？那也是我指示的嗎？」

「如果說他的大鬧，是一種ＳＯＳ信號怎麼樣？因為祕密快被揭露，所以大鬧，於是你間不容髮地趕過來……」

「我才不知道他大鬧這回事，我根本無從得知啊。而且那樣的話，我何必要他用那種怪異的方法殺人？或者是我幹麼要那樣殺人？」

山下突然沉默了。

「就是這個，總是碰到這個瓶頸……」

銳氣受挫了。

菅原站著說道：

「山下兄，關於這位久遠寺先生，就等報告書來了再說吧。那時那邊的偵訊應該也結束了，鑑識也已經回去了，派個警官監視出口就行了。」

「是啊，可是萬一他們商量要如何湮滅證據或串供的話……」

「沒關係的，只要他們跑不掉，做啥都無所謂，反倒是有可能露出馬腳。就算證據全都燒掉了也沒關係，我會逼他們自白的。」

「我不管你們要怎麼處置，只要你們允許我見菅野，我就在這裡等著。我問心無愧。」

「是嗎？那你就在這裡乖乖等著吧。」

菅原撇下這句話，和山下一起離開房間。

刑警出去後，榎木津立刻躺倒下來。

「啊，怎麼這麼麻煩呢？這裡是個壞地方。」

「怎麼啦，榎木津？你知道些什麼了嗎？」

「已經知道啦，那個孩子是妖怪。那個和尚空空如也，簡直是個人偶。不……那是……哎，算了。」

在榎木津看來，阿鈴像個妖怪嗎？對今川來說，不管是阿鈴還是慈行或榎木津，看起來都不像是和自己相同的人類，全都是妖怪人偶。這三人當中，毋寧說慈行是他最能夠理解的。

「兇手……怎麼樣呢？」

「**沒有兇手**。」

「沒有兇手？」

「對！」

榎木津說完，翻過身去背對他們。

確實，這番意見似乎比任何人的看法都更切中要點——今川這麼認為。

久遠寺老人望著榎木津的背。即使見識到如此慘不忍睹的偵探行動，老醫師似乎依然未對偵探感到失望，他的視線沒有失望的感覺。老醫師為何會對這名怪人寄予如此深厚的信賴？今川感到難以理解。

那起案件。

是因為那起夏天的案件嗎？

「老先生，那起所謂夏天的案件指的是……？」

今川頭一次想詢問這件事。在這之前，今川只對眼前的老人的表面有興趣，對他的內心世界則漠不關心。這不僅是針對老人一個人，今川對幾乎所有事物，一直都採取如此的態度。今川認為反正內心世界是不可能了解的，所以一直放棄理解。他並非改變了主張，硬要說的話，或許是與泰全的對話影響了他。

「那是個令人難過的案件嗎？」

老人縮起下巴，「哦」了一聲。

「今川，說難過的話，那當然難過了。我在那起案件裡，幾乎失去了與人生有關的一切，不管是回憶還是財產還是家人，一切的一切。不過那全都是我自己造成的，是自作自受。就算抱怨死人也沒有用，反而就算是道歉，死人也不會原諒我。但是我一直以為菅野也已經死了，然而……菅野還活著。」

棋子被下在榻榻米上，輸了比賽——是這樣的案件。前些日子老醫師曾這麼說。

當時今川不懂他的意思，但是到了現在，他才心想或許老人內心所受的傷比想像中更為深刻。如果真是如此，久遠寺就是個極為堅強的人。或者只是今川感覺不到他軟弱的部分而已？

「老先生說菅野先生種下了那起案件的因，這到底是……？」

久遠寺老人縮起下巴，一張臉漲得宛如達摩不倒翁般赤紅，雙手抱胸，垂下頭去。

「菅野以前究竟做了些什麼，老實說，沒有人明白，只是臆測罷了。所以我才想問他，或許是他導致的。不，應該是這樣沒錯。但是我……我並不打算把一切都推給菅野，責備全是他害的。我只是有一點……有那麼一點，希望他了解我的心情。」

今川什麼也沒說。

因為他覺得這並非自己能夠干涉的領域。

一會兒之後，英生來了。

「打擾了。」

他送茶來了。

感覺有些無精打采。視同師父般景仰——雖然今川不知道是否真的景仰——的僧侶接二連三過世，今川覺得這也難怪。像今川，儘管只認識了泰全短短幾小時，但泰全的死卻給他帶來了極大的打擊。更何況是長年共同起居生活的人，即使感情並不那麼融洽，也應該會感到難過吧。

今川向久遠寺老人介紹英生，接著叫醒開始打鼾的榎木津。榎木津一度翻身平躺，接著以活動寫真（註一）裡波利斯卡洛夫（註二）所飾演的怪物般的姿勢猛地起身，盤腿而坐。然後他望向英生。

與偵探四目相接的英生害怕得全身僵直，捧著茶的手在發抖。

「情人吵架嗎？」

「什……？」

「你被打了吧？」

「不，這……」

「很痛吧？」

「咦？」

「你在說什麼啊？榎木津。」

「沒關係的，熊崎先生，這個年輕和尚好像有什麼話想說。這裡沒有警察那種凶惡的人，也沒有和尚那種恐怖的人，可怕的只有這兩個人的臉而已。喏，說吧。如果說來話不長，我就聽你說吧。喏，說說你那右手的瘀傷和嘴角破掉的理由吧。」

「這、這是……我在行缽中犯了錯，所以被罰策責打了。」

「罰策？」

「就是剛才那東西，你也看到了吧？」

「剛才？什麼東西？」

「喏，就是在三門那裡，慈行和尚拿板子打老人，不是嗎？你不是也在嗎？」

「老人？**我沒看見呢……**」

這麼說來，榎木津的注意力一直放在阿鈴身上，或是阿鈴的去向，直到今川拉扯他的袖子，在那場騷動之間，他一直出神恍惚著。不過就連發生在眼前的大騷動都一點記憶也不留，這個人的腦袋究竟是什麼構造？

「可是這個人不是被板子打的。」

「什麼？喂，過來，讓我瞧瞧。」

久遠寺老人伸出手去，英生立刻用力縮回自己的手，說：

「不、不必了。」

很羞澀的動作。

「不必客氣，我是醫生。」

「您是……醫生嗎？」

「是啊。你討厭醫生嗎？哦，我沒有男色的興趣，所以放心吧。我不是想要握你的手。」

「啊……」

英生輕輕伸出右手，老醫師用雙手撐在底下似地輕輕捧起。

「這很嚴重，一定很痛吧？好嚴重的挫傷，感覺不像被警策打的。是跌倒撞到門板了嗎？這裡痛嗎？這裡呢？」

英生並不出聲，而是微微扭曲嘴角和眉間來表現疼痛。

「骨頭似乎不礙事，可是要是不好好治療，連東西都拿不動吧。不過我手邊也沒有藥膏貼布之類的，這兩三天不能動到手喲。」

註一：電影的舊稱，翻譯自motion picture一詞。電影於一八九六年傳入日本後，便以這個名稱被介紹，一直延用到一九一〇年代。

註二：波利斯卡洛夫（Boris Karloff，一八八七－一九六九），英國演員，因演出《科學怪人》中的活死人怪物而一舉成名的恐怖電影巨星。

「這……不行。」

「怎麼會不行？受了傷就該療養啊。」

「我還有……作務要做。」

「我不知道什麼錯誤失誤，但是只要受了傷，連吉田茂（註）也會休息的。在歐美，沒有人連受了傷還要勉強工作的。勤勞是件好事，但是凡事過了頭……」

「這不是勤勞，是理所當然的事。不是工作，而是修行。我不是在勞動，只是過生活而已。感謝您的關心，請不要再管我了。」

英生低下頭來。

「或許師父是這麼教你的，但身為一個醫生，我不能就這麼算了。要是手不能動了怎麼辦？」

「菩提達摩的弟子二祖慧可為了向觀壁的達摩求教，斬下自己的左臂獻給他。求道的決心，分量遠重於一條手臂。不能夠為了這一點小痛而怠慢了修行。」

「我不知道什麼會渴口渴的，我去跟你的師父交涉。這世上哪有什麼東西是甚至要斷手斷腳才能學到的？」

久遠寺老人準備站起來。

「你的師父是叫什麼的和尚？」

「是……」

英生是中島祐賢的行者。

今川正想這麼說，卻注意到英生正以有些濕潤的瞳眸注視著自己……

不，英生頸脖一帶那白皙粉嫩的肌膚纏繞附著似地烙印在視網膜裡……

今川吞回了要說的話。

久遠寺老人叨唸著「這到底是怎麼搞的」，完全站起來了。

「說起來，菅野的待遇也好，對仁秀老人的態度也好，還有這個英生，實在是太過分了一些。我非常贊同信仰，也認同世上應有眾多價值觀，但是人類最重要的就是相互尊重。無視於人類尊嚴的思想或行動，與迷信迷妄之類沒有兩樣。我要加以粉碎。」

「最好不要，」

榎木津制止。

「你不行的。」

「什麼意思？」

「不過小和尚，勉強自己也不好。」

「什麼？」

「下次再被打，你的手會斷的。」

榎木津說道，慵懶地重新轉向英生那裡。接著他瞥了一眼今川說：

「你很噁心喲，大骨湯。」

雖然不知道榎木津是什麼意思，但今川覺得被說中了痛處，難得臉紅了。不過這也有可能單純批評今川的外表。

「喏，就連那個生著一張怪臉的人也有羞恥心這玩意兒，所以你這種分不清是少年還是青年的小和尚會感到害羞的心情我也可以理解，不過不可以逞強。」

「我……沒有逞強。」

「真是不成熟，你以為我是什麼人？」

註：吉田茂（一八七八—一九六七）為日本大正、昭和時期的政治家，曾任外交官及日本首相。

「呃……」
「這裡不適合你，出去吧。**你不想出去，是嗎？**」
「您是在……」
英生正面望向榎木津……
看呆了。
榎木津銳利地瞪著英生說道：
「這樣嗎？我知道了，所以你才不想出去，是吧。那就沒什麼大不了的了，不用管他了。讓他折斷一隻手也好，豪德寺先生還有大骨湯都別理他了。茶我們會喝，你快點回去擦你的地板吧。」
「這是在說什麼啊，榎木津？」
豪德寺——久遠寺老人杵在原地，不知所措地說。英生則像隻被蛇瞪住的青蛙般，嚇得動彈不得。
「你在做什麼？英生……？」
「祐……」
英生敏感地對紙門另一頭傳來的聲音做出反應，跪坐著反射性地改變方向，深深俯首。
「祐賢師父！對、對不起。」
祐賢站在那裡。
「沒事，只是你出去送茶，遲遲不歸，現在又是這種狀況，我忍不住擔心起來了。沒事嗎？」
「什、什麼事都……沒有。」
也因為久遠寺老人恰好是站著的，他面對祐賢，挺起胸膛，兩腳微開，也就是所謂如金剛力士般的站姿。
「怎麼可能沒事？你是他師父嗎？這名青年曾受傷了，而且是會妨礙到日常起居的重傷。強迫傷患進行過度的勞動，教人不敢恭維呢。」

「你是……？傳聞中的偵探嗎？」

「偵探是我。」

榎木津盤腿坐著說道。

「哦？」

祐賢將有如岩石般的臉轉向榎木津，放低重心，打量似地端詳他。久遠寺老人用一種看到什麼骯髒東西的視線看著他的動作，說：

「我是醫生。」

祐賢將視線轉回久遠寺老人。

「哦，認識博行師父的就是你嗎？我從慈行師父那裡聽說了。我是維那，中島祐賢。」

「我認識的是菅野博行醫生，不是什麼博行師父，也不是瘋和尚。竟然把人關在那麼骯髒的地方，祐賢師父，這裡究竟是什麼鬼地方！」

祐賢閃躲久遠寺老人的話鋒似地屈起身體，捉起英生的右手。

「你受傷了？哪裡撞到了嗎？」

然後他捲起英生的袖子，檢視變成青黑色的傷處。

「哦，這樣子連作務也沒辦法進行吧。為什麼……」

祐賢把臉湊近英生的右耳。

「不告訴我？」

英生微微張口，只有一雙眸子橫向移動，望向祐賢堅毅的臉。

榎木津用那雙如同玻璃珠般的眼睛望著這一幕，開口道：

「因為是**被你打的**吧？」

「什麼？你說……英生，你說了什麼……？」

「你還想打他，是嗎？那個年輕的和尚堅強得很，一個字也沒提起你的事。」

祐賢揚起三角形的眉毛，目不轉睛地盯著英生的側臉，接著站起來瞪住了榎木津。榎木津撇著頭。

「為什麼我非打英生不可！你這個什麼偵探，含血噴人也該有個限度。你是看到僧人被警策敲打，才以為禪僧全都是暴力分子吧。你這種行為，就叫做蜀犬吠日！」

「京極說禪是不能夠用語言傳達的，不過他應該是把用語言**講不通**搞錯了吧？不管你說什麼，我也聽不懂你在念什麼經，才不在乎。喂，大骨湯，用中國話跟他反駁幾句啊！我聽說和尚有個不可以說謊的規矩，是吧。不對嗎？」

「聽說叫做妄語戒。」

「喏，不就有嗎？你不就犯了那個什麼戒嗎？」

「我犯了妄語戒？什麼時候？我說了什麼謊？」

「無時無刻、對你自己！為什麼隱瞞？那種事又有什麼關係？那在下界根本沒什麼好稀罕的。」

「我不懂你的意思！」

「意思根本無所謂！」

祐賢沉默了。

榎木津無聲無息地站起來，繞過英生，來到祐賢面前。

「看著。」

說完之後……

他揍了祐賢的臉。

祐賢忍耐痛楚一般，面朝側旁好一陣子，結果就這樣默默無語地後退，背對榎木津靜靜地走了出去。

「呃……喂！榎木津！」

英生和久遠寺老人都呆住了。

當然今川也一樣，連話都說不出來，也完全無法動彈。

榎木津也若無其事，用一種泰然自若的聲調說：

「小和尚，用嘴巴說不明白的時候就要這麼做。會打人的暴力狂，就算被打也是活該。喏，接下來就隨你的便吧。」

這實在不像是平常胡亂捶打懦弱小說家的人會說的話。

「太……」

英生說到這裡，突然語塞，用力鞠了一個躬後，逃也似地離開了。

不管是太感謝了還是太可怕了，總之他一定是想到了什麼不適合禪僧說出口的話吧。今川這麼認為。

久遠寺老人確認英生關上外門後，一張臉漲得像燙章魚一樣，逼問榎木津：

「榎木津，這是怎麼回事？不管有什麼理由，你那樣都太糟糕了吧？」

「哎，不會有事的。只是我不喜歡那樣。」

「可是你怎麼會知道打他的是祐賢？啊，你看到了……什麼嗎？你看到什麼了？」

「哪有什麼看到不看到的，你不也看到了嗎？碑文谷先生。」

「看到什麼？我跟你不一樣，什麼都看不到，今川，你看到什麼了嗎？」

今川說出自己的所見所聞。

「祐賢和尚本來好像不知道英生受傷的事。儘管如此，他卻什麼都沒問，就抓起了英生的右手捲起袖子。就是這裡不對勁。如果祐賢和尚知道英生的右手挫傷，為什麼要裝作不知道？如果不知道的話，又怎麼會知道是哪裡受了傷？老先生只說英生受了傷，但沒說是右手，也沒說是挫傷。我看到的只是如此罷了。」

「哦，我的確是說了受傷，但是也只說了這樣而已吶！」

「大骨湯說得沒錯。他明知道，卻佯裝不知。如果是因為害羞也就算了，但視而不見是不對的，不應該。」

榎木津高興地說。

發生了……什麼事吧。

今川思考。祐賢被打的態度顯然不自然，那種不自然，正好證明了毆打英生的其實是祐賢這件事。那麼為什麼……？有哪裡不對。榎木津說的「說謊」，指的並不是祐賢隱瞞他毆打英生這件事。

越想結論逃得越遠。

今川覺得只要停止思考，真相瞬間就出現在眼前。但是一旦認識到那就是真相，被認識到的真相與本來的真相之間，又會產生出無法彌補的分歧。

發生了……什麼事嗎？

久遠寺老人縮起下巴，搔著禿頭問：

「那……與案件有關嗎？」

「無關吧，而且跟修行還是什麼宗教的也沒關係吧。還是有……？這問題就去問京極吧。啊，開始無聊了，我去散散步。」

榎木津說著「難得站起來了，我才不要再坐下。」大步走了出去。在寺院裡亂逛的話，會被警察斥責——就算這麼勸阻應該也沒用。反正他打一開始就沒在聽警察說話，就算聽到了也不會聽從吧。

榎木津人一不見，突然就有了一種虛脫感。

今川覺得有點尷尬，但也沒有話對老人說，不曉得今後該何去何從，只好望向榎木津一開始在看的雕花橫楣。

是沒見過的樣式。

今川沒有深思。

老人扭著脖子，似乎正在想事情。他的外表看起來堅毅，但不頑固，是個通情達理的老爺爺，然而那顆禿頭裡卻裝滿了今川無從理解的悲傷案件嗎？但是就算不說出口，一旦這麼想，又覺得似乎不太一樣了。

「今川。」

「是。」

「怎麼樣，咱們也學偵探去散步好嗎？」

「可是警察……」

「弄個不好，一出去就會給逮住了。要是被逮住就被逮住吧。」

「這……」

「對吧？哎，總覺得把你給捲進來，有點過意不去，不過你就把這當作是從軍時代有個怪長官所帶來的悲劇，死心吧。」

「好的。可是本來一開始我才是關係人，所以這算是彼此彼此吧。」

「這樣啊。你清楚寺院裡的地理位置嗎？」

「知道某些程度，不過我也不曉得從哪裡到哪裡才算是寺院裡。」

「很足夠了。走吧。」

「去哪裡？」

「去見那個老人家……叫仁秀嗎？去見那個人吧。」

「為什麼？」

「去問菅野的事。和尚連對警察也不肯透露，而且慈行也說了那個長袖和服姑娘發生過什麼事，不是嗎？」

「啊……」

今川也很在意阿鈴的事。

屋外還是老樣子，沒有人在。

今川除了知客寮以外，只去過內律殿和理致殿，還有禪堂和旁邊的建築物而已。他沿著迴廊行走時看過食堂和佛堂，不過因為沒有一同採訪，所以並未進去過。

根據飯窪的陳述，仁秀的草堂就在大雄寶殿後面的旱田再過去的樹叢裡。

筆直生長的樹木，使得空間顯得無比莊嚴。沒有多餘的色彩，再加上氣溫偏低，這一切要素都無限提高了精練風景的完成度。

「好沉靜。」

「什麼？」

「不覺得沉靜嗎？在山裡頭。」

「這樣嗎？」

「我長期以來一直住在石頭蓋成的建築物裡，嗅的盡是藥品的臭味，這種環境對我來說很新鮮。好清淨。」

「可是這裡是殺人現場。」

「是啊。雖然對死人過意不去，但我覺得在這座山裡，那也算不上什麼大不了的事。就像是埋沒在悠久歷史當中的，無名的個人的死。」

「這……我有點了解。」

「所以或許用不著我們拚命追查。但是事到如今，也不能夠如此。」

久遠寺老人仰望著大雄寶殿的屋頂。

今川主觀認為，禪是沒有色彩的。

這當然是受到水墨畫之類的印象所影響，既沒有深刻的意義，根據也很薄弱。不過不管怎麼樣，禪對今川來說就是沒有色彩的。即使有顏色，那也是有如夢中的色彩，無論是紅是藍，終究不過是黑色的變異。只是稍微偏黑、偏白或偏灰罷了。

黑白當中的「色彩」──阿鈴。

那是異物嗎？不，不對。

「那個叫阿鈴的女孩……」

「哦，她跟我們的想像差距頗大呢。今天我第一次近距離看到她，但她的智能一點都不遲緩，她擁有十足的知性。我想她並沒有失去本性吧，反倒是相當理智。只是教育環境不好……不，只是環境不對。」

「我也……這麼認為，但，雖然這麼認為……」

──那個孩子是妖怪。

──不可以去，今川先生。

「但總覺得不明白她的真面目。」

「真面目？什麼叫真面目？今川，她的確不是妖魔鬼怪啊。我跟你都看到了。她是真的，不是幻覺之類。就像你我看到的那樣。」

「雖然就是我們看到的那樣，可是……」

「你是說飯窪小姐說的話嗎？今早我也從鳥口和中禪寺小姐那裡稍微聽說了。」

「還有關口先生的話。」

「嗯，如果只依聽說的來判斷──雖然完全只是推測而已，由我贅言這些或許是一種僭越，但是那個叫阿鈴的姑娘，或許就是飯窪小姐所說的失蹤的女孩……」

「松宮鈴子小姐？」

「對，那個叫阿鈴的女孩，會不會是那位**鈴子小姐的孩子**？」

「咦？」

孩子——今川從未想過。

「在這種小地方竟有如此多的雷同，雖然我不是山下，不過也覺得這不可能是偶然。不管是名字還是服裝，都太一致了。可是顯而易見的，她當然不是狐狸妖怪之類。如果不是妖怪的話，就只能用偶然強加解釋，但這又讓人覺得不對勁。如果是有什麼人為意圖介入其中，使其變得如此，那就沒有什麼不對勁了吧？衣服是母親傳下來的，名字也是母親傳下來的。這是很有可能的事。鈴子小姐是在十三年前失蹤的，那個女孩今年十二、三歲。恰巧符合。」

「十三歲……能生孩子嗎？」

「現代就算十三歲生產也沒什麼好稀奇的。例如說，她迷失在山裡時，被不法之徒給侵犯蹂躪，受了玷污，懷了孩子——雖然這種事我不太願意想像，也不願意談論——就在這個時候，她被仁秀給救了起來……」

「原來如此……在這裡生產了，是嗎？」

有可能。或者說，這應該就是正確答案。雖然無法判斷鈴子是否真的在山中遭到凌辱，但如果**阿鈴是鈴子的女兒**，那麼大部分的不可思議與不自然都會消失了。只是……

——歌。

小說家很介意那首歌。

不過，只要把那首歌也當作是母親傳給女兒的不就好了？例如，鈴子把那首歌當成搖籃曲唱給女兒聽……

——把那首歌當成搖籃曲？

那首歌很恐怖。

不，聽說民謠俗謠本來就有許多那類恐怖的內容，那首歌應該也算不上特別奇怪。「竹籠眼」的歌詞不也非常詭異嗎？

不，等一下。

——我沒聽過呢。

對了。

對於小說家的問題，飯窪回答說她小時候從來沒有聽過那種歌。

今川把這件事告訴久遠寺老人。

「那種東西是可以學的。」

「學？什麼意思？」

「今川，如果鈴子小姐是在這裡生下阿鈴的，那麼她在這座明慧寺裡至少**住了十個月**。鈴子小姐在這段期間學會那首歌，唱著那首歌時被村裡的人目擊。生下來的孩子——阿鈴長大成人，穿著相同的和服唱著相同的歌，被不同的人看到。所以目擊傳聞的間隔才會相隔了十幾年吧。那段空白，正是女孩阿鈴成長的時間。」

這是合理而且有說服力的意見。

「可是，那麼鈴子小姐——飯窪小姐的兒時玩伴現在怎麼了呢？」

「很遺憾，我認為她已經死了。可能是產後身體恢復不過來，或是染上流行病，或遭遇事故……這我們當然不會曉得。但我覺得鈴子小姐生下那女孩之後馬上就死了。若非如此，不可能十三年間都沒被人看見她，所以仁秀老人才會對飯窪小姐的問題閃爍其詞吧。」

——松宮鈴子已經死了。

「那麼，是誰教阿鈴唱歌的？」

「當然是仁秀先生教的，母親鈴子也是仁秀先生教的吧。母親十個月就能學會的歌，有十三年的話，無論如何都學得會吧。」

「原來如此，說得沒錯呢。」

「所以阿鈴沒有接受正常的教育，她出生後就一直住在這裡吧。也沒辦法培養社會性和協調性，字彙一定也很少。這也是沒辦法的。她不是有殘缺，而是個野生兒。」

久遠寺老人的見解在現階段是個沒有疏漏的卓見，今川認為這應該就是事實。

那就是阿鈴——長袖和服姑娘的真面目。

——得趕快告訴那個不安的小說家才行。

今川心想，因為小說家似乎非常在意這件事。不過那個人感覺上似乎強烈地希望現實幻想化，所以讓他認為阿鈴是妖魔鬼怪——對他來說或許比較好。

看到像旱田的地方了。

這種地方能有什麼收穫？

草叢——說樹林更正確——的深處有一棟建築物。

「是那個嗎？」

「噢，總算沒被逮捕，平安到達了。」

飯窪說看起來與其他草堂一樣。

的確，外表沒有什麼不同，但今川總覺得這裡更要古老許多。

久遠寺老人站在門前，回顧今川。

「這種狀況該說什麼呢？我不習慣這種事，不知該怎麼辦才好。說我是來看診的嗎？」

「請這麼辦吧，」

今川苦笑著說：

「就說你是來探視剛才被罰策毆打的傷勢就行了。」

「哦，是啊。」

老人笑著把手伸向門的瞬間，門打開了。

差點迎頭撞上的久遠寺老人倒吸了一口氣，往後退去。

一開始看不出是誰站在那裡。

「呃、這……失禮了。」

「你是……托雄嗎？」

托雄——應該是現在人在仙石樓的桑田常信的行者。

「您是……今川先生，您昨晚不是和大家一起回去了嗎？」

「我又來了。」

「來、來這裡有事嗎？」

「仁秀先生在嗎？」

久遠寺老人問道。

「這位是？」

「這位是醫師，久遠寺醫生。」

「醫師……為什麼？」

「哎，別計較那麼多。像你這種年輕和尚經常來這裡嗎？」

今川也覺得格格不入。

「不，只有負責齋飯的僧侶會過來。貧僧是典座的行者，此外也負責庫院的工作，所以……」

裡頭傳來聲音。

「小的蒙受施捨。」

是仁秀老人。

老人一如以往，卑躬屈膝地駝著背，無聲無息地走出來。托雄以機敏的動作避向一旁。

「施捨？典座的施捨，指的是食物嗎？」

「是的、是的，小的收下多的剩的來吃。」

「剩的？禪僧會吃剩東西嗎？」

久遠寺老人露出奇怪的表情，交互望著年輕的托雄以及從裡頭走出來的一團破布般的老人。

「當然不會有那種事。粥有十種利益，沒有雲水會剩下食物的。但是例如說……若是有醃漬物的根子、或是鍋底鍋邊剩下的粥，小的便感激不盡地收下。那是很珍貴的。」

老人更加卑微地低下頭來。

「哦，也就是節儉的和尚剩下的東西，像是要清理掉的東西，粥也是沾在邊緣像漿糊狀的東西，就給你吃嗎？」

久遠寺老人的額頭擠出皺紋來。托雄似乎以為那是責備的意思，略帶辯解地說道：

「不，其實是……也有姑娘的份，現在是……貫首猊下他……」

可能名目上雖然是剩下的，但現在已經在慣例上多做**兩人份**送來吧。久遠寺老人似乎也從托雄的口吻中察覺了。

「可是仁秀老先生，你也在耕田吧？用不著要那種東西，你從以前就是自給自足的，不是嗎？」

「這兒長不出足以供給三十多人食物的收穫，所以……」

「什麼所以，這是你的田吧？」

「田是屬於大地的，收穫是屬於大眾的。若是能夠讓尊貴的和尚享用，大米和小米也願意回歸無我，貢獻出自己吧。」

托雄朝著久遠寺老人和今川行禮後，快步離開了。

「那麼貧僧就……因為還有警方的人，恕我告退。」

「好的、好的，哎，請進，請用茶。」

「仁秀老先生，我叫久遠寺，這個人叫今川。我們是有事請教才來的，方便借點時間嗎？」

久遠寺老人哼了一聲。

「哼。」

裡面的陳設與其他草堂大不相同。

首先有泥土地。木板地鋪著草蓆，上面有地爐。自天花板垂下的伸縮吊鈎上掛著鐵壺，呈現出有如古早農家的風情。與隔壁房間之間的區隔也不是用紙門，而是垂著一片草席作為遮蔽。仁秀打開儲藏室，取出茶壺等用具，準備泡茶，久遠寺老人見狀制止。

「啊，不用麻煩了。恕我失禮，但看裡頭這樣子，這兒可能也沒有茶葉吧？就算有也是奢侈品，能夠像這樣讓我們取個暖就很好了。」

「好的、好的，小的明白了。」

仁秀停下動作，也不把拿出來的東西收回去，隔著地爐，在久遠寺老人對面坐下。

「你幾歲了？我今年六十三了。」

仁秀在眼角擠出一堆深深的皺紋笑了。仔細一看，他有著一雙大眼，相貌柔和。

「小的起居於深山幽谷，連自己的歲數都忘了數。與萬古不易的天然同住一處，甚至誤以為自己也是千古不易了。待一回神，已經成了個老糊塗了。」

「那我換個問法好了，你是從什麼時候就住在這裡的？是厭惡人群嗎？為何要捨棄城鎮的生活？哎，其實我也是被放逐般地來到山裡的，也不是不了解那種心情。」

「小的打一開始就沒有能夠拋棄的生活，亦無厭惡之人。生來無一物，自生而為人，便一直在此。」

「你是……在這裡出生的？你的父母怎麼了？總不可能是從樹裡頭蹦出來的吧？」

「是從樹裡頭蹦出來的。養育小的長大成人的人，也早在令人遺忘的遙遠過去成了不歸客。」

「噢，那麼你也和那個大和尚……他叫什麼來著？今川？」

「哲童。」

「對，跟哲童一樣是棄嬰還是……？啊，請不要見怪。是那樣的境遇嗎？」

「哎，連昨日之事也依稀朦朧，幼少之事，有亦同無。棄嬰或鬼子皆是相同。」

久遠寺老人突出嘴唇，用力縮起下巴。醫生的下巴成了三層肉。

「哲童是……你在哪裡、怎麼撿到的？」

「哲童是在大地動的時候撿到的。」

「**地動**？關東大地震嗎？」

「是這麼稱呼的嗎？是從瓦礫底下救上來的。他當時還是個嬰兒，卻很強壯。母親死了，他卻獨力活了下來。所以哲童也是生來無一物。」

他保護了地震時的孤兒嗎……？

「那阿鈴小姐的情況是怎麼樣？」

「先前也有女人來問過，阿鈴是十二還是十三年前……」

「阿鈴也是生來無一物？是從樹裡頭蹦出來的？」

「沒錯，正是如此。」

「她不是在這裡出生的吧？」

「她不是在這裡出生的……」

也就是阿鈴和哲童一樣，是在襁褓時期被撿回來的吧。那麼鈴子是在其他地方生下阿鈴，然後把她拋棄了嗎？

「是在懸崖底下，奄奄一息的時候撿到的。她也是個堅強的孩子，活過來了。」

久遠寺老人或許也有和今川同樣的想法，他頻頻向今川使眼色，接著問：

「那麼，請教一下，仁秀老先生，你沒見到阿鈴的母親嗎？」

「沒有。」

「那麼那身長袖和服呢？」

「救她的時候就穿在身上，打一開始就穿著。」

「她就被那身衣服包裹著嗎？那名字呢？為什麼會叫她阿鈴？」

「護身符上寫著一個鈴字……」

「有寫名字啊，這樣啊。今川，阿鈴果真是鈴子小姐的孩子。」

應該是吧，但是……

「請問……」

今川發言了。因為他覺得要是現在不問，就永遠無法確認阿鈴的真面目了。和那個小說家不同，現在的今川覺得若是留下曖昧不明的部分，會讓他渾身不自在。

久遠寺老人的推測某種程度是正確的吧。但是如果鈴子不是在這裡，而是在別的地方生下阿鈴的話，就會產生微妙的破綻。

鈴子本人沒有與仁秀接觸，那麼鈴子就沒有時間從仁秀那裡學到那首歌。這樣一來，就只能推測那首歌**不是**仁秀教給鈴子的。那麼應該是鈴子一開始就知道那首歌，或失蹤後在別的地方學到的。

但是那樣的話，這次又變成母親沒有時間把歌傳給女兒了。

「歌……」

「歌？」

「阿鈴小姐常唱的那首歌。我也聽到了，老先生知道那首歌嗎？」

「哦，您是說那首胡亂唱的歌啊，是她不知不覺間學會的。」

「學會的？那麼是你教給她的嗎？」

「小的並沒有教，那是一首容易記的歌，阿鈴**很快就自己學會**，隨口哼唱了。」

「不過那確實是**你傳給阿鈴小姐**的吧？那麼是誰教給你這首歌的呢？」

「小的也不記得有人教過，而是聽著長大的，阿鈴也學會了。哲童也知道那首歌，或許是哄他睡的時候，小的不知不覺唱出口來的吧。不，那或許本來就是搖籃曲……」

仁秀和藹可親地笑了。

「不過以搖籃曲來說，感覺有些陰沉呢。」

那不是在說謊的表情。

不論好壞，那是一張與狡猾無緣的臉。

「換句話說，那是養育你長大的人所唱的歌嗎？」

「正是如此。」

——哪裡……

不對勁。

那麼為什麼**鈴子會知道這首歌**？

今川偏著頭使眼色，久遠寺老人察覺，立刻回應道：

「今川，我說啊，歷史這種東西，只能以紀錄或記憶這兩種形式留存下來。而紀錄與記憶這兩者——都會被人擅自竄改。」

「竄改？」

「竄改啊。」

老人再次說：

「我想啊，十三年前有人看到了迷路的鈴子小姐。因為在深山裡穿著長袖和服，感覺很奇異，所以被人記下了，或許也記錄下來了。而十幾年後，在同樣的地方同樣的人物——阿鈴小姐被目擊了，而她也唱著歌。這不可能是偶然，事實上，我們也不認為是偶然。這種心情會想要將這兩者結合在一起，而這種作用便會回溯到先前看到的人的記憶，加以竄改。」

「也就是鈴子小姐——**被當成**她唱著根本沒唱過的歌嗎？」

「對、對，地點和服裝都一樣。那麼她也唱著歌嗎？好像唱了吧。不，一定唱了。不，她絕對唱了，而且唱的是一樣的歌——記憶就像這樣被竄改，紀錄也被改寫。擁有記憶的人死後，只有紀錄成為事實流傳後世。這類事情並不稀奇。」

「哦……」

今川認為這種事實際上是會發生的。而這麼想的話，一切都不再是問題，久遠寺老人的說法出現的破綻，也可以修補起來了。

「仁秀老先生，在這種地方要養育兩個孩子，環境如此惡劣……失禮了，不過這環境稱不上富裕，不論對孩子好還是不好，都一定相當辛苦吧。而且你又是那種近乎卑躬屈膝的好脾氣，啊，可是你就是這樣生活過來的嘛……嗯，沒有人能批評你什麼。可是阿鈴小姐她啊，如果可能的話，還是該讓別人收養她，讓她接受一些教育比較好。雖然是多管閒事，但是那樣比較好。」

老醫師以交織著驚異與同情的口吻說教似地說。

「好的，好的，是這樣沒錯吧。老實說，她是哪裡的孩子，為何會被扔在山裡頭，小的完全不明白，救起她的時候，小的真是不知如何是好。她連話也不能說，小的也無從知道事情的經過……」

這是當然的吧，有哪個棄嬰能夠說明自己被拋棄的理由？

「她花了許多時間才復原過來。總算恢復精神，可以行走的時候，那個姑娘……阿鈴她……」

仁秀老人把一雙大眼睛瞇得像線一般細。

「趁著小的一個不注意，跑進了山裡。」

「才剛能走的時候嗎？」

「是小的去田裡做活的時候。小的找又了又找，總算在大老遠的地方發現倒下的她。幸好人還活著，卻已經是氣若游絲了。」

這……拋下幼兒不顧的仁秀老人雖然有責任，不過不用負責的局外人有資格責備這個奇特的老人嗎？

「但是這次她卻怎麼樣也好不起來了，花了相當久的歲月。所以長年以來，阿鈴只是臥病在床，連話也不會說，只是發呆。結果成了現在這樣一個姑娘。」

仁秀露出悔恨的表情。看到他那個樣子，久遠寺老人表現出既像困窘又像哀憐的表情來。

「你……一定對這件事感到自責吧。覺得是因為你一時疏忽，才害得阿鈴小姐一病不起，對吧？可是那樣的話，就應該早點帶她去看醫生……啊，當時正值戰爭嗎？」

仁秀點頭。

「您說得沒錯。不過就像小的剛才說的，數十年如一日，就在想著她明天一定會好起來，明天一定會好起來當中，時間就這麼過去了。阿鈴恢復精神，開始能外出行走，是在……對，去年還是前年吧，才不久前的事。若非如此，小的早已拜託寺裡的和尚大人，儘快把她送去給別人收養了，真是罪過。」

「哎……可是也因為你長年來的悉心照顧，阿鈴才能夠恢復健康。那姑娘還很年輕，往後還長得很。換個看法，你等於是救了一個陌生女孩兩次呢。而且在這種環境努力將她養大了，這是善行啊。」

仁秀說著「沒有的事、太不敢當了」，低下頭來。

簡直像是在俯首賠罪。

「請把頭抬起來。年長者在我面前這樣低頭，我反而覺得尷尬。話說回來，仁秀老先生，那個……」

久遠寺老人本來不是來問阿鈴的事的，他的目的是來打聽菅野的事。

「另一個孩子，喏，哲童他現在還住在這裡嗎？」

但是老醫師卻似乎遲遲無法切入正題。

「把阿鈴帶回來時，哲童就託給了和尚大人。在那之前，哲童就會去幫忙作務種田，而且也不能夠讓他在這棟小屋和阿鈴同住一起。哲童就像那樣，連篇經文都記不住，不過也有洞宗令聽（註）大師的例子，我想他遲早有一天會成為一個出色的禪師的。」

「原來如此，那個洞宗是什麼東西？」

「呃？」

「不，沒關係。問了這麼多私人的問題……那個，該怎麼說，唔，剛才也讓你說了許多心酸的回憶。順道一問，你知道那個叫菅野的和尚嗎？」

「您是說……博行師父嗎？」

「是啊。那個博行去年夏天究竟怎麼了？他做了什麼事……？仁秀老先生，你知道嗎？」

仁秀的表情霎時一沉。

「博行師父他……不，對博行師父……小的真不知該如何謝罪才好。小的無論被慈行師父如何責打都是罪有應得。」

「那跟阿鈴小姐有關係嗎？我問了，卻沒人肯告訴我。和尚也像貝殼似地三緘其口，半個字也不肯吐露。」

註：洞宗令聽（一八五四—一九一六）為明治時期的臨濟宗高僧。洞宗因為生性愚鈍，好幾次想要還俗，卻被其師再三挽留。後來他致力修行，最後在正眼寺修業得道。

「這樣嗎？那麼小的……更不能說了。」

仁秀一雙大眼注視地爐裡的炭火，嘴唇緊緊地抿成一字型。

被熏過似的淡黑色團塊上，只剩下一對炯炯大眼。

他似乎非常顧慮和尚他們。

久遠寺老人更嚴肅地追問：

「你是怕對和尚不好意思嗎？我從菅野出家前就認識他了，我很清楚他這個人。曾經有一段時間，和他就像一家人。拜託你，告訴我吧。」

仁秀甚至閉上了眼睛，成了一團塊狀物。

「仁秀老先生，你做了什麼嗎？」

「是啊……那位大人的……博行師父珍貴的修行……全給**糟蹋**了。」

「被你嗎？」

「被……阿鈴。」

「阿鈴把菅野的修行糟蹋了？什麼意思？喂，仁秀老先生！」

伸縮吊鉤左右搖晃。

從今川坐的位置來看，那鉤子簡直是被久遠寺老人的氣勢給震動的。彷彿屈服在氣勢之下，仁秀張開了沉重的嘴唇。

「阿鈴她……恢復到能夠外出，這是件好事。但是在這樣的深山裡，沒有姑娘可以穿的衣物。小的不得已，只好讓她穿上那身華服，讓她出去了。穿法很難，費了一番工夫……不過也都過了十年，總算知道怎麼穿了。然後阿鈴就以**那身打扮**在山裡活動……」

深山裡的長袖和服姑娘——小說家說的不會成長的迷途孩童——於焉誕生。

那便是命運乖舛的山中之子。

「阿鈴穿著那身打扮跑進了寺裡，然後就在去年的……夏天……」
「那又怎麼了？阿鈴小姐穿著長袖和服去寺裡，又怎麼會礙到菅野的修……」
久遠寺老人說到這裡，突然沒了聲音，嘴巴就這麼張著僵住了。
「修……」
仁秀開口道：
「那位大人為了斬斷**最難斬斷的煩惱**而遁入佛門，為此日夜修行不倦，然而……」
「不……不，不要說出來。我、我明白了，我已經明白了。可是，那樣阿鈴小姐她……」
久遠寺老人再次說到一半，右手覆住臉，抓住那團豐厚的肉，擠出來似地發出嗚咽。
今川大吃一驚。
「那麼……那個菅野他……啊，怎麼會這樣……」
老人呻吟似地說道，緊緊閉上眼睛。
「不，仁秀老先生，這……這是菅野的錯。他是加害人，阿鈴小姐是被害人。然而你為何如此卑躬屈膝……」
「被害人？卑躬屈膝？」
仁秀一臉詫異，這些詞彙恐怕是他未曾聽聞的。
「是啊，該道歉的是寺裡那些人！該懺悔的是菅野才對！竟然把那種還不經事的小姑娘給……」
久遠寺老人氣憤填膺。
而今川感覺到一種和剛才相同的不可思議心情。今川不了解老醫師憤怒的理由，因為他完全不明白沒有說出來的部分究竟是怎麼回事。可是不知為何，今川又覺得自己明白兩人對話的真相。然而一旦意識到這一點，那又變得不是真相了。
仁秀說道：

「小的不解您說的被害人加害人。善因善果惡因惡果，三時業（註）為世間定理。害與被害，皆是業報未除之故。若論罪孽，守不住三聚淨戒的博行師父，以及令博行師父失守的阿鈴皆是同罪。」

「我不懂，我不懂你們在說什麼！哪個國家有**被強姦了還要道歉**這種荒唐事……啊……」

老人說到這裡，注意到今川，第三次吞回了話。

「今川，啊，抱歉。不，唯有這件事，一個人是做不來的，不，一想到阿鈴小姐的心情……對不起，仁秀老先生。」

久遠寺老人垂下頭去。

今川什麼也沒說。

換言之，菅野這個人「難以斬斷的煩惱」的真面目就是性欲嗎？

那麼菅野是想要藉由修行來斬斷性欲嗎？然而他一看到阿鈴這個女人……雖然今川認為阿鈴根本還不到可以稱做女人的年紀……就脆弱地崩潰了。菅野凌辱了阿鈴，以此為契機，他的人格崩解，結果遭到僧侶幽禁……

這種事有可能發生嗎？

對今川來說，這不是現實中會發生的事。

首先，今川就無法理解有必須做到這種地步才能夠壓抑的性欲。

不，斬斷性欲這種想法本身他就難以理解。

他覺得凡事只要過度都不是件好事，但是那完全是比照社會規範或道德倫理之下的想法。雖然有個人差異，但只要身為生物，就一定有性欲。為什麼否定性欲、或能夠根除性欲，就會是正確或偉大的？雖然應該沒有這回事，但今川還是只能夠說他不明白。當然也有像僧侶或修道士那樣可以過著禁欲生活的人，而他認為那種生活能夠成為某種規範，或成為某種創造的原動力。但今川認為，那是只有**做得到的人**才**做得到**的事。他不認為每個人都應該那樣，而且若是如此，人類就要絕種了。

只是看到年僅十二三歲、尚未破瓜的小姑娘，甚至當過醫生的一個大男人就失去了自制心和一切，這代表菅野藉由修行，將性欲壓抑到就要自我崩壞的邊緣了。

這算是修行嗎？

啪——炭火崩裂。

「仁秀老先生，我……只要是能夠為你們做的事，我什麼都願意做。不必客氣，什麼都儘管說吧。我就住在下面的仙石樓，我也會尋找可以收養阿鈴的人家。雖然我沒什麼錢，不過我也會盡可能給你們經濟上的援助。事到如今叫你下山或許是件殘酷的事，不過那姑娘的未來還長得很，請你千萬不要拒絕。」

仁秀老人露出近乎不可思議的柔和笑容。

「感激不盡。」

走出屋外時，太陽已經西沉了。

老醫師的額頭冒出汗珠，看起來相當疲憊。今川更加不知該如何搭話，只是看著自己的腳下，跟在後頭。

老醫師頭也不回地說道：

「今川……」

「是。」

註：指現報業、生報業及後報業。

「怎麼說，聽到那種事，你也覺得很不舒服吧？」

「一想到阿鈴小姐，我就不知該如何回答。只是，仁秀老人雖然沒有明白點出，而這也不是能夠隨意啟齒的事……嗯，真的難以回答。這真的是事實嗎？」

「嗯，應該是真的。菅野真是做了寡廉鮮恥到了極點的事。」

「老先生為什麼會知道？」

「他就是那種病。」

「那種病？性欲異常強烈之類的病嗎？」

「不是，那種的只能算是精力絕倫還是色情狂吧。那種人世上多不勝數，也沒什麼好煩心的。今川，那個叫菅野的人，好像只會對年幼的女童產生性衝動，只有女童能夠成為他發洩性欲的對象，就是這種病。」

「啊……」

這今川曾經聽說過。

「社會上稱他們為性變態，唾棄不已，不過那種嗜好，任誰多多少少都有。像是虐待狂或被虐待狂，有那種人吧？裡面也有些人的興趣下流得令人難以理解，但是大家都巧妙地加以排遣掉了。但是菅野這種情況，是無法排遣的。不管怎麼樣都會變成犯罪。既然天生就是那樣的人，也無可奈何了。」

「所以老先生方才才會對警察說『癖好』嗎？那麼菅野先生他……」

今川心想這樣的話，就稍微能夠理解了。

「他那樣應該也是很痛苦的。醫學完全幫不了他，而且這或許不屬於醫學的範疇。這種人在社會上被當成異常者，在醫學上卻是正常的。說是精神疾病的話，也的確是一種病，但那並非分裂症或精神官能症。如果說那是病，所有的人類都有病了。所以他……」

「老先生，你要怎麼做？」

「我要去見菅野。」
「見他，然後呢？」
「和他談。能夠規勸他的，全世界只有我一個人。換言之，能夠平撫他、原諒他的，也只有我一個。」
「什麼意思？」
「啊……啊？」
走在前面的久遠寺老人突然站住，今川差點撞上去，在千鈞一髮之際停了下來。
「那個是大和尚吧。」
樹林的另一頭有人影。
是哲童。
「他可以在外頭亂晃嗎？是瞞著警察嗎？他要去哪裡？方向完全相反啊？」
確實，那不是往仙石樓的方向。不經過仙石樓，應該沒辦法到山腳去。他看起來像是要深入山中。哲童穿著作務衣，背著背架，或許是去砍柴。
今川說「那就是哲童」，老醫師便說「哦，真是個巨漢吶」。

不出所料，土牢前站著警官。

「進不去。」
「哎，不要緊，總有辦法的。剛才第一次進去時，菅原刑警說過，入口的鎖昨天被人打開，但沒有鑰匙，所以關不上。」

「那麼裡面的牢檻也開著嗎？」

「聽說裡面牢房的鑰匙插在鎖孔上，所以鎖還有作用。可是那沒關係。只要能說話就行了，關著反倒好。只要入口開著就沒問題了。」

「可是有警察在監視。要是這樣默默回去房間等著，或許遲早可以見到菅野先生。」

菅原是這麼說的。

「那不曉得要等到何年何月，或許在兇手落網之前都見不到。那樣的話，根據情況，搞不好真的永遠都見不到……咦？你看那個。」

今川轉眼一看，禪堂前發生了騷動。

三名警官正在大呼小叫。

「他果然不是尋常偵探，這時機真是太巧妙了。還是他是在隨處引發混亂？」

看樣子火苗是榎木津。

混亂毫無疑問地是他隨處引發的。

如同老人的預測，監視的警官從溝裡探出身子察看，見狀慌忙離開洞穴前，前往騷動的方向。一定是想得太天真，認為不會有人闖進洞穴裡。

今川和久遠寺既沒有伏下身子，也沒有躲在遮蔽物後面，警官卻完全沒看見他們倆。警官的眼睛似乎就只盯著醒目的榎木津一個。

久遠寺老人迅速進入雪堆形成的戰壕後面，就這樣沿著壕溝屈身跑過去，打開鐵欄杆的門扉，消失到黑暗當中。今川略微躊躇了一下，跟了上去。

儘管已經來過一次，應該曉得情況才對，今川卻絆住跌倒了。

地面有些潮濕，手掌觸摸到的感覺冰涼無比。今川爬起來後，為了慎重起見，關上入口的欄杆門。雖然明知道門鎖壞了，此時的今川卻感覺到一種再也出不去的不安。

一開始還沒有注意到，但每走出一步，就會發出「喀、喀」的響亮腳步聲。就連這麼大的腳步聲，視當時的狀況，有時候甚至也會聽不見。

今川在黑暗中慎重地、真的是極為慎重地往前進，侵入有牢檻的房間。

牢裡沒有燈光。

「菅野，菅野。」

是久遠寺老人的聲音。

「你在……那裡嗎？是我，久遠寺嘉親。」

有氣息。

沒有聲音。

「回答我，你不可能真的瘋了。」

「我瘋了。」

總算聽見聲音了。

「你沒瘋吧？你剛才明明就認出我來了。」

「我認不出來。」

「你剛才說院長。」

聲音沉默。

「這就是你還有理性的證據，你可以說話吧？」

「我沒有什麼可以和您說的……不，我沒有什麼能夠向您說的。老朽已墮入魔道，是淪為冥妄俘虜的畜生和尚，與閣下所知道的叫菅野的蠢才不是同一個人。」

「別胡說八道了。要是你成了萬人景仰的高僧，說你和以前的自己不是同一個人，我也不會厚著臉皮跑來了。但你現在不是依然迷惘痛苦著嗎？所以我才像這樣過來了。說起來，管你是出家還是出人頭地，都應該有話要對我說吧？」

「您……是來問這件事的嗎？」

「是啊，就算我要求你說，也是天經地義的吧？」

「您知道了嗎？」

「知道了。」

「老朽……找不到可以向您說的話。為了找到它，老朽來到了此處，可是依然未能找到可以告訴您的話。」

「等你找到那種東西，我都已經死啦。就算我沒死，你也死啦。想想自己的年紀吧，這也不是得拚上來日無多的餘生來做個了結的事。」

「那麼……您要如何處置老朽？」

「不怎麼處置。」

「但是老朽所做的事無可挽回，您……」

「如果那是無可挽回的事，我也不會叫你挽回。這我老早就明白了。而且，那已經……」

兩方的聲音同時停止了。兩種聲音殘響混合在一起，化為未曾聽聞的妖異聲響包圍今川。低溫而高濕的空氣停滯且沉澱，黏稠地附著在皮膚上。每當聲音響起，皮膚就跟著振動。今川竟在這樣的場所，體驗到聲音會振動空氣的事實。

不管經過多久，眼睛都無法習慣黑暗。

暫時的沉默。

「小姐她……」

「死了。」

「死了？」

「兩個都死了。」

「這……為什麼？」

「是你害的，菅野。」

「老朽害的……」

「對，同時也是我害的，是大家害的。沒有誰是徹頭徹尾錯了，所以我並不打算責備你。只是，如果你一個人獨自痛苦的話，我想告訴你一句話。」

「什麼……？」

「痛苦的不止你一個，別自命不凡了！」

「自命不凡……？」

「你這個人寡廉鮮恥、卑劣下流，是個無可救藥的混帳。為此感到羞恥是理所當然的，努力懺悔過錯也是理所當然的。可是那是你一個人的問題，別以為世界會因為你一個人而怎麼樣。你不過是個微不足道的契機，而你自己則不過是巨大的社會所產生的渺小結果罷了。」

牢中的氣息增幅了。

「我是個醫生，跟和尚不同，沒有可以談論這種事的詞彙。我知道的頂多只有疾病的種類跟藥品的名稱而已，這是很簡單的。五加三等於八，三減二等於一，就是這種語言。所以我不打算用說的跟你傳達什麼，我說完我想說的話就回去了。」

「院長……」

「我已經不是院長了，那家醫院已經毀了。菅野，我啊，失去了所有的一切。然後我逃到了那家仙石樓，卑鄙地逃走了。我連對社會辯解的力氣也沒有，既不努力使人同情，也不昭雪家人和醫院的污名。我是個膽小鬼，所以逃走了。而我逃避之後改變了什麼？什麼都沒改變。只是來到仙石樓之後，菅野，我想起了你。我覺得你是幸福的。」

「幸福？」

「是啊，你只種下了因，也沒看到果就逃走了。你是害怕會生出什麼樣的結果？還是預測到最糟糕的結果所以怕了？不管怎麼樣，你什麼都還沒有看到，早早就逃了。我在仙石樓裡，一直覺得你這樣是幸福的。」

「幸福……？」

「我一直以為你已經死了。為所欲為，然後早早地溜了，死了。可是你還活著，活在這種地方。啊，我不知道該怎麼說……怎麼樣？告訴我吧，為什麼你離開了？你究竟在**逃避什麼**？」

呻吟——黑暗在振動。

啊，好討厭的聲音。可是那股振動徐徐獲得秩序，化成言語。

「院長，不，請讓我這麼稱呼。老朽不知道您究竟遇上了什麼事，但是我覺得我明白您想說什麼。」

那種理智的口吻，令人完全無法想像是從那個擁有一雙死魚眼的異相男子口中發出的。

黑暗開口述說：

「就如同您察覺的，老朽自少時便擁有無法告人的癖好。只有女童才能成為性愛的對象——我就是這樣的一個人。年輕時，我認為這是件壞事，但是同時也心生疑問，懷疑這真的是件壞事嗎？當然，以社會的觀點來看是不好的，但是在老朽心中，這是無可奈何、天經地義的事。那麼，老朽是個不適應社會的人嗎？偏差的基準又在哪裡？我一直思考著這件事。年過知命，馬齒徒長，老朽依然淨想著這些事。結果招來了魔境，老朽……」

「對女童病患出手了，是吧？」

「是的。」

「你……沒辦法忍耐了嗎？」

「**那個時候**，我不覺得這是壞事。我不認為您能夠了解，但我真的不這麼覺得。並非我沒有道德心和倫理心，也並非滿腦子只有情欲。」

「你明白那是不能夠做的事嗎？」

「這個道理我明白，但那個時候，我感覺那種時候，那種行動是合乎道理的。可是當衝動過去，接著就**來了**。」

「什麼東西來了？」

「不是後悔，那是言語無法形容的。孩子看起來是那麼樣地聖潔，受到父母的慈愛與祝福籠罩，看起來無比神聖。而我深刻感到自己是一個低劣至極的冒瀆者。我覺得自己是個骯髒、下賤的穢物。這該說是罪惡感還是嫌惡……？」

「我……不能說我了解……」

「我很痛苦，心想絕不能再犯，那個時候我對神明發誓了。但是那種心情沉積在心底，不知不覺中，我開始算計起來。」

「什麼意思？」

「例如綁架女童的方法，例如隨心所欲地操縱女童的方法，例如抹消女童記憶的方法。不為人知地滿足欲望，不會傷害任何人，同時自己也不必受罰的方法……就在不知不覺間，我不斷地策劃著這樣的計謀。這種願望無法合法地獲得滿足，那麼要如何做才能順利地滿足它？我動著腦筋。」

「那根本是犯罪，而且是明知故犯。」

「對。不過我原本期望，只要**事情**不敗露，就不會產生社會上的罪，或許我也不會萌生罪惡意識了。換言之，這裡頭有著減輕罪惡感、**溯及既往地**將行為正當化的想法在作用著。但是，那也不過是為了讓偏離社會的自己與社會妥協的作業罷了。這種罪惡感般的感情，並不是來自與社會的磨擦。個人對社會這樣的構造，不過是皮相罷了。」

「為什麼？」

「院長，您……是什麼時候知道老朽對令千金做出了**什麼事**？」

「那是……才不久前。」

「這樣啊，您這麼多年都不知道。」

「我想都沒想到啊，這是我的罪。」

「這樣嗎？是的……卑劣而不知廉恥的老朽，找到了不為人知地滿足欲望的方法。而……**老朽將您的**……」

聽到這裡，今川不由分說地確定了他之前刻意不去猜想的久遠寺老人與菅野的關係。老醫師亡故的女兒，被這個菅野給……

「我不想聽，只有這件事我不想聽。」

老醫師的聲音在顫抖。

「我明白了。可是您本來不知道，在知道真相之前，您對老朽應該沒有憎惡、沒有輕蔑也沒有恨意。如果那是無人知曉的事，應該就不會受到社會、法律上的制裁。然而罪，罪這種東西……對，縱然不為人知，縱然進行得再順利，心中的罪惡感卻依然不斷增長。」

「那是當然的，這就叫做不道德。即使與現實社會無關，只要做出違反心中超越個人道德規範的行動，罪惡感就不會消失。那便是所謂的個人對超個人，以結果來說，與個人對社會的糾葛的相對關係並沒有不同。」

黑暗震動著黑暗自身回答：

「不，不是那樣的。這不是善惡的價值判斷或道德、倫理這類水準的問題，院長。生殖中樞受到性的刺激而活化，成為衝動顯露，這件事本身並沒有任何異常。然而成為性刺激的對象卻不同於一般──為什麼會不同？這正是老朽的問題所在。性衝動脫離了生殖這原本的目的而發揮機能，這種差異正是老朽的罪惡感的根源。」

黑暗彷彿猛地膨脹起來了。

「這不是只有你一個人才有的問題，人類全都如此。沒有人是只為了生殖而性交的吧？」

「這……不過是一廂情願的想法罷了。不管是家庭或社會，全都是為了保存人類這個物種，以極為巧妙的構造形成的裝置。性行為並非快樂、並非文化，而是為了留下子孫的行為這樣的意見，與性行為並不只是生物學上的行動，而是一種愛情、疼惜、溝通這樣的見解，全都是在**被允許的範圍內的振幅**罷了。藉由在這個範圍內搖擺，人類這種生物贏得了有效率地保存物種的手段。」

「什麼叫做被允許的範圍？」

「腦啊，院長。發問的是腦，回答的也是腦。一切問題，在發出的階段就已經內含了預先調和的解答。乍看下似乎完全相反的兩個解答，其實全都掌握在腦的手掌心裡。人類只是連同社會一起被放上了腦的鬧劇舞台罷了。腦不承認調和以外的問題，那些問題被視為『恐懼』、『污穢』，唯一的命運是被驅逐出腦的範圍之外。而老朽一直被自己的腦追逼、威脅著。托令千金之福，老朽才體認到這一點。」

「托小女……的福？」

「是的，老朽明明白白地嚐到了畏怖這種感情。而老朽為了逃離這種感情，使用了藥物。」

「藥物？」

「是的。那個時候，逃出醫院的時候，老朽是個重度的藥物上癮者。老朽之所以會逃走，是因為那裡有藥物——虛假的救濟，以及那個女人——具現化的恐懼。老朽逃走了……對，逃走了。無論再怎麼逃、再怎麼逃，卻還是逃不掉。老朽明知道這一點，卻依然逃走了。無論逃到哪裡，認識眼前狀況的還是自己的腦。人是絕對逃不出腦的，猶如被關在牢檻之中。就算如此，老朽卻還是像要逃開自己的影子一般地逃，逃到了這裡。」

「明慧寺嗎？」

「剛開始我漫無目的地逃。一回神時，我人已在仙石樓裡。而老朽也同樣地想起了院長您，是昭和八年還是九年，院長您帶老朽來的事……」

是碰上僧侶一行人……那個時候的事嗎？

「那個時候，老朽心想總有辦法。而且當時老朽對醫學抱有疑問，也對信賴科學、毫不畏懼地實踐醫療的您感到那麼一絲嫉妒。病入膏肓的老朽甚至連那種心情都給忘了。老朽覺得自己不行了，為了尋死而進入山中。然後踏入了這裡，被……拯救了。」

「你被拯救了嗎？」

「至少我從藥物成癮症解放出來了，重度精神官能症所引起的自律神經失調也治好了。」

「治好了嗎？」

「治好了。不過不是以神祕的力量治好的，是能夠以醫學說明的處方。生病的老朽，首先被教授了內觀祕法，接著被授予軟酥之法。據說這是被譽為臨濟宗中興之祖的白隱禪師由一名叫白幽子的仙人所傳授的，一開始我把它理解為一種冥想法……」

「我曾經聽說過，那不是像精神修養的方法嗎？」

「有些不同，不過那的確是一種自律訓練。只是用這類道理思考的時候是完全沒有用的。有的時候，那些道理會忽地消失。那麼一來，自己的心跳就有如擂鼓一般，甚至連血管中的血流聲都聽得見。感覺遍布全身的每一個角落。」

「那不是生理回饋治療嗎？都是增進人體的自然治癒力吧？」

「在某些部分的確是會發揮相同的效果，所以身體才會逐漸痊癒。但是當疾病痊癒，因此覺得比較好過時，必須將它視為魔境，予以斬除。然後老朽出家了。」

「為什麼？莫名其妙。」

「這是腦的領域之外所下的結論。」

「禪嗎？」

「是的。然後老朽修行了十年。」

「有……用嗎？」

「這十年份是……」

「十年份？」

「至少在十年之間是有用的，但是……」

今川聽著兩人的對話，凝視著漆黑的幽暗。黑暗現在緊貼著今川與老醫師，同時也緊貼著異形的禪僧，幽微地顫動著。

彷彿隨時都會同化。

或許已經同化了。

「那一天，去年夏天，梅雨差不多要結束的炎熱時節，老朽正思考著公案。老朽怎麼樣都想不出解答，卻仍然嚴肅面對。此時不知走錯了哪一步，陷入了窮理之境，一瞬間便陷入了更深的魔境。魔境必須視而不見。然而此時，應該已經拋棄在遙遠過去的『恐懼』，卻突然獲得了形姿出現於老朽面前。」

「是阿鈴小姐嗎……？你這個混帳東西。」

久遠寺老人憤恨地說。

「老朽確是個混帳東西……」

黑暗的俘虜，聲音逐漸失去了抑揚頓挫。

「老朽在內律殿這棟建築物裡生活起居，那一天，哲童和尚過來了。然後他詢問老朽『他是阿誰』此一公案：釋迦和彌勒都不過是他的奴僕，說說看，他是何人……？老朽沒辦法巧妙地回答。老朽思考著這則公案，就這麼持續了十天。那是第十天的早晨，那個姑娘，穿著鮮艷的華服站在草堂前。老朽懷疑自己的眼睛，這座山裡不可能有女人。不，不僅如此。姑娘她……」

知性從沒有抑揚頓挫的聲調中逐漸剝離。

在視覺傳達表現受到限制的黑暗當中，這尤其顯著。嗅覺與觸覺並不會填補聽覺。那些反倒化做渾然一體，協助將知性從話者身上剝奪殆盡。

「啊，老朽覺得不行了。老朽……」

「我不想聽！」

久遠寺老人更加憤怒。

「阿鈴小姐的監護人——仁秀老先生，拚命地道歉，說阿鈴把你難得的修行給糟蹋了。你做出那麼殘忍的事來，還說什麼修行？修行這東西是像賽河原（註一）的石頭一樣，不管怎麼堆疊，都會在一瞬間崩坍嗎？或者是像秋成寫的〈青頭巾〉（註二），一看到阿鈴小姐的模樣，就化成了鬼嗎？」

「鬼……不，老朽害怕極了。一模一樣，就和過去一模一樣。道德倫理知性依然發揮功用，但老朽無法制止自己。道理上明白那是**不同的姑娘**，但是停不下來，停不下來……」

「什麼修行根本沒用，不是嗎？你這十年是在幹些什麼？可惡，我就算了，小女也死了，可是阿鈴小姐……」

「老朽明白。」

「你明白個屁！」

「老朽明白，老朽非常清楚自己究竟墮入了多麼膚淺的畜生道。老朽三次凌辱阿鈴，並毆打前來阻止的托雄，所以才被關進了這裡。那個時候，一切都已經完了。」

「完了？」

「老朽半自願地崩壞了。不是佯狂，是真的瘋了。是以意志力瘋的。」

「胡說八道，人想瘋就能瘋嗎？」

「能。老朽被關進這裡，注視著黑暗半年，魔境就在那兒、就在這兒、甚至就在你們的身邊！這裡是地獄，但老朽一點都不怕！老朽瘋了，逃向了腦的領域之外了。」

「你在說些什麼？這哪裡是腦的領域之外？那才是正中腦的下懷。你的修行怎麼了？」

「若山川草木悉有佛性，根本不需要修行。悟與不悟皆是相同。」

「你說什麼？」

註一：日本佛教中據信孩童死後會在賽河原受苦，孩童在此將石頭堆積成塔，以供養父母，卻有惡鬼將其破壞，而地藏菩薩前來拯救。此為日本中世紀以後塞神信仰與地藏信仰融合而成的說法，並無佛教中的典故。

註二：指江戶後期的文學家上田秋成所著之《雨月怪談》中的一篇〈青頭巾〉，當中敘述一名僧人因為過度寵愛侍童，竟在侍童病死後食其屍骸，並食髓知味，到村子吃人的故事。

「成為漫遊於魔境的惡鬼羅剎也好，說穿了也不過是在這塊頭蓋骨內的蛋白質牢檻當中。那麼就算不踏出這座土牢一步，就此腐朽，不也是一樣的嗎？」

「混帳東西！你不想當人了，是嗎？」

久遠寺老人的聲音化為潮濕的回聲反射回來。

當聲響歇止時……

失去了知性的黑闇聲音，連人性都漸漸喪失了。

「噢，噢，像這樣坐在黑暗當中，有時候金色大佛會從天而降，也聽得見大宇宙之聲。此等境地怎會是魔境？這才是彼岸呀！」

「菅野，和尚不是說不可以把這當真嗎？他們說得沒錯，那只是生理現象罷了。是腦內麻藥讓你看到的幻影。你既然是醫生，就應該了解啊！那裡不是什麼腦外！你還在牢檻當中！」

「鏘」的一聲響起，久遠寺老人抓住了鐵欄杆。

空間吱嘎傾軋，是久遠寺老人在搖晃鐵欄杆嗎？

「你逃到那種地方去，太狡猾了！好不容易才找到你，你又想甩下我，自己一個人逃得遠遠的嗎？我的確是個膽小鬼，但我才不想逃到那種地方！」

黑暗淨是「噢、噢」的回答。

「菅野……」

一閃。

——大日如來？

又閃，又看到了。

空間緊張地震動。

弄不清楚發生了什麼事。

「怎麼樣？」

震動結束在極為清晰的話聲中。

嗡嗡鳴動的殘響搖撼著每一處的黑暗。

「這就是宇宙的聲音啊！」

「榎木津……是你……嗎？」

振動是榎木津的吶喊。

「好啦！再理會這個陰沉的傢伙，連你也要腐爛啦！快點離開這種噁心的地方吧。比起餅乾，我更痛恨洞穴和灶馬！喂，大骨，不快點的話，警察就要來嘍。」

「警察？不是你引來的嗎？」

「混蛋，我可是親切地前來通風報信的。那裡的！」

「呃……榎木津，喂。」

榎木津把手電筒甩得團團轉，靠近菅野。原本瀰漫在此處的黑暗秩序被奔放的光束所擺弄、攪拌，石室內一片混亂。

「我說你啦。你啊，實在是個大混帳！」

「混帳……？」

「要是被人說混帳，就要生氣啊。」

榎木拿手電筒照菅野。

黑暗被切開，異相浮現出來。

眼神不一樣，和一開始不一樣。

「哼，正常的。」

「就是啊，榎木津，這傢伙是正常的吧？你剛才對警察說這傢伙是真的瘋了，但我剛才和他好好地談過了……對吧？今川？」

「**久遠寺先生**。」

「咦？」

可能是第一次被叫對了名字，久遠寺老人似乎不知該如何反應。

「你何必放不下這種傢伙？這傢伙不過是個女童淫魔吧？跟你已經沒關係了，管他怎麼樣都無所謂吧？」

「可是……」

「哪有什麼可是不可是的。這個人在瘋狂與正常之間來來去去，也就是他又開始用**不好的藥**了。跟這次的案件無關。」

「藥？真的嗎？喂，菅野！」

「你……你是誰？」

「我是偵探，所以我說的都是真相。用你們的話來說，就是天魔。喏，女童淫魔，都是你在那裡牢騷個沒完，連這個人都被你說迷糊了，不是嗎？你要發瘋要嗑藥還是強姦女童，那是你的自由，可是不要把別人也拖下水！自己一個人去幹！從剛才就聽你在那裡喋喋不休地說些無聊話，但我不是京極，沒辦法一句句回答你。簡單明瞭地說，你就是不想被人說是女童淫魔罷了嘛！你也差不多該承認了吧？你根本就是個女童淫魔嘛！這世上有一大堆同性戀和性別倒錯者，才不是只有你一個人背負著苦惱，你這個女童淫魔！」

不知道是哪裡觸怒了他，榎木津以抨擊般的嚴厲語調斥責著菅野。

「我最看不起你這種人了。強姦女童，拋棄幾十年的醫生生活，然後又強姦女童，再拋棄十年的和尚生活嗎？到底是哪一點讓你那麼不中意？只要有心，女童淫魔也可以成為了不起的醫生跟和尚啊！」

榎木津一腳踹上鐵欄杆。

一聲「磅」的異樣聲音響起。

被照亮的菅野瞪大了眼睛，邋遢地看著榎木津。

榎木津猶如希臘雕像般聳立在他面前。

「喏，說吧，我來告訴你答案！」

菅野瑟縮著，說出方才的公案。

他完全混亂了。

「釋……釋迦和彌勒都不過是他的奴僕，說說看……他是何人……？」

「**是我**。」

「啊……」

菅野啞然失聲。

「別嗑藥了，會死的。喏，我們離開這鬼地方吧。」

榎木津說完，轉身離去。

手電筒的光芒大大迴轉。在光圈移開的瞬間，今川看見菅野雙手伏地。榎木津踩出響亮的腳步聲，往外頭去了。

久遠寺老人虛脫一般，依然站著。

菅野已經回到黑暗之中，卻有聲音自趴伏在地面的高度傳來。

他好像跪下來了。

「吾大悟矣。」

菅野博行……

確實這麼說了。

外頭已經逐漸暗下來了，但是對於自黑暗中生還的今川而言，已經十分明亮了。榎木津說警察要來了，但周圍沒有半個人，就連監視的警官都還沒有回來。

久遠寺老人步履蹣跚地走了出來。可能是因為憔悴，他整個人看起來小了一圈。

「今川，你聽到了嗎？剛才的……」

「聽到了。」

「喂，榎木津，菅野說他……大悟了。」

「久保寺先生，中國話我完全聽不懂。說起來我最痛恨那種地窖了，應該命令那個人也快點出來的。」

榎木津剛才正確地叫出久遠寺老人的名字，果然是碰巧的。只是在無數的錯誤當中，偶然挑中了正確答案吧。

「話說回來，榎木津，你什麼時候進去洞裡的？」

「天知道，偵探都是神出鬼沒的。」

「別、別嫌我囉嗦，你說他在嗑藥，是真的嗎？」

「當然是真的，那種味道是乾燥麻。」

「味道？你說麻，是指大麻嗎？」

「我的鼻子很靈敏的！是**有人**拿給他的。」

「他會突然失控，也是因為那樣嗎？不對，大麻不會使人狂暴，也沒有禁斷症狀。」

「他之所以失控，是因為他想大吵大鬧才大吵大鬧的。所以我討厭那個人。」

「可是大麻應該在五年前就禁止栽培了，不是已經立法了嗎？」

「那種事我才不知道，可能是長在什麼地方吧。」

「大麻只生長在溫暖的地方，像是栃木或廣島。而且日本產的麻當中的精神安定物質的含量稀少，所以幾乎都是採取纖維……」

「所以就說我不知道了。直接去問那個人，或者去問被那個人吩咐拿來的和尚就好了。那是警察的工作。」

榎木津沒有放慢腳步，大步大步地前進。

今川與久遠寺老人在後面小跑步地追趕。

榎木津走得很快。

「你要去哪裡？」

「回去。」

「回去？」

「這裡沒有兇手。」

「是嗎？」

「是的。」

榎木津就快走到三門了。今川在意起知客寮——或者應該說是警察的搜查本部？他回過頭去。

那是……

仁秀老人站在知客寮旁邊。久遠寺老人學今川同樣望向知客寮，他看到仁秀老人，開口說：

「榎木津，等一下，先等我一下。」

然後他跑向仁秀。今川習慣性地跟在後面，因為他以為久遠寺老人打算去跟仁秀老人寒暄兩句。今川也想至少道個別。

仁秀看見今川與久遠寺老人跑過來，瞇起一雙大眼，和藹地微笑。看習慣之後，仁秀不再是什麼破爛襤褸，而是個有眼睛有鼻子的人。和菅野相比，哪邊比較像人，歷歷可見。

「喂……仁秀老先生，我們要回去了。」

「啊，好的、好的，要回去了嗎？」

「今天真是叨擾你了。」

「哪裡、哪裡，不敢當。還煩勞兩位到小的那破小屋裡，連茶也沒招待，真是失禮了。」

「沒的事。這座寺院也很危險，你自己多小心。其實啊，仁秀老先生，我剛才和菅野——博行和尚談過了。」

「是的、是的。」

「他所做的事，不管怎麼樣都無法彌補，但是他的心中不知道有了什麼樣的變化，剛才說他大悟了。」

「大悟？」

「噢，他這麼說了。所以你和阿鈴小姐就別再認為自己妨礙到他修行了。」

原來如此，久遠寺老人是想告訴他這件事啊。

阿鈴和仁秀根本沒有理由感到歉疚。

但是他們卻不改那近乎不當的謙卑態度。姑且不論菅野是否真正大悟，若不告訴仁秀這件事，他的卑躬屈膝是不會改過來的。

意思是榎木津也派上了一點用場。

聽到久遠寺老人的話，仁秀老人說了句：

「大悟了啊……」

接著他萬分虔敬地閉上眼睛，朝著土牢的方向合掌一拜。

此時，今川突然被人從背後揪住了衣領。

粗礪的聲音在耳邊響起。

「喂，今川先生啊，你們竟然給我擅自亂跑。我沒叫你們給我乖乖待在這裡嗎？」

是菅原。今川扭身一看，知客寮的門戶大開，警官從裡頭魚貫走出。

「噢，不，我們剛回來。抱歉。今川沒有錯，是我邀他散步去仁秀老先生那裡……咦？」

仁秀已經不見了。

「什麼沒有錯，這下子不能放你們回去了。」

「為什麼？剛才你不是還叫我們快點回去嗎？」

「快點回去變成快點招啦。你們在偷偷摸摸幹些什麼勾當的時候，仙石樓送來了報告，我們舉行了調查會議。」

「然後呢？」

「噢，發現了許多新事證啊，今川雅澄。」

「是。」

「這裡深山僻野的，一時拿不到逮捕令，不過我們想請你主動配合偵訊。你敢說不的話，就把你緊急逮捕。」

「我嗎？」
「這裡還有別的今川嗎？」
「喂！今川做了什麼嗎？」
老人擋到今川前面，卻被菅原一把推開。
「喂，你是個古董商，所以缺乏科學知識，是吧。聽好，今川，你說你跟大西泰全說話是什麼時候？」
「快七點的時候。」
「哦？你是乩童嗎？」
「什麼？」
「大西的推定死亡時間是凌晨三點。」
「三點嗎……？」
不可能。
不可能有這種事。
今川到現在都還記得那個時候的聲音……
——了不起，了不起的領悟。
「那麼，那個時候的聲音是……」
「裝傻也沒用，這種事現在是查得出來的。科學調查是絕對的。」
「那麼我、我是在跟死人說話嗎？」

「別開玩笑了。你做了偽證，過來！」

今川被警官包圍了，雙臂被抓住了。

「所以才叫你們快點嘛！」

榎木津遠遠地叫著。

8

那是個耿直的青年。

說是青年，但年齡與我不相上下。雖然比我年少，但頂多只差個一兩歲。

不過若說到肉體年齡，我就相形失色太多了。對方一副經過鍛鍊的健壯軀體宛如無言地在誇耀著什麼，總覺得沒有一絲破綻。

雖然我個子不高，姿勢也很差，總是傾斜不正，但平常並不怎麼會對自己的肉體感到自卑，然而一看到如此健全的肉體，就忍不住對自己的存在感到羞恥。

他的模樣與明慧寺僧侶有些不同。

抬頭挺胸。

眼睛朝著正前方。

我欣賞這名僧侶——松宮仁如。

「仁如（jinnyo）這個名字，原本是念作hitoshi嗎？」

京極堂與仁如面對面。

這裡是箱根湯本派出所的一室。不過與東京等地的派出所不同，裡頭是單純的民家，當然榻榻米上鋪著坐墊，我們就坐在上面。

「不，原本只有一個仁字，唸做hitoshi。如這個字是剃度時，勸我出家的師父授予的。」

「那是底倉村寺院的師父？」

「您知道得真清楚。」

「其實……仁如師父，這邊這位小姐十三年來一直在尋找你的行蹤。如果你就是她所找的人，那麼她的心願就等於實現了，怎樣？有印象嗎？」

仁如把臉轉向我。正確地說，是轉向坐在我斜後方的飯窪小姐，但我總覺得被注視臉很丟臉，為了掩飾這種難為情，我轉動脖子，一樣看向飯窪。

完全吻合「屏住呼吸」這樣的形容。飯窪縮著肩膀，蜷起身體，完全不肯看仁如。京極堂側眼看到飯窪那副樣子，開口道：

「來，飯窪小姐，這位就是松宮仁如先生。他是妳在尋找的人嗎？」

「飯窪……？」

仁如說道，微微皺起黝黑的眉毛，凝視飯窪。

「**小季**……嗎？妳是小季嗎？」

「你是……仁哥吧？」

「你記得她嗎？」

「記得，那個時候她才十歲……不，她是我亡故的妹妹的同窗，所以是十二歲吧……」

「是十三歲。」

「對。妳過得好嗎？完全變了個模樣，我根本認不出來了。」

「這樣嗎？飯窪小姐，妳尋覓多時的人就在這裡，應該有許多話要說，但請容我先把事情辦完，可以嗎？」

「啊……好。」

京極堂俐落地結束了這場暌違十三年的邂逅。不過，在見不到面的時候，幻想、希望、臆測等多餘的東西會被加油添醋、渲染擴大，然而實際上見到，卻不會湧出多麼特別的感情來——我雖然是這樣，但不保證飯窪也是這樣，不過我還是不負責任地斷言八成如此。

你？」

「那麼，仁如師父，我想請教的只有一件事。那片大平台——或者說淺間山的土地，地主是不是

意料之外的發展。

「喂，京極堂，你這是……」

「不要多話，關口，這裡沒你出場的餘地。怎麼樣？仁如師父？」

「中禪寺先生，您這個問題是在問貧僧是否為那座明慧寺所在土地之所有人嗎？」

「沒錯。」

「正確地說，貧僧並未正式繼承，也沒有權狀。而且建築物的所有權……原本應該就沒有。」

「原來如此，那麼稅務署應該也很傷腦筋吧。」

「似乎是。」

「喂，說明白一點啦。」

「真囉嗦，你只是個跟班，能不能乖乖閉嘴？固定資產稅已經在大前年制定了吧。所以稅務署去仁如師父那裡……啊，這麼說的話，是找到佚失的登記簿之類的文件嗎？」

「似乎是這樣。戶籍資料在戰禍中散失了一部分，似乎費了相當大的工夫，但警察那裡好像還保有資料。貧僧在家父過世後，曾被警方拘留了一段時間，所以……但貧僧完全沒有想到有可以繼承的財產。」

「但是府上是資本家吧？」

「那只是虛有其表，實際上是拮据萬分，事業本身一點都不順利。會搬到箱根，也是因為橫濱的房子賣掉了。困窘之餘，家父插手當地的產業，卻沒有一樣是順利的。原本那裡的產業就很貧乏，與當地居民也起了磨擦，就算外來者迫不得已插手做些什麼，也不可能成功。不過貧僧的父親完全沒有對我說出實情……」

這與飯窪的話微妙地有所出入。

事實完全一樣，但觀點不同，陳述的語氣也會跟著不同吧。

「因此似乎只有許多債務。房子燒毀，父母雙亡之後，討債的找上貧僧。貧僧將公司之類的全數處分，抵銷了債務，但那個時候我並不知道有不動產。」

「那個時候，是委託律師辦理各項手續的嗎？」

「是貧僧自己辦理的。因為不熟悉這方面的事，吃了許多苦頭。如果老實地委託律師處理，或許當時就知道有土地的事了。」

「喂，京極堂，那買了明慧寺的就是這位師父的父親嗎？」

「關口，這位師父不是才剛親口說了嗎？他擁有的只有土地，應該沒有建築物的所有權。」

「雖然是這樣沒錯……」

「真是的，早知道就不要帶你來了。我說啊，這位仁如師父的父親——松宮仁一郎先生，在過去是我的雇主笹原宗五郎先生的生意伙伴。聽說大正大地震的混亂時期，笹原先生預測箱根將開發起來，邀請松宮先生一起先買下土地。不過適合發展觀光的地點早已被收購一空，價格也高。元箱根和強羅、湯本一帶全都不行，結果只能買下那裡。總而言之，笹原先生與松宮先生兩個人將淺間山山頂的一塊地垂直分成兩半，各自買下了。根據笹原先生的說法，這是一種賭注。」

「賭注？」

「對。松宮先生買下的一側——大平台側，有登山鐵道經過；相反地笹原先生買的另一側——奧湯本側，則有舊東海道。不管哪一邊，從街道和鐵道的距離來看，都無法立刻使用。但兩人認為只要開發進行，遲早能夠用得上。接著就看哪一邊會成為搖錢樹，算是個花錢而且費時的賭注。」

「家父在這場賭注中——輸了。」

「這話不對，兩方都輸了。憑這種性格，做生意是不可能成功的。而且令尊過世了吧？在昭和十五年。」

「是的。以這一層面來說，家父也是輸了。而且這對笹原先生來說或許只是消遣，但對家父而言，卻是希望能夠起死回生、真正是孤注一擲的賭注。」

「嗯，如果處於經濟拮据的狀態下，或許是如此沒錯……不管怎麼樣，笹原先生也沒有贏，所以無論如何都要分出高下的話，算是平手吧。」

「或許是如此。家父雖不貪婪，卻是個愛慕虛榮的人。蛇骨川的那個家也是，雖然是棟很宏偉的宅子，卻是租來的。」

「租的？那棟大宅子是租來的嗎？」

飯窪似乎真的非常吃驚。

仁如微笑著說道：

「是的，妳不知道嗎？無論如何，我認為買了山上的那塊土地，就是家父失敗的開始。這次調查後，貧僧更加如此認定。」

「但是府上有傭人，也有車子……我一直以為府上相當富裕。」

「是富裕沒有錯，卻也沒有多餘的閒錢。若是過著簡素的生活，也不會有什麼困難吧……」

「原來……是這樣啊。」

飯窪沉默了。

京極堂雙手抱胸。

「仁如師父，過去的事姑且不提，你在暌違十三年後回到這裡，是為了處理繼承與稅金等問題，也就是來**處分土地**的。」

「是的。貧僧在去年八月底，收到詢問此事的書簡。貧僧大吃一驚，於是與寄身的禪林的貫首商量，令人驚訝的是，貫首竟然知道那片土地。因此我辭別了貫首……」

「辭別？只是這樣的事，用不著離開吧？不是只要幾天就可以處理好的事嗎？」

「是的，不過我從以前就有這種打算了。貧僧一直想回到箱根，到箱根的寺院……」

飯窪說疑似仁如所在的寺院的知客，說姓松宮的僧侶因為「貫首親自吩咐」而外出長期旅行。看樣子是那位知客誤會了。

京極堂開口道：

「原來如此。不過仁如師父，你究竟是經由什麼樣的路線來到這裡的？」

如果是去年九月離開鎌倉的話，已經過了五個月了。根據益田刑警的說法，「直接過來的話須半天」，的確是頗為奇怪。

「貧僧前往請教知道當時狀況的先賢。由於每一位都年事已高，又都是本山大本山的貫首高僧或教團幹部，也不能以電話或書簡聯絡，有失禮數，因此能夠晤面者，貧僧皆親自拜訪。由於目的地橫跨全國，因此花了一些時間。」

「所謂當時的狀況是……？」

「買下那片土地時的狀況。因為貧僧並不知道笹原先生這個人，而且繼承土地一事，完全是平地風波，一開始貧僧真的很困惑。但是聽了貫首的話之後，才知道那片土地似乎與禪宗有著深厚的因緣。出售的時候，禪宗各派似乎也有一些收購的動向。但是禪宗各派為何要收購土地，那片土地又為何會交到家父手中？光從貫首的話，貧僧無法完全理解。於是貧僧請貫首寫了介紹函，在全國各地總共拜訪了六座寺院。」

「那……明白了什麼嗎？」

「明白了一些事。不過關於明慧寺的特殊性，在座的各位似乎比貧僧更要清楚，所以容我省略。總之，在那個時候，明慧寺似乎已經成了**包袱**。」

「包袱的意思是……？」

「每一位都這麼說。據說明慧寺是在五十七、八年前左右被發現的，但在座的各位應該都知道，那時的狀況與現在截然不同。家父買下那片土地，是距今二十八年前的大正十四年，當時的狀況當然也不同。」

「應該是不同，那麼你的意思是，現在的明慧寺成了更沉重的包袱嗎？」

「似乎如此。它擁有文化財產的價值，但是對於為了適應日漸改變的現代社會而摸索新道路的宗教教團而言，是沒有價值的。」

「沒有閒工夫、也沒有閒錢去管那種莫名奇妙的寺院嗎……？」

「嗯。但是聽說打從一開始，這種意見就是主流。只是那裡被發現的時候——明治時代，本末關係與教團的組織尚未完全建立，所以……」

「當時明慧寺有可能成為整頓本末關係或彰顯自派正當性的有效證據，是吧？」

「您說得沒錯……」

我和飯窪都從敦子及泰全那裡得知了這部分大致的狀況。至於京極堂，當然是瞭若指掌。

「所以明治時期，各派為了各自的打算，曾經向那片土地最早的地主——某企業商量過許多次，以阻止明慧寺遭到拆除。結果寺院雖然保存下來了，卻沒有積極開發，反倒對企業來說，那裡也成了一片難以處置的土地，這似乎才是實情。」

「原來如此。不僅無法成為觀光開發的據點，還碰上大地震，那個企業也想要放棄那片土地了，是吧？」

「似乎如此。然而當時——昭和初期，本末關係與教團的組織重建似乎已經相當程度地完成了。廢佛毀釋那般不幸的時代也已結束，新興宗教姑且不論，傳統宗教不再遭受到強烈打壓。也已經不再是歷史稍微古老一些，就能夠代表正統性的時代，而且信徒也不會因此增加。當時應該也沒有想到要將其轉變為觀光寺院，而且那種地點，就算位在箱根，也不可能實現。然而另一方面，站在佛教史的角度來看，明慧寺的定位確實是個相當重要的問題，也有加以調查的必要。因此有一位僧人——似乎是明慧寺的發現者……」

他說的應該是大西泰全的師父吧。

「據說以那位僧人為首，發起了由禪宗各派買下寺院的活動。那是一位發言頗具分量的長老級人物，但是就如同貧僧一開始說的，這番意見似乎無法成為主流。若要買下寺院，那筆金額非同小可，而若買了，就會產生所有權問題。但是根據調查結果，明慧寺不可能成為教團的公共財產。因為明慧寺有可能不是自派的寺院，所以各教派對於出資會感到躊躇不前，也是理所當然吧。因此才沒有委託給研究機關，發現之後近三十年都這麼擱置著，等到地價下跌，地主拋售，卻也沒有任何一派願意將其買下。就算買了，也派不上任何用場。」

「就像你說的，不會有人買吧。」

確實沒有任何好處。

「各派各宗的見解似乎遲遲無法整合，此時貧僧的父親提出要買下土地。於是，教團代表與父親達成了交易。家父會選擇大平台側究竟是出於偶然、或者是因為那裡有寺院所以才選了那一側，事到如今已經無從得知，但……」

「你說因為有寺院才選擇那裡，是什麼意思？」

「因為可能有現金收入。」

「現金收入嗎？」

「是的。若要有效利用土地，就必須加以開發，也需要先行投資。不管怎麼樣，要獲得收益，都需要一些時日。然而，寺院什麼都不必做，就已經在那裡了，沒有不加以利用的道理。」

「原來如此，出租土地，或者說收取保管費，是嗎？」

「是的。家父宣稱他會保存寺院，要教團每個月支付保管費。教團同意這個條件，兩方也簽訂了這樣的契約。這和收購不同，所有權不屬於哪個特定的教團，而且出資的金額也十分微薄。若是這樣的話，狀況就不同了，據說除了日本黃檗宗以外的各教團，都以捐款的名義各自出了一些錢。」

「為什麼黃檗宗不出錢？」

我的愚問刻不容髮地被駁回了。

當然是被京極堂。

「你真的有健忘症呢。剛才說明了那麼多，你都忘得一乾二淨了嗎？黃檗宗是江戶時期傳來的，末寺也非常清楚。明慧寺肯定是江戶以前的建築，那麼它不可能是黃檗宗的寺院，這豈不是再明白不過了？仁如師父，真抱歉打斷了你的話。我這位朋友記性不好。」

我又受到嘲弄，仁如一瞬間似乎猶豫著不知該如何回話是好，結果他當作**沒這回事**，繼續說下去：

「可是，買了土地兩三年後，家父在經濟上已經無法維持，我們一家人逃也似地搬到箱根，但是只有土地沒有賣掉。事實上，來自各教團的送款可能是家父唯一穩定的收入吧。」

「請等一下，仁如師父。」

我無法信服。不是關於黃檗宗，而是那些以捐款為名義的保管費。

「那個，各教團是付錢給**令尊**嗎？」

「是的。」

「那麼對**寺院本身**呢？」

「寺院……您說給明慧寺嗎？沒有。各教團沒有理由送款給明慧寺。」

「可是……」

大西泰全作證說，明慧寺是依靠來自各教團的援助而維持生計的。

而我們認為敦子提出的疑問——寺院經營的不可能性——因為那一席話而獲得了解決。

「那麼，那個……」

「我明白，但這是事實。教團的事務所裡沒有留下那樣的紀錄，現在似乎也沒有以那種名義送出援助金。但如果是並非由各教團送出這樣的前提下，有一段時期似乎曾經送出過類似援助金的款項。」
「並非由教團送出？這是指……？」
「亦即由宗派——不是以教團的名義，而是由個別的寺院——這樣的意思。」
「由個別的寺院？」
「是的。派遣僧人到明慧寺的幾座大寺院，以及隸屬其下的寺院，似乎曾經以某些名義送款或進行援助。那不是從教團的會計，而是由寺院個別的支出供應的。」
換言之，是來自派遣覺丹貫首、大西泰全、小坂了稔、中島祐賢、桑田常信等五人共五座寺院的援助嗎？
我這麼說，仁如便答道「是啊」。
「各教團只為了保存建築物而出資，至於調查則交由各寺院判斷——是這樣的形式吧。而……」
想調查的寺院自己去查的意思嗎？
「經過貧僧的調查，貧僧寄身的禪林亦派遣了一名僧侶過來。」
「什麼？是誰？」
「小坂了稔師父。」
「小坂了稔？」
這麼說來，泰全老師曾經說過。
——聽說了稔師父過去待的寺院裡，來了一名雲水。
那名雲水就是仁如。
「是的。所以雖然只有一些，現在的貫首也才會知道明慧寺的事。派遣了稔師父的前任貫首，是現在京都的要人之一，貧僧也求見並請教了他。」

「那麼明慧寺的僧侶並非教團派遣的官方使者，而是那五座寺院任意送進來，若要說的話，就像私人調查隊一樣嗎？援助明慧寺的只有那五座寺院……？」

禪宗各教團的強力後盾減少到只剩下五座寺院了。

這令人感覺無助極了。

「不過包括貧僧所在的禪林，那五座寺院全都是擁有眾多末寺的重要寺院，所以……」

「資金雄厚？」

「不，隸屬的末寺……」

「哦，隸屬的寺院或許也會援助，是嗎？」

「是的。若說只有五座寺院在援助，似乎也並非如此。另外，除了末寺以外，一些同門寺院也有可能送來臨時的援助。事實上，似乎也有幾座寺院將戰前剛入山的幾名暫到僧人送到明慧寺幫忙，或是在巡迴演說途中順道拜訪，這類交流似乎相當頻繁。」

那些暫到的其中一名就是慈行。

久遠寺老人在仙石樓目擊到的高貴僧侶，也是在巡迴演說途中順道拜訪的僧人吧。從遠方來到明慧寺的人，應該也只能住宿在那家旅館了。

「但是……」

仁如繼續說道。

「那似乎也是暫時性的。貧僧從當時派遣僧侶到明慧寺的相關人士那裡聽說，這些援助全都在開戰之後**中止了**。」

「開戰之後？那戰時跟戰後呢？」

「據說是**沒有**。不僅如此，他們還說他們**召回**派遣出去的僧人，**卻沒有人回來**。」

「召回？你是說告訴他們已經不用調查，可以回去了，是嗎？」

「似乎是。貧僧並未會見那五座寺院的所有相關人士，亦未走訪全部五座寺院，但至少貧僧所晤見的相關人士，皆如此宣稱。」

「那麼……」

——也就是他們是**自願留在那裡**的。

我沒有說出口，但京極堂看著我說道：

「沒錯，是他們自己要留在明慧寺的。」

「為什麼？」

「不知道。今天常信和尚不也說了嗎？自己和本山已經十幾年沒有聯絡了，**離不開了**。」

「他……是這麼說了，但……」

「就算是再怎麼廣大的寺院，常信和尚已經在那裡待了十八年，而泰全老師更是待了二十八年之久。沒有認真調查，卻還調查不完的道理。時間已經充分過頭了。」

「那……」

「所以他們才**出不來**吧。」

——出不來？

「但是……那樣的話，那座寺院是怎麼……」

——離不開這裡。

「是怎麼維持生計的？」

「這裡頭一定有什麼機關。對吧，仁如師父？」

「是的。」

仁如斬釘截鐵地回答。

「家父就如同各位知道的，於昭和十五年亡故了。家父所經營的公司，也由貧僧全數處分掉了。但是家父擁有那片土地的事，貧僧並不知情。當然也不可能知道各教團送錢給家父的事。然而**支付給家父的捐款**——亦即明慧寺的保管費，除了在戰時有一段時期中止之外，直到現在長達十三年之間，依然繼續支付著。」

「這……太奇怪了……」

「是啊……」

仁如以清澈的眼神望著我。

「契約本身確實是無限期的，而土地也沒有交到別人手中。契約裡頭並沒有逐項詳細規定，也不是家父亡故後，就會自動失效。話說回來，身為繼承人的貧僧卻什麼都不知道。換言之，契約在沒有領取人的狀態下持續履行。」

京極堂開口道：

「這正是機關所在呢。這份契約還有效的話，表示松宮仁一郎先生亡故之後，捐款領取人的名義立刻被更改了。」

「是的。」

「那、那麼仁如師父，這意思不就是捐款被詐領了嗎？可是佛教界的要人會這麼簡單地中了這種詐欺手法嗎？」

「關口，要人才不會一一去確認這種捐款對象名義變更的小事，而且這在法律上絕非詐欺。因為教團支付的並非明慧寺的保管費，名目上完全是捐款。名義變更也是同意過的吧。」

「就算這麼說，詐欺就是詐欺啊。而且松宮先生是在相當重大的火災事故中過世的，當然也會聽到他的死訊吧？」

「不，正是因為聽到了他的死訊，才會趁機申請變更名義吧。」

「那不更是詐欺了嗎？」

「你也真喜歡詐欺呢。問題不在這裡吧？仁如師父。」

「至少沒有任何一個教團認為這是詐欺。每一個教團所捐出的捐款金額都很微薄。而且就像中禪寺先生所言，了解狀況的人全都不在執行實務的位置上，或是已經過世了。教團不過是將家父亡故之前的十五年間，不知確切理由、只是唯唯諾諾地支付的捐款，又繼續支付了十三年罷了。沒有任何人去探查背後的真相。」

「連一個人也沒有？」

——就連教團的高層也似乎把這兒給忘得一乾二淨了。

——可能也不曉得是為了什麼在援助吧。

雖然那並非援助，但確實如此。

「領取人是誰呢？」

「收據的名義是『箱根自然保護會』——是自然保護團體。」

「自然保護？那……」

「原來如此，小坂了稔和尚為了讓明慧寺維持下去，演了一齣戲呢。」

京極堂這麼說。

「喂，那麼了稔和尚發現來自各寺院的援助金即將中止，趁著聽到松宮先生的死訊，策畫要從各教團那裡籌措出維持費，是嗎？」

了稔與環境保護團體有關係——泰全老師確實也這麼說過。

「是啊，他是個策士。若不是通曉松宮家的內部情況，這種把戲是做不來的，與各寺院的聯絡窗口可能也是由他擔任的。調查開始後已經過了十五年，再加上世局動盪不安，寺院表示即將停止調查，應該也發出了召回命令。或許是表示若是不回去，就要斷絕援助。此時，了稔和尚想了個方法。」

那副口氣簡直像他熟知了稔這個人。

明明連屍體都沒看見。

「小坂了稔到底是個怎麼樣的人？」

他在我們面前突如其來地以屍體姿態登場。

一開始，我們聽說他是個犯女色又飲酒，甚至侵占公款的破戒僧。但是後來又聽說那也是一種修行的形式，那些奇行並非單純率性妄為的自甘墮落，而我也逐漸開始這麼相信。就連那個桑田常信，最後都說出認同小坂的發言，說小坂了稔是想要打破什麼。

我將他的一切行動解釋為他想要跳脫藩籬的一種意志表現。

但是現在又說這個了稔為了使明慧寺存續下去，做出形同詐欺的行為來。

我混亂了。

——是**不想離開**嗎？

仁如開口道：

「是的。援助的各寺院的聯絡窗口，似乎集中在小坂師父一個人身上。因為這裡交通不便，這也是沒辦法的事。然後，貧僧調查自然保護團體之後，在發起人當中發現了小坂師父的名字。」

「那果然還是有詐欺的要素啊，京極堂。你說問題不在這裡，可是，那個團體難道不是個空殼的幽靈團體嗎？」

「不，這個團體實際上存在。它創立於昭和十五年，會員人數超過三十名，現在依然細水長流地活動著。」

「但是仁如師父，我們當然無從得知那個團體是否是個確實運作的組織，但是將捐贈給團體名義的金錢轉用在維持寺院經營上，這……不算是侵占嗎？」

「不是這樣的，關口先生。調查之後，貧僧發現應該是沒沒無聞的明慧寺，竟然列為那個團體的**保護對象**，因此這完全不算是欺騙。」

「高招。」

京極堂佩服地說：

「宗教團體小額捐款給環境保護團體，這不是什麼稀奇事。即使被發現，也不會有任何人起疑。但是要從頭建立起這樣的架構，相當困難。與各教團的交涉不但費時，而且費力，了稔和尚卻輕而易舉地辦到了。可是這種妙招在社會混亂時期雖然有效，但一待時局安定下來，也會失去效力，會在意想不到的地方出現破綻。那麼，仁如師父，你為了確認事實而前往明慧寺，是吧？」

「是的，首先我寄出了書簡，約是在去年十一月左右吧。貧僧留宿於京都，等待回信，然而終究沒有等到回覆，於是決心拜訪，在十二月寄出將前往拜會的書信，之後行經越後（註），在那裡過了年，於前幾日……約四天前拜訪。」

「四天前……」

那天早上，從湯本車站方向走過來的僧侶。

那麼，那名僧侶就是仁如嘍？

實在難以想像還會有另一個雲水。

我問道：

「仁如師父，你在四日前的早上，是不是從那邊的湯本車站，沿著舊街道那個……走過去？」

「是的，貧僧是從奧湯本方向登上明慧寺的。信上的住址是大平台，原本應該要從大平台過去才對……」

從奧湯本方向也能夠去到明慧寺——飯窪女士也這麼說過，看樣子是事實。

註：日本古國名，為現今新潟縣的大部分。

「但是從地圖上來看，奧湯本方向的直線距離比較近。不過那邊的坡度較為陡峭。即使是修行僧，也無法輕易爬上去。貧僧費了九牛二虎之力，總算抵達了，可是……」

「小坂卻不在。」

他失蹤……不，死了。

「是的。根據慈行師父的說明，小坂師父外出了。歸來的時日也不明，於是貧僧說明來意，請寺方允許貧僧等到翌日上午，然而小坂師父卻遲遲未歸。貧僧便稟明日後再度來訪之意，告辭下山了。這次是穿過大平台下山，只是……」

他就是在那個時候與敦子和鳥口擦身而過吧。

「直到今早遭到拘留，從警官口中聽聞，貧僧完全沒想到了稔師父竟會遭到殺害。實在是太駭人聽聞了。」

仁如陳述著非常制式的感想。

總覺得這個青年模範過頭了。

京極堂冷淡地開口：

「還有一個人被殺了。」

「似乎……如此呢。」

「你也被懷疑了，仁如師父。」

「是的，貧僧被捕了。」

「你在這裡被拘留，或許反倒是幸運的。如果你不見蹤影的話，可能會招來更多懷疑，搞不好會被通緝的。」

「是這樣嗎？」

「當然了。目前的膠著狀態繼續下去的話，你會成為警方上好的目標。儘快表明自身清白才是明智之舉。話說回來，你為何會在笹原隱居老爺那裡？」

「是的。貧僧不知該如何是好，在湯本逗留了三日左右，卻在住宿處偶然聽見了笹原先生的名字，所以……」

「哦？你怎麼會知道笹原老爺的事？」

「貧僧在京都查到了原本的土地地主的企業聯絡方法……」

「是從哪家企業聽到的？」

「嗯，那是一家大阪的公司，貧僧聯絡了那裡。雖然得以晤面，但買賣土地已是將近三十年前的事。中隔戰爭，連公司名稱也變了，沒辦法得知詳細的情形。不過有地圖留下，貧僧得知笹原先生買下了一半的土地這件事。儘管知道了此事，卻不知道笹原先生的住址或任何資料，進退維谷。沒想到就在這個時候……」

「原來如此，笹原老爺在這一帶似乎相當有名。就算在這裡聽到他的名號，也不是什麼稀奇事。」

「是的。貧僧詢問旅館人員，發現那似乎正是貧僧尋找之人，於是便想前往拜訪看看。僧侶總是習慣早起，所以雖然覺得可能早了些，卻還是前往一探究竟。那個時候，貧僧是想先確定一下所在，下午再正式拜訪，卻不知怎麼個陰錯陽差，就……」

仁如環顧房間，京極堂苦笑。

「聽刑警說，他們已經聯絡這一帶的人家，要提防可疑的和尚。這裡的派出所警官是個很認真的人，特別囑咐只有老人家、而且住處遠離聚落的笹原老爺家要格外小心注意。對於女傭來說，她可能是以為有殺人魔找上門了吧。」

「貧僧第一次把人嚇得尖叫出聲。」

「平常很難得有這種經驗吧，不過這位闗口倒是經常尖叫。話說回來，警方說你的證詞很曖昧，但依我聽來，你的發言十分清楚明瞭。」

「警方詢問貧僧與笹原先生的關係，於是我說明了這複雜的情況，如此而已。」

我也認為仁如的回答非常有條理。只是對於不知原委的人來說，或許會聽得一頭霧水吧。不管再怎麼有條不紊，無論從哪裡開始說起，都一定相當難以理解。想必兩三下就超過派出所警官的理解能力了。

京極堂露出更加傷腦筋的模樣說：

「可是這下子麻煩了。雖然幸運地見到了你……不過這種情況究竟會怎麼樣呢？最近法律有諸多變更或新制定的條文，我也不太清楚。還是該去請教增岡先生？」

「請教律師？我真不懂你何必這麼傷腦筋呢，也差不多該告訴我們理由了吧？」

「那不是該在這裡說的事吧？這裡是派出所啊，關口。這裡的警官先生人這麼好，而且多虧了石井警部的疏通安排，我們才有可能在這麼溫暖的客廳裡悠閒地談話，平常可是沒辦法這樣的。對了，仁如師父，你接下來有什麼打算……不，你被吩咐怎麼做？」

「不知道呢，若不是現在這種狀況，貧僧預定返回鎌倉，拜會貫首之後，再前往底倉等處，但這也……」

「辦不到了吧。最短兩三天，最糟糕的情況，在案件解決之前都會被拘留在這裡……飯窪小姐。」

「啊，是。」

飯窪變得茫然若失。

「我想妳應該想跟師父單獨談談……還是我多慮了？」

「這……可以嗎？」

「很簡單，只要我和關口離開就行了。我的事已經辦妥了，如果妳希望的話，我會幫妳拖延時間。只是那樣的話，無論這位仁如師父是不是殺人犯，妳要是做出幫助他逃亡的事來，我們都會被蒙上不白之冤，請千萬別這麼做……啊，要是仁如師父真的是兇手，那麼妳就危險了，不過這一點應該不要緊吧？仁如師父？」

仁如露出健全的笑容，說：

「不必擔心。」

這笑容健全得太過分了。

京極堂表面殷勤道謝後，無聲無息地起身打開紙門。

我一如往例，雙腳麻痺，爬也似地東倒西歪地跟在後面。

「談完之後，請叫我一聲。」

京極堂突然回頭說，我差點跌倒，抓住紙門。

生得一張鬧鐘臉的派出所警官在泥土地房間喝茶。

地上擺著圓火爐，另一頭的椅子上坐著將圍巾圍了一圈又一圈的倫敦堂主人。他可能是在我們與仁如談話時來訪的吧。這個英國風格舊書店東與他那奇異的風貌相反，似乎熟知除去對方警戒心的手法。若問怎麼知道，因為他正與應該是初次見面的派出所警官談笑風生。警官注意到我們，把茶放到桌上問道：

「噢，講完了嗎？」

京極堂豎起食指。

「請再稍待片刻。啊，山內先生，你好。」

「你好。哦，關口先生也好。那麼京極，怎麼樣了？」

水壺擺在圓火爐上，裡頭冒出來的蒸氣把倫敦堂主人的墨鏡熏得一片白茫。

「沒有怎麼樣，不行吧。」

「啊，不行嗎？哎，看談話拖了這麼久，我就在想可能不行了。那還是就那樣辦嗎？」

「不，那樣不行吧。那些東西出處不明確的話，不但無從鑑定起，也無法定價格。笹原先生是以買賣為前提，這樣下去還是不行的。又不能由我買下。」

「是啊。乾脆就標榜『禪籍收藏狂垂涎！』偷偷賣給好事者怎麼樣……？也不能說這種不負責任的話呢。無法鑑定的話，也沒人會買吧。也是可以扯個謊，讓京極你便宜地買下，可是這樣簡直就像詐欺吶。而且這裡還有警察先生，可是幸好東西也還沒出來，還有一些時間吧。」

「是啊。可是照這樣下去，就算搬出來了，評價也是偽書啊。而且就算真有那種好事者，與其說是喜好禪籍……」

「哦，應該說是密教狂熱分子才對？不曉得呢，有那種人嗎？」

「有啊。只是不管怎麼樣，都會淪為個人的死收藏，這才是問題。那送進博物館就好了嗎？也不是這樣。但是落入收藏家、狂熱分子之類的手中又……」

「那還是該明確地查出所有權，依循正式手續，將其公諸於世吧。笹原先生很貪婪，不能對他唯命是從。」

完全不懂他們在說什麼。

警官插嘴道：

「那個，不好意思打擾你們談話，現在那個……只有和尚與小姐單獨兩個人嗎？」

「是單獨兩個人。」

「可以嗎？那個，怎麼說……」

「哦，他應該不是殺人魔吧，就算是，也不會在無處可逃的派出所行凶的。」

「哦……」

警官縮起嘴唇。

倫敦堂主人摘下霧白的眼鏡，一邊擦拭一邊問：

「話說回來，警察先生，怎麼樣呢？剛才的答案。」

警官說「哎呀，我完全投降了」，喝了一口茶。

倫敦堂主人笑容滿面，重新戴好眼鏡，轉向我們說：

「別看這位警察先生長得這副模樣……哦，失禮了，他可是個偵探小說愛好者。所以我便告訴他那座倉庫的事，有趣的是，他的推理與關口先生相同。」

「跟我一樣？」

「對，連同和尚一起活埋的說法。但是那並不是正確答案，所以我請警察先生再重新思考。」

「不是正確答案？那麼已經知道答案是什麼了嗎？」

「咦？京極，你沒告訴關口先生嗎？」

「關口現在不適合理會這種事。老鼠啊、和尚啊、迷路孩童的，他的包袱太多了，實在沒辦法顧及倉庫。」

「怎麼，那關口先生也不知道京極為什麼要去寺院了嗎？」

「他完全不肯告訴我啊，山內先生，這傢伙的心眼真是壞透了。」

儘管我這麼說，京極堂卻恣意坐下，裝出一副事不關己的模樣。

「哦，那我說個提示吧。關口先生或許不知道，但警察先生應該知道吧？蘆之湖的『逆杉』……」

「知道是知道，但那怎麼了嗎？」

我不知道，所以老實說不知道。

「逆杉生長在蘆之湖裡頭——是裡頭喲，像這樣立著。坐船靠過去看的話就知道，杉樹像這樣很平常地長在水裡面。」

派出所警官比手畫腳地為我說明。

「生長？樹木不可能生長在水裡吧？又不是海草。」

「可是就是長著啊。不過沒有葉子，可能是枯掉了。而杉木從湖面探出頭來，又倒映在水面，喏，不是有叫逆富士的嗎？歌麿（註一）的浮世繪裡也有。」

「是北齋（註二），富嶽三十六景。」

京極堂連對派出所警官也毫不留情。

「這樣啊，是北齋啊。我記得因為看起來就像那樣是倒過來的，所以才叫逆杉。可是那又怎麼了嗎？」

派出所警官一本正經地問，他可能個性真的很認真吧。

另一方面，倫敦堂主人愉快地問道：

「是啊，還不明白嗎？」

「不明白啊。那是因為……喏，那一帶以前一定是陸地吧？然後逐漸下沉，低窪處積起水來，成了湖泊，所以……」

「哦，原來如此。」

「什麼原來如此，關口，你這樣也算是理科最高學府畢業的人嗎？箱根是活火山，是二重火山臼。就算它是火山臼，也不可能那樣悠閒地慢慢積水。只要一噴火就會爆發，樹也會燒掉吧。」

「何必那樣說呢？這可是警察先生的意見啊。」

「不是我自謙，我這個人不學無術啊。」

「哈哈哈哈，唉呀，總覺得警察先生很可憐，我就說出答案吧。我說啊，關口先生，還有警察先生，京極堂雖然那樣說，但那座蘆之湖以前也被認為是陷沒之後積水而成，杉樹因此才沉入水中的。肯培爾（註三）的那本書叫什麼來著？日文書名我不知道。」

「日本書名叫《江戶參府紀行》。」

「是啊，這就滿古老的。可是閱讀明治時期的地質學雜誌與震災預防的箱根、熱海兩火山地質調查報告等等，就知道那種想法已經遭到駁斥，認為是由於火口湖內火山的噴發與破裂，地形歷經數次巨大的變化，受到山谷之類的遮蔽，原本是陸地的地方沒入水中——這兩種都頗接近警察先生的意見呢。」

倫敦堂主人說完後，得意地笑了一下，又說「好像也不算近」。

「這無所謂。不管怎麼樣，當時也沒有火口湖與火山臼的區別。湖泊產生的過程姑且不論，但現在已經大致明白蘆之湖是在約三千年前形成的。可是我覺得那些杉樹怎麼看都沒那麼古老。所以我認為那些逆杉應該原本是生長在那座蘆之湖上方的丘陵，在蘆之湖形成之後，才**直立著滑行移動**下去的。」

「直立著？樹又沒有腳，是用樹根走下去的嗎？」

「不是走，是滑落，滑下去的。」

「什麼滑，樹站著不可能滑吧？要是倒下去再滑還可以理解……」

「不，我想是因為山崩，連同地層一起滑動了，不是只有地表滑落。」

「有那種事嗎？」

「有樹木不倒下而移動的例子。」

京極堂補充。

「詳細聽完山內先生的說明後，我知道他是根據地質學——特別是地層學的觀點來考察，才得出了

註一：全名為喜多川歌麿（一七五三—一八〇六），是江戶時期的浮世繪畫家，在美人畫的領域中首創「大首繪」（只畫上半身的人物畫），開創了浮世繪的黃金時期。

註二：全名葛飾北齋（一七六〇—一八四九），江戶時期的浮世繪畫家，在風景畫、花鳥畫的領域有傑出的創新，畢生致力於繪畫的開發與變革。

註三：肯培爾（Engelbert Kaempfer，一六五一—一七一六），江戶時期的醫師、博物學者，為德國人。於一六九〇年以荷蘭東印度公司的船醫身分來到日本，居住在日本兩年，著有介紹日本歷史、政治、宗教、地理的《日本誌》、《迴國奇觀》、《江戶參府紀行日記》等書。

這樣的結論，不過我只聽聞過幾個實例而已。我感到好奇，翻閱了一些文獻，發現並非沒有這樣的例子。雖然不常見，卻是可能的。特別是這一帶，似乎很容易發生。二十三年前豆相地震（註）時，縱樹直立著衝向箱根町的本還寺，造成了相當大的災害。」

「對、對，我想地質學家或地震學家，一定已經有人在想了，我想不久後就會有人來調查逆杉的現象。這先姑且不論，所以說我認為那座倉庫也是……」

「哦……」

我忍不住發出怪聲。

「是啊，那座倉庫是**伴隨著樹木**滑落下來的——我們是這麼想的。所以儘管生長著樹齡一百五十年的大樹，但那座倉庫滑落下來的時間，應該是大正十二年。」

「關東……大地震的時候嗎？」

「是啊，關口先生，所以我們認為那座倉庫落下，頂多是三十年前左右的事，而且應該不會錯。」

如果實際上會發生**連同**樹木一起滑落下來這樣的事，那不管什麼時候發生都無所謂了。

京極堂再度補充。

「我們也想過或許是在豆相地震時滑落的可能性。可能是經過兩階段的滑落，才掉到那裡的。但是最早的滑落一定是發生在關東大地震的時候。」

「為什麼？」

「重點在於那座倉庫原本的位置。如果是掉下來的，那當然是從上面掉下來的。而那座倉庫的正上方……」

「明、明慧寺！」

「沒錯。我從你們那裡聽到了許多情報，不過現在那裡的和尚全都是**關東大地震以後**才進入那座寺院的吧？所以……」

「這樣啊。那場豆相地震是……昭和五年嗎？如果是那個時候滑落的，至少泰全、了稔、還有覺丹貫首都應該**知道**那座倉庫的事。」

其中兩人死了。

「可是我想他們不知道吧，如果知道的話，就不會演變成現在這種狀況，也用不著我出馬，寺院的調查應該也會有大幅的進展。再怎麼說他們有的是時間。我已經費了五天，不過才整理到入口一帶而已。遺憾的是，他們入山時，倉庫已經不在寺院裡了。他們一定想不到懸崖下的沙土當中會有藏書，而另一方面，寺院裡卻……」

「不管怎麼找，卻什麼都沒有？」

「對，什麼都沒有，寺院裡頭什麼都沒有。但是，相反地那座倉庫裡卻可能有著許多不得了的東西。那些僧侶望著腳下的至寶，卻看不到。」

——或許有不能夠存在的東西。

這麼說來，京極堂曾經這麼說過。

「有那麼了不起的東西嗎？」

「不，到目前為止，《潙山警策》是最棒的吧。那究竟是在哪個時代，由誰抄寫的抄本，老實說我也無法判別……其他也找到了一些珍品，但是問題在於裡面發現了疑似目錄的東西，然而內容實在是令人難以置信。如果這份目錄的記載屬實，裡頭就有著成千上萬可以稱之為大發現的東西。」

總覺得哪裡不對勁。

對了。

註：一九三〇年發生於伊豆半島與箱根的地震，造成箱根一帶嚴重災情。

「等、等一下，京極堂。那個時候，你不是從那個洞裡拿出了兩本《溈山警策》嗎？」

「一本是《溈山警策講義》。」

「隨便啦，你不是說那是明治時期的書嗎？」

「明治三十九年。」

「那樣的話，那個時期明慧寺裡還沒有人……」

「有，**泰全老師的師父**。」

「啊……」

自明治二十八年發現明慧寺以來，宛如被這座寺給攫住，為了保存與調查明慧寺而奔走，最後客死異鄉，擅長造庭的老僧……

「那你的意思是，只有他一個人知道那座倉庫的存在？」

「不僅是知道，我想他還使用過。」

「使用？」

「我認為那本《溈山警策講義》就是他的藏書。比較接近入口附近的地方，找出了為數不少的明治時期的活字本，我想那也是他帶進去的吧。他應該去了好幾次，一點一點地調查吧。《溈山警策講義》一定也是為了調查裡面的《溈山警策》的定位而帶進去的。因為相關書籍和資料也收在一起放著。」

「這樣啊，那過世的泰全老師就算知道倉庫的事也不奇怪吧？他說他曾經陪同來過兩次。不過當時泰全老師才二十多歲呢，或許他只負責拿行李，沒看到倉庫？」

「這和年齡無關吧，聽說那位叫慈行的監院不也才二十多歲嗎？不管是不是泰全老師不知道倉庫的事，或是明知道卻佯裝不知，反正就這樣過了二十八年……？但老師已經亡故，再也無法確認了。」

泰全不可能佯裝不知。

老師是繼承其師的遺志，第一個進入明慧寺調查的僧侶。

而且他直到最後都沒有忘記調查這件事。事到如今還執著於調查明慧寺的由來的，恐怕只剩下泰全一個人了。而且他也說過，他會贊成腦波測定，動機是希望促使調查重新展開。

但是，即使如此，我還是無法捨棄他明知道，卻佯裝不知的可能性。科學調查團是外人，明慧寺的祕密會被揭發，泰全的使命將會消滅。亦即他可能是想藉由外人之手，強制將他帶出外面。要他自力離開，出去外面……

他果然還是不願意吧。

「話說回來，關口，泰全老師的師父叫什麼名字？」

我不知道。

「怎麼，你不知道嗎？真是的，既然是主動涉入案件的，這點事至少也該打聽清楚吧？」

「這很重要嗎？」

「常信和尚不是說了嗎？相當於慈行和尚師父的慧行和尚，是泰全老師的師兄。換言之，慈行和尚也算是那個人的孫弟子吧？」

「哦，對。」

「什麼對，仁如和尚似乎也不知道這麼深入的部分……去向仙石樓的老闆打聽好了。不……或許沒用。但是那個發現者究竟做何打算呢？如果只靠一人獨力一冊一冊地調查那座倉庫的書籍，幾十年都查不完的。事實上，他的人生就先結束了。如果在那個階段公諸於世就好了。」

京極露出不甘心的表情。

「笹原先生他啊，想賣那些書想賣得不得了呢，關口先生。」

京極堂默默不語，所以山內接著說下去。

「想賣？賣那座倉庫裡的書嗎？」

「是啊。京極這個人就是這樣，想要給那些書一個正當的評價額。但是那樣一來，我們這些鎮上的一介小舊書店就不可能買得起了，太貴了。而且有好幾冊無法鑑定的書，這已經是文化財產級的了。可是要是我們不買下來，笹原先生一定會拿去賣給哪裡的不法之徒吧。那樣一來，那些文化財產……」

「就算是真貨，也會變成偽書了。」

京極堂以嚴峻的聲音說道。

「可是真貨就是真貨吧？不管是誰擁有，玉就是玉，石就是石，不是嗎？」

「不是那樣的。」

和服打扮的舊書店東露出更加厭惡的表情。

「那不是金子也不是石子，是書啊，書。唯有書是特別的，書不是美術品，具有的不僅僅是古董及考古學上的價值。書本上記載著情報，無論是抄本還是贗本，只要記載著相同的內容，作為情報的價值就是相同的。但是，如果器皿是贗品，內容一般來說也會被判斷為是假的。說起來，**那種東西**不可能被拿來買賣，所以縱然是真貨，只要在黑市裡流通，就很難在公開的場合——學會等地方使用；即使被提出來加以評論，若無法確認出處，還是無甚說服力。」

京極堂眉間擠出皺紋，把手收進懷裡，倫敦堂則將雙手擺到火爐前。

「而且啊，關口先生，書的所有人究竟是不是笹原宗五郎也是個問題啊。所以京極才會一反常態積極地行動。」

京極堂說「就是啊，就是啊」，真的擺出一副一反常態的態度。

「如果這原本是明慧寺的東西，那麼所有權該歸屬於誰就不曉得了。明慧寺的那塊土地就如同剛才聽到的，是屬於松宮仁如和尚的。但是明慧寺本身是誰的則尚未明朗。保存那座寺院的是教團嗎？或者是與教團**斷絕關係**，留在那座寺院的僧侶？這也不清楚。如果有居住權這種權利的話，那麼叫做仁秀的老人應該是住得最久的，雖然這些或許都無關，不過不管怎麼樣，絕不能夠照著笹原先生的意思任意處理。」

京極堂一臉凶惡地說。

「裡面的貨色就是這麼厲害喲，如有**真的有**的話。」

山內先生瀟灑地這麼做結。

派出所警官似乎完全聽不懂，一臉奇怪地看了一下空掉的茶杯，喝乾了混著殘渣的杯底剩茶。

我望著茶壺那廉價的金黃色澤思考著。

結果……

只能順其自然了。

神祕的埋沒倉庫也與了稔和尚的屍體相同，打開蓋子一看，根本沒什麼好驚奇的，只不過是單純的山崩；而它的物主也一樣平凡無奇，就是那座明慧寺。

籠罩著神祕寺院明慧寺的幻想，逐漸被一層層剝離。

覺得已經可以信服的時候，又被更進一步解體，每當那種時候，乾燥無味的現實就暴露出來。

現在那裡非但不是一座神祕的寺院，更淪為佛教界的大包袱。

僧侶也是，背後不僅沒有各派各宗的支持，甚至是遭到自己原本隸屬的寺院拋棄——不，是他們拒絕回去——只不過是一群個人的集團罷了。冷靜想想，堂堂大教團才沒有時間去理會這種來歷不明的東西吧，教團的目標是更加崇高的。

只不過是理所當然的事情回歸到理所當然的地方而已。怪奇與幻想早已不過是現實這個器皿中的裝飾，就連意外性也是或然性的忠實僕役。

這世上沒有什麼不可思議的事。

但是……

案件完全沒有解決。

怎麼回事呢？這不明所以的閉塞感。

因為殺人犯還沒有被逮捕，還是因為殺人的動機不明瞭，所以才會如此令人喘不過氣來？總覺得幾乎動彈不得，宛如身處密室一般……

壓迫感——疲憊感——虛脫感。

對，問題在於……

——為什麼僧侶留下來了？

問題在於和尚「反正出不來」這樣的說法嗎？

例如那個阿鈴……

這麼說來……

松宮仁如沒有在明慧寺碰到阿鈴嗎？如果碰到了與十三年前亡故的妹妹一模一樣的女孩，他不可能還擺得出那種模範笑容。

要是他遇到了阿鈴，還能夠表現出方才那樣的態度的話，那我只能說我無法理解他這個人了。

茶壺發出咻咻聲，伴隨著泡沫噴出蒸氣。

看看時鐘，是五點十五分。

「喂，京極堂。」

我呼喚朋友。

「這次已經沒有你出場的機會了嗎？」

「什麼意思？」

「呃……就是……」

「附身妖怪已經驅逐了，和我無關。」

「你還沒見到全部的和尚吧？」

「沒有多少會纏住禪僧的妖怪，頂多是天狗之類的。自古以來，欲降伏禪魔者，率皆為禪所籠絡。

對於無言之人耗費數百之言，亦如以貝殼度量大海。即便說法，亦是班門弄斧。」
「那鐵鼠呢？」
「那已經驅逐了。可是……」
此時，京極堂抬起頭來。
「嗯？那邊附上了什麼嗎？」
不知不覺間，玻璃門打開，一臉蒼白的飯窪站在那裡。
背後則是仁如那張端正的臉。飯窪個子很小，仁如輕而易舉地就高出她兩顆頭。
青年僧露出一種難以形容、無法理解的表情，臉部肌肉僵硬。
——他們說了什麼？
那近乎虛偽的健全消失了。
仁如被什麼東西給附上了——京極堂是這個意思嗎？
「啊，結束了嗎？」
派出所警官說道，站起來的瞬間，電話刺耳地響了起來。長得一臉時鐘相的警官急忙抓起它送到耳邊：
「是、是，是的。嘿？」
警官望向京極堂。
接著他用右手按住話筒的下半部分問道：
「請問你是中禪寺先生嗎？」
「是的。」
「哦，是仙石樓打來的電話……」
「找我的嗎？」

「聽說是……你認識一位今川先生嗎？」

「嗯，認識，雖然我想我這個朋友比較認識。」

朋友指的是我。

「哦，電話裡說，那位今川先生，以關係人的身分被逮捕了。」

「今川？以**關係人**的身分被**逮捕**是什麼意思？」

「呃，你要聽嗎？是本部的益田刑警打來的。」

「換我聽吧。」

京極堂接下話筒。

「喂？我是中禪寺。怎麼了？你說今川他怎麼了？那是自願接受約談嗎？嗯，所以不是執行逮捕令吧。咦？誰？要把尾島佑平先生怎麼樣？哦，跟仁如和尚一起嗎？益田，這種事能不能請你跟警官先生說？我很忙的……咦？久遠寺先生叫我去？久遠寺先生回來了嗎？榎木津？我聽不太懂呢。益田，你冷靜一點，你自己先亂了陣腳怎麼行？整理一下思緒再說吧……」

除了倫敦堂店東以外，每個人都緊張極了。

發生事情了。

「哦，我明白了，我會轉達。請問你是栗林先生嗎？」

時鐘警官說「是的」，挺起了胸膛。

京極堂公事公辦迅速說道：

「首先，由神奈川本部派遣的警官和這個轄區的次田刑警很快就會抵達這裡，請將這位松宮師父交給那位刑警。詳細情形我不清楚，但聽說要移送到仙石樓去。還有，本部說如果可以的話，請按摩師尾島這位先生以自願出面的形式協助。管轄權似乎屬於這邊，所以麻煩這裡聯絡。說是想請他去明慧寺，不是指認兇手的臉孔，而是指認聲音。不過也得考慮到對方的方便，請他明天再去就行了。還有……關口！」

「幹麼？」

「菅野在明慧寺。」

「菅野……？」

「還有，今川**升格**為嫌疑犯了，久遠寺醫生與榎木津被強制送還到仙石樓。你……要怎麼辦？」

京極堂的眉頭鎖得更深了。

※

聽說正好就是這當兒的事。

山下察覺石井就要等得不耐煩，即將親自出馬了。

還沒解決。

山下已經開始搞不清楚自己是為了解決案件才調查的，還是為了逮捕兇嫌才調查的，或是為了出人頭地及立下功名而調查的，甚或是為了調查而調查的了。

至今為止，只要依照調查的常道行動，就能夠像賺分數一樣地破案，這應該也不是什麼壞事。解決案件、逮捕罪犯、出人頭地、立下功名以及調查，在過去是完全相等的。

現在卻有一種它們即將分崩離析的不安。

菅原正在逼問今川。

直到昨晚，這名鄉下刑警都還高唱著桑田常信兇手說。然而昨天剛一發現菅原博行的存在，他立刻變節，投靠菅野兇手理論。而剛才收到驗屍報告後，這下子又開始堅持今川兇手的說法來了。

山下已經完全**冷掉了**。

山下也認為這種情況懷疑菅野是理所當然的。

而且今川很可疑也是不爭的事實。

今川的證詞肯定不是捏造就是搞錯了吧。若非如此，就變成是調查紀錄寫錯了。

但是那又如何呢——山下這麼想。

他覺得就算出現了另一個極為可疑的人物，也不代表原本可疑的人就不可疑了。可疑這種東西，並不是相對的。

處於自己的武器無一派得上用場的狀況，無依無靠的山下變得有些依賴看起來較為強健而踏實的菅原。山下會支持菅原的桑田兇手說法，其實也只是出於這樣的理由。

但是菅原會採用桑田兇手說法的理由，說穿了似乎只不過是因為上司山下支持這個論點罷了。只要有超越它的根據——例如被幽禁的異常人物或明顯的偽證——只要有這類東西出現，就能夠輕易捨棄。只是這種程度的東西罷了。

山下竟然一直依賴著這種人。

在桑田兇手說法當中，山下等於是依賴著自己的影子。

也難怪他會覺得受夠了。但話說回來，山下也無法改變路線，去懷疑今川。

今川確實很可疑。東京警視廳已經證實今川的古董店與小坂了稔自戰前就有交易往來了。而且今川還持有寄自小坂的信件，他被小坂找來似乎也是事實。而在預定會面那一天，小坂遇害了。

但是，這些證據只說明了今川與小坂之間的關聯，並無法成為犯罪的證明。沒有哪個傻瓜會在殺人後不立刻逃走，還把屍體藏在自己住宿的旅館庭院樹上，也沒有哪個傻瓜會將這些事逐一老實地告訴警方。若問兇手是否會採取這種行動，山下認為是絕對不可能的。

但是如果這與大西泰全命案有關，那狀況就不同了。

例如說，如果今川是為了殺害大西而逗留在現場，如何？然後他盡可能順理成章地潛入明慧寺，如願以償地殺害了大西——這種情節也不無可能吧？事實上，在這宗命案裡，最後見到大西的是今川，而他當然也沒有不在場證明。只要那偽證般的誤謬被揭穿，今川會遭到懷疑也是理所當然之事。

所以菅原會漲紅了那張顴骨突出的粗俗臉孔責問今川，也不是不能理解。

然而，只有這件事山下總覺得不對。不，不依靠「覺得」或「認為」、直覺或印象來判斷事物，是山下以往的基本態度。證據與邏輯才是警部補山下的支柱。所以就算撕裂他的嘴巴，他也絕不會在人前說出這種話來，可是……

——不是這傢伙。

他還是這麼想。

「喂喂喂，今川，你給我適可而止一點啊。從剛才就聽你在扯什麼狗啊悟的，我想聽的可不是這些經。我是在問你跟大西講了些什麼？」

「我只是陳述事實，我是去請教老師關於狗子佛性的領解的意見。」

「你說鉤子什麼？」

「狗子佛性。」

「那是怎樣的生意？」

「這不是生意。」

「古董商不談生意，幹什麼在這種地方逗留這麼久？喂喂喂，今川啊，你竟然誆騙了我們這麼久。我跟你不一樣，是個純樸的鄉下人，完全信了你那一套！」

「我沒有說過任何謊言。」

「哦？那你是隔著紙窗跟後腦勺破裂、腦漿四溢的老頭子說話嗎？他可是當場死亡啊，當場死亡。氣只維持了短短幾秒鐘而已。」

「請不要那樣說老師……老師他……」

「是你殺的嗎……？」

「我沒有殺他。」

「那到底是怎麼回事？」

「我不知道，只是……」

「只是什麼？」

「所以……」

「所以怎樣？」

「菅原，你也稍微讓人家說說話吧，他不是想說什麼嗎？」

「哪能聽他那樣一一辯解啊？」

「你在說什麼啊？就算是兇手，也有辯解的餘地啊。偵訊的時候，有時候也是會請律師在場的。這又不是在特攻，小心你的措詞。」

「這樣沒辦法問出自白的。」

「自白不是強逼來的！」

菅原忿忿不平。

今川轉動著有如鯉魚旗般的大眼睛看著山下。他的嘴巴鬆弛無力，長相醜陋，卻很討喜。而且這個人比起外表更來得富有知性。

「今川，我們已經再三說明，根據司法解剖的結果，大西泰全是在凌晨兩點四十分到三點十分之間遭到殺害的。也就是在你們採訪小組回去後短短一個多小時，距離起床時間僅二十分鐘之前被殺害的。關於這一點，你有異議嗎？」

「我無從提出異議。」

今川說。

「就是吧？但是你卻說你在六點三十分到近七點左右，曾與大西對話。哎，關於這一點，是有幾種解釋吧。首先是你說謊，現在我們是如此解釋；其次是你搞錯了時間，但是這除了非常特殊的情況外，是不可能的。三點與六點三十分，就算這座寺院裡沒有時鐘，時間誤差也不可能超過三小時……」

「我有懷表。」

「哦，那就更不可能了。就算你的表快了，也不可能差那麼多吧？」

「就算表停了，我也不會錯得那麼離譜。」

「是啊，所以這不可能。那麼不就沒有別的解釋了嗎？所以菅原才會對你咆哮。喏，你有沒有什麼要反駁的？」

「我只是陳述事實，我和老師交談過。雖然不能說每一字每一句都正確，但是叫我重述的話，我幾乎能夠完全重現。」

「問題是我們沒有可以判斷那是重現還是虛構的基準啊。而且驗屍結果與目擊證詞有落差的情況，採信目擊者的話而不採用司法解剖的結果，這實在……」

——可是，如果驗屍官是共犯的話？

這種荒唐的事不可能發生。又不是哲學家，不是事事都加以懷疑就是好的……

——這是久遠寺說過的話。

「不太可能，所以這種情況……」

「不。懷疑驗屍結果是違背常識的，而且若是懷疑驗屍結果，就沒辦法調查了。作為最低限度的共識，我想必須留下唯一能夠信任的根幹部分才行。」

「喂，今川，你這是在推翻自己的證詞嗎？」

「不，我也不認為自己的體驗是做夢或幻想。這對我來說，也是唯一能夠信任的根幹部分。」

「那……」

「只是我從剛才就一直在想，關於我所體驗的事……」

「你不是說死人跟你說話了嗎？」

「菅原，叫你安靜點。然後呢？」

「是的。所以說我在理致殿的庭院，從六點半起將近半個小時左右，隔著紙窗與對禪學有深厚造詣的老人家、或聲音聽起來像老人家的人進行了問答……這是事實。因此正確來說，我**和泰全老師交談過**——這並非事實。」

「什麼？」

整理需要一些時間，但在山下整理完成前，菅原開口道：

「喏，結果又這樣狡辯。說得那麼拐彎抹角，結果你只是想說和你說話的是大西以外的其他人吧？」

「這……菅原，這不能忽視啊。」

「為什麼？」

「因為那樣的話，那個人就是兇手啦。」

「是這樣沒錯……山下兄你是肚子痛嗎？感覺很沒氣勢喲。還是……」

原因出在你——山下想這麼回嘴。

「還是你掌握到什麼了？」

「沒那回事……」

爬上屋頂的和尚，掉下屋頂的和尚。

就因為將這兩者混為一談，起初案件才會呈現出奇怪的狀況。爬上屋頂的和尚是兇手，掉下來的是被害人。這一點現在幾乎可以確定沒錯了。

隔著紙窗交談的和尚，死在茅廁的和尚。

如果將其視為同一人，就會產生出死者說話的怪異。所以這次也將說話的和尚當成兇手來思考如何？這樣比較合理。

所以山下覺得與其懷疑今川，相信他的話可能更有所展望。

「這是很有可能的事啊。」

山下無法好好說明。或者說，他沒有力氣說明。

菅原露出輕蔑的表情。

「怎麼可能？那聲音呢？你不是直到幾個小時前都還在跟大西說話嗎？那怎麼可能認錯呢？喏，山下兄，你也可以從紙門另一頭分辨出我和這個人說話的聲音吧？」

「當然分得出來啊……」

山下沒有自信，聲音相像的人有很多。

就算原本的聲音不像，但音色是可以改變的。一課裡甚至有人可以模仿他人的聲音。而且若是隔著紙門，那就更難分辨了吧。如果是在未曾預料到裡面有別人的狀況下，也有可能會一廂情願地認為聲音聽起來一樣。再加上……

和尚那種有如說教般的腔調很獨特，如果混雜著那種艱澀難懂的詞彙交談，任誰都會以為對方是和尚吧。不僅如此……

如果對話又**說得通**的話……

「要看情況吧。」

又沒辦法好好地說明了。

「如果說要看情況的話，什麼事都有可能了。」

「理致殿嗎？那邊的指紋跟遺留物品查得怎麼樣了？」

「查不出指紋。不，有是有，但是多個新舊指紋混雜在一起，查不出什麼。而且你還沒有指示要採取這裡所有和尚的指紋啊。」

「這倒也是。」

「不過理致殿肯定不是第一現場吧，所以我完全不懂這傢伙為什麼要做這種偽證。又不能為誰製造不在場證明。」

「還不一定是偽證吧？」

「山下兄，你到了這個地步，好像又變得畏首畏尾了。不過這傢伙要是兇手的話，就是你的直屬部下——益田捅出的大紕漏了。監視中的嫌疑犯趁著刑警不留神時，堂而皇之地犯案，這會被追究責任的。搞不好會關係到你的前途。」

「不是那種問題。」

聽到菅原這麼說，山下才注意到這件事。菅原說的確實沒錯。

但是菅原不也有留下益田一個人下山的責任嗎？——不，這件事不管任誰來看，都是山下的責任。搜查主任是山下。

頭銜成不了武器，反倒成了枷鎖。

這才是頭銜原本的功能。

「哎，菅原，別把視野放得這麼狹窄，以統籌性的判斷力來調查吧。而且其他還有許多可疑的人。」

「你怎麼突然圓滑起來了？可是那個什麼統籌是你的工作啊。我的任務是其他，這裡就交給我吧。」

山下也不應聲，站了起來。

然後他盡可能高高在上地俯視菅原說：

「千萬克制暴力行為啊，那也會是我的責任。」

山下離開了房間。

輪班的警備人員在鄰室假寐。

山下坐到陰暗的角落裡。

然後思考。

根據報告，神祕僧侶已經被拘留了。雖然把他叫到仙石樓去，但那究竟是個什麼樣的人物？山下覺得那個僧侶似乎也沒有關係，毋寧說他強烈地希望沒有關係。

尾島祐平的證詞有多少可信度？一開始會想到要指認聲音，是因為山下幾乎有一半確信桑田常信就是真兇，也覺得這是個有效的方法。如果桑田是兇手，這可以成為突破他心防的有效王牌。

而且山下心想就算桑田不是兇手，那兇手八成就是菅野了。

所以他才安排尾島過來，但是聽到今川剛才的話，山下也開始質疑起這個想法了。只憑聲音什麼都不會明白的，就算明白，也成不了關鍵證據，這沒有證據效力。如果兇手是別人的話，這個方法就幾乎無效了。

而山下現在最在意的，就是這整座寺院。

雖然不是調查了禪宗所有的宗派與教團——山下也不明白宗派與教團是怎麼個不同法——但是今天的中間報告中說，警方所照會的每一個教團都說不知道這座明慧寺。他們聲稱至少沒有送出援助金給這樣的寺院，這與益田的說法大相逕庭。山下幾乎完全聽信了益田從大西那裡聽說的內容，根本沒想到竟然會得到這樣的結果。然而大部分刑警對這細枝末節之事幾乎不表示興趣。在調查會議裡，也沒有受到多大重視。

山下以為至少菅野會在意，因為菅原一開始對於沒有財源的明慧寺抱有極大疑心。明慧寺共謀的說法應該是菅原更早於桑田常信兇手說法的第一個想法。然而現在菅原的懷疑似乎完全轉移到今川身上了。

如果今川是兇手或共犯的話，比起尋找寺院的財源這種拐彎抹角的作法，可以更加輕易解決案件，而且也比懷疑所有和尚省事多了。

但是，還是一樣不對勁。

即使如此，這座寺院實際存在，和尚也居住在這裡。山下雖然也去看了所謂旱田，但那實在不是能夠獲得自給自足的收穫田地，所以需要錢。

小坂在下界的生活情形也查清了。

根本沒什麼。他只是由當地的好事者及教師、自稱文化人所組成的環境保護團體的發起人罷了，其他什麼都沒有。說是租來的房子，也是作為環境保護團體的辦公室，房租則由那個團體支付。團體的活動內容目前正在調查，不過完全與殺人案件無關。

關於久遠寺嘉親的資料也送到了。就像本人說的，就算是抄本，報告書數量也龐大得驚人，雖然尚未全部讀畢，但山下挑撿出菅野博行的部分閱讀了。

上面記載，菅野極可能是一名性倒錯者，而且是以女童為對象的倒錯者。這類犯罪最難以發現，因為被害人肯出面控告的案例極為稀少。尤其被害人是女童的話，更是如此。不出所料，不僅完全沒有接獲任何報案，由於嫌疑犯本人失蹤，也無法確認實情。

但是看樣子那名叫久遠寺的醫生，是遭這個菅野魔掌的被害人家屬。看到這裡，山下總算明白久遠寺那異常的激憤態度。對於懷疑久遠寺這件事，山下稍稍反省了起來。

比起殺人，山下更痛恨性犯罪。

但是這件事也沒有成為調查會議的議題。場面由菅原主導，今川被拘捕了。

山下深深嘆了一口氣。

這樣子自己簡直沒有存在的價值。石井即將會加入調查這件事，或許不是可能，而是自己的希望。比起逮捕兇手或出人頭地或名聲，山下現在更渴望**解決**。不，也不是解決，山下只想早點離開這座山，好好睡一覺。

結果山下離開了知客寮。

即使到了這種地步，依然堅信自己沒有錯的自己，令山下難以置信。在這種情況，主體是哪一方呢？山下覺得自己分裂了。但是自己就是自己，這些全都只是修辭上的問題，相信的自己與不相信的自己也根本沒有分裂。

外頭已經入夜了。

山下突然覺得寂寞不安。雖然是理所當然之事，但是與自己相比，這座山巨大得駭人。這場調查不是罪犯對刑警的攻防，而是個人對「山」的戰鬥。

山下逐漸有了這種感覺。

森林嘈雜作響。

知客寮裡燈火通明。

禪堂旁邊的建築物也傳來人的氣息，偵訊還在持續進行，三門有兩名警官冒著寒風站著。寺內確實有著眾多的人。

禪堂裡八成也坐著許多和尚。

好詭異。覺得除了自己以外，所有的人都被這座山給吸收了。

菅原的怒吼，慈行的叫喚，也和樹木沙沙作響沒什麼兩樣。

如果背後站著那個長袖和服姑娘，這裡就是完完全全的山中異界了。

——啊，早知道就別想了。

山下真的有種女孩就在背後的感覺，不敢回頭了。如果回頭看見女孩就在那裡，那可是比死更教人不敢領教。這個世上還有比這更恐怖的事嗎？

山下無可奈何，迂迴曲折地繞過境內，走向禪堂。他雖然不喜歡和尚，但待在人多的地方附近，比較安心一些。去看看禪堂旁邊的小屋吧，不……

——記得久遠寺說了什麼。

是捉住今川，把那個偵探和久遠寺趕回去仙石樓的時候。

記得那個老醫師是說……

——去找大麻。

久遠寺一行人在那之前遇到了仁秀還有菅野。

菅野和……大麻？

大麻取締法在昭和二十三年施行，其後，未經許可的栽培和讓渡也算觸法。所以若是祕密栽培，就能夠**獲利**。

——財源是大麻嗎？

那時候應該問得更詳細點。

事到如今已經遲了。那個時候山下完全被菅原的氣勢給壓倒，甚至連知客寮都沒踏出半步。

——菅野嗎？

不知不覺間，山下經過小屋，來到菅野所在的土牢前。

應該穿外套來的。冷得要命，腳尖都冷到骨子裡了。

繞過雪積成的小山一看，一名警官孤伶伶地站在月光下。

「辛苦了，沒有異狀吧？」

「沒、沒有！」

警官敬禮之後，全身僵住了。

「好好輪班了嗎？」

「是的！我、我剛才犯了過錯，那、那個真的、萬分抱歉！」

「我不是在責備你，是在慰問你有沒有好好輪班。而且……你說的過錯是指什麼？」

「是的，剛才三門附近發生了騷動，我離開了崗位，之後到了輪班時間，於是就這樣休息了。但接班的人似乎在休息室等待我回去，結果這座土牢的入口有五十分鐘左右無人看守。」

「哦。」

久遠寺與今川就是趁這個機會侵入土牢，見到菅野的。菅原主張應該把醫生也拘捕起來，但讀了報告書的山下決定放走久遠寺。他了解久遠寺想責備菅野的心情，所以將久遠寺放在菅野身邊不是件好事。而且既然都會住宿在仙石樓，跟拘留他也沒什麼兩樣。

「那是聯絡不周，沒關係。然後呢？」

「方才我因此被菅原刑警斥責，叫我不准輪班地徹夜監視！」

「菅原嗎？真是擅自妄為，負責人可是我啊。好了，換班吧。我在這裡看著，你去叫接班的人來。」

「怎麼能讓警部補大人做這種事……」

「沒關係，我正好有事到裡面。我會在裡面，你回去知客寮叫代替你的警員來，那裡睡了三個人。」

「但是，原本要代替我的人員在這邊的建築物的休息室裡。」

「哦，哪邊都行，去近的好了。啊，如果你有手電筒的話，就留給我吧。」

警官畢恭畢敬地交出手電筒，再次立正，大聲地說，「承蒙警部補大人體恤，無上光榮。」跑走了。

山下進入裡面。他從早上開始，或者說從昨天晚上開始，就進入這個洞穴不知多少次了。但是因為山下有一點幽閉空間恐懼症，他仍舊無法習慣。他一進入洞穴，心跳就會加速，微微冒汗。學生時代，他也曾經進入富士山的鐘乳石洞而引發貧血。不過就算是沒有幽閉空間恐懼症的人，進入這種洞穴裡，一般也會感到害怕，會喜歡這種地方的人才是少數。但是或許這裡的狀況會**比外頭好**一些。

裡面有些溫暖，因為沒有風。

——反正也說不上什麼話。

山下明白這一點。他不知道久遠寺與菅野聊了多久，但至少山下完全聽不懂這個被囚禁的僧侶在說些什麼。一下子說大宇宙的聲音在耳畔呢喃，一下子說布袋和尚打扮的彌勒菩薩一個個從牆壁裡走出來。

一下子又說抱著嬰兒的女人在笑。

還說天花板在旋轉，地板有如波濤起伏。簡直像醉鬼。

——如果這是大麻造成的幻覺……

大麻與其他麻藥相比，不容易出現禁斷症狀，所以應該不會突然凶暴起來才對。可是似乎會看見幻覺，感覺也會變得敏銳。山下從麻藥組那裡聽說，環境特別重要。總而言之就是藥物與環境的加乘效果出類拔萃，這個暗室可說是再合適也不過了。

微量的月光朦朧地照亮壁面。石窟中雕刻著莫名其妙的石佛，周圍則雕著一大堆小佛。這叫做曼陀羅（註）嗎？不知道。身在這種環境，就算不吸大麻也會醉。

山下進入有牢檻的房間。

白天他拿著提燈，但現在沒有。他並未打開手電筒，沒有燈光，讓他感覺異樣地平靜。因為等於沒有天花板也沒有地板和牆壁，反而沒有閉塞感吧。應該是唯一光源的牢內壁面的蠟燭也熄了，完全一片黑暗。也沒有人的氣息。但是沒有人的氣息這一點，早上進來的時候也一樣。

如果菅野吸食大麻的話……

——那些蠟燭嗎？

當然，一定是把大麻乾燥之後揉碎，再以菸管之類的道具像香菸般吸食，那麼只要有火就夠了。山下等人也不是一直待在裡面，或許他今天也找機會吸食過了。

那樣的話，麻藥取締班那些鼻子靈敏的人一進來，應該就會發現了。至於山下，衣服和頭髮都沾滿了線香的味道，不管聞到什麼都覺得是線香味。嗅覺已經完全失靈，他只覺得受夠了，根本沒工夫懷疑。

而且他也覺得因為光量不足，視覺一衰退，嗅覺也跟著衰退了。最重要的是，土牢這種大為脫離常識的古老時代場景十分詭異。待在這裡面，就算那是多麼奇異的味道，也會覺得沒有什麼好不可思議的。

總而言之，山下什麼都沒注意到。

話說回來，一點人的氣息也沒有，連呼吸聲都沒有。山下慢慢蹲下。

「菅野……菅野先生，你正常嗎？」

聲音刺耳地迴響，連自己在說什麼都聽不清楚了。感覺聲音比白天更響，是因為外頭很安靜嗎？不是。說到安靜，白天也很安靜，所以這只是錯覺嗎？

「我是國家警察……」

山下說到這裡閉嘴了，一陣「嗡嗡」的殘響。

「我是山下，我有話想跟你說。」

在這種洞穴裡，面對這種人，組織與頭銜根本沒有意義。

沒有回答。

此時，山下有了一股極度虛幻的預感。

難道……

沒有天花板、地板及牆壁的無垠黑暗，比置身無法逃離的牢檻中更要……

山下慌忙打開手電筒。隨著開關打開的聲響，光束出現，照亮完全不對的方向。山下把手電筒轉過來，仔細照向牢檻之中。白天時沒有仔細看，但牢檻裡似乎比想像中更深。正對面岩壁上是壁畫嗎？這裡是寺院，所以那是佛畫之類的嗎？

雖然處處斑駁，但原本似乎色彩艷麗。

註：曼陀羅（梵名mandala，藏名dkyil-hkhor），古印度指國家的領土和祭祀的祭壇，現在一般指將佛菩薩等尊像，或種子字、三昧耶形等，依一定方式加以排列的圖樣。又譯作曼荼羅、滿荼羅等。意譯為輪圓具足、壇城、中圍、聚集等。

當然山下不懂那是什麼。

——哪裡不太對。

也應該不對，是哪裡不太一樣。

有奇怪的東西，是柴薪嗎？不對，那是……

——垃圾？植物嗎？麻嗎？

那是**乾燥的大麻束**。

乾燥大麻——疑似乾燥大麻的植物綁成小束，總共三束擺在榻榻米旁邊。

——白天時沒有那種東西。

絕對沒有，山下當時拿著提燈看了好幾次。

朦朧的提燈光亮雖然沒辦法照到壁面，但至少應該照到地板了。缽碗擺在一個像經桌的小台子上，更裡面有個如廁用的便盆。其他就只有一塊榻榻米，上面……

——死掉了。

一眼就看出來了。

榻榻米泛著一片黑，是血跡的黑。

在缺乏光線的環境裡，紅也不過是黑的一種。

菅野博行伏在榻榻米上斷氣了。

「嗚、嗚哇啊啊啊啊啊啊！」

卸下一切頭銜的山下打從心底感到畏懼，幾乎要衝破喉嚨地放聲大叫。

※

結果，我重新回到仙石樓了。

京極堂似乎也無法拒絕久遠寺老人的請求，便將之後的事託給山內，與我同行。飯窪原本就打算回去仙石樓，結果在警察包圍下，包括仁如在內，一大群人浩浩蕩蕩地前往仙石樓了。

名叫次田的老刑警沒有多說什麼。我從他的沉默寡言，察覺到他極端厭惡負責這次的案件。直到最近，我一直以為所謂的刑警全都是一個模子印出來的，如出一轍。簡而言之，我把屬於體制那一邊的人全都一視同仁。雖然我的朋友裡有個如同脫韁野馬的刑警，但我一直自私地認為只有他一個人是特例。然而似乎並非如此。

這是理所當然的。

但是有個人比次田更加沉默寡言，那就是仁如和尚。說他遽變也不為過吧。我一開始對健全的他感到欣賞，不久後漸漸覺得他的健全很惹人厭，對他落落大方的態度的評價也微妙地變質了。而與飯窪談話之後的他，則完全變了個人。

在我的想像中，他遽變的原因是阿鈴。

他會不會是從飯窪口中聽說了明慧寺有個如同亡妹再世般的女孩呢？

在這之前，他應該不知道阿鈴的事吧。

他是知道了這件事，才大受打擊吧。

與其說是打擊，更像是害怕。

害怕什麼？

抵達的時候，差不多過了七點。

在熟悉的大廳裡，益田與久遠寺老人一臉嚴肅地坐著。

次田一看到益田，便露出鬆了一口氣般的表情。

「益田，怎麼樣了？」

「一團混亂吶，次田兄。一團混亂。」

「阿菅不是個壞人，不過是個像野豬般橫衝直撞的刑警，那個神經質的警部補沒辦法駕馭得了他吧。啊，我把人帶來了，這位是松宮仁如和尚。」

仁如恭恭敬敬地行禮。

就算失去了霸氣和精力，他似乎也不忘禮節。

但我覺得這種恭敬非常形式化，反而削去了他的健全。

警官移到別室，剩下的人全都留在大廳。京極堂似乎敏感察覺出瀰漫在仙石樓裡的倦怠空氣，迅速掃視房間，全盤掌握後問道：

「益田，常信和尚怎麼了？」

「剛才回明慧寺了。」

「回去了？不是明早才出發嗎？」

「他說在這種非常時期，只有一個人起了愚昧的邪心逃下山，實在不妥。」

「警官呢？不會讓他一個人上山了吧？」

「就算是我也不會做這種事的。我請護送久遠寺醫生和榎木津先生下山的警官，回程順便送他上去了。而且敦子小姐和鳥口也跟著去了，人多勢眾，連我都想跟了呢。」

「那個笨蛋還是去了嗎？可是益田，雖然我說這話也很奇怪，不過有這麼多一般民眾混在裡面，也很難有什麼正當理由吧？沒問題嗎？」

「警方沒有拘束力啊。如果去了被趕回來也沒辦法，但我不能把他們強留在這裡。」
「或許請你們直接把他們逮捕還比較好呢。榎木津怎麼了？」
久遠寺老人回答道：
「他啊，連謝禮也不收，就跑回去了。他說明慧寺裡沒有兇手呢，中禪寺。」
「他這麼說嗎？」
「他這麼說啊。」
京極堂一臉凶惡地凝視榻榻米。
「怎麼樣？你看起來很忙，不過還是不想出面解決案件嗎？」
「不想。」
「今川或許會被當成兇手喲。」
「只要他不是真兇就無妨。」
「這樣嗎？不會變成冤罪嗎？」
「我……不會讓這種事發生。」
益田這麼說，但是他那萎靡不振的口氣聽起來實在沒什麼說服力。
「總之，我不想進入明慧寺，也不想涉入案件。」
京極堂宣言似地說。
大抵說來，他總是不願意與這類案件牽扯上關係。
從京極堂的性格來看，他的態度也不是不能理解。但是過去曾有好幾次，有時候是被捲入，有時候是被推出去，結果他都捲入案件裡頭了。所以我也覺得事到如今沒有什麼好推辭的，但是只有這一次，這個乖僻者的決心似乎異常堅定。
「這樣啊，哎，那也沒辦法。」

久遠寺老人大失所望地垂下肩膀。

「恕我僭越，我認為老先生最好也避免再繼續深入下去，我認為這**並非你所知道的那一類**案件。」

「那是什麼意思？」

「就是我所說的意思。聽好了，這個案件在我所知的範圍內，沒有任何像樣的謎團。沒有任何東西附在任何人身上。」

「是嗎？」

益田一臉訝異。

「是的，因為根本沒有任何怪奇的謎團。例如說，沒有人消失，也沒有死人復生，也沒有術士操弄人心，當然也沒有幽靈妖怪魑魅魍魎跋扈作怪。沒有任何人迷失在謬妄之中。登場的全都是高唱著高邁宗旨的修行僧，他們是不相信那種東西的。」

「但是啊，中禪寺……」

「就是啊，京極堂，你不是說你從常信和尚身上驅逐了鐵鼠嗎？」

「沒錯。就像關口說的，我動手驅逐常信和尚的附身妖怪，而它也被除掉了。修行僧確實也有迷失的時候。」

京極堂像要射穿仁如似地望向他。

「但是修行僧**原本就是要對抗這些東西**的。他們與一般人不同，所以無論得花上多少時間，無論有多麼痛苦，自己驅逐它才是本分。因為可能會誤導調查，我才不得已出手，但原本是沒有我多事的餘地。說起來，我等於是妨礙了修行。所以我就算向警方收錢，也是天經地義的。」

「呃，這類經費我們……」

「我開玩笑的，益田。聽好了，久遠寺醫生，所以這次的案件沒有我插手的餘地。這次不明白的只有『誰是兇手』這一點而已，這是警方的管轄。不管是物理證據或證詞，什麼都好，從這些線索著手調查，找出兇手才是道理。鳥口和敦子是案件記者，他們想一頭栽進去的心情我可以了解，但老先生還是收手比較好。關口你也是。案件再這樣拖延下去的話，繼今川之後，下一個會被懷疑的是久遠寺醫生。要不然就是你，關口。不，久遠寺醫生已經被懷疑過一次了呢。」

「你、你怎麼會知道……？」

「因為菅野先生啊……他在吧？」

「啊……是啊，我被懷疑了。菅野他……」

菅野，對我來說，這是一個不怎麼想聽到的名字。我連那人的長相也不知道，但是那個令人忌諱的名字卻深深地烙印在我心中。

而比起我來，這個名字對久遠寺老人來說應該是更令他痛苦萬分的名字。一想到他的心情，我就感到難受極了。若為問什麼……

「這就別提了……」

京極堂像要故意妨礙我思考似地大聲打斷。

「而且這也不是適合在這種地方談論的話題，回去之後我會再問榎木津的。那麼我就此告退。」

「什麼告退，難道你要回去了？」

「都這麼晚了，我會在這裡住上一晚。我待在這裡也不能怎麼樣吧？」

「呃、喂，等一下，那、那個明慧寺的阿鈴……」

那個阿鈴——不是京極堂的管轄嗎？

京極堂回頭，惡狠狠地瞪我。

「哦，這件事……」

久遠寺老人拍打膝蓋。

「關於這件事，得跟松宮談談。」

飯窪渾身一震，望向仁如。後者一動也不動，看著久遠寺老人。京極堂瞥了一眼這個場面，就這樣無聲無息地離開了。

「益田，還有那個，那一位……」

「我叫次田。」

「啊，次田刑警，這個人並不是嫌疑犯吧？我可以跟他談談吧？」

「我是無所謂，次田兄呢？」

「對這位先生，我也有事想請教，不過我想問的是關於十三年前的案件……」

仁如保持沉默。

短短三個小時前還那麼能言善道，現在卻判若兩人。

「那個叫阿鈴的，是那座明慧寺的仁秀老人的養女嗎？呃……」

「哦，我叫久遠寺。沒錯，就是那個長袖和服姑娘。我不是直接從飯窪小姐口中聽到的，不過大概了解事情的來龍去脈。所以我今天瞞著警察的耳目……噢，我忘了現在是在警察面前。哎，不管這麼多了。我和仁秀老先生談過了。」

「你和仁秀……先生談過了嗎？」

飯窪把手按在頭髮上，看起來很不安。

「談過了，然後大致明白了。」

「明白？明白什麼了？」

「怎麼，關口看起來很在意那個姑娘呢，就是那姑娘的真面目啊。」

「真面目？」

「真面目是什麼意思？」

「噢，松宮，雖然好像是我多管閒事，不過聽其自然就……你失蹤的妹妹是叫鈴子嗎？」

「是的。」

「阿鈴小姐是鈴子小姐的女兒啊。」

「咦?你說什麼?」

「所以說鈴子小姐失蹤後,似乎生下孩子,亡故了。而孩子被那個老人撿到,辛苦地將她養育成人。」

「怎……怎麼可能有那種事?鈴、鈴子她……」

仁如頻頻地看看飯窪又看看我,最後轉向久遠寺老人說:

「鈴子她……才、才十三歲……」

語尾微弱得幾乎聽不見。

仁如明顯地陷入狼狽,這也難怪。

老實說,我也狼狽萬分。

鈴子與阿鈴的分離,拆解了「不會成長的迷路孩童」這個妖怪。然而儘管如此,時間相距遙遠的兩名少女,卻不肯就此還原為此世之物。那過多的相似性與特殊性,依然將她們塑造成彼岸的居民。但是如果那些特殊性與相似性都起因為兩人是母女的話……

——根本沒有任何怪奇的謎團。

「十三歲也能生孩子。」

「可是,有什麼……證據……」

「證據就是那身長袖和服。阿鈴穿的盛裝和服是母親的遺物,聽說阿鈴是被那身和服包裹著丟棄的。還有名字,護身符的袋子上有著鈴這個字……」

「護身符袋?」

「你知道嗎?」

仁如憑著意志力，硬是將混亂的情緒壓抑下來。

「貧、貧僧的護身符袋上寫著仁，而鈴子的護身符袋上寫著鈴……」

「喏，你看，不會錯的。」

仁如渾身僵直，尋找著話語。

這不是一時就能夠相信的事吧。

「這種事……怎麼可能……」

「你會吃驚也是難怪。只要在入口處搞錯，就很難再看清楚事物的真面目了。怎麼樣，松宮，這事你有沒有底……」

「胡、胡說八道！」

仁如厲聲叫道。但那是一瞬間、有如痙攣般的動作。

「啊，得罪了。那個……我不是這個意思，但是鈴子她……」

「哦，我沒有冒瀆死者的意思。如果你聽了不舒服，我向你道歉，對不起。」

「不，只是鈴子她……」

「鈴子不是那種女孩。」

飯窪說。

久遠寺老人抬手，漲紅了有如燙章魚般的臉辯解。

「我知道，所以說我並不是那種意思。請不要聽成我是在指控鈴子小姐是個行為不檢點的姑娘。不過這種事還真是難以啟齒。相較之下，以醫生的立場發言就簡單多了。那個……哦，次田先生，你對這件事清楚嗎？聽說火災之後，儘管眾人竭盡全力尋找鈴子小姐，卻無功而返。」

次田刑警淡淡地回答：

「似乎是這樣。消防團、青年團以及警察全數出動，搜索底倉及大平台還有湯本一帶的山林，卻依然沒有發現。他們認為小孩子不可能跑那麼遠，所以沒有搜尋到明慧寺那裡去。你是久遠寺先生嗎？你的意思是松宮鈴子小姐被明慧寺收留，在那裡生下了孩子嗎？」

「我一開始也這麼想，但是似乎不對。哎，松宮，這對你來說雖然是個難過的消息，不過推測的經過是這樣的：迷失在山中的鈴子小姐被什麼人誘拐，受到凌辱並懷孕，在某個地方生產，並將那個嬰兒丟棄在明慧寺後方的懸崖之類的地方。我不知道丟掉嬰兒的是鈴子小姐還是其他人，而且這也不過是推測而已，但如果鈴子小姐還活著的話，應該不會拋棄自己的孩子吧。所以……」

「你是說鈴子小姐生下孩子之後過世了？或者是被殺了？然後誘拐她的人丟掉了孩子？」

「益田，什麼殺不殺的，別那麼沒神經地說出那麼嚇人的話來好嗎？就連我都在動用不習慣的神經說話哩。」

仁如把手放在跪坐的膝蓋上，緊緊握拳。飯窪擔心地看著他。睽違十三年後重逢的心情，我無從揣度。

「哎，我想殺害應該是不可能。如果是會殺害鈴子小姐的人，也不會去掉孩子，而是直接殺掉了，而且根本就不會讓她生吧。」

「請等一下，久遠寺先生。」

次田打斷。

「你的說法很有道理，但有些部分我還是無法釋然。首先，說到十三歲，還是個孩子。誘拐小孩是可以理解，但是一般人會凌辱那樣的小孩嗎？」

「會啊，有那種人。」

久遠寺老人清楚地想起菅野。

菅野就是這種人……應該吧。

「不知幸或不幸，我沒有那種癖好，無從評論起，而且這對於過著一般生活的人來說，是難以置信的事，但是有的，那種性癖好的人確實存在。對吧？關口？」

我無法回應，我無法將他們當成異常者。

我……

我面紅耳赤，陷入失語。

至今為止一直勉強維持均衡的我的神經，一下子失去了支撐。

久遠寺老人在看我。我別開視線，蜷起身體，縮起肩膀，關上硬殼。血液倒流，耳後的血管巨聲脈動，世界逐漸遠去。

「……了？……緊嗎？」

不要叫我，我要待在我的牢檻中……

「怎……了？不……緊嗎？」

我絕對不會從那裡……

「怎麼了？不要緊嗎？關口？」

「啊。」

有一種昏厥般的時間失落感，但時間似乎是連續的。

我在時間的隙縫間，永遠昏厥了。但是因為那種隙縫一般不會被意識到——因為感覺上時間是連續的——所以我才會錯覺我像這樣活著。

次田開口道：

「唔，我了解了。現在這種時代，就算我是住在鄉下地方的老頭子，也不是沒聽說過有這種人存在。如果是為了這種目的而誘拐的話，應該不會殺人，也有可能讓對方懷孕吧。不過若問這座箱根山裡有沒有這種癖好的山賊？作為守護箱根治安的人，我想這麼說，才沒有哩。這裡可不是東京或橫濱那種都市啊。」

「那我問你，你知道那座明慧寺嗎？」

「不……不知道。」

「規模那麼龐大的寺院，過去卻根本沒有人知道吧？你應該也不知道仁秀老先生的事。那個人年紀應該比我大，而且至少在那裡住了七十年以上了。從養育他的父母那一代算起，至少都百年以上了。有誰知道他的事嗎？」

「他、他在那裡住了那麼久嗎？」

次田似乎相當吃驚，確認似地望向益田。益田用力點頭道：

「我也是剛剛才聽說，嚇了一跳。據說那位叫仁秀的老人，是被撿來，在那裡長大成人的。所以既沒有戶籍也沒有住民票。今天收到報告了。」

「也是吧。雖然表現出一副近代國家的模樣，但日本這個國家直到不久之前，都還是這個樣子的。就算裝出文明國家的嘴臉，依然有人沒有戶籍，也不能斷定沒有山賊和野盜存在。」

那不是山賊也不是野盜，那人……

不就是他嗎？

「久……久遠寺醫生，那個，把鈴子小姐……那個……」

用不著全部說完。

「哦，關口，那不是菅野幹的。菅野失蹤時，鈴子小姐已經失蹤一年以上了。所以……不是的。」

「這樣嗎？」

我總算了解久遠寺老人熱心地想要照顧阿鈴的心情，他把自己過世的女兒重疊在鈴子身上了。

仁如默默無語。

「所以啊，這或許是一般人難以想像、也鮮少發生的案件，不過從結果推測的話，應該是發生了類似的事。鈴子小姐實在是非常不幸，但為此懊悔也沒有用了。雖然沒有科學上的證明，但從這些狀況證據來推測，我認為現在住在那裡的阿鈴應該就是鈴子小姐的孩子不會錯。所以，松宮……」

「是。」

「請你助我一臂之力吧。」

「這話是什麼意思？」

「這麼說雖然不太好，但那位叫仁秀的老先生，過的是糟糕無比的生活，簡直就像接受貧窮和尚的施捨在過活一樣。阿鈴小姐自出生以來，一直住在那裡，沒有受什麼教育，也沒有衣物換穿，更沒有交談的對象，已經到了極限了。我不能讓她繼續留在那種惡劣的環境，而且……」

久遠寺老人一瞬間露出困惑的表情。

「唔，這事就算了。所以……」

「我明白，這事……」

「越快越好。我也會盡一切所能，總覺得這不是別人家的事。」

「感、感激不盡。但是鈴子有孩子……這我一時實在是無法相信。」

仁如有些顫抖。

飯窪看著他……

——**那是什麼眼神**？

飯窪不是在守望著仁如。

那種冰冷透骨、卻又熾熱無比，猶如燐火蒼蒼燃燒一般的視線是——憎恨。不，怨懟嗎？不，是依附嗎？我無法理解。一股我不知道的感情，在這名女子的眸子裡翻騰著。

——他們談了些什麼？

這兩人之間發生了什麼事？

久遠寺老人似乎判斷為仁如接受了。

然。只要讓她好好地接受教育就行了，她會成為一個好姑娘的。她好像也會唱歌，智能也很健全。」

「哎，你見了她就會明白了，她們的打扮都一樣。不知情的人對她感到害怕，但這也全都是環境使

歌嗎？

等一下，歌……

「話說回來，松宮師父，還有飯窪小姐。」

次田刑警搶先我一步發言了。

「關於十三年前的案件，雖然我閱覽、調查過資料了，不過卻有個地方無法釋然。我想趁這個機會向你們確定，可以嗎？久遠寺先生，你的問題已經問完了嗎？」

「我已經好了。」

「那我可以問吧？益田。」

「可以吧。反正寺裡也鬧得天翻地覆的，沒辦法進行什麼偵訊吧。反倒是在這裡先把能問的問妥比較好。而且山下先生也說這座仙石樓的負責人是我，這裡就交給老前輩次田兄吧。」

「好，那麼我恭敬不如從命。」

次田重新坐好，他是個小個頭的刑警。

「你為何會出現在明慧寺這個問題，今後應該會被詢問很多次，所以我現在就不問了。而且你是個和尚，我不想懷疑你，但是碰上現在這種狀況，你遭到了懷疑，是沒辦法的事。為了洗清嫌疑，我認為得把事情弄清楚才行。雖然你可能不願意回想，但我還是得問問。發生那場火災的夜晚……你究竟在哪裡？」

「這是……什麼意思？」

「你已經被釋放，事到如今也不想再舊事重提吧。但那是縱火殺人案件，也有人認為它與這次的案件有關。所以根據這份調查報告，呃……上面寫著你與已故的令尊爭吵之後，於前年昭和十四年十二月

二十八日離家出走，寄身於底倉村的寺院。」

「沒有錯，就如同上面所寫的。」

「這樣嗎？呃……你在寺院過年，案件當天一月三日午後離開寺院，直到隔天四日，都在鎮裡和山裡遊蕩。」

「這也沒有錯。」

仁如挺直了背脊。

我弓著背，而益田交換盤坐的雙腿。

「問題就在這裡。你還記得當時負責的刑警嗎？那個長得像石獅子的人。」

「是的，只是名字就……」

「他已經退休了，在戰爭中傷了腳，現在是木屐店的老闆。今天我去見過他，結果他這麼說了，『我不覺得他在說謊，但他隱瞞著什麼沒說，說他在隆冬的半夜裡在外頭徘徊，要教人相信也實在很難。』這我也有同感，一月三日還很冷，冷得不得了。」

仁如的表情不變。

「可是……這是真的。」

我總算發現了。

這名青年僧是不輕易將心情表露在臉上的性格。那緊抿的嘴唇、清澈的瞳仁及英挺的眉毛，都與他內在的糾葛無關。當他充滿自信時，看起來是健全得無懈可擊，但一旦失去自信，就成了空有其表的紙老虎。所以當他親切時，令人覺得有點虛偽，不是如此的時候，看起來則僵硬無比。

「哎，我個人是想相信和尚不會說謊。而且雖然不尋常，但也不是不可能的事，或許你當時強忍著寒意吧。那個……飯窪小姐，聽說妳和益田提了信件的事？」

「信……？小季，妳……」

仁如想說什麼，卻被飯窪打斷了。

「嗯，我說了。我帶著信，去了寺院，但是仁哥……仁如師父不在寺院裡。」

「妳……沒讀內容吧？」

「當……當然了。」

「這樣嗎？松宮師父，你與令尊爭吵的理由是什麼？甚至鬧到要離家出走的爭吵，是為了什麼？」

「這無法一言以蔽之。家父的人生、想法、一切，貧僧都無法忍耐。貧僧也痛恨他那拜金主義的部分，但最無法忍受的，是他輕蔑窮人的言行舉止。貧僧出家之後，已經遠離世俗修行了十年以上，卻依然對這樣的想法難掩憤怒。」

這——感覺不像謊言。

「只是，貧僧對於家父亡故一事，感到萬分懊悔。因為勸諫、拯救與開導這樣的人，正是僧侶的職責。」

這——聽起來很虛偽。

「原來如此，所以你們大吵一架。你是個正義感很強的人呢。」

「不，因為吵了一架就離家出走，貧僧只是個沒用的人。如果貧僧當時在家的話，家母也不會死了，還有舍妹也……」

語尾又消失了。

「那也只有全面相信你的話了呢。」

次田縮得更小了。

「請問……」

我有一個想法，但沒有確證。

殺人縱火犯會不會是小坂了稔？

這原本是益田提出的說法，記得那時是被敦子給駁斥了。因為當時還不知道明慧寺與松宮仁一郎之間的密切關係。但今天聽了仁如的話，知道兩者之間有著利害關係，我認為這個想法未必是錯的。

當時教團再三欲召回了稔，但是不知道為什麼，了稔不願意下山。不僅如此，雖然也不知道是為什麼，他也**不想讓其他僧侶下山**。幸好與外界的聯絡集中在了稔一個人身上，因此對其他僧侶的召回命令，也**被了稔給壓了下來**。就在這當中，停止援助的最後通牒下來了。於是……

了稔想到了能夠半永久地詐取松宮仁一郎得自教團的明慧寺保管費的方法，為了這個目的……

他殺害松宮並縱火。

雖然是結結巴巴的，但我對兩名刑警說明包括仁如與明慧寺的關係在內、有如推理般的情節。

「原來如此啊，可是關口先生，這……」

益田與次田都非常佩服。

「原來這位是土地的地主啊……」

「不，益田，我不認為了稔和尚是因為遭到復仇而被殺害，而且至少泰全老師與縱火殺人無關。所以我當然也不是在懷疑這位仁如師父……師父你的看法如何呢？」

仁如露出不可思議的表情。

「這……貧僧無從答起。」

「也是吧。」

這是可以預料到的回答。

益田開口道：

「可是不想下山、不想讓其他人下山——這一點我不太明白。待在那座寺院裡有那麼好嗎？不，甚至做出殺人縱火這樣的犯罪，都要待在那裡的理由是什麼？」

這我也不明白。

僧侶全都說他們離不開那裡。

但是或許只是他們不願離開罷了。

僧侶全都想要離開那座寺院。

但是我覺得他們其實都不想離開。

「是啊……」

益田半帶嘆息地說：

「我記得桑田和尚也說過他**離不開**呢。可是他完全沒有提到被召回的事，那麼就是小坂壓下了情報嘍？真是難以理解。久遠寺先生了解嗎？」

「這麼說來，菅野也說過呢。那會不會是逃避現實啊？不是嗎？是一種更像……詛咒一樣的東西嗎？」

詛咒……如果是詛咒的話，應該要讓現在人在二樓的那個人來解開才是。但是那應該不是這一類的東西吧，所以他才會退出。

次田開口道：

「可是如果這個推測屬實，那麼松宮師父，你還是很可疑。你可能真的是為了處理稅金和繼承問題而來的，但是在同一時期發生了殺人案件，這就……可是，和尚殺人縱火啊……」

「沒有僧侶會做出那種事！」

仁如說出模範回答。

「我明白，松宮師父。我是個虔誠的信徒，十分明白和尚有多麼辛苦。要是心懷那種邪念，是做不來和尚的。」

「也有做不來的和尚啊。」

久遠寺老人興致索然地說。

之後，不知為何突然產生了空白。

全員沉默下來，是因為各自都有了即將發生某事的預感。

預感成真了。

菅原刑警粗魯地打開了紙門。

「阿、阿菅，怎麼了？」

「鐵兄，你在這裡悠哉些什麼？喂！」

「怎、怎、怎麼了？菅原兄，發生了什麼事？」

「噢，益田老弟，你的上司真是個窩囊廢。他已經不行了，快崩潰了。」

「你說山下怎麼了？」

「他從搜查主任降級到第一發現者了。」

「第一發現者？什麼的？」

菅原故意踏出腳步聲，粗魯地走進來。

後面跟著四名警官。

菅原侮蔑地瞥了一眼仁如，然後跨過我似地穿過，停在久遠寺老人面前。

「久遠寺嘉親，你被逮捕了。」

「逮、逮捕？這是在說什麼？你想做什麼？」

「別打馬虎眼了，不就是你幹的嗎？你有殺害菅野博行的嫌疑，雖然沒有逮捕令，不過這是逮捕！」

「你、你在說什麼？為什麼我……沒有逮捕令的逮捕又算什麼？」

「別囉哩囉嗦的了，逮捕令什麼的，我現在就打電話弄來。反正你跟我來就是了！」

警官抓住久遠寺老人的兩邊腋下，把他拖了起來。

「等一下，喂，菅原！你、你剛才是說菅野嗎？菅野他怎麼了？」

「囉嗦啦，閉嘴。殺人犯不要那麼親暱地直呼我的名字。菅野博行死啦！被你打死的！是為了替女兒復仇吧？其他兩件姑且不論，但這一樁絕對錯不了！別給我裝傻了，混帳東西！」
「不要胡說！喂，放開我！我自己會站，我的腳還硬朗得很！」
「益田老弟，那個偵探呢？」
「榎木津先生嗎？他回去了。」
「你……你讓他回去了！真傷腦筋，小哥。他也是關係人，搞不好還是共犯，得立刻通緝才行。這可是責任問題啊！」
「突、突然這麼說我也……」
我總算掌握狀況了。
京極堂、得把京極堂……

※

聽說這是發生在稍早之前的事。
鳥口激昂無比。沒有什麼深刻理由，也沒有特別契機，但四周的空氣，或者說氣氛，一瞬間讓他有種熱血沸騰的感覺。
看到明慧寺大門的時候，正是如此。
洶湧翻騰，一股熱氣般難以形容的氣息冉冉上升。理由很簡單，因為很亮。群山已經被黃昏的黑暗所包圍，寺內卻充塞著光明。白天在雪景下顯得無比黝黑的三門，現在更化為黑到不能再黑的剪影，誇示著它的存在。
「發生了什麼事？」

敦子說。

常信和尚的表情沉了下來。

「還能再發生什麼事……」

「可是常信師父，平常不會有這麼多的照明吧？」

敦子稍微加快腳步奔上山，又停了下來，踮起腳尖眺望三門。鳥口望著她那小巧的背影，與興奮的心情相反地，湧出一股近似後悔的情感。

──不該帶她到這種地方來的。

敦子這個女孩就像小貓一樣，專注於每一件事物，並埋首其中。就如同好奇心會殺死一隻貓的譬喻，這並非總是好的。這裡對這個女孩來說，不是個好地方。若非鳥口這種只活在表面的人……

──會被吸進去的。

鳥口這麼覺得。

常信甩動著袖子跑到敦子身旁。

他的打扮就像電影中的旅行僧。

沒有穿袈裟。

「確實，這種情景是自明慧寺開寺以來……不，是貧僧來到明慧寺以來頭一遭。究竟發生了什麼事？」

「那是在燒篝火之類的吧？對吧？」

兩名刑警並未回答鳥口，跑到常信與敦子旁邊確認情況，接著兩人同時回頭，確認鳥口還在之後，不知為何對敦子說道：

「發生緊急狀況時，請在門口折返，我們是被這麼吩咐的。」

「我明白，可是……快點過去看看吧。」

敦子跑近三門。鳥口不知道為什麼，覺得不能夠讓敦子第一個抵達，小跑步趕過常信與警官，搶到最前頭。

快要來到三門前的樹木時，感覺到裡面有動靜。鳥口急忙拉近敦子，藏身到一棵樹後頭。不出所料，裡頭衝出一個看似警官的身影，臉色大變的菅原就在最前頭。一夥人在發現鳥口及敦子前，似乎先注意到常信與兩名警官。菅原大聲叫道：

「怎麼了？難道是來自首的嗎？」

這話是對常信說的吧。

「貧僧只是回來而已，發生了……」

「夠了。喂，那個醫生還在仙石樓吧？就是你們送回去的醫生啊！」

「是的，在仙石樓。」

「好！啊，等會兒聽裡面的人說明狀況。要是被他溜了就糟了，所以就說不該讓他回去的，真是的！聽好了，你們振作點啊！」

菅原用力拍打警官的臀部兩三下，如脫兔般——對，就如同逃出圈套的小動物般——沿著山路下去了。

「醫生……是在說久遠寺醫生吧？這麼說來，醫生的模樣有些不對勁。」

「是嗎？我覺得他只是累了吧。但是敦子小姐，咱們糟粕雜誌記者的常識告訴我們，這種情況警方都是依據錯誤的判斷在行動的。而且榎木津先生也在，不必擔心。比起這個……」

現在是侵入的大好機會。

三門的監視人員不見了。

輕而易舉地侵入了。

處處燃燒著篝火。

——簡直就像會戰前夜的氣氛。

當然，鳥口既非武將也非步卒，從未參加過會戰，卻不知為何這麼想。

寂靜則一如既往。

連木柴劈啪燃燒的聲音都聽得見。

警官與常信跟在後面趕了上來。

「似乎發生了緊急狀況，但你們不會在這種時候叫我們回去吧？」

兩名警官都沒有回答，相反地，他們不安地東張西望。

他們在找**同伴**——不，在找能夠給予指示的人。他們一定很不安吧。像他們這種居末位的人，不習慣自行判斷。

行走的速度自然而然慢了下來。不想筆直地盯著前方，因為寺院背後的森林極具威脅性地覆蓋住整個夜空。不知道那叫法堂還是本堂，但是那一帶莫名地令人感到恐怖。鳥口走向知客寮。意志不約而同地，警官與敦子，甚至連常信都往那裡走去。

鳥口站在知客寮門前，向警官招手，介紹人物似地介紹門扉。

警官慌忙開門，報上自己的身分和姓名。

「本官依照仙石樓特設本部益田巡查的指示，護送桑田常信和尚前來，現在抵達了。那個，請、請給予指示。」

「桑田？沒聽說。」

年輕刑警走了出來。可能是因為憔悴，他的動作充滿了嫌惡。

「菅、菅原巡查部長在大、大門那裡，指示我們到此請求指示……」

「菅兄？你們碰到菅兄了嗎？哎，進來吧。不是說你們，是和尚，讓他進來。咦？你們不是採訪的人嗎？怎麼，你們是新的嫌疑犯嗎？」

「或者說我們是最早的嫌疑犯呢。話說回來，刑警先生，發生了什麼事？我知道很多事當然不能跟一般民眾說，但我們也算是報導人員，若是警方態度太簡慢，我們會把它寫成報導喲。」

「啊，我說就是了，千萬別寫啊。這裡的事一個字都別寫，這裡不是可以寫在雜誌報導上的地方。外面很冷，把門關了進來吧。現在完全陷入膠著狀態了。」

所謂出其不意就是這樣。鳥口想要奇襲的對象忽然消失，揮出去的手就這麼撲了個空。

山下在那裡。

他頹然坐在坐墊上，渾身虛脫。散亂的劉海蓋在額頭上，暴露出他其實意外年輕的事實。山下慢慢地抬頭看鳥口等人，面無表情地說道：

「哦，是你們啊，還有桑田先生。怎麼了？」

「警部補，你怎麼了……？」

在這裡也被孤立了嗎？鳥口首先這麼想，但並不是如此。

聽說又有人被殺了，而且第一發現者是山下本人。

「桑田先生，老實說，我本來在懷疑你，沒有什麼特別的根據。現在想想，實在是很蠢。」

「懷疑貧僧……這樣啊。」

「說起來沒什麼，當時我並不曉得這座寺院是個什麼樣的地方。我因為急功近利——雖然有些不同，總之那時我想儘快解決案件。我先懷疑與小坂不和的你。說到不和，和田也和小坂不和，但我卻不知為何懷疑了你。這不是偏見或先入之見，而是希望。只是一廂情願地取捨、選擇情報罷了。事實上，最後的菅野命案，你不可能犯案，而這也不像是不相關的案件。你是……清白的吧？」

「貧僧未曾殺人。」

「嗯，我相信你。」

山下乾脆地說。敦子一臉意外地問：

「益田刑警說，山下先生總是說不可以用直覺或感情來推斷事實……」

「小姐，這不是直覺。若是根據直覺，我的直覺告訴我，你們每一個人都很可疑。」

「是更本質性的……直觀？」

「我不是哲學家，不知道那個詞是什麼意思。只是……對，用話語沒辦法清楚地說明，但是……是啊，直到發生在自己身上，我才明白了。例如這次菅野命案的情況……」

山下總算撩起額前的頭髮。

「被害人置身土牢當中，前面有守衛站著。因為聯絡上的疏失，警官只在短短五十分鐘之間離開了崗位，那裡無人看守。我們認為菅野縱然可能是加害人，也不可能是被害人，而且他也沒有要逃脫的形跡，我們完全鬆懈了。然而就在這五十分鐘之間，他被殺害了。在這段期間，進入土牢的只有那個醫生、今川還有偵探。所以……」

「久遠寺醫生是兇手？可是，沒有其他人能夠侵入嗎？」

「任何人都進得去，我們沒有完全掌握和尚的動向。只是根據今川的供述，醫生和他在裡面待了三十分鐘以上。這段期間，偵探為了仙石樓送來的糧食，和警官發生爭吵，但是最後的十分鐘左右就不清楚了。這也是根據今川的供述，他說偵探最後來到牢裡，把兩人帶了出去。今川說那個時候菅野還活著，但是最後離開洞穴的是醫生。」

「可是……」

「我明白。後來我因為有些在意的點想要釐清，去了那座牢檻，支開監視人員，單獨進入裡面。結果菅野死了，換句話說，我也很可疑。如果相信今川的證詞，我就是最可疑的人。」

山下說道，把手放到領結上，將領帶鬆開來。

感覺更加疲憊不堪了，鳥口覺得山下看起來就像個公司倒閉的中小企業社長。

敦子看到山下那個模樣，擔心地說道：

「可是山下先生，你當然不可能是兇手啊，你只是發現者而已吧？」

敦子與其說是擔心，更是不安吧。

的確，這一連串的敘述，完全不像之前有如權威主義化身般的人所說出來的話。山下勉強扭曲兩片薄唇笑道：

「你們也是發現者吧？我知道自己什麼都沒做，但那也只有我一個人知道，除了我之外的所有人都不知道。這真的能說是事實嗎？只要我說出一句『其實人是我殺的』，它就會成為事實了。」

「山下先生被懷疑了嗎？」

「沒有。只是，我現在能夠置身於嫌疑犯候補之外，並非因為警方確認了什麼事實，而是因為我有國家警察神奈川縣本部搜查一課的警部補這個頭銜。只因為我有頭銜，所以免於被懷疑罷了。如果我是一介平民，現在肯定被那個菅原怒罵逼問了。所以只因為我正巧有個頭銜，所以輪到那個醫生被懷疑……」

「因為他是兇手的機率僅次於山下先生？」

「對。但是真兇並不是以機率高低來決定的吧？菅原卻不這麼想。他認為只要從機率高的傢伙開始逼供，取得自白，就能夠了解真相。我不這麼想，這種調查是騙人的。有兇手，一定有的。以機率來說的話，是十成十。只要一個人還有一成機率不是兇手，他就是清白的。所以我深深感覺，今川、那個醫生、還有桑田先生你，都像我殺人的機率是零一樣，是清白的。這種不叫做直覺吧？」

敦子回答：

「嗯。」

鳥口對山下的改變表露出些許躊躇。

「所以調查……不，警方的調查必須找出證據，不管是物證還是什麼都好，得一點一滴地累積事實才行。尤其這次的案件更是如此，我現在這麼認為。」

「除了在科學思考的範疇內解決，別無他法？」

「對，除此之外別無他法。無論是動機或自白，都不能夠輕率談論或相信。特別是這次的案件，並非能夠深入心的領域加以解決的案子。就算說是心，我們也把它過分單純化了，把它想得太簡單了。」

看樣子山下是真心這麼想。

鳥口只看過他歇斯底里的指揮，不了解這三天之中，他的心中究竟產生過什麼樣的糾葛。鳥口雖想探詢他的真心，卻也不能這麼做，改口問道：

「今川先生現在怎麼了？」

山下坦率地回答：

「他在禪堂旁的建築物裡。看起來沒有逃亡的意圖，不過還是暫時綁了起來。名目是妨礙調查，但那完全是名目。不過，他到剛才為止都還是真兇，現在已經逐漸降級為共犯了。因為菅原似乎改變想法，認為醫生才是真兇。」

「難道……菅原刑警認為久遠寺醫生對菅野先生懷恨在心？」

「嗯，資料上提到久遠寺先生的女兒是那樁『嬰兒失蹤案件』的關係人。其實我看了那份報告，不小心告訴菅原了。菅原本來說要把醫生和今川一起綁起來，但我認為如果醫生和菅野的關係就如同報告書上所說，讓他們兩個同處一室實在太令人不忍了，所以我才放他回去仙石樓，沒想到在菅野死後，這件事成了醫生受到懷疑的最大根據。」

此時常信靜靜地問道：

「博行師父他……怎麼了？」

「哦，他……」

山下再次撩起頭髮。

之前打開玄關的那名年輕刑警狐疑地看著他們。鳥口心想應該有個能夠巧妙形容這種狀況的四字成語，但想當然爾，他不可能想得到。

山下開口道：

「桑田先生，你知道大麻嗎？」

「大麻——指的是植物的麻嗎？採取纖維的。」

「對，就是那個大麻，菅野似乎經常吸食。」

「經常吸食？吸食麻是什麼意思？」

「是麻藥，把它當成香菸一樣吸食。當然這是違法行為，這不算是修行吧？」

「當然了，這是距離修行最為遙遠的行為。山下先生，這……」

「鑑識人員還沒有到，無法進行現場勘驗，是否屬實尚未明瞭，不過今川說那個偵探看穿了這一點……」

「大將他嗎？那樣的話……」

應該是真的。鳥口自認為多少了解**該如何信任**榎木津的言行舉止。雖然榎木津的一切看起來是那麼地荒唐無稽，但是他絕對不會說謊。只是因為他看得見一般人看不見的部分，所以一般人無法了解。這是榎木津的超能力的真相？或者是他的奇異能力使得他如此？這一點鳥口就不知道了。

「是真的吧。」

「這實在難以置信。博行師父現在雖然那個樣子，但是他有一段時期真的受到眾人的景仰……」

常信說到這裡，停了下來。

「誰能無過，是嗎？」

山下垂頭喪氣地點頭。

「嗯。雖然不明白他是否經常吸食，但屍體旁邊擺著成束的乾燥大麻，是我發現的。」

「擺著乾燥大麻？在牢裡嗎？博行和尚在吸食那些嗎？」

敦子懷疑地問。

「不，我想那是兇手擺放的，除此之外別無可能。那簡直就像在判罪，殺害之後，將罪行的證據置於一旁——就像在陳列死者遭到殺害的理由。但是那種東西是從哪裡弄到的……？」

「從這種封閉的狀況來看，實在不像是外面帶進來的。這才是整座寺院串通……啊，這類純屬臆測的發言還是避免好了。」

敦子看看常信與山下，吞回了話。

山下也在意著常信，繼續說道：

「我也想過可能是在……那是叫托鉢嗎？趁那個時候在外面弄到手帶進來的，不過應該不是吧。現在我反倒認為它可能是某處生長的。」

箱根有野生的大麻嗎？

「野生的不太可能吧？箱根的氣候還算溫暖，但看看這座山的環境，感覺不像會有大麻生長。從土地來看也……」

「你叫鳥口吧？你清楚這方面的事嗎？」

「我是三流案件記者，對這種事很清楚，也認識因栽種大麻而被判刑的人。栽種方面，只要注意土質好壞與排水、氣溫，似乎很快就會冒出芽來，幾個月就能夠收成了，算是比較簡單的，但是弄不到種子。而且聽說日本的大麻**不太有效**。」

「完全沒用嗎？」

「不是沒用。因為不是完全沒有效用，所以才會被法律禁止。只是效用很弱……哦，很弱代表多少有點效用呢。野生的姑且不論，若是栽種，或許種得起來，只要長出來，拿來吸食，也不是沒用吧。」

「大麻取締法裡，只是栽種就會被判刑。如果那樣的話，我們就必須取締。無論如何，屍體旁邊有大麻這件事是事實。」

「山下先生，」

常信開口。

「菅野師父擔任典座時，曾經闢建了藥草園。」

「什麼？」

「雖然貧僧不知道菅野師父的來歷，但是他詳知本草，長於生藥，所以……」

「就是這個！小姐，那個菅野的確是……」

「菅野先生以前是個醫生，而且……對，他對**那方面的事**應該知之甚詳。」

常信靜靜地制止道：

「請各位不要誤會了，博行師父決不是在製造麻藥類藥物。戰爭時期，糧食取得日益困難，而且高齡的泰全老師偶爾身體有恙，每當那種時候，博行師父便使用藥草之類加以診治。所以他才會繼泰全老師後，擔任典座之職。如果他原本是位醫生，這也是可以理解的，或許他帶來了種子和根株。就如同醫食同源一詞所說，禪是很重視飲食的。從耕田、收穫，到調理、盛裝為止，都必須屏除雜念，專心致志。這是一切的基本，被交任此一重任的便是典座。因此菅野師父是考慮到大眾的健康而闢建了藥草園。只是，那數種藥草當中，或許也包括了麻……」

「麻能夠當鳥餌，不過不能當成健康食材或藥材吧？我是不清楚。不過取締法成立也是最近的事，或許菅野先生不知道這是違法行為吧？」

與其這麼說，住在這種地方，根本不可能會知道。政府又不可能逐一通知今天制定了什麼樣的法律。

「那座園子在哪裡？」

「大雄寶殿旁，稍微往上爬的山坡處。博行師父被幽禁之後，貧僧被任命為典座，但遺憾的是，貧僧知識貧乏，不識藥草種類，也不知其藥效，因此沒有去管理那片園子。」

「有誰知道那片園子的事？」

「此事眾人皆知。啊，托雄應該是最清楚的，托雄以前是博行師父的行者。」

「托雄……」

敦子露出複雜的表情。

鳥口無法區分托雄與英生。

「得去看看……才行啊……」

鳥口覺得山下的語調很消極。

「山下先生？你還好嗎？總覺得你有點……」

「啊，我明天早上可能就會被解除搜查主任的職位，本部會派人——八成是石井警部吧——會派人來代替我。所以我的工作是在鑑識人員抵達之前——那應該也是明天早上，在那之前保全現場。所以警備只限定於現場附近，我盡可能讓調查員休息，為明天做準備。」

「可是，這段期間也可能證據遭到湮滅或兇手連夜逃亡。」

「不過我感覺兇手應該**離不開**這座山，雖然這是毫無根據的想法。」

「哦……」

人只要想變，就能夠判若兩人。

看著原本神經質的青英警部補連鬍鬚也不剃，鬆開領帶無力地坐著的模樣，鳥口莫名地惱火起來。

「你這樣不行的。」

「不行？」

「要是代替的人來了，不是又會重蹈山下先生的覆轍了嗎？而且這裡又是這種鬼地方。山下先生一開始不是那麼幹勁十足嗎？還大呼小叫地罵我們『你們這些臭傢伙！』現在怎麼會變成這副德性？」

「啊……是啊。」

山下深深地嘆了一口氣，然後眼珠朝上望向常信。

「桑田先生，說到改變，你為什麼回來了？你明明怕成那樣。你不是在懷疑和田先生嗎？」

「貧僧？懷疑慈行師父？不，那是誤會。據說……貧僧是被肚子裡的老鼠給咬了。」

「老鼠？」

「貧僧害怕著自己的影子，不顧寺院情況危急，如脫兔般逃之夭夭了。現在不是只顧自己害怕的時候，貧僧醒悟到這一點，回來了。」

「哦……這樣嗎？跟和田無關嗎？」

「是哪位這麼說的？」

「哦，是中島先生。反對腦波測定的激進派和田，殺害贊成派的小坂與大西，接著想取你的性命——他說你可能抱有這樣的懷疑。但是他也說這並非事實，所以你應該很快就會注意到了。不過雖然你懷疑的不是和田，你也很快就發現事實了。」

「這樣啊，祐賢師父還說了其他什麼關於腦波測定的事嗎？」

「哦，他說他沒興趣。」

「這樣啊。」

常信想通了似地笑了。

「這樣啊，說你懷疑和田原來是不正確的啊。真是的，不管聽到什麼都覺得煞有其事。完全沒有自我這東西哪，我已經失去自信了。」

再也沒有比失去自信的自信滿滿者更窩囊的人了——鳥口再次這麼想。因為他們並不像打從一開始就沒有半點自信的某小說家一樣，習慣這種沒有自信的狀態。

「山下先生……」

常信說道：

「今天貧僧與某位先生談過了，然後忽地想到了幾句話。」

「幾句話？什麼用說的不行，只要坐就行了，這種話我倒是聽了不少。這怎麼了嗎？」

「就如同您說的，禪是以心傳心，教外別傳。以自己的心傳達給對方的心，教法則在文獻教典之外，用什麼語言都無法傳達。儘管如此，禪卻有眾多教典。這是為什麼？因為若不耗費如此多的話語，就無法表達語言無法形容之物。貧僧理所當然地閱讀禪籍，學到了許多話語。然而那只是在閱讀文字罷了，什麼都沒有傳到心中。現在想想，貧僧的迷惘，每一本禪籍中都明確地記載著。貧僧想到了這件事。」

「哦，原來如此。所以呢？」

「道元禪師歸朝後，第一本撰寫的《普勸坐禪儀》當中這麼寫道，毫釐之差，隔如天地，逆順纔生，紛然失心——萬物皆有佛性。不必重新修行，不必改變生活，眾人皆已擁有佛性，熟知佛法。但是只要稍微錯失一點，佛道與自身之道便猶如天地之遙，接著迷惘便不斷滋生，失去自己原本的心性。」

「迷惘不斷……滋生啊，嗯。」

山下細細體會著什麼。

「所以，縱然再怎麼樣渴望明白正道，想要到達真理，那也不過是入口罷了。連釋迦都須端坐六年，連達摩都要面壁九年，凡夫俗子不可能不必修行——上面寫著這樣的事。那麼，山下先生……」

「什麼？」

「貧僧認為，您所相信的事物也是相同的。」

「我相信的事物？我沒有什麼特別的信仰啊。」

「不是這樣的，」

常信說：

「山下先生是警察這個社會不可或缺的組織的一員，而且身居警部補這般崇高的地位。」

「警部補並沒有那麼了不起，算是下級管理職吧。不，現在我才敢說，老實說，我想出人頭地，所以我拚命努力地工作到今天，我從來不覺得這是件壞事。因為身為警察，做出業績，就等於解決案件，或防範於未然，也就是造福世人吧？不過這也是說法問題，說穿了，就是欲望吧，出人頭地的欲望。」

「無論契機為何，所做的事都是相同的，那麼應該也有信奉之物才是。」

「這……是啊。不信奉社會正義這種東西的話，就沒辦法當警察了。」

「那麼，它本身並不是錯誤的吧。您應該打從一開始就知道何謂犯罪調查。窮究事實，依循法律，除去大眾之災禍——您的信念本身並沒有錯。但是您可能在某個地方出了一點小差錯吧。調查與坐禪也是一樣的，若是因為有了錯誤，就此中止的話，也就到此為止了。您並未做出什麼不可挽回之事吧？魔境就無視它，**順其自然**就行了。雖然我這是多管閒事……」

「不，啊，嗯，我的確……是在哪裡弄錯了。哎，來到這裡之後，我第一次覺得好像聽懂了和尚說的話。」

山下說道，常信笑了。此時傳來年輕刑警的聲音。

「山下警部補！山下警部補！那個……」

發生事情了。鳥口跳也似地站起來，然後催促山下。

「喏！案件還不肯放過警部補。山下先生，捲土重來——我沒說錯吧？哦，是對的。那，捲土重來吧！」

山下側眼看著常信，輕巧地站了起來，用有些沙啞的聲音開口：

「怎麼了？龜井，發生了什麼事？」

禪堂陷入一片混亂。

慈行與祐賢彼此對峙，慈行背後站著眾多僧侶。間隔一段距離，不曉得是英生還是托雄，正一臉蒼白地坐著，警官遠遠地看著。祐賢看到山下與巧妙順勢尾隨在後的鳥口侵入進來，大聲開口：

「噢！快、快把這個狂、狂人給逮捕！這傢伙是兇手！」

祐賢用力指向慈行。

慈行一臉修羅般的憤怒形相，以響徹堂內的清亮嗓音說：

「忙忙地驚慌失措，真是不成體統，祐賢師父！你被他萬境回換，不得自由（註），受暴流般煩惱驅使，墮入畜生道仍謾罵叫囂不休嗎？果斷一點吧！」

「破除人情，向上提持佛法，如入地獄似箭矢之速。況且破除戒律者，無可提持之佛法可言。慈行，比箭矢更迅速地墮入魔道者是你啊！」

「破戒者是你吧？且破戒沉淪者，竟為情慾邪淫之煩惱！這豈是繼承三聚淨戒的永平道元之嗣法者所為之事？縱情而違犯禁戒，斷乎不可。既已違越此規，則應依循眾議，速離寺院。速離為是！」

「慈行，你有資格說這種話嗎？我走。如你所願，我走。與其被殺，我情願走！」

祐賢如岩石般的臉孔一甩，轉向這裡。

鳥口完全聽不懂兩名僧侶在說些什麼，占領軍之間的爭吵還比較明瞭易懂多了。

可能也因為有警官和刑警在場，山下步履蹣跚地踏入裡面，走到祐賢那裡。

「中、中島先生，這是什麼狀況？」

慈行大聲說道：

「這與案件無關，請你退下！」

「我、我沒在問你！還是中島先生的發言會對你不利？你一直說著無關無關，一逕隱蔽，結果菅野先生死了。聽好了，菅野先生死了。你可不要像小坂先生過世的時候那樣，說那又怎麼樣！死了一個人吶！管他是不守清規還是放蕩不羈，人就是人。在法律之前，不管是高僧還是破戒僧都是一樣的！」

聲音在顫抖。
慈行沉默了。
「中、中島先生，不、不管有什麼理由，爭吵都是不對的。身為警察，我不能默認你們這樣。移、移駕知客寮吧。」
祐賢什麼也沒說，隨著山下離去。
山下僵硬不堪地伴隨著祐賢來到入口後，回過頭去，對杵在原地茫茫然的警官說道：
「在明天支援抵達之前，輪流看守著。還有，和、和田先生，不、不可以鬧事！」
慈行只是瞪視，禪堂裡再度恢復寂靜。
鳥口對山下有些刮目相看，輕佻地說：
「很帥氣喲！」
山下沒有回答。

祐賢一路默默無語地進入知客寮，在那裡看到常信，大吃一驚。
「常、常信師父，你什麼時候……」
常信深深低頭。
「昨日我做出了一名僧侶不該有的輕率行動，萬分抱歉。貧僧深感羞愧，就此歸來了。」
「啊，不，請抬起頭來。」
祐賢的表情依然僵硬，但是他的脖子滲出冷汗，鳥口沒有看漏。若說一名僧侶不該有的模樣，現在

註：語出《聯燈會要》，「若自信不及，即便忙忙地循一切境轉，被他萬境回換，不得自由。」等句。

祐賢的態度不就完全不像一個僧侶嗎？

「常信師父，博行師父他……」

「我聽說了，真是殘酷。」

「就像你猜想的，兇手是慈行師父。」

「呃，您說什麼？」

常信的臉色暗了下來。祐賢沒有看常信，有些粗魯地說：

「我說，兇手是慈行師父，你就是察覺了這件事才逃走的吧？那麼你無須如此內疚，因為那是正確的看法。」

「這……」

常信想說什麼，卻被山下制止了。

「中島先生，願聞其詳。啊，菅原那傢伙等一下會回來吧。要換個地方嗎？不，叫菅原去別的地方好了。喂，龜井。」

「什麼？」

「現在還有幾個刑警？」

「三個。」

「今川那裡有兩個嗎？你去看著和田。啊，聽好了，他不是嫌疑犯，要是他行動，其他和尚也會跟著動，所以盯著他比較容易掌握動向，只是這樣而已。」

年輕刑警的脖子左右扭了兩三次，離開了。

他似乎對突然積極行動起來的警部補感到狐疑。

鳥口順勢有些輕佻地詢問：

「我可以待在這裡嗎？」

「嗯，你也同席吧。小姐……妳是中禪寺小姐吧？妳，還有桑田先生也請留在這裡。」
山下重新打好領帶，坐到祐賢面前。看樣子他逐漸恢復了。
「那麼中島先生，你說了不能輕忽的話呢。你說和田慈行是兇手？」
「沒、沒錯。」
「我說啊，你一天前才在這個地方，說和田兇手的說法是『子虛烏有的妄想』。你還記得嗎？」
「記得，我確實這麼說了。但是昨天與現在狀況不同，昨天我應該是這麼說的。若是要找出了稔、泰全以及這位常信師父的共同點，除了腦波測定推動派以外，沒有其他了。而反對的只有慈行一個人。但是我不認為光憑這樣的理由就足以逼人動手殺人，所以我說那是妄想。但是接著被殺的不是常信師父，而是博行師父。那麼這與腦波測定無關。」
「是啊，他被關在牢房裡嘛。」
「沒錯。而且我推測博行師父是反對那種調查的，所以……」
「哦，你想到連結小坂、大西、菅野的線索了嗎？」
「是的，那就是違反戒律——破戒。」
「破戒？」
「沒錯，慈行是戒律至上主義者，他墮入了戒律的地獄。戒律是為了修行而存在的，修行制定出戒律，而成為行持；但是慈行卻是相反。所謂本末顛倒，正是如此。」
常信想說什麼，但山下制止了他。
「我們確認過小坂在城鎮裡揮霍，喝酒飲食，可是並沒有查到特殊關係人的存在。他似乎沒有包養女人。看看這座山，就算下去下界，依然是鄉下地方，即使玩女人，程度也可想而知。我不說他完全沒玩。至於事業的內容與侵占公款的事實，則完全無法確認。但是以你們的標準來看，這樣就算是破戒了吧。還有菅野，據說他有異常的性癖好，但是那是出家前的事，這也算破戒嗎？」

「不算。但是博行師父他……雖然這是難以啟齒之事……」

「祐賢師父，請謹言慎行。」

「不，常信師父，還是說出來好。博行師父已經死了，不，他被殺了。山下先生，博行師父他……他把仁秀的女兒……」

「阿鈴嗎？啊，這樣啊，所以那個醫生才……原來如此，這的確難以啟齒。所以大家才三緘其口嗎？那是……發生在這裡的事？在寺院裡？」

「沒錯，博行師父在眾人面前失去了自我。」

「所以才會被幽禁啊。明白了，我了解了，不用再說了。這的確是破戒，這在一般社會當中也算是破戒。但是大西呢？根據我們益田說的話，他的素行似乎並不壞……不，就連你也從未批評過大西老師啊。」

「泰全老師在過去……曾經想要強迫……不，**強暴**慈行，作為自己的變童。」

「變童……」

山下倒吸了一口氣，鳥口則已經見怪不怪了。

「是男色啊，山下先生，也就是俗稱的眾道之契（註一）。」

這在糟粕雜誌裡並不是什麼稀奇話題。

「同、同性戀者……真的嗎？桑田先生，你知道這件事嗎？」

「貧僧未曾從老師本人口中聽說，這是流言蜚語……不，禪林中不應有此綺語妄語……」

「常信師父，我是直接從本人口中聽聞。泰全老師笑著說，『他年逾古稀，卻血氣過盛而失了分寸，美童真是種罪過。』不過那已經是戰前的事了。」

「祐賢師父，那是老師在開玩笑吧。」

「那個慈行是開不得玩笑的。爾來數十年間，慈行沒有原諒過泰全老師，多麼令人畏懼的執著啊。」

「喂，中島先生。」

「什麼？」

「你昨天說過，懷疑和尚是失禮至極之事。然而短短一個晚上，你卻一百八十度大轉變。和尚懷疑和尚就不失禮嗎？」

山下異樣地增添了幾分威嚴，祐賢吞了一口唾液。

「中島先生，那你剛才是為了什麼扯著嗓子破口大罵，如此激動呢？菅原說你這個人暴躁易怒，性格不成熟，所以你是在生和田的氣嗎？應該不是吧？你生氣應該有別的理由吧？」

「貧僧不懂你在說什麼。」

「我昨天不懂菅原為什麼要對你提出那些質問，但現在了解了。發生在寺院裡的愛恨情仇……原來如此，真的有啊。那個時候你能言善道，但一聽到菅原這麼說，立刻就動怒了。一樣也是說失禮至極，但很認真地回答了問題，否定說沒有這種事。但是難不成其實你自己就是那個同性戀……」

「胡、胡說八道……」

「問這些胡說八道的問題，就是警察的工作。我自己沒有那種興趣，但這應該不是什麼稀奇事，也不抵觸法律。所以原本我也不會探問這種問題，但你卻那樣口若懸河地對別人說長道短。常信師父，怎麼樣？對和尚來說，那種行為的對象只要不是女人就行了嗎？」

「沒有這回事。現在雖然已經允許蓄髮娶妻（註二），但那種事毋寧是……」

註一：眾道也稱若道，指日本的男色風習。據傳在佛教傳入日本後，起始於禁止女色的僧院。其後寵愛男童的風氣不輟，直至明治時期西洋基督教思想大量傳入日本後，眾道才被視為罪惡，日漸衰微。

註二：日本政府在明治五年（一八七二），在廢佛毀釋的政策背景下，頒佈了「僧侶可食肉、蓄髮、娶妻」之命令，這一點在後來成為日本佛教的一大特徵。

「也難怪會想隱瞞。你就是因為這樣才被和田指責吧？如果你是為了洩忿，而把和田說成兇手的話，警方是不會予以理會的。」

「不、不是的，慈、慈行他……」

「那你們為什麼爭吵？」

「都是小的害的。」

「英生！你……」

不知何時，龜井刑警與一名年輕僧侶——英生站在紙門另一頭。

「龜井，怎麼了？不是叫你看著和田嗎？」

「這個和尚堅持無論如何都要來啊，他好像很苦惱的樣子。而且其他人都開始坐禪了，不會跑掉的。」

英生不理會刑警的對話，靜靜地進入房裡，一屁股坐下之後深深低頭。

「祐賢師父，因為我而引發了那樣的騷動，萬分抱歉。請原諒我。若是無法得到師父的原諒，我……」

「英、英生……你……」

祐賢的額頭冒出汗水。

英生垂著頭，只有眼睛朝上地望著那張臉。那雙眼睛裡……是淚水嗎？他在哭？

鳥口見狀，察知了一切。

「我……我太愚昧了，師父。」

「住口，常、常信師父在這裡啊。」

「不，我希望常信師父也能聽我說。我……」

「叫你住口！」

祐賢就要撲上去，鳥口抓住他的衣服。

祐賢滑過榻榻米，往前撲倒。鳥口抓住他的右手，輕輕扭起他掙扎的手臂。

「不可以動粗。我知道這是沒辦法用話語說明的，但這個和尚對師父你……」

英生爬也似地靠過來抓住鳥口。

「請、請住手，師父他……」

「事到如今，你還對這個和尚……」

「住口住口！放開我！叫你放開我！」

祐賢怒吼。

「祐賢師父，安靜！」

常信一喝。

祐賢在鳥口的壓制下，全身鬆弛，癱軟下來。

鳥口放鬆了力氣。常信說道：

「英生，可以了，說吧。」

「昨晚，我被祐賢師父狠狠地責打了。因為怨恨師父，我……」

「責打？什麼責打？不是罰策嗎？」

「用錫杖……」

「什麼？祐賢師父，你何以做出此等狼藉之事？縱然你是維那，這也是暴力！」

「那、那是……」

「因為……我拒絕了。」

「拒絕？拒絕是指……喂，中島先生，你……呃，侵犯了英生嗎？」

山下有些混亂地交互望著英生與祐賢，祐賢再次在鳥口的手底下抽搐。

「住、住口、住口！我不是！我才不是那樣淫穢的、骯、骯髒的……」

英生以哭聲叫道：

「犯了邪淫戒的人是我，祐賢師父他……什麼也……沒有做。」

然後，英生羞赧地垂下頭去。

「喏、喏，看吧，我什麼也……啊，放開我！」

鳥口按住再次掙扎起來的祐賢。

眾人無言地指示他這麼做。常信說道：

「英生，繼續說。」

「我是個不配留在本寺的破戒僧。就算遭到放逐，無論受到什麼懲罰，都是理所當然。我、我背著祐賢師父……一直……做那種淫穢之事……」

「對方是誰？」

「這……我不能說。但是這件事被祐賢師父得知……不，或許師父從以前就知道了，只是……」

「你以為會受到責罵，沒想到竟然被要求了？」

「唔……」

鳥口放開祐賢。他並不歧視同性戀者，對於這一類人，鳥口擁有遠超前社會的理解力與道德上的包容力。只是鳥口一直以為是祐賢對英生出手，而英生包庇師父那不檢點的行為，但事實似乎並非如此。圍繞著中年僧侶的三角關係，讓他有些吃不消。

常信一臉驚愕地看著祐賢。

英生看到他的表情，連忙說道：

「不、不是的，常信師父，祐賢師父沒有那個意思，一切、一切都是我的行為不對。祐賢師父是為了端正我的惡行，才故意做出那樣的舉動……」

說到這裡，英生抬起頭來，他還是個少年而已。

「對吧？師父？」

祐賢什麼都沒有回答。

「但是，愚蠢的我沒有領會到師父那令人感激的真心，只是一味拒絕。我一拒絕，祐賢師父便勃然大怒……」

「所以你就被責打了？」

「是的。所以祐賢師父就像他說的，什麼都沒有做。我以為我是因為我的行為不檢而受到了處罰。不，我現在還是這麼認為。只是……今天那位偵探先生還有醫生……」

「偵探？榎木津先生嗎？」

話說回來，榎木津這個人究竟在什麼樣的場面，發揮了什麼樣的影響力？

「偵探先生看穿了我受傷的事，還有所有的一切，而且那位醫生也對我親切極了。但是祐賢師父卻對他們……**說了謊**，如果那是為了端正我的過錯而做的責打，應該無須隱瞞才是。然而師父卻……說了謊……」

英生瞳孔的焦點渙散了。

「所以，我開始心想，師父當時或許是真的打算……」

「囉嗦！英生，閉嘴、閉嘴！那個野蠻人莫名其妙地打了我啊！」

「打了你？唔……大將也……真敢。」

鳥口自祐賢身邊挪開一些。

「是的。但是被打之後，師父**什麼也沒說就離開了**，那是為什麼？」

「那、那是……」

「亦即偵探先生的看法是正確的——我覺得是這個意思。換言之，那是……所以、所以我傷心極了，向慈行師父請求轉任……」

「結果和田看穿了一切，想要把你調離現在的職位嗎？是為了這件事爭吵嗎？」

「不，我沒有那種淫穢的想法，我只是……為了你……」

「祐賢師父，承認了吧！」

「常、常信師父……」

「祐賢師父，就算您騙得了旁人，也騙不了自己的心。若是您繼續欺騙自己，難得的修行也無法維持了。」

「可是我……」

「由於內疚的反動，再三貶低慈行師父，更是豈有此理。現在的您就如同昨日的貧僧。貧僧把自己的內疚歸咎於您，恐懼著您而下了山。貧僧害怕的並非慈行師父，而是您——祐賢師父。」

「害怕……我？」

「是的，但是貧僧錯了。現在不同了，貧僧已經擺脫魔境了。有一人論劫，在途中不離家舍。有一人，離家舍不在途中。那箇合受人天供養——貧僧從前不明白這段話。」

「那、那是《臨濟錄》的……」

「是的。貧僧之前不明白，迷失其中，而歸咎於您。但是貧僧現在已經明白了。而告訴貧僧它的解答的，不是別人，正是您。」

「我……？為什麼？」

「只管打坐。親身告訴貧僧這件事的，便是您。某位先生如此指點貧僧，而貧僧想要重新拜您為師。」

「常信師父……」

「即使您是位男色家……不，無論您心懷怎樣的迷惘，您的價值皆不會改變。您的修行令人敬佩，貧僧景仰不已。這種心情沒有改變，所以請您承認了吧。英生承認自己的心情，這也算是他的修行。修行非一日可成，同時亦非一日即失之物。唯有持續才是修行，只有修行才是領悟。這種話由貧僧這種人來說，真正是對釋迦說法，但修證一等，身心脫落，這道理您是最明白不過的吧。」

祐賢發出「噢噢」的短暫嗚咽，趴跪地開始說道：

「那個偵探也這麼說。我總是無時無刻在欺騙自己……沒錯，我壓抑著滾滾沸騰的情欲，心想壓抑它便是修行。縱使增長五根，求清淨心，煩惱之影依然掠過末那識，斬不斷。我認為那麼就只有壓抑一途了，我一直對它視而不見。不，並非總是那樣，但那是真實的。」

「師父，請您……」

英生想要伸手，被常信制止了。

祐賢一面述說，一面緩緩起身。

「所以英生，你包庇我，說我什麼都沒錯，但那是不對的，我在心中已經玷污了你無數次。我知道你……你和其他年輕僧侶有那樣的關係。我明知道，卻裝做視而不見。我很嫉妒，所以實情就像你所感覺到的一樣。」

祐賢總算筆直地望向英生。

「那個時候的我……是真心的。」

「師……師父……」

「那個偵探有一副好眼力，我彷彿被他看透了一切，打從心底恐懼不已。彷彿被指責自己其實不過是個凡夫俗子，根本修行無成，我害怕極了。我害怕只要承認，我的修行會就此崩潰。所以即使被毆打，我也答不出任何話。在那種有如公案一般的狀況下，我卻無法有任何見解，只能離去而已。但是我是驕傲了。修行——是從認清自己是個凡夫俗子開始啊……」

祐賢轉向英生，重新坐好。

「英生，」

接著他深深低頭。

「對不起。」

英生只是凝視祐賢。

祐賢抬頭。

「常信師父，就像你說的，我把我的迷惘歸咎於慈行師父。」

祐賢轉向常信。

「被偵探毆打的時候，這若是能夠名留公案的高僧，應該會是豁然大悟的場面吧，但我不行。就算想要甩開一切而打坐，也沒有辦法。身在那種狀態下，那也是理所當然的。此時，我聽到博行師父的死訊。」

鳥口想像。

死在漆黑牢檻裡的僧人。

旁邊擺著一束束大麻。

「我驚駭至極，而被某個疑團給攫住了，我認定這一定是慈行對破戒僧的肅清行動。常信師父，懷疑慈行師父的不是你，而是我。我可能從很久以前，就一直嫉妒著能夠斬斷一切的他吧，而慈行師父又生得那副相貌。現在想想，他可能一直刺激著我內在的**那種素質**吧。」

山下開口道：

「那麼你昨天的那番意見，是摻雜了許多你自己的見解嘍？」

「應該是吧，我……對，我就像昨晚的常信師父一樣害怕。若問為什麼，因為我有著內疚之處，而我不願意承認。但是，沒想到就在那個時候，慈行師父本人來到我面前，這麼對我說了……」

——祐賢師父，**英生全都告訴我了**。

「下一個就是你——在我聽來如同此意。」

「這……好恐怖啊。」

鳥口忍不住說道。

被慈行用那張臉、那種聲音那樣說的話，任誰都會這麼感覺，就連鳥口都感到一股毫無來由的內疚。即使不是如此，也一定會感到渾身毛骨悚然。

英生說道：

「是我告訴慈行師父的。」

緊張使得他的聲音更顯稚氣。

「縱然如此，我還是相信著祐賢師父。但是，祐賢師父的模樣很不尋常。我覺得再這樣下去的話，我姑且不論，但一定會妨礙到祐賢師父的修行，所以我去找慈行師父商量。但是慈行師父追究得太嚴厲，我一不小心就……」

「沒關係的，英生，這是理所當然的。」

祐賢說道，但英生沒有停下來。

「家父也是個僧侶。」

「英生……」

「家父很嚴格，天命卻不長，在我七歲時就過世了。家裡的寺院自本山迎來和尚，得以存續，但寺院也在戰火中燒毀，就在我流離失所之際，被了稔師父收留，來到了這座寺院。前年我承蒙厚愛，成為祐賢師父的行者，認識到師父的高貴情操，在向師父求教當中，我不知不覺中將祐賢師父與亡父身影重疊了，所以……」

「好了，英生。山下先生，如你所說，我是出於自身的內疚，而貶低了慈行師父。除此之外，我沒有任何他是兇手的根據。」

山下噤口，「嗯」了一聲。

「不，有勞你鍥而不捨地追問，我才得以免於無謂地懷疑慈行師父。山下先生，我向你致謝。」

「哦，欸，也是啦。」

「常信師父。」

「什麼？」

「你剛才說我了不起，即使我被如此膚淺的想法所糾纏，也依然如此嗎？」

「沒錯。」

「今後我還能夠繼續當一名僧侶嗎？」

「祐賢師父，修行是一生的。以往做得到，沒有今後做不到的道理。不，現在才是最重要的，往後才是最重要的。」

「這樣啊。」

「怎麼樣？祐賢師父，要不要離開這座山？」

祐賢緊繃著那張猶如岩石般的臉，沉思了半晌。

「下山之後呢？」

「從下山之後開始吧。」

祐賢露出想通一切的表情。

「我明白了。那麼，英生……」

「在。」

「打我，用你的拳頭打我。」
「師父……您在說什麼……」
「偵探不是說了嗎？被打的話就打回去。喏，打吧，不用客氣。」
祐賢端正姿勢，閉上眼睛。
英生打上他的臉頰。

「唔。」

祐賢吐出沉積在腹底般的聲音，然後站了起來。
「你要去哪裡？」
「去見貫首。這種事情儘早讓它結束吧。然後**離開這裡**。」
「中島先生，去見貫首又能怎麼樣呢？難道貫首知道什麼嗎？」
「山下先生，這座寺院已經毫無隱瞞了。我只是去進行在這座寺院最初也是最後的參禪罷了。」
祐賢說道，行禮之後，堂堂地退席了。
英生想要追上去，被常信阻止了。
「別追了，英生。祐賢師父已經頓悟了。」
「頓悟嗎……？」
「沒錯，不知道貫首會怎麼說……」
常信和英生都用視線追著祐賢的背影。
「頓悟指的是悟道嗎？」
「是的。」

「他剛才是說最初也是最後嗎？」

「因為這座寺院法系形形色色，我想，應該沒有任何人向貫首參禪吧。參禪之後，祐賢師父打算向慈行師父辭別吧。」

他打算離開這座山。

鳥口望向英生。

英生一臉不知如何是好的表情。

英生輕咬蓓蕾般的嘴唇說道：

「我……也能繼續當個僧侶嗎？常信師父？」

「當然可以。」

常信以沉穩的語氣答道。

現在已經看不出一絲昨晚那恐懼的模樣了。

「但是……但是我可能會被明慧寺放逐吧。慈行師父看穿了一切，他會放逐祐賢師父，而我也遲早……」

「英生，除了這裡以外，還有許多寺院。你也一起下山吧，斬斷那種淫穢的感情，重新修行如何？或者是你想要還俗？」

「這我辦不到，我想當一名僧侶。」

「那麼還有許多路可以走的，不必擔心。」

常信說，英生低下頭來。

「啊……」

是敦子的聲音，聽起來好清新。

「是……什麼呢？」

敦子露出側耳傾聽的模樣。
「一定是菅原先生他們。」
「咦？敦子小姐怎麼會知道？」
「那聲音……的確是……」
「鏘」——聲音響起。
那並非大自然發出的聲音。
「是那個……飯窪姊在找的和尚？」
是那個時候的聲音。
「回來了嗎？好。」
山下站了起來。說也奇怪，鳥口覺得在短短兩、三個小時之間，原本沒出息的警部補變得堅強無比。

外頭的風景一如既往。
只是天空異樣地黑，時間也已經過了晚上十點。那天以來，這座山裡即使沒有時鐘但規律無比的時程已經完全被打亂了。
一行人聚為一團黑影，自三門逐漸靠近。
「啊……久遠寺醫生。」
敦子想要過去，被山下制止了。
「你們會引起衝突。如果那個醫生不是兇手，我不會讓他受到不當的對待，你們退下吧。」
山下說道，面向一行人。
久遠寺老人的手被反綁，繩頭由兩名警官握住。後面跟著菅原，再後面是……
那個和尚……

鳥口忍不住看著敦子。

敦子用那雙大眼凝視著這一切。

篝火閃爍不定，所以鳥口無法判斷敦子是在凝視一行人之中的誰。久遠寺步履蹣跚，但是僧侶踩著與最初錯身而過時相同的步幅與步伐走近他們。

網代笠與袈裟行李，絡子與緇衣。水墨畫中的雲水，被不成畫景的警官包圍。

菅原那張如同鬼瓦般的臉看到了山下。

「哦，山下兄，怎麼啦？你還在怕嗎？」

「菅原，你那是什麼口氣？還有，你怎麼這麼對待老人家？簡直把人家當成了嫌疑犯。你拿到逮捕令了嗎？」

「我已經聯絡鑑識人員還有神奈川縣本部了。用不著擔心，明天早上就會有代替你的現場負責人過來了。」

「我不是在問這個！是在問你對久遠寺先生的處置！喂，菅原，現在立刻把繩子解開。還是他已經自白了？就算有，也是你強逼的吧！」

山下氣勢洶洶地逼問，菅原一時之間似乎不明白發生了什麼事，微微張嘴，看著久遠寺老人。

「噢，山下，說得好。我、我什麼都沒做啊。這個、這個人……」

儘管久遠寺老人態度依然神氣，但抬起來的臉實已憔悴不已。老人似乎努力虛張聲勢，極力逞強。

他的身體前屈，眼珠朝上瞪著菅原。髮鬢上的白髮有如歌舞伎演員的垂髮般落下，被篝火照亮的臉更顯赤黑，細小的眼睛也布滿血絲，形成一種淒厲的表情。他的雙膝顫抖，與其說是因為疲累，毋寧說是因為寒冷吧。在這樣的雪山裡，他的穿著實在是太單薄了。

年紀都這麼一大把了，卻再三往返那樣的雪徑，實在是太亂來了。

菅原露出一臉奇怪的表情凝固了。他一定是在尋找山下在短時間之內復原的原因，而山下總算恢復了以往的神經質表情。

「你在幹什麼？快點解開。」

「可……可是山下兄……」

「在明天早上之前，我還是搜查主任！不許那麼隨便地叫我！喏，別拖拖拉拉的，快點解開捕繩，讓他到知客寮休息。」

菅原一臉不悅，指示警官照辦。

僧侶——他就是松宮嗎？——默默望著這一幕。

在鳥口看來，他很僵硬，一語不發。

矮個子的老刑警走到他前面說：

「我把松宮仁如和尚帶來了。」

僧人對山下行禮。

「辛苦了，麻煩松宮和尚跑這一趟。我是國家警察神奈川縣本部搜查一課的山下，請這邊走。」

松宮在警官伴隨下移動。老刑警走近山下身邊說道：

「警部補，關於那邊的事，我有許多事情要報告。」

山下答道「我明白了」，要刑警休息。

久遠寺老人的繩索被解開，踉蹌了一下，敦子立刻把肩膀靠上去攙扶他。鳥口也繞到旁邊，把手繞過他的右腋扶起，忽地抬起頭一看……

——那是……

長袖和服，傳聞中的……

——阿鈴，是阿鈴。

阿鈴站在法堂前。

好恐怖，這女孩好恐怖。

總覺得連膽子都要給凍住了。

久遠寺老人抬頭，發現阿鈴，出聲叫喚：

「噢，阿鈴小姐，是阿鈴小姐啊……」

原本正往知客寮走去的松宮聽到聲音，停步回頭，然後就這麼完全僵住了。

網代笠底下露出來的臉上盡是恐懼。

篝火映照在臉上，一片散漫的紅。

全員注視著阿鈴。

時間一時停止了。

阿鈴在瞪視。

或者是……

她沒有表情。不對，這個女孩沒有心。

所以才會如此、如此恐怖到了令人毛骨悚然的地步。

就這樣經過了多久？

不知不覺間，一個巨大的黑影站立在阿鈴背後。

手上拿著一根長長的、棒狀的東西。

巨大的黑影使勁推倒那根棒子。

「颯」——一陣撕裂空氣的聲音響起。

棒子被砸到地面，「磅」的巨響在寺內迴蕩。

動作很緩慢。

阿鈴沒有動。

松宮也沒有動。

久遠寺老人、敦子、菅原、山下還有警官都停止了動作。

常信與英生從知客寮探出頭來，就這麼僵住了。

龜井刑警杵在禪堂的入口處。

鳥口總算明白關口的心情了。

這裡……

這裡是異界。

巨大的黑暗傾了幾次頭，低聲呢喃著話語，越過阿鈴，往三門走去。

——泉云，不是心，不是佛，不是物。

——祖云，即心即佛。

——祖云，非心非佛。

「山、山下先生，那個巨漢……！那是……」

「哲童——杉山哲童，那是杉山哲童。」

「哲童？啊！哲童和尚……」

法堂的方向傳來了慘叫。

9

不想進房間。

想要拋開一切，消失得無影無蹤。

想回去富士見屋……不，想回自己的家。

飯窪側坐在離我稍遠處，一臉恍惚。唯一一個留下來的警官益田趴在頗遠處的矮桌上。我望著夜晚的庭院，聽著不應該聽見的樹上枝椏騷然蠢動之聲。

菅原刑警綁起久遠寺老人，把他帶走了。

仁如和尚在次田刑警陪同下，同樣以近乎押解的形式被帶往明慧寺。

——大家再也不會回來了。

我這麼想，出不來的。所以就算在這裡……

——等什麼？

等待，也不會有人來。

聽說菅野被殺了。

我不知道自己當下說了什麼感想。

當然，沒有任何人要求我發表感想。沒有是沒有，但換言之，我不明白的是，自己是如何對自己說明的。

我未曾見過菅野這個人，但是他確實存在於我當中。然而我當中的菅野，早在去年夏天就已經死了。他們說，那個已死的菅野在今天被殺了。

殺害已死之人，是沒有意義的。

就算聽到死人死了，我也無從回答起。

他們說，殺掉菅野的是——久遠寺嘉親。

這——不可能。

因為在他的心中，菅野應該也已經死了。即使他遇到了活著的菅野，也不可能湧出殺意。看到幽靈的話，就算會大吃一驚，也不會想到要殺害，只會祈求他早日成佛。

總覺得好蠢。

這麼一想，突然好寂寞。

「益田。」

我小聲呼叫益田，沒有回答。

可能睡著了吧。

明慧寺的刑警終究沒有回來。被不是上司的菅原刑警命令在原地待命，益田憨直地在這個大廳裡一心一意守候著他們，終於等到睡著了。

京極堂沒有行動。

至於榎木津，似乎還遭到了通緝。

不過那個偵探愛引人注目，一下子就會被抓到吧。

結果他到底在這裡做了些什麼？

鳥口和敦子也是，儘管上午還在一起，現在也只是去了步行一個半小時就能夠到達的地方，我卻甚至有種天人永隔的心情。

再也不會有人回來了，沒辦法離開那座山。

那座山，是進去之後就再也出不來的——牢檻。

所以榎木津才回去了。
所以京極堂不肯上去。
所以我……
我身在牢檻當中嗎？
或是置身牢檻之外？
我。
我呼喚飯窪。
「飯窪小姐……」
我這麼一叫，飯窪便倏地抬頭。
我還沒看過她的笑容。
「沒什麼事……」
我不太會說。
「我……」
但是飯窪似乎了解了什麼。
「我……一直忘記了。」
「咦？」
「我忘了什麼重要的事。」
「重要的事？」
沙——雪落下了。
我沒辦法好好回話。
即使如此，飯窪仍自顧自地說了起來：

「關口老師，您知道這樣的事嗎……？」

「什麼？」

房間好大。

電燈的照明沒辦法照亮每一處，飯窪的影子變得更加稀薄，渺茫得有如倒映在紙門上的剪影。在清澈無比，卻感覺粒子粗糙的風景中，我覺得她稀薄的模樣與之完全契合。

她的聲調就像在對小孩說話。

「蜈蚣……」

「蜈蚣？」

「嗯，蜈蚣……蜈蚣牠，喏，不是有很多腳嗎？雖然我不知道究竟有幾隻……」

「嗯。」

「然後，有一個人問蜈蚣，你有這麼多腳，怎麼能夠那麼靈巧，一隻一隻地操縱它們呢？」

「嗯。」

「結果，蜈蚣沉思起來，重新思考自己是怎麼動腳的，卻百思不得其解，結果再也無法移動自己的腳，越想就越動不了，最後死掉了……」

「哦……」

「就算不用特意去想為什麼，其實大家全都明白，就這樣過著每一天。但是一旦去思考，化為語言說出，就變得莫名其妙，再也動彈不得了……」

在微暗、暖色系的燈光中，一直強硬地拒絕著什麼的她，不知為何變得極為饒舌。飯窪並不是在對我述說。

她是在對虛空述說。

她和松宮仁如……

是這樣說話的嗎？

「妳和他……已經好好談過了嗎？」

我問。

之前我實在是很難開口詢問飯窪和松宮那時究竟談了些什麼。與其說是難以開口，倒不如說我和她一直沒有好好交談過。但是不知為何，現在卻能夠坦率地問出口。在這宛如虛構的景色當中，不知為何我可以坦然面對。

飯窪輕嘆了一口氣。

接著她用鳥囀般的聲音說：

「我……有好多話要對他說。」

「時間不夠嗎？」

「不，結果什麼都……沒有傳達給他。」

「沒有傳達給他……？什麼意思？」

「傳達給他的只有一句話，是阿鈴小姐的事。」

「哦。」

仁如遽變的理由果然是阿鈴。

仁如在明慧寺沒有見到阿鈴吧。若是沒見到，僧侶也絕對不會主動告訴他阿鈴的事，所以仁如無法得知她的存在。僧侶也萬萬想不到來訪的僧人竟會是阿鈴的親人。所以他一定是聽了飯窪的話之後，才知道有阿鈴這個女孩。若非如此，他也不會突然那樣亂了方寸。

「總覺得……虛脫了，我想，我還是**贏不過**鈴子。」

我不太懂她的意思。

飯窪有些心不在焉地回答：

「好不容易見了面，好不容易真的見了面……」
她的口氣，彷彿那場會面已經是遙遠的過去了。
松宮仁如，言行舉止健全得令人生厭的僧侶。
喜怒哀樂皆一板一眼地符合模範的好青年。
「妳說……妳沒能把鈴子小姐交給妳的信送交給他，一直感到很後悔。」
纏繞在十三年前的信上的後悔……
「後悔？嗯，我沒有後悔，但是這一部分我不太明白，怎麼樣都不明白。我是忘了……還是想不起來，還是一開始就不知道……」
「那都是一樣的。」
「是嗎？可是，十三年前的事，我無時無刻不記在心上。無論是入睡或是醒來，它都一直占據著我心的一部分。但是，一旦要用語言說明，又怎麼樣都無法說明清楚。總覺得……不對。」
這我很明白。
「我曾經喜歡他……喜歡仁哥。」
「妳喜歡他啊……」
「非常喜歡，我和鈴子也很要好。雖然我知道他們的家人被村裡的人排擠，但這兩件事並沒有什麼太大的關係……」
「那，妳會一直找他是因為……」
「不是的。」
飯窪說。
「不是嗎……？」
「我不太會說是怎麼個不是，或許根本就是這樣。但是，我在這十三年間一直尋找著仁哥，不是因為我喜歡他還是想見他，不是因為這樣，而是怎麼說……對，我想填補心中的失落感。與其說是失落，更像是一種無法訴諸話語的焦躁，一種……」

「那麼，它被填補了嗎？」

「填不起來，關口老師。他就像個人偶一樣，淨說些再明白也不過的事。每當我一開口說什麼，他就漸漸遠去。而我為了填補其中的空缺而說話，但越說我們就離得越遠。很可笑吧？」

飯窪第一次笑了。

這一定是自言自語。

因為現在的我就像空氣一般，所以才能夠像這樣交談吧。

「我拚命地說，因為再怎麼樣，這些話都在我心裡堆積了十三年了，但是總是會溜走。人常說一旦說出口來就會溜走，但那其實不是溜走。**它**就像躲藏在牢檻般黑暗的地方，我們擁有許多把名為語言的牢檻鑰匙，卻沒有一把是對的，越試越不對。當我告訴他情書的事的時候，他……」

「情書？」

我聽起來是這兩個字。

飯窪的聲音停住了。

「情書……指的是什麼？」

「關口老師……你說什麼？」

「妳剛才**說情書**。」

「咦？」

飯窪的剪影僵直了。

沙——雪落下了。

「飯窪小姐，妳**讀了信**吧？」

「咦？」

「若非如此，妳怎麼會知道那是情書？那是情書吧？**妹妹寫給哥哥的。**」

「咦……」

那就是牢檻的鑰匙。

「啊……」

啊，鎖開了。

這種心情──我很明白。

記憶的大門開啟，重要的事物獲得解放。

它被解放的瞬間，便凋零為語言這種庸俗之物，被拆解到體無完膚的地步，轉眼間便化為雲霧、化為煙塵，消失無蹤。

憶起，便是扼殺回憶。

「啊，我……」

「飯窪小姐，要是妳說出來的話……」

說出來的話就完了。

說出來的話……

「我讀了信。」

飯窪的回憶死了。

「妳……讀了嗎？」

「嗯，我讀了。」

剪影女子把臉轉向如空氣般的我。

「然後，我把它交給了鈴子的爸爸。」

「爸爸……松宮仁一郎嗎……？」

「嗯，」

飯窪大大地動了起來。

「阿鈴，阿鈴一定是……」

「阿鈴？妳是說明慧寺的阿鈴嗎？」

「啊，是我，是我殺的……」

「妳殺的？妳殺的是指……？」

「讓他們一家家破人亡的是我，是我殺了鈴子的。鈴子哭著逃進山裡，然後再也沒有回來了。紅色的火焰、藍色的火焰、熊熊燃燒的火焰。好多老鼠逃走了。我把信封，把寫著致仁先生的信封放進火裡燒掉了！」

「那是什麼意思？」

飯窪身子一晃，倒了下去。

我慌忙靠近，扶起飯窪。

「我……」

「喂，振作一點。益田，喂！」

「怎、怎麼了？發生了什麼事？」

「是我殺的……」

※

發出慘叫的是牧村托雄。

大雄寶殿正後方貫首的草堂——大日殿前，托雄渾身癱軟。

草堂入口處，頭破血流的中島祐賢那張如同岩石般的臉側向俯臥，漆黑的血流了一地。

入口的門開著，那裡有兩名僧人，圓覺丹佇立在他們身後。

那時鳥口極度震驚。

震驚這種刺激要變換成人類的情感，似乎得花上相當久的時間。所以無論鳥口再怎麼樣注視屍骸，都湧不出悲傷或懊悔這類人性的情感。

屍骸這種東西，只是個物體。

物體既沒有尊嚴也沒有威嚴。那種東西說起來只是種頭銜，並非屍體這種物體本身所具備的，那是附加上去的。可能因為泰全老師遇害時他沒有看到屍體，所以才會感到那麼空虛吧，鳥口這麼認為。

短短十分鐘前……

眾刑警聽見慘叫，各自機敏地跑了出去。

鳥口接到山下的指示，首先將久遠寺老人送到今川所在的建築物，接著全力奔馳，趕上刑警。距離相當遠，若非在這寂靜的山中，這聲慘叫是絕對聽不見的。

第一個抵達現場的似乎是山下。他「哇啊」大叫一聲，隨後抵達的刑警全都啞然失聲。跟在鳥口後面過來的敦子發出一聲短促微弱的尖叫，這是鳥口第一次聽到敦子的尖叫聲。

托雄嚷嚷著：

「不、不是貧僧，不、不是我殺的。我什麼都沒做！覺、覺丹猊下、覺……」

「這……這是怎麼回事！貫首，請你說明！」

鳥口聽見這道厲聲，轉頭一看，山下正瞪著貫首。

菅原刑警蹲下身去，觀察倒在地上的**那個東西**，然後回望站立的上司，搖了幾次頭。意思是倒在那裡的**那個東西**不是受傷的祐賢，而是祐賢的遺體。鳥口心想這一看就知道了，還真是慎重其事。

警部補——山下叫也似地說道：

「貫、貫首！這是對警察……不，對法治國家的挑戰嗎？這種事在這裡——在這座明慧寺是被允許的嗎？我、我已經受夠了……」

完全看不出貫首的表情。

就連那雙有如沉眠般半閉的眼皮底下的瞳眸是在看屍體，或是看著發言的山下，鳥口都看不出來。

貫首——覺丹從容不迫地回答：

「貧僧完全不知情！山下先生，您方才的發言，貧僧這就奉還給您！儘管有這麼多警官在場，究竟還要犧牲多少本寺的雲水才甘願？這是警察的怠慢！若我國標榜為法治國家，卻放任這樣的犯罪橫行，侮蔑國家的是警察才對吧！」

貫首的話在這種狀況下依然威嚴十足。

——這傢伙也是怪物。

鳥口有此感覺。他只看過覺丹誦經時的背影，從背後看已然威風凜凜，但從正面一看，簡直就像是穿上了袈裟的威嚴一般。山下警部補果敢無比地以視線與怪物相鬥，卻忽地將視線落向祐賢，無力地說：

「是啊，我也這麼覺得啊，深有同感。我們什麼都不了解，什麼都不能做。面對凶惡的連續殺人，我……不，我們警察實在是太無力了，但是我不會放過兇手。這個人，中島先生在短短三十分鐘之前還在與我交談，現在卻……」

接著他深吸一口氣，吐氣似地說道：

「我不會原諒這種事。」

聽到他的話，菅原刑警站起來，粗魯地說：

「山下兄……不，搜查主任，你的心情我了解，但是……」

接著他瞥了一眼貫首，站到上司前面說：

「聽好了，**這**——中島先生才剛死。所以要逮捕兇手的話，就只有現在了，等不到早上了。這不是今川幹的，也不是久遠寺或桑田幹的！我錯了。你，主任，山下搜查主任，下達指示吧！我遵從你的命令。」

聽到部下願意服從指揮，主任有些痙攣地點頭：

「呃，好。貫首，還有那裡的兩個，還有那邊的托雄，請你們先到知客寮去。呃，你，龜井正監視著和尚，你先去那裡確定和尚的人數。次田，請你把仁秀帶來，他在這棟建築物後面的旱田再過去的地方。那個女孩還有哲童，哲童剛才出去了，是吧？」

那個巨漢嗎？

哲童，巨漢僧人。

哲童把長長的棒子砸到地面，然後用一副「這樣就行了嗎」的納悶模樣偏了偏頭，留下如同經文般意義不明的呢喃後，從三門出去了。

行動毫無脈絡，鳥口完全不明白其中有何用意。

就在大家的注意力集中在哲童身上時，阿鈴不見了。聽到遠方的慘叫，眾人奔出去時，那個駭人的少女已經消失無蹤了。

「哲童去哪裡了？」

被警官拖也似地站起來的托雄對警部補的話起了反應，出聲叫道：

「是……是哲童幹的！哲童那傢伙，對，我清醒過來的時候他就在這裡了。他、他就站在那邊！」

托雄指示的位置，正是警部補所在的地方。

雖然陷入錯亂，但是他的口吻粗魯得完全不像一個僧侶。被托雄伸手指住的山下責問：

「清醒過來的時候？那是什麼意思？」

「我……我……貧僧在這裡等人，結果突然被狠狠地……」

「毆打了？所以昏倒了？你說你清醒過來時，中島先生就已經死了吧。可是你在這種地方，是在等什麼人？」

「當然是在等這……」

托雄那張漲紅的臉倏地恢復嚴肅，視線下垂。

視線的前方倒著原本是祐賢的物體。

「你在等這位中島先生嗎？你是在這裡等待中島先生從貫首的草堂出來嗎？」

「你想殺他嗎？」

「菅原，別淨講那些引發混亂的話。總之，詳情到那裡再問吧。啊，這個人我們就帶走了，麻煩你們維持現場，不許讓任何人進入。發生什麼事的話，就吹警笛吧，絕對聽得見的。千萬不要擅自判斷，單獨行動。」

警官端正姿勢敬禮。

鳥口心想，只要好好幹，似乎就能獲得人望。然後他開口道：

「山下先生，要是人手不夠的話，我來幫忙吧。我記得已故的祖母好像有說過，協助警察是民眾的義務。」

「這樣啊，那麼，鳥口，益田在仙石樓，可以麻煩你去說明情況，要他立刻請求支援，並叫鑑識人員趕來嗎？盡可能迅速。還有麻煩久遠寺先生進行臨時驗屍——不過死因和死亡時刻都已經很明瞭了——還有，把那位小姐帶回去吧，這裡很危險。妳還好嗎？還是要休息一下？」
好一陣子都待在鳥口身後摀著嘴巴注視屍體的敦子開口道：
「不要緊，我習慣了。」
敦子拚命逞強著，她的眼睛濕了。
「好，那麼……」
最糟糕的捲土重來。

※

門突然打開，在那裡看見熟悉的臉龐時，老實說今川鬆了一口氣。
鳥口與中禪寺敦子扶著久遠寺老人，幾乎要倒下地走進來，接著未曾謀面的高個子僧侶走了進來。
山下從入口探頭說：
「喂，你，把今川的繩子解開，還有照顧一下老先生，然後在這裡待命。你過來。」
他這麼說完後就不見了。兩名刑警中較胖的一個跟了上去。鳥口說了句「那麻煩你們了」，也跟了出去。他為何會與警察共同行動？更重要的是，外頭發生了什麼事？原本在打瞌睡的今川完全摸不著頭緒，不過事態一定是有所進展了。中禪寺敦子扶著久遠寺老人坐下，看到今川便出聲：
「今川先生！你不要緊吧？」
今川有些難為情地說：
「只是被綁得有點痛，我沒事。」
聽到他們的對話，刑警狐疑、而且慵懶地開始解開繩子。久遠寺老人一屁股坐到榻榻米上，用力張開手掌五指，制止想要攙扶自己的中禪寺敦子說：

「中禪寺小姐，我已經沒事了，妳去吧。」

他的肩膀上下起伏，氣喘吁吁。

中禪寺敦子略微躊躇之後，說道：

「那麼刑警先生，接下來就麻煩你了。」

然後她跑出了建築物。

被留下來的刑警被那句話弄得不知該如何是好。

僧人站在入口處，窺伺外面的情況。

他沒有取下網代笠，話說回來，也沒有想去現場的樣子。

刑警理所當然地問道：

「你是通緝中的和尚嗎？怎麼會被帶來這裡？發生了什麼事？」

「這個人並沒有被通緝，而是自願出面的關係人，他叫松宮仁如。」

久遠寺老人縮起縮到不能再縮的下巴，噘起下唇說道。

老人原本就讓人覺得有些憤世嫉俗，現在更對警察仇視不已了。即使如此，僧人依然不動如山，刑警似乎更加困惑了。

「對了，你不就是兇嫌嗎？呃……久……久能寺……」

「混帳東西，你沒聽見山下剛才說什麼嗎？還有我的姓是久遠寺，可以隨便亂叫的只有一個人。」

老人明明已經上氣不接下氣，卻散發出一股妖異的氣焰。

「啊，折騰死我了。快來照顧我啊，連茶都沒有嗎？噢，今川，你也真是飛來橫禍吶。」

他好像現在才發現今川。

「老先生才是，嫌疑洗清了嗎？菅野先生被殺，菅原刑警大發雷霆，說老先生就是真兇。在那之前我是真兇，現在則是共犯。」

刑警把茶壺裡的茶倒進茶杯裡，說道：

「結果你們不是兇手啊。不過我本來就覺得不是了，要是有那麼多真兇，那還得了。這種情況，最不可疑的人通常就是兇手，也就是出人意表的結果。一般都是這樣的。」

幾乎是牢騷，而且論點幼稚。

「但是這種事一再發生的話，最不可疑的人不就會變成最可疑的人了嗎？俗話說，越可疑的傢伙越不可疑。」

「哦，那種情況，最可疑的傢伙還是兇手吧。才沒那麼事事順心呢。欸，既然你們不是兇手，請用茶吧。」

刑警請兩人用茶，感覺非常滑稽。

接茶的時候一看手腕，繩子的痕跡就像泥濘上的車輪印般變紅了。茶也是好幾個小時前從仙石樓送來的，都已經冷了。

久遠寺老人催促僧人坐下，一直站著的僧人這才取下了網代笠。

五官很清秀，但是與榎木津和慈行都不同。今川不了解是哪裡不一樣。

僧侶將錫杖靠在牆邊，解下旅裝，朝刑警與今川行禮後，走上座席，跪坐下來，一板一眼的動作就像經過練習一般。這個人似乎就是飯窪小姐在尋找的人——松宮仁。換句話說，他就是阿鈴的舅舅了。

久遠寺老人用喝酒般的動作喝茶，難以下嚥似地皺起了臉。然後他瞥著松宮機械般的動作問道：

「話說回來，松宮，你看到了吧……？」

松宮表情不變，轉向老人。

「你之前來這裡的時候，沒有遇到吧？剛才的那個就是阿鈴。」

松宮簡短回答：

「嗯。」

今川饒富興味地觀察。

——他見到阿鈴了嗎？

他有什麼感覺呢？

不是悲傷也不是難過吧，也不可能是寂寞，說懷念也不太對。有如亡故的妹妹再世一般……不，僧侶不會這麼想吧。今川無法想像。

老人繼續問：

「怎麼樣？那身盛裝和服是鈴子小姐的衣服嗎？已經髒污不堪，而且光線又暗，可能看不清楚，但是，像是花紋之類的，你有印象嗎？還是太久了，記不得了？」

原來如此，他是活證人。

他的記憶是證明久遠寺老人推理的最佳證據。

松宮那張端正的臉變得僵硬，沉默了一陣子，接著自言自語似地斷續回答：

「那是已逝的鈴子的衣服，的確是她……十三年前穿的衣物。」

聲音很陰沉。

「你……記得嗎？」

「記得，很清楚，花紋，顏色，一切都……」

松宮的音量越來越大，不久變得沙啞。

接著，他有如決堤似地開始說了起來。

「家父對鈴子溺愛有加。好面子的家父儘管經濟窘迫，卻每一年都會為鈴子訂作新衣，而不肯修改舊衣將就。我們家明明很窮了，家父卻說修改舊衣是窮人家才做的事。所以鈴子的盛裝是家父的面子——虛榮的象徵。鈴子打從心底高興，但貧僧……」

僧人說到這裡，噤口不語。

看樣子，那並非什麼愉快的回憶。

久遠寺老人改變話題。

「這樣啊，哎……雖然應該發生過許多事，不過過去的事就別再提了，現在重要的是那姑娘。對了，阿鈴的臉怎麼樣？她長得像鈴子小姐嗎？因為也有可能被強盜給奪下華服，拿給其他女孩穿。雖然距離有些遠，不過你看起來怎麼樣？有鈴子小姐的影子嗎？」

松宮再次陷入沉思，他是在將十三年前的久遠記憶與方才的記憶相對照吧。

接著僧人再次斷斷續續地回答：

「很像……不，是一模一樣，完全就是鈴子。她就像您說的……是鈴子的女兒……」

「長得那麼像嗎？」

「是的，長相、外表、那身長袖和服，一切都一模一樣，**與那天一模一樣**。那是……那是鈴子的女兒！」

松宮一瞬間亢奮起來，立刻閉上了眼睛。

像是在勉力維持平靜。

今川感到有些不對勁，那是……

不是什麼大不了的事，但是……

久遠寺老人高興地說：

「這樣啊，那麼那個姑娘就是你的外甥女了！今川，你聽到了嗎？就和我想的一樣！」

「**與那天一模一樣**？」

「什麼？今川，怎麼了？」

「**那天**指的是哪一天？」

「那當然是指火災——發生火災那一天啊，這還用說嗎？是他不願意回想起來的那一天吧？」

「但是老先生，我也是這麼認為，可是……」

「怎麼？哪裡不對嗎？」

「飯窪小姐曾經說過，飯窪小姐說仁先生——就是這位嗎？這位師父是火災隔天早晨才回到家裡的。我記得飯窪小姐是這樣說的，難道不對嗎？」

「刑警也這麼說過呢。」

今川看松宮，他的表情沒有變。

「飯窪小姐還說，這位師父自年底到回家的這段期間，都離家出走不在。」

「好像是這樣。」

「如此罷了。」

「什麼如此罷了，今川……」

松宮的臉頰略略僵住了。

「所以老先生，這麼一來，鈴子小姐是在這位師父離家出走之前，從前年的年底開始就穿著盛裝和服嗎？或者是說，鈴子小姐在前年的過年或其他節慶穿過那套和服嗎？不，這位師父剛才說過，過年的衣服是每年新訂作的。那麼是在試穿的時候看到的嗎？不對，這不是洋裝，所以是看過布匹嗎？」

松宮的臉僵硬得更厲害了。

「那天，指的究竟是哪一天？」

松宮沒有回答，只是越來越僵硬。

久遠寺老人戳著自己的禿頭好一陣子。

「噢！」

不久後他發出奇妙的叫聲。

「松宮，難道、難道你說了謊……」

松宮的臉色變得更加蒼白。

「火災的時候，你人在現場吧？是吧？喂！」

松宮什麼也不回答。

「不能說嗎？為什麼？那天究竟發生了什麼事？失去家人的心情我很明白，我也是一樣，我不覺得這事不關己！我把阿鈴姑娘當成自己的女兒般……」

「久遠寺先生！」

松宮總算發出有血有肉的叫聲。

「請不要再說了！貧僧會說那天，只是一時誤會了。那身華服應該是我未曾看過的。那是鈴子、她長得好像鈴子的心情，把我的回憶給扭曲了。但是就像您說的，那個姑娘一定是鈴子的女兒沒錯。她的相貌還有護身符袋的文字、年齡……不，就算沒有這些東西，貧僧也知道，不需要證據。」

久遠寺老人露出眉間複雜的皺紋。

「那……你回答我一個問題就好。松宮，你是不是縱火殺人犯？」

刑警一驚。

「告訴我，我想把阿鈴托付給你。你看起來是一個值得信賴、彬彬有禮的和尚，似乎也有很強的正義感……所以請你告訴我吧。」

「貧僧……」

「沒有殺害父母。」

「這樣，我可以相信你吧？」

松宮點頭。

「那我就不問了，今川也不要在意了。」

刑警似乎很在意。

此時門突然打開，鳥口衝了進來。

「久、久遠寺先生！」

「怎麼了？臉色大變的……」

「中島祐賢被殺了！」

鳥口大聲說。刑警這下子真的跳了起來。

「呃、喂！你說什麼……又、又有人……」

「中島祐賢和尚被殺了！久遠寺醫生，雖然你可能累了，但山下先生說拜託你驗屍！」

「你說什麼？這下糟糕了。喂，那你呢？」

「我去仙石樓請求支援。刑警先生，你最好趕去現場，這裡就交給睡著的警官吧！告辭！」

※

這傢伙不是兇手——山下再次這麼想。照這樣一個個排除，最後可能會一個也不剩。但是不對的就是不對，兇手一開始就是兇手，不是警察塑造出來的。要是真的誰也不剩，那就表示沒有兇手。

牧村托雄失禁了。

不僅如此，他的情緒還非常混亂，一看見知客寮裡的桑田等人，立刻激動起來。桑田常信聽到消息大為驚愕、動搖、恍惚，接著陷入貧血，幾乎倒下。但是他看到自己的行者那不成體統的荒唐模樣，皺起眉頭，大聲一喝。

托雄無力地癱下腰來，坐了下去。

山下趁著這個機會，再度開始質問：

「我說啊，牧村，你能不能照順序說明情況？」

「我……貧僧什麼也沒做，什麼也沒做。」

「我說啊，你是重要關係人，沒有人說你是兇手。」

托雄垂下頭去。

「是不是桑田和尚還有……呃，你姓什麼？」

「加賀，我叫加賀英生。」

「這樣，牧村，是不是加賀在場，你不方便說？」

牧村點頭，山下吩咐兩人移到鄰室。

菅原與龜井在外頭積極地奔走，這裡只剩下山下與牧村托雄兩人。

「冷靜下來了嗎？」

牧村默默無語。

但是感覺他心中的激動已經平復許多。

「你為什麼會在那裡？」

「我……追著祐賢師父……」

「然後呢？」

「祐賢師父進入貫首猊下的草堂，所以我便等他出來。」

「為什麼？」

「我……不要英生被搶走。」

「你說什麼？」

「祐賢師父打算下山，對吧？所以我擔心他會不會把英生給一起帶走……」

「英生……加賀的對象原來是你！」

青年僧微微點頭。

那個時候……

聽說山下等人帶著中島祐賢離開禪堂後，僧侶便開始坐禪。這幾天，他們沒有接受偵訊時，似乎都在坐禪。他們的行動並沒有被限制，但闖入者如此眾多，似乎也無法好好進行行持。山下問道像這樣二十四小時坐著，不會發瘋嗎？

「在臘八大接心（註）時，須坐上一週。」

他得到了這樣的回答

不管怎麼樣，僧侶開始坐禪了。

小坂、大西、菅野死亡，桑田消失，就連中島祐賢都要離開，幹部只剩下和田慈行一個人了。因此和田的權力成為絕對，只要和田打坐，全員都跟著打坐。感覺似乎是這樣，和田默默地坐到單上，而全員也都跟著他這麼做。

但是加賀英生沒有坐禪。

只有加賀英生一個人沒有坐下，站了一會兒。牧村介意他的情況，完全無法集中坐禪。和田也沒有斥責加賀，結果站在入口的加賀向龜井刑警說了些什麼，一起出去了。

牧村坐立難安。

即使不是如此，牧村也遭到了極大的打擊。

並非同性戀者的山下無法了解他的心情，但是說起來就等於戀人差點遭到中年男子強姦，而自己目擊了關於這件事的公開審判——雖然單身的山下也從未遭遇過這樣的事，但硬要形容的話，就是這種心情吧。

而那個戀人居然追隨強姦者離去了，所以牧村……

「你是怎麼溜出去的？」

「我說我擔心庫院的灶火。典座常信師父從昨晚就不在了，貧僧被慈行師父指派為負責人。」

牧村溜出禪堂，悄悄地接近知客寮，窺伺情況。

「我聽到常信師父的聲音在問：要不要下山？祐賢師父之前離開禪堂的時候，說要離開寺院，所以我認為他們兩位都要離開這座明慧寺了。英生是祐賢師父的弟子，所以我以為他也會一起下山……」

與其說因為英生是祐賢的弟子，托雄似乎更懷疑英生變心了。

不久後，中島祐賢一個人走出了知客寮。

牧村反射性地躲了起來，一陣遲疑後，追了上去。祐賢穿過法堂，走過大雄寶殿，這當中托雄好幾次想要出聲，卻完全不知道該如何開口。結果中島進入大日殿，牧村不得已只好在門口等，他的記憶就在這裡中斷了。

「我……被打了。」

山下一看，他的後腦勺被打出傷來。

似乎是從背後被毆打的，不是能夠自己偽造的傷口。

「哦，這好像很痛。看這樣子……連脖子都傷到了吧？」

聽到山下這麼說，牧村一臉疼痛地撫摸傷處。

「然後你就昏倒了嗎？」

註：為了紀念釋迦歷經苦難終於得道的臘月（十二月）八日，會舉行法會，亦稱成道會。現在主要是由禪宗諸寺舉行。為緬懷釋迦的苦行，將坐禪一星期至八日，此於臨濟宗稱臘八大接心，曹洞宗則稱八大攝心。

「嗯。」
「被打的時候，你是蹲著的嗎？還是站著？」
「我蹲低了身體。」
「不是站著的？」
「我記得我是單膝跪地。」
從傷口的位置來看應該是這樣沒錯。只是，如果毆打牧村的真的是杉山哲童——不過哲童是個巨漢，無法如此斷言。反過來說，如果托雄是站著被打的，那麼行凶者除了哲童外別無可能了。
「你知道你倒下了多久……昏倒了多久嗎？」
「這……我不知道。只是，我清醒過來時……」
「哲童……杉山哲童站在那裡，是吧？」
「對，那傢伙……是那傢伙幹的，他用那根旗竿打死了祐賢師父。」
「旗竿？」
「就是旗竿，他拿在手裡。」
「哦，那根棒子，原來如此。」
山下命令分派在外面的警官回收棒子。
幸好它似乎還扔在法堂的石板地上。
「可是，哲童站在我剛才站的地方吧？他是怎麼站的？」
「拿著棒子，雙腳叉開站立，看不出來他是在看哪裡。那個時候我還昏昏沉沉的，結果他不知何時不見了……我清醒時，看到眼前有什麼東西，我不知道那是什麼，沒想到那竟然是……啊，所以……」
「不用擔心，我沒有懷疑你。嗯……？可是等一下，那裡是出入口吧？哲童站在那裡的時候，屍骸已經在那裡了嗎？」

「有……又好像……沒有，我沒辦法清楚回想起來。我昏昏沉沉的，只知道哲童在，然後……嗯，有人倒在地上，應該是貫首猊下等人從裡面出來，叫出祐賢師父名字的時候，我才發現那是祐賢師父。當我完全清醒之後，只看到血流了一地……我嚇死了，就……」

「尖叫出聲？可是……」

哪裡不太對勁。

假設兇手是哲童好了。

昏倒的牧村暫時覺醒，看到兇手哲童。假設這是行凶之前。

那麼就等於是哲童本來潛伏於站在大日殿入口旁邊的牧村背後。而他毆打牧村使其昏厥，然後特地繞到另一頭——容易被人看到的地方站著，等待中島出來，而且他就讓牧村這麼倒在玄關口，這根本不算埋伏了。既然牧村負傷依然活著，就表示兇手讓牧村昏倒的目的，是不想被目擊到自己殺害中島。那麼按理應該會將昏倒的牧村從現場移走才對。就算沒有那個時間，至少也不會特地跑到另一邊去。

就算牧村醒來時，中島已遭殺害——那還是不對勁。因為那樣就變成哲童一直呆呆注視著遭到自己殺害的中島遺體，直到費工夫弄昏的牧村恢復意識了。那樣就沒有毆打牧村的意義了。不僅如此，哲童還放著發出尖叫的牧村不管——也就是儘管明白牧村目擊到自己行凶，卻拿著凶器悠然出現於眾人面前，將凶器砸到法堂前的石板地……

太奇怪了。

絕對太奇怪了。

山下也知道哲童的智能發展似乎比一般人略微遲緩，但是他覺得並沒有相差太多。不，也有可能是成長在特殊環境之下，所以**看起來如此而已**。他連基礎教育都沒有接受，所以語彙應該很少，知識也很偏頗。再加上那沉默寡言與木訥的性格以及魁梧的體格，讓人感覺他宛如怪物一般，不過這些都是偏見罷了。除去偏見來看，哲童的心智是否有障礙、即使有又是何種程度？山下不是醫生，無法判斷，但唯一可以確定的是，杉山哲童絕不異常。

異常的是這座山本身。

所以這種情況下，絕不該認定那種人理所當然會做出那種異常行動。哲童不是什麼快樂殺人的異常者，以這種意義來說，哲童與健全者沒什麼兩樣。不能把這些混為一談，山下認為這是不正當的歧視。

這種情況反倒應該視為哲童**無法**耍任何小手段才對，他應該不會湮滅證據或捏造不在場證明。

——可是……

一種恐怖的想法忽地掠過山下腦海。

——如果哲童是快樂殺人者的話……

※

好黑，而且難走得要命。

心情也逐漸動搖起來了。

人一個接一個死去。

不明就裡地。

鳥口有一點覺得自己窺見了恐怖的真面目。

道理無法通用的——無法理解的恐怖。

鳥口小的時候不怎麼害怕幽靈，因為他覺得自己沒有做任何會遭到作祟的壞事。因果報應，會遭到幽靈作祟的人，說穿了就是壞傢伙。鳥口讀《四谷怪談》，覺得真是大快人心。民谷伊右衛門多半都被寫成狼心狗肺的傢伙，他忍不住會邊看邊想，可憐的阿岩加油呀，打倒伊右衛門呀！

只是，不明就裡的東西很可怕。

所以他討厭戰爭。因為他不明白非死不可的理由，也不明白非得殺死敵人不可的理由。他覺得為國犧牲這種誇大、冠冕堂皇的說詞，與個人的死亡是格格不入的。

鳥口也覺得，世上所有犯罪全都有復仇或怨恨、利益糾紛等等理由，這會不會是為了與戰死做出區別而存在的？

只要有理由，人就感到放心。但另一方面，現在這個世上，也的確存在著無特定對象連續殺人或沒有動機的殺人案件。這在上次涉入的案件中，鳥口深刻地體會到了。但是，那依然與戰死不同，那些案件的中心依然是人。

但這次——沒有人。

好可怕。一點一點地，越來越可怕。

所以鳥口有些用力地握住敦子纖細的手，快步前走。

沙沙——雪落下了。

走得太急會跌倒，走錯路的話，攸關生死。

鳥口再也沒有比這個時候更怨恨自己是個路痴了。

手電筒照射得到的範圍極為狹窄，完全沒有任何記號能夠判斷這裡是哪裡。

「是這裡吧？」

「應該……可是……不太確定。」

「反正是下坡沒錯。」

「嗯。」

不一一確認就感到不安。

因為看不見臉，連自己牽的是誰的手都不知道了。就算以為那是敦子，但如果她在不知不覺間**變成了阿鈴的話……**

「敦子小姐？」
「怎麼了？」
是敦子的聲音。
「剛才……松宮先生，我們和他擦身而過的時候……」
「嗯。」
「敦子小姐不是有點怪怪的嗎？」
「是很怪。」
「咦？」
鳥口的腳滑了一下。
「什麼意思……？」
「那個人——完美過頭了。」
「完美過頭？」
「感覺就像個模範和尚——不管是態度還是語調或外表都是，總覺得完美過頭了，不是嗎？」
「所以呢？」
「覺得很像我。」
「我不懂妳的意思。」
「一副『真的有這種人呢』的人，大部分都很假，很容易被別人覺得是裝出來的，對吧？可是也有人的本性就是這樣。」
「哦，敦子小姐的意思是，妳就是這樣？」
「是啊。」
「是嗎？我是覺得妳是個很優秀的人……」

「我這個人連一點八卦也沒有，只知道埋首工作，簡直就像是為了闖入這種案件而生——可是我就是這樣一個女人。」

「沒有那回事的。」

鳥口覺得完全沒那回事。

原來敦子也有許多煩惱，一想到這裡，恐怖便緩和了些。

但是他對於道路的自信卻已經大大動搖了。

光束前端看得見的只有樹和草與雪還有……

——長袖和服。

「啊！」

「怎麼了？」

「呃，沒有，我剛才看到阿鈴小姐……」

「咦？哪裡？」

敦子抓住鳥口的身體似地前傾，望向前方。

鳥口有些膽怯，卻還是照亮那裡。

如果有障礙物的話，光就能夠有效地捕捉並照亮它，但是在呈網目狀交錯的樹木那無垠的深遠中，實在無法發揮效力，只有眼前的樹枝暈白地浮現，前方依然是一片黑暗。

有句成語叫杯水車薪，完全就是形容這種情況，面對山所懷抱的巨大黑暗，手電筒的燈光實在太過渺小了，一點用都沒有。因為夜晚的黑暗不是覆蓋著山，而是滲入了山。

「是我多心了嗎？我們快走吧。」

「嗯，可是那個阿鈴小姐……」

「怎麼了？」

敦子沒有回答。

此時。

喀沙喀沙，響起什麼東西分開草木而來的聲響。

在背後，一團東西氣勢洶洶地過來了。

鳥口用力把敦子拉近，把她拉到自己前面，再轉過身去與聲音對峙。

聲音很快就停了。

一停下腳步，就寒冷無比。走下山路是件苦差事，因為穿得很厚，也流了汗。動的時候並不會意識到，但是一停下來的瞬間就冷了起來。

腳尖凍僵了。

他也注意到指尖還有耳朵和鼻頭都凍結了似地冰冷。

一旦注意到，就冷得受不了。

敦子似乎也在發抖。

發抖並不全是因為寒冷所致。

「剛才……有聲音吧？敦子小姐。」

「有。」

「是野獸……還是野狗出沒嗎？」

「我覺得是更大的東西。」

「這裡有熊之類的嗎？應該沒有吧？」

進退不得，怕得沒辦法背對聲音傳來的方向。

但是現在自己背對的方向……

或許有阿鈴。

——好可怕。

鳥口突然回頭，用手電筒照亮去路。

這種時候，最好的辦法就是狠下心來看個清楚。

反正光束只照得到黑白的雪和樹木……彩色？

阿鈴在那裡。

「哇啊！」

「怎麼了！」

光束一下子就錯過了阿鈴。

不僅如此，光束還一邊照亮極為狹小的範圍，一邊發出「喀沙喀咚」的聲音，沉入深邃的草叢大海中。

鳥口手電筒掉了。

這是致命的過失。

「剛、剛才阿鈴……」

視網膜有著殘像，剪齊的直髮與蒼白的臉龐，如洞穴般的眼眸。

她的確在那裡，她在那裡——但現在不是在意那種事的時候。不管是害怕還是怎麼樣，對方也不過是個十二、三歲的孩子。比起阿鈴，手電筒更重要。

幸好手電筒還亮著，能夠確認它的位置。好像卡在斜坡上了。雖然不太清楚，不過感覺距離不遠。

「啊，敦子小姐，對不起，請妳待在這裡別動，我這就去把它撿回來。」

「可是……不行，太危險了，不要撿了。」

「危險是危險，可是仙石樓那裡沒有人知道我們要回去，而且明慧寺那個狀況，也不會有人來救援，我們必須自力下山才行！」

就在鳥口如履薄冰地踏出腳步的瞬間。

樹木轟然搖晃，是一個黑色的、巨大的影子。

「嗄！嗄！」

鳥口的下半身滑落了，敦子慌忙抓住他的手，當然連她自己也踉蹌了。影子猛然逼近。

「誰、是誰！」

「咦！」

「哲、哲童！」

兩人劇烈一晃，滑落下去。

※

久遠寺醫師來到知客寮，以「雖然都已經很清楚了」為開場白，陳述驗屍結果。

頭蓋骨骨折、腦挫傷。山下過去從未如此血淋淋地去理解到這些醫學用語。每當老醫師說什麼，山下的腦中便浮現中島祐賢的死相，又立刻浮現出他就在那裡害怕地叫嚷的模樣。出於職業因素，山下看過眾多非自然死亡的屍體，但從未碰過短短三十分鐘之前還在交談的人死掉的狀況。戰爭時，山下的部隊也淨是在挖洞種甘薯，從未有同伴死在眼前。

「能夠判定凶器嗎？」

「不是石頭或鈍器，是棒子，堅硬的棒子。一擊斃命——不是凶器很重，就是兇手力大無窮。腦袋上簡直被打通一條路來。」

山下向有些疲憊的老醫生道謝，請他回去禪堂旁，再次面對牧村托雄。

青年僧略微恢復了平靜。

「那麼，牧村，剛才發生的事大致上都了解了，不過我還有一些事想問你。也就是你目擊到小坂時的事，那是幾天前的事來著？」

日期時間的感覺麻痺了。

「是小坂失蹤……不，被殺害那天，所以已經過了一星期嗎？你說你忘了經本，去了桑田和尚的草堂……叫什麼來著？」

「您是說覺證殿嗎？」

「對，你說小坂從那裡走出來。這段證詞——是真的嗎？雖然我不是在懷疑你……」

這番證詞確實是讓警方懷疑桑田的開端。

所以山下才想問清楚。

托雄隔了一段時間才回答。

「我看見了稔師父，**這**是真的。」

「什麼叫**這**是真的？」

「我說他從覺證殿走出來，是……」

「假、假的嗎？那麼他其實是在其他地方？」

「不，正確地說——我是從覺證殿的寢室的窗戶看到的。」

「寢室？可是你不是忘了經本……啊，那是騙人的嗎？」

牧村**靦腆**地說出真相。

那個時候，桑田常信每晚都為了夜坐，前往禪堂。但是不知為何，他不強迫自己的行者牧村夜坐，反而不許他與自己一同打坐。

牧村在桑田夜坐的期間被疏遠。那個時候，桑田的內心依然豢養著內疚的老鼠。

桑田回來的時間雖然不一定，但在熄燈之前都不會回來。

這段期間牧村是自由的，覺證殿成了空屋。

而覺證殿——就成了牧村與加賀英生幽會的場所。

「那一天，我假裝要去沐浴，把英生約出來。然後……」

「詳細的情形就不必了，真的不必了。」

山下有一種肚子裡被人搔癢一般，而且還害臊不已的不可思議感覺。這種事情還是應該保持隱密，而不該像這樣大剌剌地說出口。不管是說的人還是聽的人，都會羞得無地自容。

「那個……要離開時，我發現寢室的紙窗微微地開著，所以想要關上，結果看見了稔師父走了過去。」

「只有這樣嗎？」

牧村點頭，他似乎真的目擊到了。

「可是，那樣的話，用不著說他是從建築物裡走出來的也行吧？」

「嗯，可是……」

覺證殿是背山而建的。

寢室的窗戶位在覺證殿背面，那裡看得到的景色，從建築物的正面看不到。

換言之，小坂了稔的人影，只有從那裡——覺證殿的寢室窗戶——才看得到。那一帶並不是路過能夠看到的地方，但是牧村毫無進入寢室的理由，要是被問起他為什麼進去那種地方，他就百口莫辯了。

所以牧村一開始打算保持沉默，但不久之後害怕起來，只說他看到了了稔。
「結果，那位刑警先生非常嚴厲……」
「窮追不捨地問？」
是菅原。
是菅原逼問的。
山下的腦裡歷歷在目地浮現出那個鄉下刑警口沫橫飛地對牧村逼供的場面。
——看見了？在哪裡看見的？時間呢？
被這麼嚴厲地逼問，牧村一開始只回答「覺證殿」。
時間則回答了他事實上目擊到的時刻，八點四十分到九點。因為這是殺人案件，牧村覺得這部分得據實回答才行。
到這裡都是真的，牧村托雄沒有做任何偽證。但是……
他以為這樣就結束了，沒想到菅原窮追猛打。那個菅原就像頭山豬般，肯定是嚴厲地打破砂鍋問到底吧。因為這是近乎唯一的目擊證詞，山下認為若換成自己，應該也會這麼做。
被問到他為什麼在那裡，牧村詞窮了。
他不能說出實情。幽會這種事，撕爛了嘴都不能說，這也是理所當然的。所以他信口胡謅，說他去拿經本。
——聽你胡扯！給我說清楚點！
據說菅原這麼說。山下雖然不當一回事，但他認為菅原的確有長年經驗累積出來的刑警第六感。這當然不確實，但是一個人是否在說謊，似乎意外地可以輕易地判斷出來。這是為了隱瞞情事而當場編造的謊言，所以輕易就被看穿了吧。但是就算被命令說清楚，也唯有這件事是無法從命的。當時與事情敗露的現在不同。可是菅原就是追究個沒完，牧村終於忍不住說出口了。

「從覺證殿裡面的房間──我才剛說到這裡，刑警先生就凶狠地問了稔從那裡走出來，是吧！我忍不住回答，是的……」

「不是從裡面的房間**走出來**，而是從裡面的房間**看到**啊……」

一廂情願──或者說是自然而然。

菅原在不合作的環境中，太躁進了。

但是，那麼小坂究竟是從哪裡要去哪裡呢？

這麼一問，牧村便回答：

「我不知道了稔師父從哪裡走過來的，不過他應該是要下去湯本一帶吧。」

那麼這也與尾島的證詞符合，證詞一致的程度增加了。

山下抱起雙臂，應該還有問題要問這名青年。

「對了，大雄寶殿旁邊的藥草園。」

「藥草園怎麼了嗎……？」

「它現在怎麼樣了？桑田和尚說他沒有動過。」

「大半都已經荒廢了。除了博行師父以外，其他人別說是煎法，連藥草種類都不清楚。而且很難照顧，也不知道種植法。有些已經枯萎，與雜草混在一起了。而且又下了雪，已經……只是，去年夏天前收成後乾燥或製成粉末的成品還有許多。」

「還有嗎？在哪裡？」

「在藥草園旁邊有個小倉庫，或說是個遮雨的棚子，藥草就裝在陶器罐裡，放在那邊……」

「裡面有麻嗎？」

「您……怎麼會知道？」

「有嗎？」

「是去年春天收成之後陰乾的……」
「是你把它……？」
「是的，博行師父在去年夏天發狂，遭到隔離，其中的……理由……」
「這我都知道，也明白理由，所以你不用再說明這部分的事了。你有沒有把那些乾燥麻交給菅野先生？」
「有的，我每天都按照處方帶去給師父，怎麼了嗎？」
「處、處方？每天？」
「貧僧當班時，是每早送粥過去時。不是貧僧當班時，則是在之後的作務時間送過去。」
「當班？當什麼班？」
「博行師父的齋飯是由負責伙食的僧侶輪流送去的。警方來了之後，就由常信師父送去，但是在那之前是輪班制，貧僧每三天就會輪到一次。博行師父直到去年年底之前還處於錯亂狀態，後來漸漸恢復，到了今年……對，博行師父說那是治療神經的藥，要求拿乾燥麻給他。」
「向你要求嗎？」
「其他人不知道東西在哪裡，貧僧以前是博行師父的行者，所以……」
「這樣啊，原來如此……」
牧村是毫不知情地奉命送大麻過去吧。
「所以我照著博行師父吩咐的處方，每天送少量的乾燥麻過去。那是與粥一同食用的，或者是……」
「是用抽的，像香菸一樣。那是……唔，就是麻藥，在日本算是麻藥的一種。」
「麻藥——像鴉片一樣的？」
「對，在日本是違法的。」
像鴉片一樣的——山下覺得這種措詞讓人體認到牧村的年齡。

但是這麼聽來，感覺上菅野並非從以前就經常服用大麻。似乎是被幽禁在洞穴後，精神發生了某些異常，結果才想到要吸食大麻。

相反地，拜託以前的行者牧村這一點，實在相當狡黠。牧村會定期來訪，也很清楚自己的事。如果牧村以前曾經幫忙製作藥草，那麼他的手藝應該也不錯，同時也不會認為這是什麼不道德的事。這是有計畫性的，那麼菅野已經恢復到接近正常的狀態了嗎？換言之，與其說是精神發生異常，更應該形容為心境產生變化嗎？

「難、難以置信，在發生那件事之前，博行師父真的受大家的景仰……」

「但這是真的。那麼你今天送麻過去了嗎？」

「今天──常信師父從昨晚就不在，所以我和早上的粥一起送過去了。」

今天的早齋因為桑田不在，似乎遲了一些，不過還是在六點前就用膳了。住宿在仙石樓的刑警是在六點半抵達，鑑識與增援人員則是在七點抵達。後來會議結束，山下才進入土牢。菅野有時間吸食大麻。後來山下也離開了幾次，所以只要抓住空隙，想吸幾次都行，所以他說的話才會這麼毫無脈絡吧。

可是當時沒有那些大麻束。

「只有這樣嗎？你後來有沒有送整束的大麻過去？」

「整束的大麻？沒有，我都好好地處理過……」

「沒有啊……」

「這麼說來……」

那麼陳列在屍體旁的大麻束──毫無疑問，應該是兇手所留下的。

「怎麼了？什麼都好，說吧。」

「哲童那傢伙跑來問我麻是**怎樣的東西**、這附近有沒有野生的麻？我告訴他這裡沒有野生的麻，但是**有**乾燥的。」

又是哲童。

「哲童嗎？那你告訴他在哪裡了嗎？」

「是的。因為我不知道那是**不好的東西**，所以告訴他存放的地點，還有麻的樣貌。」

「什麼時候？在哪裡？」

「今天下午，送飯給仁秀的時候——那傢伙好像先跑去問仁秀。可是仁秀好像跟他說不知道，還是告訴他這附近沒有麻，正好我又在那裡，就……」

「是下午幾點？」

「因為沒有敲鐘，我也不知道時間——對了，我離開仁秀的小屋時，正巧那位今川先生和醫生過來……」

那樣的話，是十四點左右吧。今川一行人在正午過後來訪，在那之前應該一直都乖乖待在知客寮，不過那時偵探好像打了祐賢，之後他們去了仁秀那裡。問今川的話，應該能夠得到更正確的時間。

「然後哲童怎麼了？」

「不知道，或許跑去看了吧。」

「為什麼他會對大麻有興趣……？」

但無庸置疑，他不是要拿來自己用的。

是用來裝飾屍體……

不，不是吧，那時菅野應該還活著。今川與久遠寺醫生離開仁秀的小屋後，前往關菅野的土牢，與被害人聊了三十分鐘左右。

那麼他是在準備**殺人**嗎？

為了將原罪擺飾在屍骸旁，**完成**殺害菅野的動作，而在尋找材料嗎？

土牢自昨晚便有人看守，看守人員離開，是在十五點前後。接著換久遠寺醫師與今川侵入土牢。偵探進去叫人，他們出來，是在十五點三十分左右吧。這段期間內不可能行凶。緊接著今川被綁縛，在菅原指示下，警官重新回到監視崗位，這是十五點五十分的事。當中有二十分鐘的空檔，就是這段時間可以行凶。

虎視眈眈地等待這個機會……

——哲童他嗎？

仔細想想，無論理由為何，若是哲童的話，不管是把小坂搬到樹上，還是將大西插進茅廁，都能輕而易舉地辦到吧。

的確，小坂個頭很小，體重也輕，就算是山下，只要勉強一點，也背得動吧。但是就算背得起來，但他能夠背著小坂爬上屋頂嗎？而且犯罪當天的天候非常惡劣。以山下的體力來看，就算不背任何行李，也爬不上屋頂吧。

至於大西命案，山下更是不可能辦到。當然大西也很瘦，不是背不起來，但是大西的遺體鎖骨及肋骨都斷了。當然是因為以破壞廁所地板程度的狠勁插進去所致。那種力士般的行徑，不是常人辦得到的。

而且山下一直忽略了，大西遇害的那天晚上——或者說早上，哲童拜訪了理致殿。採訪小組及益田都目擊到他，而且是行凶時間的一個半小時前。

那麼……

如果準備放在菅野遺體旁的大麻的人也是哲童的話……

為中島驗屍的久遠寺醫師說兇手力大無窮，還說凶器是棒狀物。哲童在現場以及現場附近拿著旗竿——棒子的模樣，眾人都目擊到了。如果那根棒子上驗出血跡的話……

一身怪力，且身輕如燕，言行舉止也有多處啟人疑竇。

動機完全不明，不，完全沒有動機。

當然他與其他僧侶一樣，沒有不在場證明。

哲章——是兇手嗎？

山下無法斷定。

「刑警先生。」

「嗯？」

思考被帶著濃重鼻音的聲音給打斷了。

「那個，我和英生的事……」

「啊，哦，警方對個人隱私會嚴格保密的。」

「只有慈行師父，請千萬不要讓他……那個……」

「我不會說的。」

牧村的眼神混濁，那是一種如同霧面玻璃般不透明的安心。

山下帶著一種倦怠的心情放走了牧村。

雖說視覺上被遮蔽，但隔著一道紙門，鄰室就是師父桑田常信以及擁有特別關係的加賀英生。當然他們聽得到牧村的告白，牧村本人也很明白這一點吧。

山下悄悄窺看鄰室，兩人都在坐禪。

加賀說要下山，中島祐賢死後，他依然做此打算嗎？加賀要下山的話，牧村會怎麼做？就算事情沒有傳進和田慈行耳裡，牧村今後還能夠有什麼展望嗎？就此放心只不過是剎那之間的事——就連山下都這麼想了。山下忍不住有點為那名年輕僧侶擔心。

次田回來了，他代替菅原去法堂對貫首進行偵訊。

「那個年輕僧侶怎麼樣？」

「收穫非常多——我覺得。」

這對老人家來說太刺激了，山下沒辦法詳述。

「你那邊怎麼樣？那個貫首很難纏吧？」

次田「唉」了一聲。

「我幾乎沒半點收穫。貫首說祐賢和尚突然來參禪，因為祐賢和尚頓悟了，貫首就把袈裟給了他。他說祐賢和尚出去後，到傳來慘叫聲前發生了什麼事，他完全不知道。兩名行者也訓練有素，說的話跟貫首完全一樣。」

「袈裟？命案現場有什麼袈裟嗎？」

「好像壓在被害人肚子底下吧。」

「菅原呢？」

「去找哲童跟阿鈴了。」

山下心想，對付貫首那種人，菅原的逼問或許才能發揮效果。只是對於地位比自己高的人，菅原或許沒辦法疾言厲色。

話說回來，哲童真是太可疑了。

山下覺得只差一步了。

※

沒辦法讓毫無預警地流出的過去與現在相互妥協，飯窪陷入錯亂。

我拜託掌櫃在別館鋪床，和益田兩個人將飯窪扶去休息。

女傭——阿鷺說會陪在旁邊看顧她。

結果回到大廳時，一天過了。

但是就算日子過了也沒有什麼改變，我們渾身無力。

掌櫃為我們泡了茶，我倆面對面喝著。

益田說：

「請問，飯窪小姐想起了什麼？」

「哦，她想起了用不著想起來的事。」

「用不著想起來的事？」

「對。在沒有想起來的時候，就連那份莫名所以也是甘美且令人憐惜的，但一旦回想起來，立刻就成了醜陋的現實——她就是想起了這類回憶。」

益田露出奇怪的表情。

「換句話說，是最好忘記的事嗎？」

有點不一樣。

「一旦有所認知，就無力回天了，所以她已經無法回頭了。我想……」

「什麼？」

「她醒來的時候，我們應該可以大約了解十三年前的案件真相，雖然對她來說會是很痛苦的告白。」

——是我殺的。

她這麼說。

「哦，老師怎麼會知道？」

「我在去年夏天體會到的。」

聽到我這麼說，益田再次露出奇怪的表情。

喧囂的聲音使得慵懶的空氣也繃緊了起來。

是電話鈴聲。

益田手忙腳亂，彈也似地站起來。現在已經是深夜，一定發生了緊急狀況。

但是出乎意料之外，電話是打給京極堂的。一般來說，在這種時間打電話很沒常識，只是在這種狀況下，旅館也不可能抱怨什麼，接電話的掌櫃只是淡淡地去喚沒常識的客人。

京極堂也沒有更衣，一身來時的打扮，從二樓下來。

乖僻的朋友可能是在想事情，那張臉已經超越了不悅，變成一張凶惡的面相了，眼睛底下冒出了黑眼圈。他看也不看我一眼。益田看著他穿過走廊的身影，不關己事地說：

「明慧寺會變成怎樣呢？」

完全沒有頭緒。待在寺裡的時候，完全不會想到這種事，但只要離開一步，就變得遙遠無比，彷彿在想像異國之事一般。不過我還可以聽從京極堂的忠告，撒手不管，但身為警官的益田可無法如此。

「鑑識還有支援人員，還是要到明早才會抵達嗎？」

「嗯，八點之後才聯絡的吧？現場還有二十個刑警和警官，若非發生任何緊急情況，只要保全現場，明天再驗屍就可以了——本部是這麼判斷的吧。可是不知道山下先生怎麼了，菅原兄好像也失控了——是叫菅野嗎？那個人等於是被警察給殺掉的呢。唉，雖然大西老師也是……」

「你感到自責嗎？」

「嗯，打我成為刑警以來，這是我第一次感到自責呢。可是，這究竟是起什麼樣的案件呢？」

益田很疲倦。

「我覺得啊，事實和我們關注的部分一定完全無關。」

「我也這麼認為。關口老師應該也明白，我們警方還漏了很多事。一般案件的話，這樣根本不行。我們現在簡直就像是拿著竹簍在撈水，漏洞百出地進行搜查。可是……」

益田嘆了一口氣。

「例如說——我剛才讀了下午送到的報告。菅原兄那個樣子，害我沒能把報告交給他。教團與明慧寺的關係已經查明了，昨天還說不知道有這座寺院，但後來又送來了追加報告。那個——姓松宮的和尚嗎？關口老師轉述的證詞，報告幾乎都證實了。還有明慧寺的和尚的來歷也有了一定程度的了解。不過這些事情調查就知道了，沒什麼好可疑的。可是……」

「可是？」

「搞不懂，沒有關聯。從這些報告裡，我完全看不出什麼眉目。仔細想想，小坂這個人真的非常可疑，他的行動毫無一貫性。隨便舉個環境保護團體的例子來說，它說穿了就是為了籌措延續明慧寺的維持費這種詐欺般的動機而成立的吧？」

「好像是這樣。」

「可是啊，小坂相當認真地進行活動。這一點已經向團體成員確認過了。活動內容本身並沒有可疑之處，成員也都是有正當職業的人。這是怎麼回事？」

「這……是過程中開始想要認真參與了嗎？」

「如果是這樣那也無妨。但是小坂先生三番兩次違背召回命令——這實際上真的發出來了——已經是無顏面對本山的狀態了，對吧？而且他還對各教團做出近乎詐欺的行為，把錢弄到手。但是聽說小坂與相當多寺院住持及教團相關人士，到現在依然有密切交流，這令人不解。當然教團已經組織化了，會計部門與其他部門是分離的。與小坂熟稔的是老寺院的住持之類的人，他們與教團的歲出或過去糾紛當然沒有直接關係，但這些人別說是教團之間的交流，和小坂過去待的寺院的和尚當然也有來往。聊著聊著，難保話題不會轉到小坂了稔身上。」

我覺得益田說得沒錯。

「可是小坂似乎完全不在意這些事，他表現得就像自己所為是**天經地義**一般。」

「天經地義？」

「對。罪惡感或顏面，他對這類事情毫不顧慮。以一般想法來說，這是更加應該深究的問題，背後應該有什麼才對。但是應該什麼也沒有，而且就算有什麼，也跟案件無關。所以沒有動力去調查……」

「嗯……」

沒錯，小坂應該絲毫不認為自己的所作所為是分裂的。以僧侶身分住在明慧寺，另一方面也與社會保持連繫地生活著。這是理所當然的事。

換句話說，這是……

這是來自於將明慧寺這座原本**不能夠有**、**不應該有**的寺院，予以絕對化為**存在之物**而得來的自信。若是站在把明慧寺的存在視為不自然的認知下來看，小坂的行動當然會變得毫無脈絡。

益田繼續說道：

「說起來，他想要賣給今川先生的東西到底是什麼？就這連也完全不明白。如果調查，可能會查出某些事實，卻不了解那有什麼意義。不，反正那一定與案件無關。」

益田一直盯著茶沒有喝，但說到這裡，他一口氣飲盡。

「所以原本在犯罪搜查中應該加以注意的問題點，全都失效了。不管怎麼調查，了解多少事實，也單純是『原來如此』罷了。即使了解過去的事，我們也沒有能夠立即容納、解讀它的力量。只能說『然後呢？』而已。」

「這……」

也是吧，沒有關係。

「所以應該解明的謎在別處。中禪寺先生說這次的案件沒有謎團，確實，並沒有發生物理上不可能的怪奇現象，也沒有偵探小說裡出現的密室——但是不管怎麼追查事實之間的關聯，也看不見真相。我強烈地感覺反倒是今早中禪寺先生告訴我們的禪的講學更接近這次案件的核心。」

「哦……」

雖然還相當模糊，但感覺益田確實逐漸捕捉到一些蛛絲馬跡了。

「地震孤兒哲童的身分，沒有戶籍的仁秀老人，還有與松宮家案件的關係。需要調查的事雖然很多……」

益田沉思。

「益田！」

突然被叫住，益田嚇了一跳，我也吃驚地回頭。

京極堂站在那裡。

「怎麼了？嚇人一大跳。」

「關口，我又不是在叫你。話說回來，益田，你剛才說關於明慧寺僧侶的來歷，已經有報告了嗎？」

「呃，是啊。」

「喂，你偷聽我們說話嗎？你不是在講電話嗎？」

「你真囉嗦，我邊講電話邊聽的。晚上很安靜，聲音傳過來了。」

京極堂雖然這麼說，但我完全沒聽見他講電話的聲音，真是個順風耳。朋友一臉凶相，滑也似地靠過來，隔著矮桌坐到我對面。

「益田，可以請你告訴我他們本來待在哪些寺院嗎？——還是不方便？」

益田說「請稍等」，站了起來，從隔壁房間取來文件。

「這不是機密事項，只要調查誰都知道，告訴你也無妨。」

他說：

「首先是大西泰全，他原本是在京都的寺院……」

寺院的名稱我聽了也一頭霧水，但京極堂當然明白。

「知道泰全老師的師父叫什麼名字嗎？」

「呃……和田……和田智稔。」

「和田？姓和田？這……益田……」

「哦，我沒發現，是這樣呢。這麼說來慈行和尚也姓和田，他們有關係嗎？」

「有，慈行是和田智稔的孫子。」

「你怎麼知道？」

「剛才在電話中聽說的。」

「那就別問了嘛。」

「我只聽說和田智稔的孫子是和田慈行而已，此外都不知道。所以我這不是在向益田確定嗎？你給我安靜閉嘴。」

「這樣啊？但是智稔的弟子是泰全與慧行，而慧行的弟子是慈行，而慈行的祖父又是智稔，真是複雜。」

「一點都不複雜。關口，如果你聽了也不懂，能不能麻煩你別插嘴？還有，小坂了稔是來自松宮仁如和尚待的禪林吧，那是鎌倉的……？」

益田說出寺名，京極堂立刻明白了。

「那座寺院在智稔老師的勢力下。寺系也是，雖然並非末寺，關係卻很深。那麼知道小坂在那座寺院的行狀嗎？」

「他在鎌倉的寺院裡，似乎是個燙手山芋。」

「上面這麼寫嗎？」

益田看著文件。

「嗯，所以派遣他去明慧寺，美其名是調查，其實是降職吧。那位——叫智稔嗎？他的發言似乎甚具分量，從以前就一直要求派人手到明慧寺幫忙。大西繼承他進入明慧寺時，再次提出請求，結果小坂就被派遣過去了。」

「原來如此。中島祐賢與桑田常信呢？」
益田結結巴巴地唸出寺名。
「寺名雖然知道，但中島與桑田這兩名被派遣到明慧寺的詳細經過尚在調查當中。這兩位的派遣似乎是出於政治考量，因為曹洞宗對明慧寺並沒什麼興趣。不管怎麼樣，都不像大西老師說的熱心地投入調查，不過那也只有一開始。」
「一開始的意思是？」
「好像原本打算一兩年就把他們召回去，但是聽說後來就失聯了。不久之後，戰爭就開始了。」
「失聯是什麼意思？益田。」
京極堂回答了我的問題。
「曹洞系的那兩個人沒有收到召回的命令吧。但是他們的寺院都在遠方，可能也無法確認書簡是否送到兩人手中。我想——是被小坂了稔給壓下來了。」
「你怎麼知道？」
「從常信和尚昨天的態度來看，我實在不認為他知道寺院發出了召回令。益田，寺院說無法聯絡，表示發送出去的召回令也石沉大海嘍？」
「不，最後的最後，收到了一份拒絕召回令的書簡，所以寺院便放棄了。」
「那麼那也是小坂寫的吧。」
「小坂寫的？你有證據嗎？」
「沒有。益田，那份信件還留著嗎？」
「兩座寺院都保留著。不過那份信件……呃，署名似乎是明慧寺貫首圓覺丹。」
「名字誰都能寫啊。只要拿今川手中小坂的信件鑑定筆跡，應該就知道了——不過也沒必要做到這種地步吧……」

「警方將小坂寄給自己寺院拒絕命令的信件當做證據扣押起來了。所以姑且不論筆跡鑑定，讓看過信的刑警確認的話，某種程度應該可以看得出來。」

「這樣做不錯。」

京極堂呢喃道。

「那麼要委託他們這麼辦嗎？」

「嗯……這麼做……比較好吧。」

京極堂的態度不同以往，曖昧模糊。

「怎麼這麼不乾脆呢？這與案件無關吧？益田，警察用不著連這傢伙的工作都幫忙。」

「嗯，唔……可是……」

「那麼，發給大西泰全的召回令在嗎？」

京極堂無視我。

「京都沒有發出召回令。大西說起來是那個——叫和田智稔嗎？依他的命令或者說遺言進明慧寺的，所以無法出言干涉吧。受智稔影響的寺院，全都與明慧寺有些關係，不過那似乎也只有**智稔的影響力還存在**的時候而已。也就是他的直傳弟子——呃，那個叫慧行的還活著的時候。慧行也死了之後就……」

「原來如此。昨天仁如和尚說以戰爭為分水嶺，援助中止，也不再交流，指的就是這個啊……」

京極堂抱住雙臂，略微俯首。

「和田智稔這個人，真的是給那座寺院**迷住了**。」

他說：

「對了，益田，圓覺丹的寺院——知道是哪裡嗎？」

「咦……？哦，這個啊……呃……」

「不知道吧？」
「好像……不知道。」
「我聽說牧村托雄是覺丹貫首的親戚……」
「牧村？哦，那個青年啊。這、個、嘛——啊，有了，你知道得真清楚。嗯？他家是秩父的寺院呢，好像在父親那一代就廢寺了。」
「是叫什麼的寺院？」
「咦？照山院，照亮山林的院子，照山院。」
「秩父的照山院？」
「你知道嗎？」
京極堂再度無視我。
「謝謝你，益田，我非常明白了。」
這麼說完後，京極堂便陷入沉思。
他看起來像在煩惱——不，迷惘。
對於朋友前所未見的嚴肅態度，我不知該如何出聲。
京極堂是在為自己的工作——沉眠在那座埋沒倉庫的明慧寺書籍該如何處置而苦惱嗎？
感覺似乎不是這樣。
我終於按捺不住，開口問道：
「喂，京極堂，那座倉庫的事讓你這麼……煩惱嗎？」
朋友心不在焉地回答：
「那邊啊，唉，可以解決吧。」
「咦？要怎麼解決？」

「只要真的出現有價值的書籍，不管誰是物主，我都安排好無論如何請適合擁有它的人買下了。」

「什麼叫適合擁有它？」

「那要看書本，像是大學或教團。」

「那你現在只要挖就行了嗎？」

「雖然還剩下決定正當物主的作業，不過就算最糟糕的情況，笹原先生變成物主，籌措資金的問題也解決了。應該都能各得其所吧。」

京極堂撫摸下巴。

「可是你到底是向誰拜託這些事的？」

「明石老師啊，剛才老師和我聯絡。雖然我躊躇了一下，但與老師商量真是對了。」

「明石老師？」

雖然我未曾謀面，但那似乎是京極堂拜其為師的人物。

「那個中央區第一英傑，你所尊敬的老師嗎？你是說那個老師願意幫你安排古文書的後續處理嗎？他到底是什麼人？」

「就跟你說不知道了，我也不知道啊。只是明石老師與佛教界的要人和管長級人物交情匪淺，我便請他幫忙疏通了。」

「管長級——是指禪宗教團的嗎？」

「是啊。」

「那麼這裡的事也打從一開始就請教他就好了嘛，那樣不就馬上可以知道了嗎？根本用不著麻煩警察啊！」

京極堂用輕蔑的眼神看我。

「老師怎麼可能指點連親自動手查都不肯的人？一定會被斥責，任誰都做得到的事就自己去做。這是理所當然的。」

「哦……你說過他是個很嚴格的人。」

據說他是個不允許在求知方面有所怠慢的人物。

「而且和明石老師交情匪淺的是教團高層，也就是背負日本佛教界重責的現任首腦。那些人似乎不知道明慧寺的存在。知道的只有一部分長老，當中也只有與和田智稔有關的人物而已。據說管長聽說明慧寺的事之後，大為驚訝，也十分憂慮。這是當然的。」

「憂慮？因為——警察來了嗎？」

「這也是其中之一，禪林是嚴肅的修行場所，豈容殺人案件發生。但是他們憂心的真正理由，是個人的妄執，竟然以如此扭曲的形式開花結果的事實。」

益田闔上資料說道：

「你說的個人——是指和田智稔嗎？也就是和田智稔一個人的妄執，生出了那座明慧寺嗎？」

「嗯，你說得沒錯，益田。」

「可是京極堂，雖然他執著於明慧寺是事實，但是他一進入明慧寺就死了啊。那……」

「益田不也說了嗎？智稔老師生前是個具有相當影響力的人物。在他死後，他的影響力如同亡靈般留存下來，將弟子及傘下的寺院暫時地束縛住了。」

妄執的——衣缽相傳嗎……？

「總覺得令人毛骨悚然。」

益田說。

「但是，那些東西註定要隨著時間淡薄、風化。崇高的思想和教義會被幾代幾十代地繼承下去，但區區個人的妄執，不可能維持多久。事實上，短短十五年左右，束縛便消失殆盡了。然而……」

「唯獨在明慧寺內部——那股影響力沒有風化嗎？」

「結果明慧寺被孤立了，對吧？」

「沒錯，在被隔離的環境中，只有直系弟子大西泰全一個人到最後都處在和田智稔的影響下。你們對於明慧寺的疑問，首先因為把泰全老師的話囫圇吞棗解除了。但是仔細想想吧，禪宗各教團踴躍調查，派遣僧人，甚至每個月提供援助金——這太不符合常識了，不可能的。」

「這樣嗎？——或許吧。」

覆蓋住明慧寺的迷霧完全消散了。

一開始，明慧寺簡直是一團謎。

最初浮現在它背後的，是佛教界這個朦朧而巨大的東西。而它的輪廓徐徐變得清晰，讓我們預感到禪宗各宗派各教團這破格的後盾。

然而結果那也只是虛像，它的真面目其實是數座中堅寺院共同援助這種極為妥當的形式。然而就連這些援助本身，也不過是和田智稔個人的妄執產物罷了。

這就是——真相。

就是這樣。

沒有任何人隱瞞。

沒有任何人說謊。

但是一切都是**虛假**的。

「他——大全泰西老師都沒有認清真相嗎？」

「對老師來說，那就是真相。正因為他沒有說謊，你們也才會相信他吧。泰全老師終其一生，都處在和田智稔的束縛之下。」

——與社會斷絕了。

桑田常信會這麼想也是當然的。

明慧寺果然是——山中異界。

「這一切都是和田智稔的妄執所產生出來的幻想。你們所聽到的，是只屬於那座寺院當中的真相。在那座明慧寺裡，**時間是停止的**。」

「時間是停止的？」

「沒錯，對大西泰全來說，世界依然是昭和元年；對桑田常信來說，則維持在昭和十年。他們的時間停留在入山的時刻，他們全都活在那封閉空間的過往時光裡。」

時間的流速不同，這我親身體驗過。

「所以就算活在外部時間的我們進入裡面，也只會徒然受到迷惑。但是停止的時間到了現在——昭和二十八年，卻突然開始流動了。因為小坂之死，使得那個封閉的世界開了個風穴。」

「由於——小坂之死？」

「沒錯，實際上建造了明慧寺的是小坂了稔。沒有小坂這個策士，明慧寺不可能存在，對明慧寺設下結界的是小坂。」

「小坂設下結界？這是什麼意思？」

「小坂利用和田智稔的束縛，將那裡創造成只屬於自己的小宇宙——一個封閉的社會。藉由他的裁量，原本**不應該存在**的寺院，完全變成了一座普通寺院。」

他籌措資金，來者不使其歸，挖角新的和尚過來——確實，小坂為了建造明慧寺的骨架，積極奔走。

但是……

「小坂了稔最厲害的地方，是沒有將結界的內部建造為單純的樂園。他將外部的對立構造與歷史過程完全引進，並加以密封。然後自己自由自在地往來於外部與內部，給予內宇宙適度的刺激，巧妙地避免它陷入疲憊而衰微。他正是明慧寺的魔術師。」

「為什麼……為什麼他要這麼做……？」

在我的話說完之前，益田輕聲叫了出來：

「小坂究竟是個什麼樣的人？」

接著益田抱住了頭。

「就像中禪寺先生說的，小坂為了建造明慧寺，千辛萬苦、費盡心機地四處奔走。他甚至做到這種地步，都想要保護他精巧地建造起來的明慧寺嗎？還是想要破壞它？小坂過去的所做所為，是甚至採取近乎犯罪的行動，也要保護明慧寺。但是大西老師和桑田和尚都說小坂想要破壞明慧寺的傳統和神祕性。這完全矛盾了！我無法理解。」

「這沒有矛盾。」

「咦？」

「沒有束縛，就沒有自由。換言之，沒有牢檻，就無從離開牢檻。想要離開牢檻的人，**必須先建造牢檻才行**。」

「什麼？」

「這是比擬。明慧寺是宇宙的比擬，是腦的比擬。他**因為想離開，所以建造了它**。」

京極堂說完莫名其妙的話，噤口不語。

益田露出不可思議的表情。

「那——結果殺了小坂的人到底是誰？」

我這麼問，京極堂沉默了。

「你不是說你很了解了嗎？」

他不回答。

「喂！」

「誰殺了知更鳥……」

「咦？」

「山內先生前陣子說的，這是西洋的民謠。」

「那是什麼意思？」

「剛才，我在電話裡被明石老師狠狠訓了一頓。」

「訓了一頓？為什麼？」

「嗯。」

京極堂露出更加凝重的表情。

「那座寺院現在所發生的事——果然還是不能夠被允許吧。」

「你在說什麼廢話？你以為已經死了幾個人了？」

「我知道，所以才會被罵。」

「是叫你解決嗎？」

「不是。明石老師說，如果辦不到，就不要半吊子地涉入，快點收手才是。我也……本來是這個打算，打從一開始就是。」

「辦不到的事？」

「明石老師這麼說了，求朱雀而自北門出，在抵達之前就先斷氣了。」

「什麼意思？」

「所以說，想要去南鄰的家，卻朝著北方出發，那會怎麼樣？當然，只要繞上地球一周，也不是到不了，但是在抵達之前早就先死了吧。我干涉這個案件，就如同這等愚蠢的行為——就是這個意思。」

「哦……」

我一瞬間了解了。他——京極堂，應該是距離禪最遙遠的人。若以他的方法論行事，一定會碰上某些障礙，而那些障礙就是……

「是語言嗎？」

「是吧……」

京極堂頷首。

「宗教裡，神祕體驗是不可或缺的。但是神祕體驗是絕對個人的認識。不管那是多麼驚人的體驗，神祕都能夠將一切在個人腦內解決。將神祕體驗以某些說明體系自個人身上剝離，置換為普遍一般的事物，就產生了宗教。換句話說，為了共享神祕，所有的宗教都需要道具——語言。」

「禪——不一樣，是吧？」

「對，禪排斥個人的神祕體驗，否定語言。禪所說的神祕體驗，指的是凌駕神祕體驗的日常。換言之，在眾多的宗教形式當中，禪幾乎是唯一一個**活生生地自腦的束縛中解放**的方法。」

「腦的——束縛？」

「沒錯。當然，腦不過是身體的一個器官。然而可悲的是，我們也只能夠透過腦這個器官來認識圍繞著我們的外側世界。連外側都能夠予以囊括的，就是腦這個怪物。而語言是腦為了吸收外側，加以篡改、編輯而生出的記號。不使用語言，就等同於無視腦來認識世界。無我無世界，同時是無我有世界——同時認識這兩項真理，便是悟道。」

「你曾經說過咒術的基本就是語言吧？」

「嗯……是啊。」

「那咒術對禪無效嗎？」

「咒是腦所設下的陷阱，所以一般只在腦中有效。而人為的咒——咒術，不使用語言或咒物是絕對無法成立的。但是禪有一半是在腦的外側，所以……」

「無效——是吧？」

「以這種意義來說，禪可以說是佛法某一面的完成型。禪能夠在真正的意義上接觸到超脫人類的事物——嗯，就是這樣形容，才會使一些傻瓜會錯意。在這個階段——我已經輸了。」

確實，禪並非操弄語言、使喚蠱物的區區陰陽師能夠干預的領域。

「不立文字」這四個字，已經否定了京極堂。

他的老師勸戒他，這是他無法勝任的領域，不要做不自量力的挑戰。

唯有這次……

京極堂**毫無勝算**。

我看著不戰而敗的朋友，但是他似乎還沒有完全放棄。

——事到如今，他還在想些什麼？

京極堂注視著矮桌，自言自語地呢喃。

「空與海之間有的不只朱雀。」

「既有玄武，亦有青龍。」

完全不懂他在說什麼。

「你在說什麼？」

「明石老師的話，其中的意思……」

京極堂在思考。

就在這個時候……

庭院有了動靜。

「怎、怎麼了？」

就在益田站起來的瞬間……

咚！一聲巨響傳來。

喀噠喀噠——落地玻璃窗被粗魯地打開，我慌忙轉頭望去。益田跑過去，打開紙門。

庭院巨木前有著一個巨大物體。

巨大的黑影背負著某物體，那是……

「哲、哲童！」

哲童和尚就站在數日前小坂了稔的屍體打坐的那個位置。

他背的是……

——人？

不，那是、**那是鳥口**，還有，他抱在腋下的是……

「敦子！」

京極堂站了起來，奔近簷廊。

哲童以粗獷的聲音開口道：

「四大分離向甚處去？」

「甚處都不去！」

京極堂回答。

哲童將兩人放到簷廊上，就這樣消失在夜色之中。

我宛如惡夢初醒，陷入一種不帶現實感的眩暈。

※

世尊拈花——

世尊昔在靈山會上，拈花示眾，是時，眾皆默然。唯迦葉尊者破顏微笑。世尊曰：「吾有正法眼藏，涅槃妙心，實相無相，微妙法門，不立文字，教外別傳，付囑摩訶迦葉。」

趙州狗子——

趙州和尚因僧問：「狗子還有佛性也無？」州云：「無。」

牛過窗櫺——

五祖曰：「譬如水牯牛過窗櫺，頭、角、四蹄都過了，因甚麼尾巴過不得。」

庭前柏樹——

趙州因僧問：「如何是祖師西來意？」州云：「庭前柏樹子。」

雲門屎橛——

雲門因僧問：「如何是佛？」門云：「乾屎橛。」

洞山三斤——

洞山和尚因僧問：「如何是佛？」山云：「麻三斤。」

迦葉剎竿——

迦葉因阿難問云：「世尊傳金襴袈裟外，別傳何物？」葉喚云：「阿難。」難應諾。葉云：「倒卻門前剎竿著。」

南泉斬貓——

南泉和尚，因東西兩堂各爭貓兒。泉乃提起云：「大眾道得即救取貓兒，道不得即斬卻也。」眾無對，泉遂斬之。

晚趙州自外歸，泉舉似州，州乃脫履安頭上而出。泉云：「子若在即救得貓兒。」

他是阿誰——

東山演師祖曰：「釋迦彌勒猶是他奴，且道他是阿誰？」

不是心佛——

南泉和尚因僧問云：「還有不與人說底法麼？」泉云：「有。」僧云：「如何是不與人說底法？」泉云：「不是心，不是佛，不是物。」

即心即佛——

馬祖因大梅問，如何是佛。祖云，即心是佛。

非心非佛——

馬祖因僧問：「如何是佛？」祖曰：「非心非佛。」

兜率三關——

兜率悦和尚設三關問學者：「撥草參玄只圖見性，即今上人性在甚處？識得自性，方脫生死。眼光落時，作麼生脫？脫得生死，便知去處。四大分離，向甚處去？」

10

鳥口似乎骨折了，所幸敦子只是昏倒，約莫三十分鐘便恢復了意識。益田從敦子口中聽說中島祐賢慘遭殺害，驚慌失措地跑去打電話。

京極堂既沒有溫柔地照顧妹妹，也沒有安慰她，卻也沒有嚴厲地斥責她，只是瞇起眼睛，皺起眉頭，說了一句：

「混帳。」

敦子原本還表現得有些剛強，但一聽到那句話，臉色轉眼間變得慘白，順從地對冷漠的哥哥道歉。

益田回來了。

還是驚慌失措的模樣。

「啊，這到底是怎麼了？」

「別慌，益田，支援什麼時候會到？」

「一樣是明早，現在實在沒辦法。」

「附近的轄區沒辦法行動嗎？」

「那座寺院沒有電，什麼都沒有，所以鑑識作業只能在白天進行。就算在這種時間過去，也是白跑一趟。能夠做的頂多只有增派調查員和加強警備而已。就算是那樣，來到這裡也要一個小時以上，再從這裡走上一個小時，天也都亮了。」

「我明白了。還有，能不能為鳥口安排急救隊？雖然緊急包紮了，但他的腳似乎骨折了，沒辦法下山。」

「哦，急救隊馬上就來了，會請消防團的人送他到下面的醫院。可是中禪寺先生，令妹——敦子小姐不要緊嗎？」

「不用擔心她。敦子。」

「是。」

「妳能說話嗎？」

「可以。」

敦子詳細地描述明慧寺裡發生的事。

「中島祐賢——他頓悟之後前往貫首處參禪，結束出來的時候，被某人給打死了——是嗎？」

「是的。托雄似乎有事要找祐賢和尚，在入口等待時，遭人毆擊昏倒，醒來時發出了慘叫。」

「可是——貫首接受了參問嗎？」

「祐賢和尚說那是最初也是最後的參禪。常信和尚也說，至今為止沒有任何人去參禪。」

「這二十五年之間，一個也沒有？這樣啊。那麼妳說哲童——剛才的巨僧怎麼了？」

「這……」

敦子說明哲童奇異的行動。

「那根棒子被斷定為凶器了嗎？」

「不知道。我是這麼認為的，不過……」

「為什麼妳這麼認為？」

「托雄說兇手是哲童，還說哲童站在現場，所以……我是因為先入之見才會這麼想的嗎？」

「是怎樣的棒子？」

「唔……對，就像綁國旗用的……」

「旗竿嗎？這樣。那麼……對了，祐賢和尚的屍體旁邊有沒有掉著什麼？像是絡子或袈裟之類的？」

「我沒有注意到。」

「哦……」

京極堂詭異地沉默下來。

「這麼一來，剛才讓哲童離開就是個問題了。他是要逃亡嗎？這下子麻煩了。可是靠他的臂力，就算三個人一起上也打不過吧，只會平白受傷罷了，是有勇無謀吧。」

益田這麼說，姑且不論我的狀況，我實在不認為京極堂會一起動手。

「益田，哲童不會逃亡的，他應該是回去明慧寺了。」

「咦？為什麼？去自首嗎？」

「不是，只是回去而已。」

「可是哲童不是兇手嗎？」

「兇手會救助傷患，把他們送來嗎？」

「咦？可是敦子小姐，你們是被哲童襲擊的吧？」

「不，也不是被襲擊，我們只是嚇了一跳，滑了一跤而已。雖然我沒看到，但阿鈴在前面，所以我們嚇得停步，弄掉了手電筒，鳥口先生想要去撿，結果哲童突然從背後『撒』地大叫一聲，我們嚇得膽子都快破了……」

「撒？」

「敦子，那叫做『嗄』，在這種情況，是警告『喂，危險』的意思。」

「這樣嗎……？然後他『咿』地大叫……」

「那是『咦』吧，意思是『笨蛋，不要動』，是強烈警告時會說的話。」

「那，那個時候哲章是……」

「你們站的地方一定是崎嶇不平吧，所以哲章才警告你們。結果你們掉了下去，所以他救了你們。妳真是個無可救藥的大傻瓜。」

敦子默然。

但是如果在深夜山路裡看見哲章以那副模樣逼近過來，換作是我，在跌倒之前，可能會先心臟衰竭而死吧。

「可是這是警方的疏失，竟然讓你們兩個走那麼危險的山路下山。至少也該派個警官……」

「不能這樣說，是滿不在乎地闖進殺人犯猖獗橫行的殺人現場的一般民眾不對，警方沒有任何過錯。鳥口這個人連走單行道都會迷路，這妳也不是不知道吧？」

「對不起。」

「算了，去睡吧。明天開始妳給我乖乖待在這兒，只協助警方偵訊就夠了，其他事都不許做。事情辦完就早早回去。」

敦子再一次向哥哥低頭。京極堂不悅地看著她，然後就這麼站起來。

他似乎不打算對妹妹投以任何軟語溫言。

「益田，哲章他……不，無妨吧，好好調查啊。」

「請問……」

別具深意的臨別之語似乎更撩起了益田的不安，他戰戰兢兢地叫住已經把手放上紙門的京極堂。

「我問這種問題或許很奇怪，不過中禪寺先生認為——事情會就這麼結束嗎？」

京極堂把手放在額頭上，略微躊躇了一下說：

「嗯，或許桑田和尚需要萬全的保護。不過就算這麼說……」

接著他更加躊躇地小聲說：

「唯有這一點，下一個**可能是任何人**嗎……」

然後他就這麼離開房間了。

益田想要再度叫住他，卻被我制止了。

「他已經不會再涉入了。」

「這樣嗎……」

益田緊緊閉上嘴巴，沉默。

總之，我回到了房間。

稍微睡一下比較好。

注意到的時候，已經四點了。

為什麼我會一直在意時間呢？

不管是三點還是四點，也不會有什麼不同。

但是如果不知道現在幾點，我就是坐立難安。知道現在比平常還早十分鐘、或是還有二十分鐘，就感到放心。不受時間追逐的解放感，是因為有時間的束縛才能感受到。我是自己情願進入牢檻的。

原來是這樣啊。

棉被好冷。

天很快就亮了。

清早，為數眾多的警官與鑑識人員以及數名刑警抵達了仙石樓。率領的是國家警察神奈川縣本部搜查一課的石井寬爾警部。

石井與我因緣不淺。說是因緣不淺，但我們認識也才短短五個月，在去年底被捲入的案件之後，我們才真正交談過。雖然認識不久，卻似乎有著某些因緣。

石井神經質地用指尖觸摸著銀框眼鏡，走進大廳來。

鼻頭有些紅，因為很冷。

結果我終究沒能熟睡，從淺眠中醒來後，與益田兩個人待在大廳。益田好像沒睡。

「啊，關口先生，你這人一定是前世作惡多端吧，老是在這種地方碰見你。木場他好嗎？——那個人應該很好吧。哦，先別管這些了。喂，益田，山下到底在搞什麼鬼？」

「是，小的不知。」

「警察介入後還被殺了三個人，你這是叫我在記者會上怎麼說明？昨天的晚報已經用大大的標題寫著『警方醜態畢出　被害者增加　調查毫無進展』啦！」

「報紙上登了啊？」

「這不是廢話嗎？你在說些什麼啊？」

石井說得理所當然，但我也完全忘記這個世上有報紙這玩意兒了。只要在這種地方待上久一些，就會失去正常的感覺。

「那，要怎麼辦？」

「哪有什麼怎麼辦？把和尚全部叫下山來，把寺院清空。真是的，再也沒有比這更屈辱的案件了。」

「因為全員都是嫌疑犯嗎？」

「不是的，全員都有可能變成被害人，我昨晚從中禪寺先生那裡這麼聽說了。才剛聽完，就有一個人被殺，又有人被殺了。那個人的預言實在神準，簡直就像魔法一樣——真希望他再多預言一些。所以這是保護。」

與松宮仁如接觸交涉之際，京極堂曾經打電話給石井，應該是那個時候說的，但是把預測與預言混淆在一起，的確像是石井的作風。不僅如此，看樣子把京極堂當成魔法師的始作俑者就是石井。

但是只有這一次——魔法師說他的魔法失效了。

留下石井與益田，大批警官出發前往明慧寺了。那勇猛的陣勢，宛如象徵了要以蠻力打破膠著現狀的石井新體制。

然而新的指揮官警部本人似乎不打算進入現場。

「中禪寺怎麼了？哦，我是說那個哥哥，他在吧？」

石井用手暖著還有些紅的鼻子問我。我不知道，所以問女傭，她說京極堂還在房間裡。他難得地在睡覺嗎？我這麼想而望向時鐘，還不到六點。他很晚才就寢，就算睡到這時候也不奇怪。

「這樣啊。喂，益田，我想稍微整理一下。到了中午，就會有大批和尚和警官下來，所以得抓緊時間才行。」

石井警部翻過坐墊，拍了兩下，拂去灰塵後，重新鋪好坐下。

「唔，第一個被害人是小坂了稔，六十歲。於失蹤後在奧湯本遭人以棍棒毆擊致死，三天後的深夜，被棄屍在這家仙石樓的——哦，就是那棵樹嗎？唔，被棄屍在庭院的樹上，翌日自樹上滑落，被人發現……」

被丟棄在樹上的小坂了稔。

「第二個被害人是大西泰全，八十八歲。發現小坂遺體翌日，大西泰全在明慧寺的理致殿接見你們，緊接著也遭到棍棒毆擊致死。遺體被隱藏了一段時間，於翌日下午，在明慧寺的東司——這是廁所吧？被倒插在廁所裡。」

被插在廁所裡的大西泰全。

「第三個出現在昨天，唔，被害人叫菅野博行，七十歲。在明慧寺的土牢——這種舞台裝置根本是時代錯亂，在土牢內被棍棒毆擊致死。遺體旁被放置了乾燥大麻——這是一名叫菅原的轄區刑警報告的。」

乾燥大麻——被放置在一旁？這件事我沒有聽說。出家之後，菅野依然吸食大麻之類的東西嗎？

「第四個被害人同樣在昨晚遇害，中島祐賢，五十六歲，於明慧寺大日殿前遭到毆擊致死。關於這起命案，詳情不明。」

敦子說哲童揮舞旗竿還是放倒旗竿，但他如果不是兇手，那就是在傳達某種訊息嘍？

「總之就是毆擊致死吧，手段也不複雜，凶器應該是棒狀物吧。殺害小坂與大西的是同一種凶器——哦，這還沒有確定，是吧。這要是沒有古怪的事後加工，一般都可以視為衝動殺人，沒有計畫性。光看報告的話，感覺也不是多困難的案件。」

「沒有計畫性嗎？」

「沒有吧，你一直待在現場，難道不明白嗎？間隔也不一定，怎麼看都是漫無計畫地殺人。不過問題出在動機，也不像是沒有動機……」

「如果是漫無計畫的殺人，可能會出於什麼動機呢？」

「這很簡單。例如說殺了一個人，被另一個人目擊，所以把目擊者也殺掉，結果又被看到，只好再殺掉——像這樣連鎖行凶的情況。這種情形，犯罪本身會產生出下一樁犯罪的動機。還有，例如有個集團共享某種祕密，而將疑似會洩密者接二連三殺掉的情況。因為不知道下一個會是誰背叛，所以只好靠著一時的判斷，突發行凶。換句話說，這種情況只有先行的動機，而不知道觸發犯罪的契機何時會造訪。」

從外頭來看，可能是這樣的案件吧。

但是待在裡面的人，卻完全看不見如此有條不紊的構造。

益田也一樣吧。

在石井趕到之前，益田相當擔憂石井有可能重蹈山下的覆轍。

聽說山下一開始似乎也對搜查有著井然有序的主張，然而置身這樣的環境下，他的堅持好像也輕易瓦解了。但是現階段石井本身似乎沒有那樣的自覺。

「山下到底是怎麼了？那個人喜歡賣弄道理，可是鍛鍊還不夠吧。」

「就連千錘百鍊、不講道理的菅原兄都被困住了。」

「哎，是經驗不足。中禪寺先生的妹妹能夠作證嗎？我來和她談談吧。對了，那個叫鳥口的記者怎麼了？」

「黎明時送到醫院去了，他還能開玩笑，應該不必擔心吧。」

「那就讓他一邊治療，一邊慢慢聽他說吧。」

石井很沉著。

確實，我覺得只要把僧侶從那座寺院解放出來就不必擔心了。就像石井說的，在結界的外側，這個案件只不過是毫無計畫的毆擊致死案件。比起深入內部去解決，或許把他們拖出外面來更好。

益田不安地問：

「石井先生，這次的事態算是——大過失吧？」

「哎，是大過失啊。」

「山下先生會受到處分嗎？像是降級之類的……」

「你真笨，這種情況，會先從底下開始處分啊。山下被降級的話，你就是懲戒免職，我也得申誡減俸啦。擔心別人之前，先擔心自己吧。現在的第一要務是解決，喏，一起去中禪寺先生的妹妹那裡……啊。」

「請問……」

「妳是哪位？」

是飯窪季世惠。

「又有……誰遇害了嗎？」

「妳是……？」

飯窪看起來既不悲傷也不難過，若要形容，只能說疲倦萬分。不過她在這之前就已經充滿了十足的疲勞感，但是在相同的疲勞感當中，我看到了一絲下定決心般的果決。

那份果決，也可以從她的語氣中聽出。

「殺人案件的追訴時效是幾年？」

毅然決然。

「若是沒有申請時效停止，一般是十五年吧。」

「這樣啊……」

「妳是十三年前的松宮家案件的關係人嗎？」

「是的，我想了很多……」

飯窪以極為清澈的眼神看我，我用睡眠不足而混濁的眼睛回看她。益田欲言又止地朝我使眼色。

「十三年前發生的案件，與現在發生的案件無關。所以我想若是不早點說清楚的話，不曉得又會發生什麼事。」

「當然是說清楚比較好，但是……啊，敝姓石井。關於那個案件，我只大略瀏覽了報告書，不知道詳情，如果是報告書以外的情報，我就洗耳恭聽吧。」

益田說道：

「飯窪小姐，妳之前在明慧寺裡，沒有全部說出來嗎？」

「那個時候，那些就是全部。」

「那現在呢……？」

「我想起來了，全部……」

昨天，陰暗回憶森林深處的牢檻開啟了它的門扉，解放了被囚禁的記憶。

「鈴子把給仁哥的信託給我之後，我立刻開封，讀了內容。我忘掉了這個事實——不，封住了這個事實。」

「而妳現在想起來了嗎？」

「我封藏的記憶，只有『我讀了信』這件事。但是因為抹消了這個事實，我無法認識到因為它而連帶發生的案件……」

飯窪開始述說。

在村中屬於異類的松宮鈴子除了飯窪以外，幾乎沒有其他像樣的朋友，所以鈴子對飯窪付出絕對的信賴。鈴子會把信交給她，也是因為深信她絕對不會讀信，或是把信交給別人。

然而，飯窪卻沒有如此明確的意識。

比起對鈴子的友誼，飯窪反倒是對鈴子的哥哥松宮仁懷有強烈的愛慕。

「我並不討厭鈴子，而且也把她當成朋友，但是……」

飯窪說，鈴子的父親松宮仁一郎可能只把飯窪當成女兒上下學途中的保鑣或帶路人。所以她從未被招待進入宅子，甚至也沒有與鈴子的父親交談過隻字片語。

松宮仁一郎對女兒鈴子溺愛有加。

只要回家的時間遲了一些，他在就會玄關口大聲斥責鈴子，嚴厲地逼問她晚歸的理由。繞經松宮家再回家的飯窪說完「明天見」之後，好幾次都聽到鈴子被父親責罵的聲音。

換句話說，仁一郎幾乎都待在家裡。

「仁哥與他父親對立的原因其實似乎是鈴子，我依稀這麼察覺，但是……」

那一天。

飯窪被松宮家的傭人叫了出去。

傭人是個肥胖的大個子英國老太婆。

飯窪第一次被帶進松宮家的後門。

高雅地穿著長袖和服的鈴子就站在那裡。

──絕對要交給他喲。

──我沒辦法離開家。

──妳幫我告訴他，要他快點回來。

鈴子交給飯窪的信封上寫著「仁先生」。

從收件人的稱呼，飯窪預感到了什麼。

不是「兄長」，也不是「哥哥」。

「我立刻打開鈴子交給我的信，讀了。內容……」

「是情書吧？」

「關口老師，您真是殘酷。」

不知為何，飯窪露出有些遺憾的表情。

「真……真的嗎？飯窪小姐。」

「確實就如同關口老師說的。」

益田露出極為困惑的表情。

「這……但是飯窪小姐，他們兩個是兄妹吧？我是不曉得那個叫仁一郎的是個什麼樣的父親，但是那應該是妹妹想念哥哥的信吧？不管怎麼寫，字面都會很類似吧？」

「不，不是那樣的信，只要是女人……」

飯窪說到這裡，在虛空中尋找措詞。

「就算是孩子——也看得出是不是情書。」

她這麼斷定。

那麼那就是情書了吧。

「原來真有……這種事啊。」

石井對著啞口無言的益田說。

信上這麼寫著：

爸爸好奇怪，爸爸瘋了。我連一天都不願意與哥哥分離，但是我無法離開家裡一步。如果因為爸爸在家，所以哥哥不能回來，我會殺了爸爸。即使要殺了爸爸，我都想和哥哥廝守在一起。只要爸爸不在，我就可以出去外面了。我好想你，想見你……

想見你。

「一開始我難以置信，然後漸漸害怕起來了。哥哥與妹妹，這種關係是不被允許的吧？奇怪的是，那個時候我心想得報警才行。可能因為當時我還是個孩子，覺得那是一種罪惡吧。就在細細尋思當中，我漸漸地覺得這是污穢的、不潔的。而且那個時候——我喜歡仁哥，所以更會這麼想吧。」

結果飯窪來到寺院前又折返了。

聽說那個時候仁還在寺院裡。但既然已經看過內容，飯窪怎麼樣都沒辦法把信交給他。

飯窪萬分猶豫之後，就這麼回到松宮家，按下了門鈴。

「為什麼我會那麼做？現在想想，那只是單純的嫉妒，對鈴子的嫉妒。因為我不甘心，所以想要告密……」

——我果然贏不過鈴子。

原來是這種意思啊。

飯窪說她知道鈴子不會從玄關口出來。

因為父親禁止鈴子這麼做，這似乎是飯窪從鈴子本人口中聽說的。

松宮仁一郎對於女兒的小丫頭朋友突然來訪，而且不是要見女兒而是找自己，顯得非常困惑。

「我不知道自己為什麼這麼做，但我把信從信封裡抽出來，只把信交給了他。我不知道為什麼。」

仁一郎一眼就看穿那是女兒的筆跡了。

飯窪說，不知道仁一郎是熟知女兒的筆跡，或早有某種預感，但可能是前者。

讀著讀著，仁一郎的模樣明顯地出現了變化。

他的臉有如塗上朱色般變得赤紅，青筋迸現，眼珠充血。接著仁一郎把信揉成一團，看也不看杵在原地的飯窪，大聲叫喊女兒的名字。

飯窪逃走了。

既然把信交給了父親，飯窪的背叛很快——不，當下就會被發現了。鈴子與自己的關係也鐵定破裂。一旦毀壞，就再也不可能修復了吧。這是最差勁、最過分的背叛。然而不可思議地，因為飯窪對鈴子本身沒有半點恨意，所以只是一個勁兒地感到內疚，只是不願意看到鈴子的臉。

所以飯窪逃走了。

「我覺得鈴子會被殺掉，不，這或許是我的願望。我真的不討厭鈴子，可是或許我嫉妒她，所以……然而我卻覺得自己做了什麼無可挽回的事……」

雖然暫時回到了家裡，但飯窪坐立難安。

我覺得這是理所當然的。

益田問道：

「我記得妳說過，黃昏時，妳趁著家人在忙的空檔溜出去，就在這當中，火災發生了，對吧？那麼接下來的證詞也是一樣嗎？」

「不，我不是在火災發生之後才去的，是我**發現火災**的。」

「妳溜出去一看，結果已經燒起來了？」

「這……」

「小姐，接下來的事要是妳不說清楚就麻煩了。兄妹相愛並不觸法，但殺人放火就不一樣了。妳因為有人可能會被問罪，所以剛開始才會詢問我時效吧？我把它視為妳已經有所覺悟才坦承一切的，是嗎？」

石井說道，用食指抬起眼鏡。

飯窪閉上眼睛，睜開後說：

「我並不想陷他於罪，只是……」

飯窪可能是顧慮到松宮仁如，才無法說出決定性的事實吧。但是……

既然門已經開了，就再也無可奈何了。即使它最終將毀壞珍愛的事物，已經解放的事物也……

我稍微遲疑了一下，說：

「想要把它當成妳一個人的問題來解決是不可能的。而且，這已經是過去的事了。無論真相為何，他都為了某些事懊悔而出家了。如果這是事實，現在的松宮和尚也不會說什麼吧。」

「應該是吧。」

飯窪說：

「主屋已經燒起來了，火舌自兩處以上竄起，後門也燒起來了。而仁哥——正在玄關放火。」

「果然！松宮就是兇手啊。」

益田說。

昨晚對於次田刑警的追究，松宮也閃躲得相當曖昧。

「不，我不知道他是不是兇手。」

但是飯窪否定了益田的話。

「我看到的只有仁哥在玄關放火，其他的我不知道。或許仁哥的雙親遭到殺害，與主屋失火是沒有關係的。」

「可是只在玄關放火，這也有點……然後呢？」

「仁哥大叫著什麼，往山裡逃跑了。然後穿著長袖和服的鈴子邊哭邊追地跑了過去。」

「兩個人一起逃跑了？」

「我不知該如何是好，茫茫然了好一陣子。不久之後，火勢已經大到不可收拾，人也開始聚集過來了。我悄悄地把信封放進火裡燒掉了。我想我做的事一定是這樁慘劇的原因，所以害怕極了。而我把我的記憶連同信封一起燒掉了。」

「飯窪小姐……」

「嗯，這十三年之間我一直在尋找的，就是我剛才所述說的**記憶本身**，關口老師。這不是到哪裡尋找就能夠找得到的東西。也不是見到仁哥，談上幾句就能夠明白的事。失物就在**我自己當中**，我從一開始就知道答案了……」

確實，這不是松宮會主動說出的事。

——妳既然知道的話就早說啊。

榎木津曾經這麼說過。

「我之前在這裡的窗戶看到和尚，會怕成那樣，是因為我對仁哥的罪惡感。松宮家會家破人亡，一定就是我導致的。就連那封信，現在想想，或許鈴子其實是出於玩笑而寫的，如果是那樣的話，就等於是我殺了她。」

飯窪已經不再害怕了。

我心想，這名女性遠比我堅強多了。

「當然，妳昨天沒有把剛才說的事情告訴松宮和尚吧？」

「是的。」

「那位松宮和尚也沒有說出任何相關的話？」

「嗯。」

「我明白了，接下來就交給警方吧。即使原因在妳，行凶的也是別人，請相信警察吧。」

石井這麼作結。

「只是那起案件本身與這次的案件應該無關吧。不過飯窪小姐，妳是最初的被害人小坂了稔棄屍案件的目擊者。在第二名被害人大西泰全被殺之前也與他共處。不僅如此，明慧寺那名叫做阿鈴的女孩——對了，益田，你覺得那位阿鈴小姐與案件有關嗎？」

「我們懷疑阿鈴小姐可能是鈴子小姐的女兒。」

「這樣啊。而且還有什麼來著？那個叫松宮的和尚是明慧寺所在土地的……」

「聽說是繼承人。」

「對吧？所以你們與這次的案件也不能說是毫無關係。例如說，妳或松宮也有可能出於完全不同的理由，其實就是兇手。這件事請妳別忘了，所以請妳再配合一陣子，**馬上就結束了**。」

石井這麼說。

然後他在益田隨同下，前往敦子的房間。

飯窪被留在大廳。

我在心中悄悄地想。

這是不能夠有的妄想。

明慧寺的阿鈴，她的父親——是不是松宮仁如？

近親相姦——最後懷孕。作為嚴重的父子對立的原因，這個理由豈不是極為充足嗎？爭執到最後，仁殺害雙親，放火與鈴子一起私奔。傭人認為這只是平常的父子吵架，不當一回事地就寢，以致逃離不及，被活活燒死。仁在玄關放火，或許就是為了斷絕傭人的生路。

但是兄妹在山中失散了。鈴子就像昨晚的鳥口和敦子一樣，自懸崖摔落，被仁秀老人所救，帶到明慧寺去，所以不可能在搜索行動中被尋獲。而仁回到村子裡，儘管逃離了法律制裁，卻悔恨不已，剃髮遁入佛門。另一方面，鈴子生下阿鈴，成了不歸人。

不對。根據久遠寺老人的話，阿鈴不是在仁秀那裡出生，而是被長袖和服包裹著丟棄的。那麼……

——那裡不對勁。

不，這並非多大的歧異，整體構造應該沒有錯。

在這個階段，我無法想出其他可能的情節。

若是參照久遠寺老人的推理來思考的話……

我無法理解究竟是哪裡有蹊蹺，停止了思考。

飯窪感覺變得有精神一點了。

忽地我想起來了，飯窪昨天凝視松宮仁如的視線——那我無法理解的視線，或許是下意識中的疑惑——不，是對鈴子的嫉妒嗎？總之是無法訴諸言語的情緒醞釀出來的。而藉由語言將其解放的現在，她已經不會再露出那種眼神了吧。

如果相信石井所說的話，就快了。

僧侶、仁秀老人、阿鈴從山上下來的話，一切都會解決。

什麼都沒有了，結界當中將空無一物。快了。

然而，事與願違。

上午十點。

回到仙石樓的只有石井帶來的兩名警官與一名刑警而已。

石井迎頭受挫。

刑警說道：

「不行，他們不肯下山。」

※

僧侶在凌晨四點有了行動。

山下在凌晨兩點決定調查暫時中止。

夜晚的深山很危險，調查員疲憊不堪，人手也不夠。

菅原的奔走徒勞無功，無法拘捕杉山哲童。假設哲童就是兇手的話，也必須考慮他豁出去逃亡的可能性。若是他已經下山，就算找也是沒用的，只能改天再進行搜山了，同時也必須對全縣發出通緝令。

仁秀老人由次田保護，但不知為何，只有阿鈴一個人杳然不知所蹤。山下對於年少的阿鈴去向不明大為憂慮，卻也無計可施，仁秀說不需要擔心，不得已只好停止搜索。話雖如此，山下還是擔心不已。

僧侶在禪堂持續夜坐。

禪堂四周配置了警官負責警備，禪堂旁的建築物則分派了次田與龜井看守。

久遠寺醫生與今川、松宮三個人安置在那裡。知客寮則有桑田常信、加賀英生及菅原。至於牧村托雄，總不好讓他和加賀一起待在知客寮，話說回來，也不能要他回去禪堂，結果派了兩名刑警跟著他前往內律殿。

仁秀老人也在內律殿休息。

因為完全不了解兇手的動機，這種情況仁秀也很危險。兇手不一定只狙擊僧侶，仁秀老人也包括在這座山的居民這個範疇內，還是小心為上。

萬一阿鈴回來，或哲童也有可能過來，山下在仁秀的草堂安排了兩名警官。對手是哲童的話，只有一個人太不牢靠了，其實兩個人也還是很危險。

問題是貫首圓覺丹與兩名侍僧。

貫首起居的大日殿是殺人現場，而且還沒有完成現場勘驗，所以不能讓他們回去那裡。如果他們也一起夜坐就好了，但是貫首似乎不打算這麼做，同樣情非得已，只好將三人收容在知客寮的內房。就這樣，山下等待早晨來臨。

接著經過了兩小時。

首先，原本在禪堂夜坐的和田慈行拜訪知客寮的覺丹貫首。

山下以一日千秋的心情等待支援趕到，當然睡不著。桑田與加賀也因為中島遇害而震驚不已，在隔壁間持續夜坐。菅原等人則睡了。

門突然打開，山下跳了起來。

門口站著那個有如日本人偶般的男子。

「怎、怎麼了，和田先生？發、發生什麼事了嗎？」

「不必擔心，不必嚷嚷，貧僧是來迎接貫首的。」

「貫、貫首？」

紙門開了。

站在那裡的是桑田。

「慈行師父，這種時刻，是怎麼了？」

「常信師父……」

和田形狀美好的眉毛皺了起來。

「您回到此處是何打算？這裡沒有容納捨山離去之人的地方！」

「無妨，貧僧並不打算留在這裡。只是眼前祐賢師父發生了那樣的事，貧僧不能就此消沉沮喪地下山。」

「不下山──又能如何？」

「你才是，你打算要做什麼？」

和田瞪著桑田。

「總之我不是來找您的，我是來求見貫首的。」

「怎麼了，慈行？」

紙門再度打開，貫首站在那裡。他沒有穿袈裟也沒有穿法衣，而是一身白色便裝和服。

因為光線昏暗，只看得見那身衣物，簡直就像個幽靈。

「覺丹禪師……」

桑田退縮了。即使如同幽靈，貫首依然散發出強大的磁場。

和田恭敬地行禮。

「猊下，恭請移駕法堂。」

「法堂？還不到早課時間。」

「是法會。」

「法會？」

「了稔師父、泰全師父、博行師父，還有祐賢師父，這樣下去實在有些……」

「呃，喂！你們該不會是想要辦喪事吧？」

「正是如此。」

「慈行師父！你知分寸一些！你就不能認清現狀嗎？現、現在寺裡正處於殺人案件當中，解決案件才是……」

「常信，退下！慈行，我明白了，我這就去。」

「貫首……您……」

桑田常信不知為何啞然失聲。

※

「有那麼……恐怖嗎？」

「哦，他憔悴萬分，在那種環境下也難怪。換成是我，早就發瘋了。」

「山下他怎麼說？」

「所以下官才來詢問能否闖進去強制將他們帶走啊。」

「混帳，在殺人現場辦喪事，這前所未聞啊！不能阻止他們嗎？」

「說不通啊。他們在念經，根本束手無策。」

「什麼強制，用說的說不通嗎？」

「那些傢伙荒唐地竟辦起喪事來了，是否能夠將他們強制帶出？下官想徵求警部的指示……」

石井警部神經質地扭動雙手手指。

「不下山是什麼意思？」

石井緩緩地回頭看我。

「關口老師，那個喪禮大概多久可以結束？」

「不知道呢。大法會的話要辦上好幾天，一般的話只要幾小時。」

「好像從早上四點還是五點就開始了，因為有四個人……」

「等……他們辦完。」

「什麼？」

「在他們辦完之前待命，避免無謂的糾紛。他們不是嫌疑犯，就算是嫌疑犯，在辦喪事的時候既無法繼續犯罪，也無法湮滅證據。留下最低限度的配置人員，其他人下山，在這家仙石樓待命。鑑識人員繼續進行現場勘驗，遺體收妥後立刻解剖。只有哲童與阿鈴的行蹤繼續搜查。以上。」

石井這麼指示後轉過身去，大步離開大廳。

刑警與警官也沒能好好休息，再次前往明慧寺。

不知何故，我突然起了不祥的預感。

我前往京極堂的房間。

京極堂坐著。

但他並不是在坐禪。

他把雙肘撐在矮桌上，交握的手背托著下巴，注視著壁龕的十牛圖。

他房間裡的十牛圖……

我記得是「騎牛歸家」。

我慢慢繞過去，在看得見朋友側臉的位置坐下。

「京極堂。」

「幹麼？」

他看也不看地回話，總是這樣。

「我已經累了。」

「彼此彼此。」

冷淡的回答也是老樣子。

「聽說明慧寺的僧侶開始辦喪事了。」

「喪事？這樣啊，真是不死心。」

「不死心？」

「沒錯，真是不到黃河心不死。」

我不懂他的意思。

我遷怒似地說道：

「喂，京極堂，你到底在想什麼？這裡應該已經沒你的事了，快點回去挖你的倉庫如何？你在這裡拖拖拉拉些什麼？一點都不像你。這裡不是你家客廳，也不是你店裡的櫃檯啊，不是你該待的地方吧？」

沒有反應。

朋友好一陣子靜止不動，接著總算轉向我，說道：

「關口，全世界的時間流速都相同的狀態——這真的是正常的狀態嗎？」

「你在說些什麼？」

「我——不喜歡這樣。」

「不喜歡？」

「嗯，所以我有點憎恨小坂了稔——不，和田智稔。不對，我恨極了。」

「我不太懂你在說什麼。」

「是嗎？剛才，山內先生打電話來了，就在你和飯窪說話的時候。」

「哦？我沒注意到。」

「他說不行了。」

「不行？」

「嗯，一切都不行了。這樣就好了嗎？還是不好？我正在思考這一點。當然，這也不是想了就能怎麼樣的事。」

「不行是指什麼？」

「不應該有的東西——還是沒有比較好。」

「說明白一點啦。」

「**沒被發現就好了**。」

京極堂以惡鬼般的表情瞪著十牛圖。

三點時，尾島佑平來了。原本好像預定不是指認兇手，而是要指認聲音，但是最重要的僧人卻一個也不在，結果他白跑了一趟。我提供的情報完全沒有派上用場。

結果今早進入明慧寺的大半警官，帶著兩具屍體回到了仙石樓。

時間已經是下午四點了。

我看到兩具屍體被塑膠布一般的東西層層包裹、有如行李般被搬運下來。一具是中島祐賢，另一具是……

——菅野。

在我心中打從一開始就死了的男人，所以見到他的時候果然還是屍體。而且還是被捆包著，連臉都看不見。連一點點……

一點點的感慨都沒有。

不可思議的是，不僅是山下警部補、菅原刑警和次田刑警，連久遠寺老人和今川、松宮仁如都沒有回來。警官似乎換班之後回來了，石井警部感到滿腹狐疑。那個叫龜井的年輕刑警拚命地向石井警部說明情況，但似乎沒辦法將那特殊封閉空間內的氛圍傳達給他。

「結果幾個人留在那裡？」

「是的，呃……加上山下警部補，刑警本來總共有六個人，但我們三個人下山，留下今早趕去的支援人員兩名，所以總計是五名。警官加上今早進入的人員，總共十名。鑑識人員全撤走了。」

「為什麼山下不下來？沒關係，送輪替的上去，叫他下來，他一定累了吧。還有一般民眾，應該讓他們下來啊，今後的飲食問題該怎麼辦？這裡送過去的已經吃光了吧？」

「是的。那個叫桑田的僧侶是典座——負責伙食的，他會幫忙準備。是素食料理，不過說是料理，也不過就是粥……」

「粥吃了也不會有力氣吧。真是的，山下他幹什麼不下來？我有一堆事要問他，而且這樣也沒辦法開調查會議啊。」

「因為石井警部不上去啊。」

龜井下了結論。

但是答案很簡單。
他們出不來了。
他們一定成了山的俘虜。
我沒辦法繼續待在大廳，便出去走廊。
原本擦得光可鑑人的走廊覆上了一層灰塵，好一陣子沒有打掃了。走廊很暗，我觀察入微地看著走廊的木紋。然後我覺得我用眼睛嗅到了鳥口曾幾何時說過的老臭味。
走廊盡頭是通往二樓的那座樓梯。
有人靠在橋邊欄杆似的倚在扶手上。
是飯窪與敦子。
「關口老師……」
敦子開口了。
此時，一道漆黑的影子自階梯步下。
那是……
一身祈禱師漆黑裝束的京極堂。
黑色手背套與黑色布襪，黑色圍巾。
黑色簡式和服上染有晴明桔梗。
手上則拿著黑色的和服外套與黑色木屐。
只有木屐帶是紅的。
「你、你要做什麼？」
「哦，我已經明白意思了，關口。空與海之間，有北也有東。」
「啊？那你……」

「我要去。在**結界之上加諸結界**這種複雜的事，果然是不對的。」

「你有勝算嗎？」

「論勝負的話，我打從一開始就輸了。」

京極堂望向敦子與飯窪。

「敦子，妳的傷怎麼樣了？」

「我不要緊。」

「這樣啊，飯窪小姐。」

「是。」

「必須讓十三年前的案件結束才行。」

「咦……」

「我想驅逐**附在松宮鈴子身上**的大禿。」

「那是……？」

京極堂說完這些，便消失在昏暗的走廊。

敦子和飯窪愣住似地望著他的背影，但京極堂的背影很快地就與暗處的黑色同化，消失不見了。

我……

我奔上樓梯，只抓了外套，全速追上他。

大廳裡有眾多警官。

櫃檯裡，女傭和掌櫃都在。

沒有任何人注意到黑衣男子。

京極堂馬不停蹄，以同樣的速度走出外面。

就在我穿鞋子的時候，我們之間的距離變得更遠了。我奔出外面。
天色變得幽暗。
「喂！等一下！不要一個人去！」
「你留在這裡，你會跌倒受傷的。」
「別說傻話了，我怎會讓你一個人去……」
「接下來沒有有趣的收場，有的只是不愉快的結局。」
「那又何妨！」
雪塊發出聲響落下。白色的背景襯托下，黑衣的男子有如剪影般清晰無比。
他的前方……
站著一個雙腳叉開的高個子男子。
「你這個笨書商！要去嗎？」
「要去啊。」
那是榎木津。
「榎兄！」
我朝榎木津奔近數步。
「你一直躲在哪裡？你不是已經回去了嗎？榎兄，你被通緝了耶！」
榎木津完全無視我，說道：
「我想只有京極一個人負擔太重了，所以特地在這裡等，要感激我呀。」
京極堂與榎木津錯身而過時，頭也不回地說：
「謝謝你的關心，我都快感激涕零了。」
榎木津等京極堂越過身邊後，轉動脖子回顧他的背影，接著一轉身，跟上他的背後。

而我望著腳程迅捷的兩人背影，再度踏入山中牢獄。

心跳加速。

山中已經暗了下來。

看見大門了。

京極堂站在門前，眺望著如同柵欄的樹木，呢喃似地說道：

「這世上——沒有不可思議的事啊，關口。」

明慧寺如同海市蜃樓般浮現在眼前。

穿過大門。

京極堂如野獸般瞪視建築物，像要把它們烙印在視網膜似地看著。

參道上等間隔地燃燒著篝火，柴薪爆裂的聲響此起彼落。

煙霧迷濛，化在已經暗下來的虛空中。

京極堂在三門前停步，有些悲傷地檢視著這誇張宏偉的物體。

「持國。多聞。真想看看上面……嗯？千體釋迦嗎？」

警官跑了過來。

「你、你們是……」

黑衣男子對警官完全視若無睹，輕盈地穿過三門，侵入裡面。警官一副不知究竟發生什麼事的模樣，驚慌失措，但榎木津說「安靜點」，他便沒有再出聲。

京極堂面朝前方，轉動著眼睛說：

「那是東司——浴室。」

仔細一看，那裡確實是大西泰全陳屍的廁所建築物的方向。

他沒有進入迴廊，筆直地走出中庭。

幾乎所有狂態都是在這裡上演的。

「哦？**中庭裡沒有樹啊**，所以才……嗎？」

中庭裡確實沒有種樹。

京極堂就這樣筆直前進。

篝火燃燒著，中庭被染上不可思議的色彩。誦經聲彷彿自地底響起一般，逐漸傳入耳中。

京極堂依然不看我地問道：

「那就是佛殿嗎？」

「不，他們叫法堂。」

「法堂？沒有祖師堂也沒有土地堂。那是庫院嗎？那裡不可能有知事的寮吧。這邊的僧堂就是你們說的禪堂嗎？那個呢？那就是知客寮嗎？是獨立的嗎？原本是……什麼？」

京極堂看到知客寮，皺起眉頭。

「這裡的樣式不一樣嗎？」

「總覺得太勉強了，因為**沒有那種東西**，我不知道原本是什麼——不，他們也不知道，所以才擅自把它們定為七堂伽藍（註）吧。法堂後面的是叫做大雄寶殿嗎？」

註：所謂七堂伽藍之七堂，指的並非數目，而是寺院內的各種設備齊全之意。一般指三門（山門）、本堂（佛殿／大雄寶殿）、法堂、庫院、食堂、浴室、東司。名稱依宗派不同亦有所不同。

「他們是這麼叫的。」

「這樣啊，一切都折衷行事啊。」

京極堂簡短地說。

讀經聲越來越大了。不，不是聲音越來越大，也不是我們越來越接近，而是身體逐漸熟悉這內部的空氣了。

山下站在知客寮前，他發現我們了。

久遠寺老人從裡面走了出來，今川和菅原也跟著出來。

桑田常信還有英生接著從庫院出現。

京極堂看也不看他們，筆直地往法堂前進。

讀經聲越來越大了。

來到法堂前，京極堂依然不停步，就這樣爬上階梯。外面的全員三三兩兩地聚集，集合在法堂前。

「喂！榎木津！你在仙石樓躲得好嗎？」

久遠寺老人這麼叫道。

榎木津大聲回答：

「我才沒有躲哩，熊本先生！光著身體的笨蛋是看不見國王的！」

「榎兄，那你根本沒有回去嘍？你也沒有離開旅館，而是一直待在房間裡嗎？」

「囉嗦啦，小關。」

京極堂終於打開法堂的門扉。

讀經聲停止了。

本尊前是覺丹貫首。

貫首後面是和田慈行。

左右是各十餘名僧侶。

這裡已經沒有其他我知道名字的僧侶了。慈行回頭。

黑衣的美僧與一身漆黑的陰陽師在這裡初次交手。

「來者何人?」

「拜登御開山,並求掛搭!」(註)

京極堂說道,盯住慈行。

慈行皺起細眉。

「貧僧在問來者何人?放肆無禮!」

「你就是慈行師父——智稔老師之孫嗎?初次拜會,敝姓中禪寺。這段期間家妹承蒙照顧了。」

「你、你以為現在是在做什麼?現在可是在辦法事啊!」

「這一點我明白,我想來燒個香,獻個花。」

「什……什麼!你這是在侮辱人嗎?」

慈行倏地站起,法衣的袖子一瞬間鼓起,立刻萎縮下去,姿勢很英挺。同時京極堂滑也似地進入法堂。

註:僧人遊方行腳投住寺院稱掛搭,日本禪僧求掛搭時慣例會說這樣一句話。在嚴格的問答之後,才會被接納允許入內。

種類不同的黑影並排在一起。首先慈行威嚇對方。

「中禪寺先生，你以為此處能容你如此放肆妄為嗎？先表明你的身分才是禮數吧。那身打扮不似執法者，這若是當局的調查，貧僧還能夠隱忍，但是視情況，貧僧是不會善罷甘休的！」

然而京極堂並沒有脆弱到會被這點氣勢洶洶的怒罵給嚇退。

「我為大策子上抄死老漢語，為執名句，被他凡聖名礙的外道學人。悉知十二分教如表顯之說，依然不知佛法為何物之人——一介書商是也。（註一）」

「書商？」

美僧白皙的臉龐綻出微笑，恐嚇著外道之人：

「還真是個伶牙俐齒的書商，不過倒很明白自己的斤兩。那麼外道想頂撞正法，是嗎？所謂自不量力，指的正是你這種人！」

「但我曾聽聞，亦有令世尊贊云如良馬見鞭影而行之外道……？」

「那麼不問有言，不問無言，如良馬般速去即是！」（註二）

慈行有如要從外道手中保護貫首似地慢慢移動。

京極堂也配合他的動作，一步一步移動。

慈行的動作停住了。

他看到京極堂背後的榎木津了。

瞬間，慈行有些慌了。

偵探就像在等待這個時機，他粗魯地脫了鞋，大步踩出腳步聲進入。

我也慌忙跟上去。

「可、可惡……偵探！這太無禮了！這裡是說法之法堂，而且是貫首猊下面前！不是你這等俗人可以擅入之處！出、出去！」

榎木津大剌剌地走到慈行面前。

「哼，第六天魔王榎木津禮二郎帶著隨從的猴子來參觀葬禮啦！無禮的是你！」

「天魔？」

「如果你以為你贏得了京極，那就大錯特錯了，像你這種空殼子就該這樣……」

榎木津一把揪住慈行的前襟。

「你……你要做什麼……」

接著榎木津拖也似地把他從貫首面前拉開，「咚」一聲推到一旁。

「你做什麼？」

「**不過是個毛頭小鬼，別在那裡大放厥詞！**」

慈行以完全不像他的姿勢當場虛脫。

「喏，那傢伙已經癱瘓了，京極，快快解決吧。」

榎木津洋洋得意地說。

左右的僧侶面露慌張之色。

貫首緩緩地轉向這裡。

註一：語出《臨濟錄》中「大策子上抄死老漢語」、「學人不了為執名句，被他凡聖名礙」、「祇如十二分教，皆是表顯之說」等句。

註二：此段對話出於《碧巖錄》中的一則公案。內容為：外道問佛：「不問有言，不問無言。」世尊良久。外道禮拜讚歎云：「世尊大慈大悲，開我迷雲，令我得入。」外道去後阿難問佛：「外道有何所證而言得入？」世尊云：「如世良馬見鞭影而行。」

京極堂厲聲說道：

「乞請尊答。」

圓覺丹緩慢地以充滿威嚴的口吻回答：

「擅闖法會恣意妄為，擾亂大眾的不法之徒，貧僧沒有必要回答你的問題！」

接著他更緩慢地端正姿勢。

如此一來，便散發出有如磁場般的威嚴。

不知不覺間，久遠寺老人、今川還有山下就站在我的背後。他們後面則是桑田常信、托雄與英生，而松宮仁如似乎與其他刑警一起從外面窺看情況。

每個人都在看。

兩名侍僧立刻趕到貫首的兩旁。

左右僧侶也各自立起單膝，進入備戰狀態。

法堂一片緊迫。

覺丹吼也似地說道：

「在佛前引發如此騷亂，是對已遷化之先達不敬。立刻住手！」

「你適可而止，別再裝出一副禪僧的模樣了！」

京極堂怒吼。

「你只是個**花瓶**，別再繼續這種無意義的鬧劇了。小坂了稔設下的結界——已經破了。」

「貧僧不懂你在說什麼。」

「你還不死心嗎？你在尋找的東西，了稔和尚一直隱藏的東西，已經**不存在這個世上**了。」

「這……你怎麼……」

「所以就算你繼續賴在這裡，也得不到你所追求的位置，也不可能得到社會的認可。你只能永遠在這裡繼續辦禪寺**家家酒**，徒然老死罷了。即使這樣也好嗎？」

覺丹初次睜開了眼皮。這一瞬間，散發自他的身體、有如磁場般的威嚇感，全都從那雙眼睛洩漏一空。在我看來，覺丹就像突然變成了一個單純的老人。

京極堂瞪著那樣的覺丹，對著癱軟在地上的慈行說道：

「慈行師父，你等於是在這裡成長的，所以應該還不知道吧。」

接著他一一掃視兩旁茫然若失的二十五名僧侶，繼續說下去：

「隨侍左右的眾僧也聽好。這位圓覺丹師父並不是禪師，他對禪一無所知，他只是被請到這裡，執行名為貫首的工作罷了。我奉勸各位現在即刻下山，若問為什麼……」

京極堂再一次掃視眾僧，清楚地威嚇。

「因為這位貫首沒有能夠傳給你們的衣缽。」

「你、你再繼續胡言亂語下去，貧僧可不會善罷甘休！」

「胡言亂語的是你，圓師父！不……」

「前真言宗金剛三密會教主圓覺丹！」

「真……真言宗？」

慈行發出驚愕的聲音。

「中禪寺先生，這……這是真的嗎？」

常信問道，京極堂微微點頭。

「是真的，常信師父。諸位聽好了，明慧寺失去了了稔、泰全、祐賢三位禪師，而這位常信師父近期也將下山，所以就算繼續待在這座寺院，你們也無法**從任何人身上傳得嗣法**了。」

僧侶默默無聲地陷入狼狽。

「信、信口雌黃！這全是妄言妄語！」

慈行就像真的變回了孩童似地死命大叫，以凶暴的眼神瞪著京極堂。

京極堂無視他，朝動彈不得的覺丹走近一步說：

「覺丹師父，你所學的是與禪似是而非之物，是在個人當中重新構築宇宙之法——真言。」

覺丹的表情不變。

「金剛三密會是明治初年所成立的真言宗系的新興宗派，但現在已經失傳了。受到廢佛毀釋風潮的波及，有八成的寺院遭到廢寺，進入昭和時期，已經完全斷絕了。記得初代教主是——圓覺道——你的祖父吧？」

京極咄咄逼人地繼續說道：

「覺道教主是當山派修驗道（註）的修行者，經過嚴格的修行後，獲得了天眼通之神通，吸引眾多信徒，之後進入東寺修行，成為真言宗某一派的寺院住持，對吧？但是這只是為了進行宗教活動的權宜之計，結果他創立了真言宗金剛三密會這個宗派。它曾經榮極一時，然而時運不濟，金剛三密會維持不到十年便衰微了。再者，就算教主的位置能夠世襲，奇異的神通畢竟也只能夠維持一代。在你父親那一代，教團幾乎滅絕了。結果在教團消滅之前輾轉各宗派修行的你失去了歸處，流離失所，只能仰賴同是真言系寺院，相當於令祖父弟子的人擔任住持的**秩父照山院**，以食客的身分長年寄身在那裡，對吧？」

「秩父的照山院？那裡不是托雄的……」

「對，關口，這就是關鍵。這個人出身的寺院怎麼樣都查不到，不僅是因為他並非禪宗出身，更因為他其實**不屬於任何寺院**。」

「京極堂，你這是怎麼查到的？」

「你記得我在去年底曾經調查過一個神祕的真言僧吧？那個時候我也得知了圓覺道的事。因為同樣姓圓，令我耿耿於懷——昨天聽到照山院這個名字，總算連繫在一起了。」

京極堂說的神祕的真言僧，是去年年底在某起案件中即身成佛的怪僧。

「那、那種其他宗派的、而且是斷絕的宗派的教主，怎麼會在這座寺裡……而且還是以貫首的身分……？」

常信一臉愕然地問道。

他在這十八年間，一直將這名異教徒尊奉為貫首。

「重點就在這裡，常信師父。這個人是被小坂了稔的甜言蜜語給挖角來的。請仔細想想，為了調查而進入的寺院，哪需要什麼貫首？只要專心調查就行了。小坂了稔打從一開始就設計好，要讓這座寺院擁有一般寺院的機能——不，使它成為社會的、宇宙的縮圖。」

京極堂背對覺丹，面對所有僧侶。山下、今川與久遠寺老人都進入法堂，松宮和英生等人亦來到門扉旁邊。

「小坂和尚曾經在鎌倉的古剎修行，但是他的禪風似乎受到排擠。他認為『無戒』才是真正的禪，但是這在禪林當中，那不過是破戒罷了。於是他**誤會**了，認為自己無法像古時的禪匠般貫徹自己的禪風。」

註：修驗道是日本特有的一種揉合了山岳信仰、陰陽道、神道教以及中國的道教、佛教而成的宗教。

京極堂說著，緩緩地開始移動。

「他將『無戒』錯以為是『脫他律的規範』了。而他被放逐到這座明慧寺時，一定有一種山窮水盡之感。因為他明白若是沒有可以逸脫的他律規範，就無從逸脫起了。於是他便想要在這座明慧寺建造出能夠束縛自己的他律的規範。但是這不能夠是簡略的東西。封鎖自己的牢檻——他律的規範是一種箱庭社會——若是不將它的完成度提升到有如小宇宙一般，就沒有意義了。」

京極堂站到覺丹背後。

「所以他首先布下精巧的機關，使這座明慧寺與社會斷絕，卻同時能夠存續下去。接著他安排貫首、安排老師，迎接暫到僧侶，整頓好形式，並且將臨濟與曹洞這兩個流派的禪密封在裡面。就這樣，與一般社會和教團都完全斷絕的封閉社會便完成了。」

常信開口道：

「這實在……一時難以相信。」

「只能相信了。常信師父，你知道教團數度對你發出了召回令嗎？」

「召、召回貧僧？怎麼可能……」

常信果然不知道召回令的事。

「這是事實，而且據說發出了好幾次。但是這些全都被小坂了稔壓下來，拒絕了。」

「怎……怎麼可能有這種事，為什麼？」

「因為你也是不可或缺的要素之一，不能讓你回去。」

「不可或缺的——要素？」

常信陷入極度困惑。

「可是，我無法信服。中禪寺先生，無論身在怎麼樣的地方，只要想貫徹禪風就能夠貫徹。即使受到教團排擠、被社會輕蔑，還是辦得到的。然而卻故意做出如此奇異的行為，貧僧反而無法了解這有什麼意義……」

「常信師父，關於這一點，你應該是最清楚的。就算小坂了稔在鎌倉貫徹自己的禪風，孤高地持續修行——能夠企及的也只是愚夫所行禪，頂多是觀察相義禪，攀緣如實禪。孤高的修行，實在遠不及如來清淨禪的境地——小坂了稔是這麼想的。（註一）」

「京極堂，這是什麼意思？」

「關口，也就是雖然能夠做到使自己悟道，知道有佛性，知曉佛祖教誨並致力實行，卻無法直接進入佛境地來抓住**它**。縱然悟道，也遠不及拯救社會與眾生。所以那位常信師父才會認為修行者不能夠脫離社會，閉關在山中。但是小坂了稔的思考卻完全相反，他的想法是將應該參與的社會、該拯救的眾生全都**封入**山裡。所以，你們全員都不過是箱庭的材料罷了。」

「所以貧僧也是——不可或缺的要素。」

「小坂了稔創造了獨為他一個人的宇宙，藉由從那裡逸脫，確立他身為禪師的自我。然而這是極為駭人的妄想，是與禪的境地相距遙遠、最糟糕的境地。小坂了稔正是作模樣之人，一般不識好惡之禿奴（註二）。他只是擴大自己的輪廓，將他人捲入罷了。你們就這樣，在小坂當中活了好幾年。」

桑田常信啞口無言，當場坐了下去。

註一：《楞伽經》中把禪分為愚夫所行禪、觀察相義禪、攀緣如實禪及如來清淨禪四種。

註二：語出《臨濟錄》，「大德，且要平常莫作模樣。有一般不識好惡禿奴，便即見神見鬼、指東劃西、好晴好雨。」

「這……就算、就算這是真的……可是、可是特意迎來他宗之人作為貫首，這我無法理解。覺丹猊下，您真的、真的是真言僧嗎？」

即使常信激動地逼問，覺丹仍不發一語。

京極堂從背後俯視覺丹似地說道：

「在這當中，有任何一名僧侶曾經向他參禪嗎？應該沒有。這就是這個人不是禪師的最佳證明。最初而且是最後的參禪者祐賢和尚肯定大失所望。我想覺丹師父聽到祐賢和尚說『貧僧大悟』，只答了他一句『這樣啊』，對吧？還是你對他念誦了光明真言？」

覺丹垂下頭去，頓時萎縮了。

「那個和尚給了中島先生袈裟。」

山下說。

「這樣啊，可笑。就算拿了你的袈裟，頂多也只能當來當坐布。這位覺丹師父的確是這座寺院的貫首，但是他為明慧寺做了什麼嗎？在暗地裡活躍的全是小坂了稔。顯而易見，這個人只是為了貫首這個位置而準備的傀儡罷了。諸位聽好了，這個人夢想著祖父的榮華富貴，他渴望被眾多信徒簇擁、景仰、尊敬，他只是想要這種生活罷了，是個俗物。而且這個人甚至還想帶著你們復興金剛三密會。我說的不對嗎？」

眾僧侶明顯受到了衝擊。

慈行總算端正姿勢，看著前任貫首。

京極堂放低身體，在覺丹的肩頭呢喃：

「圓師父，你先是對貫首這個頭銜心動了，但是你進入這裡真正的理由是……」

「因為這座明慧寺是**真言宗的寺院**，對吧？」

「胡、胡說！這裡是禪寺！」

「怎麼可能？中禪寺先生，這再怎麼說也太……」

「這是真的，這裡的確是禪寺，但是，開山祖師非常有可能是空海或是與空海相關的人。」

「不、不許你信口開河！那種胡言亂語才不會有人聽信！眾僧！不要被迷惑了！不可以聽！這傢伙在說謊！」

慈行嚷嚷著，但僧侶似乎已經對他的話充耳不聞了。

京極堂站了起來。

「據傳將禪傳到日本的是榮西，但這並不正確。例如說，元興寺裡也有禪院，而興建它的道昭是飛鳥時代的人。道昭曾經入唐修習禪學。在奈良時代，禪也曾經傳入日本。天台宗的開祖傳教大師最澄自唐帶回來的就是圓、密、禪、戒四宗，而空海據傳也帶回了禪。」

「因為這樣就說明慧寺的開山祖師是空海，簡直是一派胡言。」

「我也完全沒有想到會有這種事。當然明慧寺是誰在什麼時候興建的，迄今尚未明瞭。而且擁有如此雄偉的伽藍，卻不見於任何紀錄，只能推測是因為某些理由，而將它自紀錄中抹滅了。那麼這就無從調查起，也僅能夠憑推論猜測，所以我無法斷定。但是這位覺丹師父卻相信了。」

「理、理由呢？」

「就是《禪宗祕法記》。」

「就是那個嗎？你所說的**不能夠存在的東西**！」

「是啊，關口，《禪宗祕法記》被認定為空海所著作的禪宗教典。據說已經失傳，並無現存。而那本夢幻之書卻存在於這座明慧寺，那就是證據。」

「這裡不可能有那種東西！」

常信使勁說道。

京極堂在覺丹背後繼續說道：

「覺丹師父是被了稔和尚這麼引誘的吧？——師父再怎麼說都是一宗之長，卻過著這般屈辱的生活，成何體統？如何？您願不願意擔任貫首？不必擔心，只要找到那本書，那裡就是真言寺，只要擁立師父為教主，重拾榮華也不是夢，而且那還是顛覆佛教界的大發現，只要坐在那個位置，不會敗露的……」

覺丹渾身劇烈地顫抖。

一直在兩邊看著京極堂的侍僧從覺丹身邊離開了。

京極堂在覺丹的耳邊說道：

「而你心動了吧？」

「可……可是已經、已經無所謂了！」

覺丹像要甩開京極堂似地昂首大叫，接著站了起來。

頭上的衣帽落下，禿頭露了出來。

威嚴蕩然無存。

「沒錯，你說得沒錯。我啊，是天眼通圓覺道的孫子。直到二十五年前，每天每天都歸命不空光明遍照大印相摩尼寶珠蓮華焰光轉大誓願地念著真言，是個真言和尚！了稔的確對我說了你剛才說的話，而我相信了。但是已經無所謂了，就像你說的，我覺得在這座山裡玩禪寺家家酒一直到老死也不錯。太長了，實在太長了。我啊，被了稔給騙啦！常信，你也被騙啦！」

「覺丹猊下……」

「那種東西、那種東西打從一開始就不存在。我心想一定有，過了五年。相信一定有，過了五年。待一回神，已經過了二十五年！」

「覺丹猊下說得沒錯。貧僧找了十七年，而亡故的泰全老師找了二十八年。但是哪裡都找不到那種東西。中禪寺先生，這裡根本就沒有那種東西。」

「光是只有期間長是沒有用的。常信師父，你們極積尋找的心情，其實只有一開始吧？就連這位覺丹師父都已經半放棄了，因為他都已經這把年紀了。而你們就這樣——完全陷入了小坂的圈套。」

「那麼中禪寺先生，會不會就連那本夢幻之書也是了稔師父為了誘騙覺丹猊下而捏造出來的？那麼這裡是真言宗的寺院的說法也是……」

「它真的存在。」

「真的嗎？」

覺丹瞪大了眼睛。

「一開始你不是說已經沒有了……？」

「我是說**已經**沒有了，但之前是有的。這裡的發現者——和田智稔——慈行師父的祖父，當然應該知道這件事。」

「和田智稔老師嗎？」

「我甚至認為智稔老師會頻繁地往返這裡，就是因為那本《禪宗祕法記》。慈行師父……」

被叫到名字的慈行用恐懼的狗一般的眼神瞪著京極堂。

「聽說，你傾心於白隱慧鶴。」

慈行別開頭去。

「白隱的確是日本禪宗史上首屈一指的禪師。再也沒有人能夠像他那樣淺白地對民眾說禪的禪師了。但是慈行師父，根據我聽聞的來看，你的禪風與白隱實在格格不入。但是我聽說你是智稔老師的孫子，總算明白為什麼了。根據我所聽說的，智稔老師晚年自稱大正的白隱。你真正尊敬的其實不是白隱慧鶴，而是未曾謀面的祖父——和田智稔，對吧？」

慈行默默無語。

「但是智稔老師自比為白隱，並非因為他們的才智禪風相近，這你知道嗎？」

慈行把臉別得更開了。

黑衣惡魔那雙銳利瞳眸的深處正在微笑——我這麼感覺。

「智稔老師會自比為白隱，是依據白隱在山中邂逅仙人白幽子，被授與了祕法這段《夜船閑話》中的軼聞。」

「噢，這仙人的故事我聽說過，」

久遠寺老人說：

「是菅野告訴我的。」

京極堂瞄了他一眼，繼續說道：

「智稔老師誤闖深山，發現這座明慧寺，可能也自倉庫裡發現了《禪宗祕法記》。而他接觸到**融合了密教與禪定**的嶄新的禪之後——被懾住了。但是他無法判斷那到底真蹟還是偽書，因為只有那獨一無二的一冊。所以他審查其他收藏的書籍，揣度它的真偽。他可能懷有冀望，要獲得這座寺院，使失傳的神祕禪風重新復活吧。但是在買下這裡之前，不能夠將此事公諸於世。為什麼呢？因為只要有這一本《禪宗祕法記》存在，這裡就極有可能是**真言宗**的寺院。」

「可是這裡並沒有那樣的倉庫啊。」

「沒錯，這裡沒有那種倉庫，**現在已經沒有了**。它在大正時期的大地震裡，自南側斜坡滑落，埋沒到土中了。」

「怎麼可能……」

「你們一直沒有看到腳底下的它，因為它已經離開了結界。諷刺的是，大地震使得土地價格下滑，這塊三十年來陷入膠著狀態的土地重新被買賣，寺院交到了別人手中，被松宮仁一郎先生買走了。智稔老師不知道倉庫已經不見，所以欺騙教團，使其與松宮先生簽下契約，要相關寺院提供援助金，然後為了完成三十年來的宿願……」

「來……來到了這裡，不久卻死了。」

常信雙手撐在木板地上。

「他將後事託給了泰全老師。不久後，了稔師父被請來……可是中禪寺先生，泰全老師對那座倉庫……」

「這就不曉得了。依我的判斷，泰全老師應該不知道。但是從覺丹師父的證詞也可以明白，了稔和尚是知情的。聽說智稔老師自生前便要求了稔和尚隸屬的寺院幫忙調查此處，所以或許他曾經與了稔和尚接觸過。不，或許就連派遣到此處，也是了稔和尚主動要求的。」

「貧僧……」

「理當出不去的。受和田智稔的妄執所牽引，被小坂了稔的妄想給圍繞，同時被這位圓覺丹師父的我執給監視——這裡是座牢檻，你們都是無辜的囚犯。」

僧侶一個、兩個站了起來。

「怎麼樣？」

三三兩兩地，已經有半數僧侶起身，無力地看著京極堂。

「你們還要繼續待在這座明慧寺，繼續這樣的鬧劇嗎？對於現在的你們來說，這名真言和尚只不過是個假貫首！如何？」

京極堂以幾乎響徹整間法堂的嘹亮聲音說。

坐著的僧侶深深垂頭。

站著的僧侶渾身瑟縮。

結果所有人都站了起來。

他們打算下山了。

「山下先生是哪位？」

「我是。」

京極堂以銳利的眼神看著山下說：

「這裡的和尚似乎已經可以離開這座山了。就依照原定計畫，請他們暫時到仙石樓去吧。如果擔心的話，請安排人手……」

「我明白了，可以了，是吧？」

山下叫來菅原與次田。

接著幾名警官過來了。

僧侶分別向前貫首與慈行行禮後，魚貫走出法堂。

小坂了稔的結界完全毀壞了。

「可、可惡！」

突然……

慈行衝到中央。

「喂！不要被此般戲言給迷、迷惑了！這傢伙！這傢伙滿口胡言！喂！你們沒聽到我的話嗎？不聽我的命令嗎？」

慈行想要毆打一名僧侶。

他揮起的手被榎木津給抓住了。

「放、放手！」

京極堂來到他身邊，說道：

「慈行師父，就連外道的我都賭上了性命對抗禪師，請你不要做出難看的舉動。」

慈行想說什麼，榎木津俯視他說：

「我是天魔，所以什麼都不用賭。京極！這傢伙的裡面**空空如也**，就算想驅逐也無從動手。說什麼都沒用，沒救了！喂，社長，他要是鬧起來，就沒辦法**繼續**了，押住他！」

山下被稱為社長，也不動怒，反問道：

「繼續……還要繼續嗎？」

「接下來才是重頭戲。」

京極堂拭去汗水。

這個平常完全不會流汗的男子，竟在如此寒冷的地方流汗了。外道書商對於蜷蹲在祭壇前的前貫首送上憐憫的視線。

「覺丹師父，你怎麼辦？」

「我也不能再待下去了，我遲早會下山，但不能就這樣離開。縱然我只是個花瓶，屬於其他宗派，但我再怎麼說都以明慧寺貫首的身分在這裡待了二十五年。能不能至少讓我待到最後？你要說的話……也尚未結束吧？」

「嗯，如果對手只有你一個，那就輕鬆多了。」

京極堂靜靜地轉向本尊。

僧侶退散之後，法堂一片空蕩。

慈行被菅原押住退場，留在原地的只剩下我和榎木津、久遠寺老人與今川，以及常信和尚與覺丹，再加上山下和松宮仁如而已。

京極堂開口道：

「我的任務原本就到此為止。就連古老的佛具、禪床之法具，日久天長亦會轉化為怪異，此為自明之事，而今一切都驅逐殆盡了。現在在場的人當中，已經沒有任何蠶食心靈的附身妖怪了。但是……」

他在猶豫。

久遠寺老人說道：

「中禪寺，我不知道你在害怕什麼，但是依我的想法，被害人應該不會再繼續增加了，你不必害怕。」

「久遠寺醫生。」

京極堂發出陰沉的聲音。

「停止的時間一旦突然開始流動，究竟會發生什麼事？久遠寺醫生，你應該非常明白才是。關口，你也是。我……不願意再看到那種事了。」

久遠寺老人瞬間理解了什麼，突然漲紅了臉，按住眼頭。

京極堂說道：

「這裡由於雙重的結界，長久以來一直受到封印，所以這和以往的例子完全不能相提並論。停止的時間，或許幸福其實就在其中。

我知道那甘美的時間。
我望向松宮仁如。
他露出一張如同模子印出來的平板表情。
外頭安靜下來了，僧侶肅靜地投降了。
法堂的外頭是夜晚，我不知道時刻。抵達這裡之後，究竟經過了幾小時？
我突然不安起來。
——結界還沒有破嗎？
「中禪寺。」
久遠寺老人開口詢問：
「你所說的雙重結界——是小坂與和田智稔所設的？」
「不，這兩者是一樣的。」
「那……」
「這座明慧寺原本就被設下了結界。」
我閉上了眼睛。
京極堂的聲音迴響著。
「和田智稔進入結界內部，看到了山中異界，因而成了這裡的俘虜。智稔模仿那個結界，設下了自己的結界，所以才能夠形成如此牢固的結界。小坂了稔只是利用這個強力的結界來創造自己的小宇宙罷了。小坂的確是個聰明人，卻沒有隱藏住這整座山的器量。若是沒有這座明慧寺，小坂的咒法——這算是一種咒術吧——是絕對不可能成功的，這在其他地方是辦不到的。」
「應該是吧。先是有這塊立地，而且最重要的是，它不為人知、也沒有記載於任何紀錄，就這樣存在了幾百年……」

久遠寺老人說到這裡，停住了。

「沒錯，那就是**一開始就存在**的結界。山中寺領的結界並不稀奇，但是那些古雅的契約，現在卻因為開發這種赤裸裸的野蠻行為，完全被置之度外了。只須擺上一塊石頭，『不可擅入』的契約就能夠成立的美好時代，已經是遙遠的過去了。然而這裡卻在這樣的條件下，幾百年之間沒有被任何人發現。我想——這應該是最強的結界。」

「啪」地一聲，木炭爆裂開來。

是我多心吧。

「那是誰所設下的結界？」

是常信的聲音。

滋滋作響的是蠟燭的芯燃燒的聲音。

沙沙——瓦上的雪花隨風飛舞。

「是數百年來守護著這裡的人。」

「咦？」

「那個人就是兇手。」

「兇手——到底是誰？」

「兇手——是這裡**真正的貫首**。」

「什麼？」

「兇手就是那裡的仁秀先生啊。」

京極堂指著外面。

門口站著衣衫襤褸的仁秀老人。

「你！什麼……咦！」

山下大聲嚷嚷起來。

仁秀老人瞇起一雙大眼，眼角擠出多到不能再多的皺紋，笑容盈滿了整張臉。

「仁……仁秀老先生！你就是兇手嗎？」

久遠寺老人的臉紅到不能再紅了。

「是、是，正是如此。」

仁秀說道。

「初次拜會，敝姓中禪寺，我可以稱呼你為仁秀師父嗎？」

「如你所見，貧僧是個乞丐和尚。」

「原來你是個和尚！」

久遠寺老人在自己的禿頭上用力一拍。

常信與覺丹彷彿停止了呼吸似地僵在原地。

「已經可以了，仁秀師父，我想你沒有要隱瞞的意思，也不打算自首吧？」

「一切順其自然。」

「怎麼這樣……喂，你……」

山下只是浮躁不安地左右顧盼，接著撩起頭髮。

仁秀挺直背脊，與京極堂面對面。

「年輕人，貧僧從剛才就一直在這裡聽著，但你是怎麼看破是貧僧所為？」

「很簡單，你在一開始就自報姓名了。」

「哦？貧僧是在何處自報姓名的？」

「殺害小坂了稔的時候。我見了今天原本要在仙石樓指認兇手聲音的按摩師尾島佑平先生。他的雙眼失明，還勞煩他過來，結果卻讓他白跑一趟。那位尾島先生說，疑似兇手的那名僧侶說道，**漸修悟入終歸是件難事**。」

這我也聽說了。

「哦？那又如何？」

聲音變了，語調也不同。

「沒有如何。**漸修悟入**——說到漸悟禪，那就是北宗禪。北宗禪在奈良時代由唐僧傳入日本，卻完全沒有在日本扎根。日本現在的禪，全部都是源自於南宗禪的流派。換言之，全部都是**頓悟禪**。這樣說的話，兇手既非臨濟僧，也不可能是曹洞僧了。更何況這不是僧侶以外的人會說的話，如此一來，可能性就所剩無幾了。在北宗衰微之前能夠將漸悟禪傳至本朝的，以時期來看，最澄與空海算是極限了。不過不是最澄，那麼空海所帶回來的禪，不就是北宗禪嗎？如果明慧寺是與空海有關聯的禪寺，那麼守護這裡的人，所傳遞的應該就是北宗的漸悟禪了，那麼名字的讀音與北宗之祖六祖神秀相同（註）的你……」

「了不起，了不起的領悟！」

仁秀以鏗然有力的聲音說道。

「啊！」

今川大叫出聲。

「原來……那就是你嗎？」

「沒錯，前幾天在理致殿與你對話之人，正是貧僧。趙州狗子之領悟，著實精采。」

「今、今川，沒有錯嗎？」

山下只是驚慌失措。

完全失去了威嚴的覺丹問道：

「仁秀……不，仁秀師父，你、你究竟是什麼人？真、真的就像這個人說的……」

「貧僧就如同這位先生說的，承襲了代代守護此山的仁秀之名號也。」

「繼、繼承北宗禪……？」

常信的聲音在發抖。

「吾等並未標榜北宗，原本並無宗名，無南亦無北。除佛弟子之外，本來無一物。」

「那空海是……？」

「雖如此傳說，卻是無所謂之事。吾等法脈自六祖神秀起師徒相傳，承襲至今。無論開山者是誰，皆無關係。」

覺丹深深嘆了一口氣。

註：神秀（jinsyuu）與仁秀（jinsyuu）的讀音在日語中相同。

仁秀述說道：

「過去，智稔和尚初次造訪時，貧僧初屆不惑之年。智稔和尚看到貧僧，大為驚訝，貧僧這身模樣，也難怪他，而貧僧也大感吃驚。前代經常下山訪里收購書籍，此外還有代代繼承的眾多禪籍，因此貧僧徒有許多知識；然而貧僧年逾不惑，才初次見到除了前代以外的僧侶。智稔和尚將貧僧比喻為白幽子，大為駭異。」

「所以，你、你和智稔老師是……」

常信困惑極了，十七年間共住於同一座寺院，常信卻無法看破這名老人的真面目。

「智稔和尚說他已大悟數次，小悟無數，貧僧無法理解其境涯。因此貧僧除了初會，再也沒有見他。」

「但是智稔師父說他來過好幾次。」

「即使他來，貧僧亦不見，貧僧不知道他來過幾次。其後，在那場大地動之後，泰全師父來了，然後就這麼不走了。」

「後來我和了稔就進來了……」

覺丹垂下肩膀，把手按在額頭上，露出極為難受的表情。

可能是在這座山裡度過的二十五年的時間一口氣壓了上來吧。

京極堂問道：

「了稔和尚知道你的真面目嗎？」

「應該不知。」

「倉庫的事呢？」

「他自己私下在調查吧。不過貧僧自它在地動中崩落後，未曾再訪，也未尋找，因此也不知道它埋沒在何處。」

「沒去過？可是《禪宗祕法記》不是放在裡面嗎？」

覺丹用卑俗的口氣追問。

仁秀口齒清晰地回答：

「那種東西不過是紙片，不過是書寫無用文字之物罷了。執著於斯——愚昧矣。」

覺丹的頭垂得更低了，立場完全逆轉了。

「仁……」

山下似乎總算振作起來了。

「仁秀先生，那個，可以請你坦白一切……？」

警部補說道，從內袋裡掏出記事本。

「如果你是兇手，我就非問不可了，因為我是警官。」

「你殺了小坂了稔吧？」

山下問，仁秀深深點頭。

接著仁秀淡淡地述說：

「了稔師父在那一天，早課之後來到貧僧的草堂，待到黃昏時分。」

「他在你那裡嗎？」

「沒錯，而他這麼說了。」

「仁秀，這次啊，這座山或許會被賣掉。那樣一來，你就得離開這裡了，那樣你會覺得很困擾吧？」

「是啊、是啊，很困擾啊。」

「所以為了買下這塊土地，我想賣掉某樣東西。我以前從智稔老師那裡聽說過，不過你從一開始就住在這裡了，你應該知道吧？就是這座寺院的大倉庫。那座倉庫滑下懸崖，被埋起來了。我想要賣掉那裡頭的東西，然後用賣得的錢，買下這裡。我沒有其他可以拜託的和尚，你可以幫忙我嗎？」

「那麼了稔和尚給我的信裡所寫的所謂**不世出的神品**，指的就是那些書嗎？」

今川擊掌說道。

「貧僧因為有田裡的工作，告訴了稔師父農事完了後可以幫忙，便離開了，但回來一看，了稔師父還在那裡。然後他要求貧僧同行，貧僧便同行了。」

「穿過覺證殿後面嗎？」

「正是。」

「而那一幕被托雄看到了啊……」

「仁秀，你在這裡待了多久了？」

「連數歲都無意義之久。」

「這樣啊，我待了二十五年，二十五年間，我一直做著蠢事。你雖然不是和尚，卻有學識，你知道悟這東西嗎？」

「小的離那般佛境界甚遠矣。」

「仁秀，雖然你這麼說，但你不可能只是隻老鼠。」

「哦，老鼠指的是什麼呢？」

「智稔師父在過世前，曾經提到你的事，他說你是白幽子。」
「小的並非悠遊仙境般優雅之人。」
「這樣嗎？我在這座山裡建了一座牢檻，你知道為什麼嗎？」
「完全不知。」
「是嗎？我啊，建了一座牢檻，是為了要讓牛逃出牢檻。然後我總算捕捉到牠了，我啊，現在正在得牛之處。**現在才要開始**，所以絕不能讓這塊土地被搶走。而且大學也要派人過來。」
「牛嗎？」
「是啊，牛。」
「那麼，那頭牛在哪兒？」
「就在這兒，而牠已經不在了，我知道自己就是牛了。昨天，我豁然大悟了。好長，我花了二十五年哪。」
「大悟……了嗎？」
「大悟啊。」
「您真的大悟了嗎？」
「真的，是生是死都一樣了。」
「一樣？死應是令人恐懼之物吧？」
「我不怕。」
「您真的大悟了吧？」
「懷疑什麼？我是此等境地。」

「說到這裡，了稔師父果決地當場坐了下來。背脊直挺，真正是完美的坐相。他確實是了不起地大悟了，貧僧這麼認為。」

「然後呢？」

「貧僧殺了他。」

「什麼？」

「**貧僧殺了他**。」

「為、為什麼？」

山下微微顫抖。

「貧僧迄今未識大悟也，只管修行，卻連小悟亦不知。貧僧就這樣活了近百年，什麼區區二十五年。」

「百、百年？」

山下用一種看怪物般的眼神看著仁秀。

「貧僧只是唯唯諾諾地生活，花了百年，連悟道亦在半途。離開播磨之國（註一），來到箱根，被前代仁秀收留，是萬延元年（註二）之事。讀書、坐禪、誦經、作務，一切知覺，不捨十方，活了這麼久，修行卻絲毫無成，貧僧是多麼地不成材啊。」

「所以……動、動機究竟是什麼？」

「豁然大悟也。」

「什麼？」

「京極堂，這位仁秀師父是……」

京極堂說道：

「沒錯，他是依照**悟道人的悟道順序一個一個加以殺害**的。對吧？」

「正是如此。」

「這算什麼？喂，仁秀先生，你……」

「如同這位先生所言，貧僧殺害了豁然大悟的尊貴之人。」

首先是今川聲音沙啞地說：

「啊，泰全老師在那一晚對我說『原來如此，感激不盡』。我想老師一定是在對我講述狗子佛性的時候，自己也頓悟了。結果，因為這樣？老師**只是因為這樣**就被殺了嗎？」

「哲童說，泰全師父大悟了。貧僧立刻前往拜訪，詢問其見解，那真是——了不起的見解。」

接著是久遠寺老人以痙攣般的聲音說：

「那、那，仁秀老先生，我、我那個時候告訴你菅野大悟了，所以……」

「正是。博行師父儘管入老境之後才出家，心懷難以斷絕之煩惱，卻令人敬佩地大悟了。」

「所以你殺了他嗎？這太、太亂來了！」

老醫師青筋暴露，將吼聲吞回肚子裡。

接著常信以青黑色的陰沉表情說道：

註一：日本古地名，為現今的兵庫縣西南部。

註二：萬延為江戶時代的年號，其元年為西元一八六〇年。

「祐賢師父也是這樣嗎？仁秀師父。」

「祐賢師父向貫首參禪後，領取衣缽出來，所以……」

「所以，你殺了他嗎？他是與貧僧問答之後大悟的……但是為什麼？噢……」

常信伸手按住了臉。

「這太蠢了，這簡直瘋了！」

山下再次站了起來。

「這太奇怪了吧？太奇怪了，對吧？還是瘋的人是我？什麼悟不悟的，那算什麼？那、那是什麼關乎生死的大事嗎？」

山下一次又一次跺腳，把地板踩得吱嘎作響。

京極堂靜靜地，但嚴厲地說道：

「山下先生！刑警比嫌疑犯還要錯亂，成何體統？聽好了，你剛才的看法是錯的。依你的說法，為了獲得巨款而殺人、或為了嫉妒而殺人就是正常的，只有殺害大悟之人的人是瘋狂的。」

「咦？」

「殺人就是殺人，是不被允許的事。但是只容許自己理解的動機，拒絕無法理解的動機，這是相當可議的。這位仁秀師父自幼讀遍古今禪籍，百年來過著幾乎與世隔絕的生活。他與國家、法律和民主主義都毫無關係。這座明慧寺裡原本只有他一個人，這位仁秀師父的常識，就是這座山的常識。雖然這些——在這裡**被發現的現在**——再也無法適用了。」

京極堂也站了起來。

「這裡是北宗的聖地，是漸悟禪的修行場所。然而南宗的末裔卻大舉擅入此處，設下結界，大叫著頓悟、大悟。該被排斥的異端——是你們才對。」

常信與覺丹緊緊閉上眼睛，表情僵硬。

他們和我們相同，其實也是異類。

山下思考了半晌，但他坐了下來。

久遠寺老人開口道：

「等一下，那麼那些手腳又是什麼？」

「對、對了，那些手腳——那也是這個人幹的嗎？因為那些，我們絞盡腦汁……」

樹上的小坂了稔。

被插進廁所的大西泰全。

身旁擺上大麻的菅野博行。

被放倒棒子的中島祐賢。

那是意義不明的比擬嗎？

還是裝飾？

「那是供養。」

「供養？」

「說供養可能有點不對吧，那是哲童做的吧？」

「似乎是。」

「喂，中禪寺，說明白一點啊。」

「久遠寺醫生，這沒辦法說明白的，因為那是公案啊。」

「公案？」

除了榎木津以外，全員皆異口同聲地說。

「仁秀師父，你把殺害的小坂怎麼了？藏起來了嗎？」

「沒有，只是……」

「哲童來到了現場，對吧？」

「是的。哲童力大無窮，所以了稔師父告訴他場所，要他熄燈後來幫忙。哲童在那位瞽目的先生離開後追了上來。他問貧僧怎麼了，貧僧便回答我殺了了稔師父。哲童卻問了稔師父**為何來到這樣的地方**，所以貧僧叫他自己想。」

「泰全遇害時呢？」

「貧僧與哲童共同拜訪理致殿，當場殺掉泰全師父後，貧僧說，**此正是佛**。」

「當場？這太奇怪了……啊，原來如此。」

山下抱住了頭。

「你是為了湮滅證據才留在理致殿的嗎？」

「貧僧將髒污之處清理乾淨了。」

「是出於這種理由啊，你掃得很仔細嗎？」

「掃除時，便掃除三昧。幸好地板上只沾上了一些血跡，此時，您來了。」

「所以，你才會說『**你也**明白了嗎』……？」

今川恍然大悟。

「菅野遇害時呢？」

「那時，哲童向我問道：『**佛在哪裡**？』我便告訴他在奧之院（註）。」

「奧之院？那座土牢嗎？」

常信狐疑地問。

「貧僧是這麼稱呼的。幼少時期，貧僧曾在那座牢檻裡修行，那真是恐怖啊。」
「哦，上面畫有大日如來呢。」
今川說。
「是啊，那就是**本尊**。」
「本尊——這裡果然是真言宗——那裡是奧之院……」
常信似乎再次感到驚異。
「祐賢和尚遇害時，你對哲童說**得到袈裟**，是吧？」
對於京極堂的問題，仁秀答道「正是」。山下問道：
「你在那個時候毆打牧村，是因為不想被看到嗎？」
「托雄師父似乎想要加害祐賢師父，他拿著棒子等待著。所以，貧僧讓他昏迷了。」
「棒子？這他倒是沒說呢。」
山下感到納悶。
「他拿著棒子。貧僧想，若是托雄師父加害祐賢師父——這萬萬不成。」
「要是被搶先就不好了？」
「不，托雄師父也會墮入地獄。」
「唔，我不懂……不管這個，中禪寺先生，這又能看出些什麼呢？」
京極堂首先對久遠寺老人說道：

註：寺院裡安置祕佛或開山祖師之靈的地方，通常設在比本堂更深之處。著名的有高野山的奧之院。

「有一次，僧人問趙州和尚：達摩**為何從西邊來**？和尚回答：**庭前柏樹**。」

「啊，那飯窪小姐看到的是哲童嗎？可是，為什麼是那一天？都已經過了三天了。」

「久遠寺醫生，那是因為哲童在找柏樹，箱根山裡沒有什麼柏樹。一般禪寺的中庭會種植柏樹，所以才會有這則公案，但這座寺院裡沒有柏樹。而且那必須是庭院裡的柏樹才行，所以……」

山下狐疑地問仁秀：

「這段期間，屍體怎麼處置？」

「一直擺在背架上。」

「擺在背架上？」

「在草堂的泥地間裡。」

「完全沒有人注意到嗎？典座的和尚不是會過來嗎？竟然這麼毫無防備……」

「山下，這種事是會發生的。」

久遠寺老人感慨良多地說。

京極堂接著對今川說：

「有一次，一名僧侶問雲門和尚：『佛是怎樣的東西？』和尚回答：『是乾掉的屎橛』。」

「屎橛？屎橛是……？」

「挖糞用的竹棒。」

那時，哲童的確前來泰全的房間，問道「屎橛」是什麼。因為哲童正在思考這則公案，而大西泰全——藉由**被插進茅廁**而成佛了。

京極堂接著對山下說：

「有一次，一名僧侶問洞山和尚：『**佛是怎樣的東西**？』和尚回答：『是**麻三斤**』。」

「杉山哲童昨天是在想這則公案，他在想麻是怎麼樣的東西，所以才去問牧村大麻的所在，並且去看了。換言之，哲童並非在做事前準備，而是他正在想這則公案的時候，你正好殺了人。原來如此，麻的確是被分成了三束，是麻三斤。」

「噢，原來這不是在揭發罪行啊。」

久遠寺老人更加落寞地說。

京極堂最後轉向常信說：

「你應該已經明白了吧。摩訶迦葉問阿難尊者：『除了**金襴袈裟以外**，你從釋尊那裡**得到了什麼？**』迦葉呼喚阿難，待他應聲之後說：『**放倒門前的旗竿**。』」

「是迦葉剎竿啊，那麼，哲童放倒那根竿子的時候，頻頻側首是因為……」

「他不知道所謂的門前指的是哪裡。這座寺院有許多門，或許是指建築物前面，也有可能是三門或大門……」

「完全——就是公案。」

「就是公案，全都是出現在《無門關》及《碧巖錄》當中的有名公案。他應該是在思考這些吧，每天。」

「要……要是早知道的話……」

山下沮喪地垂下頭去。

不能夠因為他不知道而責怪他吧。就算知道，任誰也不會將其聯想在一起。

山下面朝底下說道：

「或許這在小坂一案中觸犯了遺棄屍體罪，在大西一案中則觸犯了毀壞屍體罪吧——可是這算是犯罪嗎？以我們的世界的說法來說，或許確實是比較接近供養。」

京極堂說道：

「既然我們來到了這裡，那就已經成了犯罪。」

「那種猜謎遊戲，要多少就有多少！」

獨自坐在入口樓梯處的榎木津說道。

京極堂來到仁秀面前問道：

「仁秀師父。」

「是、是，有何指教？」

是原本那種慈祥老爺爺的口吻。然而儘管音調和態度變了那麼多，這名老人給人的印象卻完全沒變。不管是堅決毅然或卑躬曲膝，都是一樣的。與松宮仁如是大相逕庭。

我尋找松宮。他在柱子背後，露出忍耐的表情坐著。

京極堂蹲下身來說道：

「許多宗教似乎都以禪所說的悟這個境地作為最終目的，所以死後會成佛。若說為何死後會成佛，因為若是不把最終目的設定在此，在活著時就達成目的，成佛的話，就再也不會精進了。密教中的即身成佛是活生生地成佛，而不是死後成佛。但是以現狀來說，即身成佛在行為上，結果等同於修行到最後自殺。但是禪排除目的這個概念，輕易地克服了這個問題。仁秀師父，容我請教一個問題。你所學的禪——不，你所修行的禪，是以悟道為最終**目標**——例如說，教義中有最終解脫或即身成佛這種思想嗎？」

「絕無此事。」

仁秀破顏微笑。

「修證一等，證悟與修行是相同的。那麼悟無始無終，悟經常就在此處。即便嗣法不同，這一點也是相同的。」

「這、這是一樣的，完全沒有不同。」

常信說道。

仁秀聽到他的話，笑意更深，這麼說道：

「若云得悟，則覺日常無悟。若謂悟來，則覺其悟日常在何處？若謂成悟，則覺悟有初始（註）——可笑至極。大言不慚地說不立文字，教外別傳，亦全為文字上之事，說甚身心脫落，可笑至極。天童如淨所云者，心塵脫落也。道元禪終歸是法華經禪。區區臨濟，或毆打、或聽鴉聲即稱豁然大悟，貽笑大方——雖然貧僧也曾經這麼想過，但是啊，世間道路縱然無數，人所行走者大同小異。或險峻或平緩、或遠或近——頂多就這麼點差異罷了。」

「這樣嗎……？」

註：語出《正法眼藏》中〈大悟〉一章。

京極堂露出有些狐疑的表情。

「仁秀師父，人心與意識並不是連續不斷的。只是我們錯覺它是連續的，其實早晨與黃昏，剛才與現在或許都完全不同。但腦會去彌補前後的矛盾，所以所謂頓悟或大悟都是短短一瞬間的事，人格並不會在那之後永遠改變。因此悟後的修行才是更重要的，那麼你為什麼……」

仁秀呵呵笑道：

「歷經百年，貧僧卻連那一瞬間也無。所以貧僧**嫉妒**那些獲得了那一瞬間之人，貧僧**不甘心**吶。貧僧的修行是多麼不足、是個無德之僧啊。所以貧僧認為，若是自己開悟的話，能夠在開悟的狀態下死去，便是無上的幸福了。膚淺，膚淺，膚淺至極。貧僧正如了稔師父所說，是檻中之鼠啊。」

接著他站了起來，走到方才覺丹坐著的位置，坐了下來。

「貧僧已經有二十八年沒有像這樣坐在這裡了，本尊也都變了。警察先生……」

「怎麼了？」

「制裁貧僧吧。」

山下有些搖搖晃晃地坐到仁秀身後。

「制裁人的是法律，不是我，但你連戶籍都沒有吧？這該怎麼辦呢？」

「貧僧願意說出一切。」

「呃，雖然的確是沒有證據……」

「證據——您是說凶器嗎？凶器全都是了稔師父所持的錫杖，現在還放置在草堂裡。殺害了稔師父的場所是靠近湯本的獸徑。貧僧不知道那座倉庫埋在哪裡，也不知道該怎麼去倉庫，不過是在從這裡坡度最平緩的小徑下去的山腳一帶。」

「嗯，不——我相信你，你就是兇手吧。就算沒有任何物證，你一定也是兇手吧。」

「其他的——那位先生已經詳細地向眾位說明了，有勞您了。貧僧原本還要再動手的。」

京極堂站著，無言地看著外頭。

這樣……就結束了嗎？

不……

「哲童會被問罪嗎？」

「呃……會吧。」

「這樣啊。可以的話，貧僧希望在哲童回來後，將衣缽傳給他。之後不管是哪裡，貧僧都隨警方去，任憑警方發落。」

將衣缽傳給哲童——也就是只有哲童一個人將留在這座山嗎？

那麼這座山的結界豈不是**根本沒有被打破**嗎？

我望向京極堂。

京極堂察知一切，露出陰沉的、悲傷的表情。

打從一開始就輸了……

就是這麼回事嗎？

「那位醫師大人。」

「嗯？我嗎？」

「阿鈴就拜託您了。」

「呃，噢，我明白。」

松宮驚惶地抬頭。

我對他在意得不得了。

「阿鈴從昨天夜裡就不曉得去了哪裡，現在哲童在找她。哎，她從以前就經常晃得不見人影，應該也不必特別擔心……」

「阿……」

松宮發出沙啞的聲音。

「阿鈴她……」

京極堂瞪著松宮。

榎木津也回過頭來注視他。

久遠寺老人站了起來。

「仁秀先生，那位是阿鈴小姐的舅舅。松宮，過來這裡。」

仁秀坐著，轉向我們。松宮仁如以僵硬的動作站起來，在仁秀面前跪坐下來，恭敬地行禮。

「貧僧名喚松宮仁如。」

「請抬頭，貧僧不是個能夠受人禮拜的高僧。你剛才也聽到了吧？貧僧是個破戒又殺生的和尚。」

「破戒無大小之分。無論殺害禽獸蟲魚之類或殺人，犯殺生戒的程度皆是相同。師父雖是破戒僧，但若論破戒，貧僧亦是個破戒僧，那麼由修行淺薄的貧僧克盡禮數也是當然。」

「這樣啊。」

「阿鈴她……是貧僧的……」

「啊，那麼……是啊，阿鈴把博行師父……」

「仁秀老先生，就當做沒這回事吧。菅野死了，已經夠了。」

「這麼說來……」

山下狐疑地說：

「是誰把菅野放出土牢的？」
「咦？」
為什麼？
我突然感到毛骨悚然。
「**是阿鈴**。」
仁秀低聲說。
「咦？真的嗎？」
「引誘博行師父，使其發狂的——**是阿鈴**。」
「你說什麼？仁秀先生，這太……」
「她——就是這樣一個姑娘。」
「這樣一個姑娘？」
「經常——迷惑人心。」
那雙眼睛，那張臉。
恐怖再次如瘧疾般湧上心頭。
「確……」
此時松宮仁如總算抬起頭來。
「確實如此吧。貧僧方才親見、聽聞這裡發生的種種，深感羞愧。如果那姑娘成長得如此，那正是貧僧之不德、破戒的證明。貧僧不僅踐踏了身為僧侶的戒律，更踐踏了人倫。」
「喂，松宮，你……」
「久遠寺先生，今川先生，還有中禪寺先生，關口先生，貧僧這十三年以來，一直欺騙著自己。閉眼不去正視自己醜惡的本性，塞住耳朵，甚至披上僧侶的假面具，一臉若無其事地活了過來。貧僧誤以為忘卻昔日的過錯就是修行，貧僧不僅沒有離開自我的牢檻，反而是一直關在牢檻裡，將其深鎖。」

「松宮，你在說些什麼……？」

「久遠寺醫生，讓他……讓他**自白**！讓他現在在這裡自白！」

「關口，你說什麼？你怎麼了？」

心跳劇烈。

我以興奮壓過了恐懼。

「松宮師父，飯窪小姐已經想起來了。只要你下山，就一定非說出來不可。所以你最好在這裡……」

京極堂抓住我的手臂。

「幹麼！」

「關口，住口。」

他在瞪我。

我沉默了。

「不，我不住口。中禪寺先生，關口先生說得沒錯，貧僧不知道飯窪小姐記得什麼。可是，燒了我家的是貧僧。貧僧為了逃離家妹鈴子，放火燒了自己的家，然後逃亡。」

「你說什麼？」

山下回過頭來，一臉錯愕地看著松宮。

「松宮師父！」

京極堂大叫，他的聲音卻傳不進松宮耳裡。

「貧僧與父親爭執，離家出走，但那天回到家一看，家中一片死寂，連燈也沒開。傭人都熟睡了，但玄關的鎖是開著的。我去到飯廳，點亮煤油燈一看——家父和家母都死了。貧僧大吃一驚，連聲音都發不出來。雙親頭被打得血肉模糊，死掉了，我想一定是在斷氣之後還不斷遭到毆打吧。我想去叫傭人，卻突然想到鈴子。我回頭一看，**鈴子就站在那裡**。」

「那……兇手是令妹嗎？」

「這我不知道，但鈴子手中拿著菸灰缸之類的東西。貧僧——不，我在懷疑家妹之前、在安撫家妹之前，有如當頭被澆了一盆冷水——驚恐極了。家妹——在笑……然後她這麼說了。」

——哥哥，我有孩子了，**是哥哥的孩子喲**。

「沒錯，我與家妹發生了男女關係。所以仁秀師父，阿鈴是我和家妹鈴子所生的孩子。是在那荒唐的行徑之下所生的——不幸的孩子。」

仁秀露出難以形容的表情。

「我推開鈴子，把煤油燈砸到地板上，火很快就延燒開來了。鈴子一動也不動，我也完全亂了分寸，逃出房間，在後門點火，並在傭人所在的別館走廊放火，最後在玄關點火。我想要把鈴子和家父、一切都給燒了，然後我逃走了。」

「這不是該在這種地方說的事！」

京極堂一喝。

「你的罪是只屬於你的，說出來或許可以輕鬆一些，但輕鬆的也只有你一個人！這樣又有誰能夠得救？」

「可、可是……」

「應該先讓你下山的。」

「為什麼……」

「我要在這種狀況把阿鈴小姐……」

「阿鈴。」

仁秀出聲，眾人皆望向那裡。

阿鈴站在入口。

「阿、阿鈴！」

松宮叫道，踏出一步。

「不要過來！」

哲童站在阿鈴背後。

「**阿鈴討厭你**。」

「你說什麼……？」

「因為你來，所以阿鈴逃進山裡了，回去。」

哲童抱起阿鈴。

「師啊，歸於何處？」

「哲童，待在這裡。」

時間又停止了。

阿鈴掃視全員。

彷彿要被那雙漆黑的眸子給吸進去了。

齊剪的一頭垂髮，童稚無邪、端整的五官。

如蓓蕾般小巧的朱唇，如雪般的肌膚。

榎木津退了一步。

京極堂踏出一步。

今川與久寺遠老翁、常信與覺丹都完全無法動彈，山下凍住了。

此時響起木炭爆裂的聲響。

「哇啊啊啊！」

什麼東西撞上了哲童。

哲童出其不意受到攻擊，往前踉蹌，阿鈴一躍而下。哲童放開阿鈴後，吠吼似地「噢噢」一叫，站了起來。好巨大。

英生敲打著哲童的背，不對，他不是在敲打。英生的手裡拿著菜刀，正以菜刀戳刺哲童的背。

「你這個笨蛋！」

榎木津間不容髮地撲上英生，山下與今川慌忙衝過去。哲童再一次嚎叫，推開英生。被榎木津從背後架住、渾身染血的少年僧侶，連同偵探一起被撞飛了。

「噢噢噢！」

「哲童！」

仁秀跑過去，京極堂也追了出去，全員動了起來。那似乎是發生在短短一瞬間的事，卻只有我一個人感覺緩慢極了。

我連滾帶爬地追出去外面。

五名警官趕了過來。常信與京極堂扶住哲童，今川則抓住英生。哲童甩開常信與京極堂，站了起來。英生漲紅了臉大叫：

「你為什麼殺了師父？」

常信用力按住他的肩膀說道：

「英生，殺了祐賢師父的不是哲童，祐賢師父是貧僧殺的。不，等於是我殺的。」

「什麼？」

「不，是這座山、這座寺院殺的。別做傻事。」

英生放開了菜刀。

警官押住英生，菅原刑警與次田刑警從知客寮衝出來，制住大鬧的哲童。

「哲童！」

仁秀大喝，哲童被警官與刑警攙扶似地坐倒下來。

「您是醫生吧？請您為哲童看看傷勢。」

「噢。」

久遠寺老人繞到哲童背後。

今川守望著。

等於是這座山所有人都集合到中庭了。

榎木津倏地站起，望向禪堂。

我也轉過視線。

阿鈴站在那裡。

松宮獨自離開眾人，往阿鈴那裡走去。

阿鈴瞪著應該是初次會面的父親。
我介意京極堂的話。
他剛才為什麼要阻止我？
──我要把阿鈴小姐……
後面本來要說什麼？
京極堂瞇起眼睛，露出痛苦的表情背過臉去。
松宮更踏出一步。
這種狀況──是垂死的掙扎。
這座寺院直到最後的最後，依然拒絕與此世相接。明明已經什麼都沒有了，明明一切都解體了，事到如今──還拒絕著什麼？
我劇烈動搖，與松宮同調了。
菅野在阿鈴身上看到了那個女人吧。
那個女人總是會喚醒……
喚醒人心中非人的部分。
據說，人體內隱藏著禽獸的腦。
據說，人腦被人不使用的腦所包裹。
據說，領悟在腦之外。
據說，回憶在牢檻之中。
我──松宮走到阿鈴面前。

「阿鈴……」

阿鈴瞪著他。

「阿鈴，阿鈴小姐，我是妳的……妳的……」

阿鈴只是瞪他，沒有動彈。

簡直像個人偶，面無表情。

嘴唇動了。

「回去。」

「不，這不行，我……」

「我叫你回去。」

「可是我是妳的……」

「事到如今你還來做什麼？哥哥。」

「咦？」

「鈴子為了哥哥殺了爸爸媽媽。」

「鈴……」

「哥哥卻想燒死鈴子，對吧？」

「鈴……」

「哥哥的孩子流掉了。」

「哇、哇啊啊啊！」

松宮彈也似地往後跳去。

「鈴、鈴子……鈴子……！」

「好不容易在這裡靜靜地過了好幾年，事到如今你再來找鈴子，鈴子也不會理你了，鈴子最討厭哥哥了。時間——已經過了！」

「嗚、嗚哇啊啊啊！」

我尖叫起來。松宮連叫聲都發不出來，雙腿一軟，作勢逃走。

京極堂擋在他前面。

「松宮，冷靜下來！那不是你的孩子！是令妹鈴子！你好好看清楚！」

「嗚、嗚啊啊！」

京極堂摑了松宮一巴掌。

「振作一點！認清現實。她不是幽靈，什麼都不是，是這個世上的東西。如果你也算是個禪僧，就明事理一些！都是因為你一廂情願地認定，才沒辦法好好驅逐！」

鈴子瞪著京極堂。

京極堂慢慢地望向鈴子。

「對不起。」

鈴子沉默。

此時……

我看到了天空的異變。

天空一片火紅。
全員仰望上空。
劈啪燃燒的不是篝火。
「怎、怎麼了？發生了什麼事！」
山下大叫。
赤紅的天空扭曲了。
庫院——燒起來了。
不，其他地方似乎也竄出了火苗。
大日殿。理致殿。雪窗殿。覺證殿。內律殿。
山下大叫：
「怎麼了？你們到底看守到哪裡去了？」
「對、對面沒有人，所以……」
「混帳，快點去看！你趕快下山叫消防團過來！喂，菅原！不要拖拖拉拉的！」
山下揮舞手臂。
菅原跑了出去，警官東奔西跑。
緊接著禪堂竄出火舌。
「糟糕，危險，這裡是沒辦法進行滅火的！」
「中禪寺說得沒錯，不逃不行了，要是變成森林大火就完了！」
「那個……」
今川指向迴廊。

狐火般的火光筆直劃出一條線，如猛虎般穿過迴廊。
鈴子趁隙奔了出去。
「危險！誰去把鈴子……」
我追著鈴子跑向法堂。
那不是另一個世界的東西。
卻也不是這個世界的東西。
她陷入了時間與時間的隙縫。
據說缺乏愛情，有時候會使人停止成長。
她欠缺了什麼，就這樣給這座明慧寺的結界吞沒了，那麼應該救她才是。
鈴子進入法堂。
「鈴子小姐！」
「不要來！」
榎木津大步趕過我。
鈴子跑進大雄寶殿了。
榎木津將大雄寶殿的門扉整個打開。
我越過榎木津，山下與京極堂尾隨而來。
更後面是常信與今川、仁秀。
鈴子站住了。
漆黑的瞳眸幽幽地綻放橙色的光芒。

那是——火焰。

慈行站在大雄寶殿中央。

他的手裡拿著火炬，熾烈的橙色火光冶艷地染紅了美僧的臉龐。

那張俊秀的臉就如同熱氣般搖曳不定。

「慈行師父，你……」

「住嘴，外道！可惡，竟然裡外勾結，淨是阻撓貧僧，這、這座山是貧僧的！這座寺院是貧僧的！此為祖父長年的宿願啊！」

「你受邪魔魅惑了嗎？這不是傳遞正法的禪僧應有的樣子！你根本沒有學到什麼禪，根本沒有修行。你只是學禪的話語，修禪的戒律罷了！你沒有應該傳得的心！沒有任何人的心傳達給你嗎？」

「沒用的，京極！對這傢伙說什麼都講不通的！」

榎木津叫道。

「沒錯！貧僧是空無一物之伽藍堂，那麼貧僧便是結界本身！結界既破，貧僧也只有消失一途。我豈能被區區外道所驅逐！同歸於盡吧！」

慈行揮起火炬，一陣火風舞過之聲傳來。那道火焰轉瞬間便延燒到祭壇的布幕上。火焰地獄的業火一眨眼便吞噬了祭壇。

京極堂屏息。

猛烈搖晃的赤紅火光化做漩渦，照亮了大日如來。

火焰剎那間直達天蓋。

動彈不得。

「喝！」

慈行將火炬指向他。

仁秀喝道。

「轟」的一聲。

「仁秀！可惡，你不聽貧僧的命令嗎？」

火焰迸裂。

赤紅的火焰。蒼藍的火焰。熊熊燃燒的火焰。

即使如此，鈴子依舊一身華服。

朱緋的花紋。靛藍的花紋。紫紅的花紋。

原本沒有色彩的禪寺，如今是斑斕艷麗。

仁秀開口道：

「大悟，吾於今大悟矣。」

「仁秀師父，這……」

「貧僧所嗣之法就此斷絕。常信師父！」

「什、什麼？」

「請引導哲童入正法，教導他**活禪**……」

高齡百歲的老僧說完，撲向瘋狂的美僧，抓住他的手臂。

慈行的衣服漲滿了風，風喚來了火焰。

一聲轟然巨響，祭壇崩毀了。

「阿鈴，去吧！」

「糟糕，快離開！」

山下把常信推出門外。

榎木津扶著京極堂，將他拖離火焰。

京極堂大聲叫喚：

「鈴子小姐！回來！」

鈴子在熊熊火焰中……

笑了。

然後她對我說了：

「哥哥，對不起。」

一陣強烈的眩暈，我昏倒了。

耳邊傳來歌聲。

錯弄釋迦堂教示

湧現千千萬佛陀

千千萬佛陀……

隱里

今昔百鬼拾遺下之卷——雨

※

火勢整整花了兩天才完全撲滅。

接獲通報的消防團試盡各種方法滅火，但不僅缺乏水源，再加上汽車無法駛近起火點附近，結果僅能勉強防止延燒，而明慧寺則完全燒毀了。

由於消防團的努力，並未發展成嚴重的森林火災。

據說滅火之後一看，恰好只有明慧寺的寺院範圍被燒掉了。

亦即，只有結界裡面燃燒殆盡了。

雖說是偶然，但仍然有這種不可思議之事。

說到不可思議，火災後的現場發現的遺體不知為何竟然只有一具，據判應該是慈行。鈴子或許又自火場逃離，進入了別的結界，而仁秀老人——或許他打從一開始就不屬於這個世界。

因為他連戶籍也沒有。

這麼說來，榎木津也斷言那座寺院沒有兇手。不過聽說榎木津一開始進入明慧寺時，既沒有看見仁秀老人，也沒有碰見哲童，但縱然遇見了——或許他還是會說一樣的話。我有這種感覺。

其他僧侶全都進入仙石樓，安然無恙。據聞僧侶仰望山林染成一片赤紅的情景，都預感結束的時候到了。

哲童的傷幸好不是致命傷，他與鳥口被送往相同的醫院。此外，警方從他的姓氏杉山找到了他的親人。據說他的本名叫做杉山哲夫，親人都以為他早在地震中死亡，事隔三十年聽到他還活著的消息，大為驚奇。

至於我，聽說我在大雄寶殿裡昏厥之後，差點被落下來的梁柱之類給壓住，在千鈞一髮之際被今川背出而獲救。當我清醒時，人躺在仙石樓的房間。雖然在意是誰把我背下山的，不過問了也不能怎麼樣，所以作罷。

待在現場的人幾乎都平安無事，但不知怎地，山下右後腦勺邊遭到灼傷。不過傷勢並不嚴重，頂多會禿上一塊罷了。

石井警部充分發揮他擅長的動物性危機感應能力，做出最完善的善後處理。山下不知為何，並沒有萎靡不振，協助上司處理善後。

因為必須接受警方偵訊，我們被留置在仙石樓裡。

僧侶似乎將各自前往不同的禪林，可能是京極堂託築地的老師幫忙安排的，但那位先生或許是不管這種閒事的。只是我就是這麼覺得。

聽說加賀英生將與桑田常信共同前往桑田原本隸屬的寺院，而牧村托雄似乎決定要去松宮以前待的鎌倉的禪寺。只有圓覺丹一個人沒有去處，不過聽說他認為事到如今改宗未免太不乾脆，而且也無顏面對禪宗和真言宗，決定還俗了。

就這樣，箱根山連續僧侶殺人案件結束了。

雖然感覺極為漫長，但是看看日曆，我們來到箱根也不過一個星期而已。卻覺得經過好幾個月了。

我完全停止思考，以勉強把持住自己。京極堂露出全世界最窮凶惡極的表情，好一陣子都不說話。而榎木津幾乎都在睡覺。

我首次踏出庭院。

不是為了欣賞院子，只是走出來看看。

清爽無比。

從底下仰望，大樹的感覺完全不同。

松宮仁如和飯窪季世惠在庭院裡。

松宮深深低下頭來。

「關口老師，承蒙你關照了。」

「我什麼也沒有做，對吧，飯窪小姐？」

「不。」

飯窪笑了。

「松宮，你會被問罪嗎？」

「不知道，不過似乎不會被逮捕。那已經是過去的事了，山下警部補好像也在為我確認許多細節。」

「這樣啊，那你今後有什麼打算？」

「是的，貧僧已經向鎌倉的本山聯絡，將在這裡的末寺重頭開始修行。貧僧必須為鈴子憑弔祈福，同時也想接手小坂師父在環境保護團體的工作。」

「鈴子小姐她……」

——還在某個地方……

「是的。就像中禪寺先生那個時候說的，如果貧僧振作一點，鈴子就不會那樣了，結果貧僧又重蹈了十三年前的覆轍。只是，事到如今再為此懊惱也無濟於事。所幸沒有發現遺體，貧僧在內心一隅冀望著鈴子依然活著。如果她還活著，貧僧打算好好地以兄長的身分去迎接她。」

「以兄長的身分？」

「是的，貧僧總有一種——她不是妹妹的感覺，但她確實是貧僧的妹妹。這麼一想，貧僧甚至感到不可思議，納悶自己究竟在害怕些什麼？被中禪寺先生一打，貧僧清醒了。貧僧可能是一直注視著內心扭曲的部分吧，沒有什麼過錯是無法改正的，重要的是今後。」

松宮仁如是健全的，這名青年其實打從根本就是如此。只是就如同京極堂說的，人格並非永恆一定，所以或許健全的時候，每個人都是健全的。

我仰望柏樹。

已經沒有可以落下的積雪了，景觀變得寬闊許多了——我心想。

今川與久遠寺老人在大廳裡。

正中央擺了棋盤，但他們似乎並沒有在對奕。我向松宮與飯窪點頭致意後，前往大廳。

「噢噢，關口，老人家還真是不能逞強，腳跟腰都吱咯發顫啦。今川倒是還生龍活虎的。」

今川看我，略微笑了一下。我現在已經稍稍能夠看出這個喜怒哀樂難以捉摸的男子的細微表情了。

「呃……該說什麼好呢，今川先生。」

「請叫我待古庵就好，大家都這麼叫的。」

「哦。」

今川露出令人不明所以的笑容。

「啊……我覺得我又失去了一個女兒。」

久遠寺老人若無其事地說出沉重的話。

「我說啊，我想要在東京重新開業。」

「真的嗎？」

「真的，總不能永遠賴在這裡不走吧。」

老翁縮起下巴，身體後傾，這是他的習慣。

「中禪寺他好像也筋疲力盡了，他不要緊吧？」

「哦，不要緊的。」

他應該不要緊的。

「這樣啊，真是堅強。像榎木津，還把你給背下山來，真是太了不起了。」

「榎木津嗎……？」

把我背下山的是榎木津。

「關口先生又欠下人情了。」

今川說。

忽地，我想起身在富士見屋的妻子。

我莫名地感到懷念，卻想不到見面時該說些什麼。每當發生這類案件，我就對妻子感到虧欠。

兩天後，我們恢復了自由之身。
我與京極堂伴同敦子和榎木津回到富士見屋。
富士見屋的小熊老爺子一看到我們就說：
「噢，幸好你們平安無事。」
他似乎從派出所警官那裡聽到了一些風聲。

房間裡，鳥口拄著拐杖與妻子們正等著我們。鳥口一看見京極堂，便擺出奇怪的姿勢道歉說：
「明明有我跟著，實在是面目全非，不對，應該是太沒面子了。我深深地反省了。」
「真是的，作為懲罰，今後不許再叫我師傅了。」
「唔，這太嚴厲了。」
鳥口還是一樣，滿嘴輕浮，他一點都沒學乖。我總覺得無法正視妻子，也沒好好出聲招呼，默默遞出外套。
「哎呀，鬍子至少也該剃一下嘛。」
妻子說。
京極堂的夫人默默地為我們沏茶。
然而京極堂依舊沉默寡言，也不喝茶，就這樣前往那座倉庫。
真是個冷漠的人。
——那座倉庫。
唯一留存的幻想的殘骸，是那件事發生於此世的證明。那座倉庫當中……
——那本書怎麼了呢？

約莫三個小時後，京極堂回來了。

朋友露出一臉極為神清氣爽的表情。

榎木津橫躺著，踢了一下京極堂的腳。

我問道：

「京極堂，那座倉庫裡的那個……」

「哦，我說過了，不行了。」

還是老樣子，當場回答。

「不行的意思是……？」

「哦，只有入口附近的沒事，裡面的全都不行了。竟然能夠咬成那種地步，慘不忍睹。」

「咬？什麼意思？」

「就像字面上說的，就是咬。裡面變成老鼠的巢穴了，而且還不是普通的老鼠，是海狸鼠（註）。」

「海狸鼠？那種取毛皮用的大老鼠嗎？」

「是啊。普通只出現在濕地，不過或許倉庫裡面與地下相連吧。裡面很溫暖，適合居住，結果就大量繁殖了。因為我們進入倉庫裡，牠們大舉逃了出去。聽說因為這樣，搞得鄰近一帶怨聲載道。笹原先生說他會負起責任加以驅除，結果他也大虧了一筆。」

原來大老鼠真的存在。

「那這裡的老鼠，還有仙石樓的老鼠都是嗎？」

「是啊。」

「什麼是海狸鼠？」
鳥口問道。
敦子回答：
「是戰前就開始進口的大老鼠，最近似乎也有野生化的，大約有這麼大。」
「唔，那還真是大。」
「哎呀，真是恐怖。」
京極堂夫人皺起眉頭。
「你看果然有吧，小鳥！」
榎木津躺著，卻高高在上地說。
「裡面跑出一大堆小老鼠，而書本則玉石混淆地全部化做一堆紙屑，無法復原了。那些老鼠，在我不在時鬧得天翻地覆。他們似乎費盡千辛萬苦，想要從紙屑裡頭找出還算完整的書籍，結果卻還是落得一場空。」
「那《禪宗祕法記》呢？」
「應該是有，不過也成了紙屑。」京極堂說。
——結果什麼都沒了。
接著京極堂走到窗邊。

註：海狸鼠也稱河狸鼠、狸獺、沼狸等，為一種大型齧齒類動物。原產於南美，其毛皮為皮草來源，肉質鮮美，被大量引進世界各國。居於水邊，善泳。

「廓然無聖（註一），這樣就好了吧。」

他叮囑似地說道。

我走到他身旁，一同望向窗外。

令人難以相信的安靜，聽得見河水潺潺聲。

「十牛圖的……」

京極堂說道：

「那十牛圖的最後兩張，我想一定是被仁秀和尚丟掉了。一想到他是以什麼樣的心情看著入鄽垂手那張圖，就……」

入鄽垂手——據說那是悟後入世普渡眾生之圖。聽說布袋在中國就是彌勒菩薩，那麼祂的出現，將會是五十六億七千萬年之後（註二）。即使是漫長到令人無法想像的時間，如果等待就一定會來臨的話，也能夠繼續等下去吧，只是……

我遙想那已經消失的寺院。

「對了，吶，京極堂，和田慈行他——為什麼要說謊？」

「說謊？」

「他說他不知道夜坐的是不是常信和尚吧？其實他應該知道的才對。」

「哦。」

京極堂發出冷淡的聲音。

「他——慈行和尚一定是真的不知道，他……」

說到這裡，他沉默了。

在一旁伸展手腳的榎木津突然爬起來，坐到我旁邊。京極堂就像平常一樣揚起單邊眉毛，看也不看我地說：

「我又被明石老師斥責了。」

「怎麼？你又被罵啦？」

「嗯，他說工夫拙劣就別接大案子。處理的對象太困難，不是我能夠勝任的，害他看得膽戰心驚不已。」

「哦。」

「老師說得完全沒錯吶。」

京極堂望著遠方。

「不過你比榎兄有用多了呢。」

「閉嘴，猴子。我是正確的，總比你有用多了。」

榎木津說道，或許真是如此。

「說到明石老師……喂，京極堂，告訴我那個謎題的解答吧，你已經解出來了吧？」

「怎麼，你還不明白嗎？你這人真教人傷腦筋。那是這麼回事：朱雀是南，玄武是北，青龍表東對吧？空與海之間——空海的寺院裡有的不只是南宗的末裔，也有東寺出身的貫首和北宗禪的繼承者。所以明石老師是在告訴我：即使是我也有一些勝算的。」

京極堂再度沉默，接著他這麼說：

註一：語出《碧巖錄》：「梁武帝問達摩大師：『如何是聖諦第一義？』摩云：『廓然無聖。』帝曰：『對朕者誰？』摩云：『不識。』」廓然指的是大悟的境界，無凡聖之區別，故稱廓然無聖。

註二：彌勒為次於釋迦成佛之菩薩，據傳將於人間五十六億七千萬年後降生人世，於龍華三會說法，廣渡眾生。

「我沒能帶回鈴子小姐。」

「不是只有身處此岸——才是幸福啊。」

愚昧的安慰，但有一半是出自我的真心。

當然京極堂沒有回答。

「那座寺院——果然只是一場幻想嗎？」

「沒那回事，倉庫留下來了。」

「雖然這樣……」

「那種地方——也已經沒有未來了吧。那種場所今後每個人只能各自承攬在心中吧。」

京極堂說到這裡，「呼」地鬆了口氣說：

「哎，這也是時代變遷——沒辦法的事。」

他說完之後，望向窗外。

我也一起眺望雪景。

沒有下雪，但窗外一片雪白。

在那片皓白中，我看見了有如殘像的幻影。

在雪中英姿颯爽地走來的一道黑影。

網代笠與錫杖，絡子與緇衣。

宛如水墨畫般的僧侶。

而他的背後是……

一名身著長袖和服的少女。

我已經無所畏懼。

京極堂低喃。

「是貧僧殺的。」

繼續在箱根待上一陣子吧——我心想。

解說　唐墨

看懂《鐵鼠之檻》的佛教豆知識好吃驚

京極堂系列作的《鐵鼠之檻》，的確是一部相當有門「檻」的作品，一方面描繪侘寂虛無的日本傳統文化；另一端藉由京極堂主人中禪寺秋彥對日本神祕學的專長與興趣，探索佛教與心理學的界線；主線劇情這頭還不忘鋪陳著明慧寺的山雨欲來，梳理被「執念」籠罩的人物關係，搭配饒有禪機的命案現場，運用層層交錯的禪宗譬喻，眩惑著迷走在箱根溫泉煙靄中的一行人。

多線敘事並進的手法，又兼顧厚重的文史考究，難免會讓跟著京極堂的讀者們踟躕於山門之前，一時半刻看不清楚案件始末由來，甚至還被龐大的日本佛教底蘊震懾而不得不掩卷嘆息。

現代人連觀音菩薩的性別都搞不清楚，而京極夏彥卻要在推理小說的框架底下，談論佛教至深的奧義「唯識學」，拈來那些禪宗與密教的典故，無疑是矗立在讀者面前的拒馬，更是推理小說謎底之外的另一封挑戰狀。

早先有宗教學者正木晃和作家臥斧為《鐵鼠之檻》作過解說，這次我就簡單地分享一些佛教豆知識，希望能幫助讀者更快地掌握故事核心，翻過京極夏彥設下的障礙賽。

讀《鐵鼠之檻》最重要的第一件事情，就是要先回到平安時代末期，認識一下白河天皇（一〇五三－一一二九），並理解讓他苦惱不已的「天下三大不如意之事」。

這三件事情分別是「賀茂川的水、雙六的骰子、比叡山的法師」。

賀茂川就是今日的鴨川，是京都最重要的河流，賀茂川的氾濫在當時摧毀良田，淹沒民居，危及王公貴族的身家安全，甚至發生過整片森林都被沖走的紀錄。面對天災變異來勢洶洶，在治水工法尚未成熟的年代，防澇疏堵的效果有限，就算白河天皇找到鯀禹再世的治水達人，依然只能眼睜睜看著每年的治水預算伴隨洪災放水流。

而古老的博弈賭具雙六，源自埃及，透過商隊傳遍歐亞各地，是一種靠骰子擲點數進行的棋盤遊戲。遣唐使將雙六帶到日本，成為貴族們的消遣娛樂，但是這種只問機率，不論實力的遊戲，對權傾天下的白河天皇來說，連棋盤的輸贏無法掌握在手中，勢必也會感到頭痛。

以上兩種煩惱，想破頭也解決不了，只能算是白河天皇的偶發牢騷。

至於第三個令他苦惱的「比叡山的法師」，才是真正影響政局的人禍，也是他意有所指的對象。所幸他可以動用政治或軍事力量解決，在位期間，針對寺社領地進行兩次莊園整理，對於僧尼出家得度受戒的人數也多有管制；但篤信佛教，更在晚年出家為法皇的他，並未莽撞發動滅佛指令，算是很有智慧地緩和了僧俗之間的衝突。

比叡山是日本天台宗的總本山，開山的最澄被封諡為「傳教大師」，與高野山被封為「弘法大師」的空海齊名。當最澄與他兩名高徒圓仁、圓珍相繼沒後，天台宗僧團便逐漸走向分裂，圓仁徒眾所在的延曆寺「山門派」，跟圓珍弟子所居的園城寺「寺門派」，基於對教義解釋及寺格從屬等問題，產生爭執，兩派勢同水火，更從義理辯論昇華成武裝對抗，罔顧同門情誼，不惜燒焚對方的寺院。

僧團之間的暴力行徑愈來愈嚴重，僧團據山為王的現象，擴及到日本全國，各地都有零星的武裝僧團，甚至連信奉神道教的神社也開始擁兵自重。教團謀求貴族與武家的援助，政客也樂於從教團那裡獲得財物或人力等資源，由宗教信仰挑起的明爭，往往還潛伏著政治團體押寶選邊站的暗鬥。

從西元十世紀，一直到織田信長在比叡山報復性放火燒寺的一五七一年，六百年間，僧兵引發的騷亂不曾止歇，特別是位於京都東北方的比叡山，與南邊奈良的興福寺是僧兵兩大重鎮，並稱「南都北嶺」。

這不僅是白河天皇一個人頭疼的問題，更是歷代天皇的燙手山芋。

平安時代末期，社會動盪不安，民生凋蔽，宗教信仰順勢攏絡農民，從近畿一帶開始，有了零星的起義反抗運動；戰國時代以降，淨土真宗本願寺發起的一向一揆，廣納僧俗加入，成為當時勢力最龐大宗教武裝團體。提刀上陣殺敵，是為了捍衛信仰、為了守護家園而戰，佛教徒也無異於與一國之民等論點，聽起來也是頗為合乎情理。

並非只有日本佛教發生過這類黑歷史。東土禪宗五祖弘忍，半夜三更交付衣缽給惠能，雖然印證惠能為禪宗六祖，但卻要他趁天還沒亮趕緊逃離東山寺，並親手為他掌舵撐船，臨別前對惠能言道：「衣為爭端，止汝勿傳」，免得讓惡人追上，「恐人害汝」。

中國佛教經歷過的戰亂動盪不比日本輕鬆，三武一宗的滅佛毀釋，一方面激起了僧人的護教之心，另一方面，當宗派正統性出現問題，國師或住持或掌門人的頭銜懸而未決，難免就會升起派內的爭奪之心。

付法的衣缽自然也就變成僧人們的金蘋果。

惠能遁去，「遂後數百人來，欲奪衣缽」，逼得惠能不得不躲進獵人隊伍，在山中過足了十五年的獦獠生涯。

講述惠能生涯及蒐錄其語彙的《六祖壇經》，有意無意地藏了這一樁佛教兇殺未遂懸案，雖然神秀是最有嫌疑的，但至今依然不能確知兇手是誰，而深究起來，就是「六祖」這個寶座惹禍。

根據《六祖壇經》記載，五祖弘忍看到神秀的偈子，曾經吩咐門人「依此偈修，免墮惡道；依此偈修，有大利益。」在惠能尚未題寫知名的「菩提本無樹」詩偈之前，弘忍指定讓大家跟著神秀的悟境學習，可見他的學養程度是堪任六祖的，否則弘忍不可能把大眾的法身慧命賠進去，要他們念誦知見錯誤的句子。爾後武則天召見神秀進宮，奉為親教授阿闍黎（註），幾乎可以確信神秀不僅有資格角逐「六祖」大位，更有可能是原本正統的禪宗六祖。

考其史實，是惠能弟子荷澤神會才學出眾，先辯倒北宗群雄，後又擬撰《六祖壇經》，歌頌惠能事蹟，傳講惠能思想；更向信眾募集香油錢，充為軍資，協助郭子儀平定安史之亂，這才幫自己師父掙來這個「六祖」的椅子。

北宗的禪門傳人選擇放下恩怨，由漸門轉向頓門修行，或頓漸並行，認惠能為禪宗六組，化解了禪宗可能爆發南北戰爭的危機。

而同樣陷入宗派之爭，代表園城寺的賴豪阿闍黎，就吞不下這口氣。他是白河天皇時代的高僧，當年天台宗僧人都必須依照比叡山延曆寺的山家戒壇制度，進行得度受戒的儀式，賴豪為了脫離這個系統，向白河天皇奏請要在園城寺另開園城寺的戒壇，但白河天皇早就想抑制僧侶員額日漸龐鉅的天台宗，因此回絕了他，導致他一時氣惱，修法詛咒皇室，最後死在護摩壇上，化為鐵鼠，嚙咬經文，不時大鬧比叡山。

二〇一八年我曾到園城寺參拜黃不動明王，有幸入壇灌頂，聽聞了許多關於賴豪阿闍黎的故事。現今的園城寺僧人們，還有周遭的居民善信，對這位寺內高僧的評價，往往帶有同情之意，甚至也認為所謂化成妖怪鐵鼠的想像，極有可能是來自政敵或教敵，刻意要妖魔化他的一種手段。

《鐵鼠之檻》取用了賴豪的鐵鼠怪談，拆解宗教信仰在心理學上的運作手法，展示了信仰如何維修、掩飾，甚至改造了人的性格，跨越善惡二元的思考，是少見真正能帶領讀者慢慢走進佛教義理堂奧

註：阿闍黎，梵文（Ācārya），專指教導規矩，熟稔祭祀儀式的導師。

的小說。

讀《鐵鼠之檻》，就必須先瓦解佛教徒就該慈眉善目的既定刻板印象。頻經政局動盪與戰火摧殘，順應時勢而產生變化，一爐沉香，往往也帶點濃厚的世俗氣息。重新用「人」的角度來審視每一條線索，才有可能跳出框架，趨向破案／解脫之道。

作者介紹——

唐墨，重大歷史懸疑案件調查辦公室主編，世新大學中文系兼任講師，台灣推理作家協會成員，曾獲林榮三文學獎小說佳作。

參考文獻

《鳥山石燕畫圖百鬼夜行》高田衛監修／國書刊行會
《正法眼藏》 衛藤即鷹譯注／岩波書店
《臨濟錄》入矢義高譯注／岩波書店
《碧巖錄》朝比奈宗源譯注／岩波書店
《日本禪宗史》竹貫元勝著／大藏出版
《中國禪宗史話》 石井修道著／禪文化研究所
《無門關講話》柴山全慶著／創元社
《禪門的異流》秋月龍岷著／筑摩書房
《禪學大辭典》駒澤大學編纂所編／大修館書店
《臨濟錄提唱》足利紫山著／大法輪閣
《箱根山的近代交通》 加藤利之著／KANASIN出版
《箱根的逆杉》 大木靖衛等共著／KANASIN出版

※上冊三二一—三二三頁以作中人物在小說內書寫的原稿之體裁記述。由於此為小說內之原稿，故文中記載之（照片1）—（照片5）實際上並不存在。因此本書並未刊載該當之照片、圖版。

※此作品出自作者構想，純屬虛構。作品中登場之團體、人物姓名及其他如有雷同，純屬創作上之巧合。

京極夏彥作品集 07 —— 鐵鼠之檻（下）

原著書名：鉄鼠の檻
原出版者：講談社
作者：京極夏彥
譯者：王華懋
責任編輯：張麗嫺
編輯總監：劉麗真
總經理：陳逸瑛
榮譽社長：詹宏志
發行人：涂玉雲

出版社：獨步文化
城邦文化事業股份有限公司
104 台北市中山區民生東路二段 141 號 5 樓
電話：(02) 2500-7696　傳真：(02) 2500-1967

發行：英屬蓋曼群島商家庭傳媒股份有限公司城邦分公司
104 台北市中山區民生東路二段 141 號 2 樓

網址：www.cite.com.tw
讀者服務專線：(02) 2500-7718；2500-7719
服務時間：週一至週五：09:30 ~ 12:00　13:30 ~ 17:00
24 小時傳真服務：(02) 2500-1900；2500-1991
讀者服務信箱 E-mail：service@readingclub.com.tw
劃撥帳號：19863813
戶名：書虫股份有限公司
香港發行所：城邦（香港）出版集團有限公司
香港灣仔駱克灣道 193 號東超商業中心一樓
電話：(852) 2508-6231　傳真：(852) 2578-9337

城邦（馬新）出版集團 Cite (M) Sdn Bhd
41, Jalan Radin Anum, Bandar Baru Sri Petaling,
57000 Kuala Lumpur, Malaysia.
Tel: (603) 90578822　Fax:(603) 90576622　email:cite@cite.com.my

封面設計：高偉哲
印刷：前進彩藝有限公司
排版：陳瑜安
初版 2008 年（民 97）7 月
二版 2022 年（民 111）4 月
售價 480 元

ISBN 978-626-7073-35-3
978-626-7073-40-7（EPUB）

國家圖書館出版品預行編目資料

鐵鼠之檻／京極夏彥著；王華懋譯. -- 二版. -
臺北市：獨步文化, 城邦文化事業股份有限
公司出版：英屬蓋曼群島商家庭傳媒股份
有限公司城邦分公司發行，2022, 04
冊；　公分. --（京極夏彥作品集；07）
譯自：鉄鼠の檻
ISBN 978-626-7073-35-3（下冊：平裝）

861.57　111000628